瞬間正義

INSTANT JUSTICE

游善鈞——著

「所謂的現實只不過是一個錯覺，雖然這個錯覺非常持久。」

——愛因斯坦

（Reality is merely an illusion, albeit a very persistent one. —Albert Einstein）

目次

01

第一章

上帝之手

如今、這個當下，是不是也有一隻無形的手
從眾人舉目所不能及的至高點操弄著這一切？

直到後來，薛博澤都還在想：

如果當初沒有參與那項計畫——接受那個實驗的話，一切會不會有所改變？

◎ ◎ ◎

刑事警察局，二樓會議室。

三人並列而坐的長桌前，舞台底下，數十雙虎豹般的眼睛直直盯視著自己；更遠處是雙手持握俗稱「大砲」的專業照相機狙擊手般對準自己的記者群；至於最後頭壓陣的，則是各家電視台的立式攝影機——

黑得發亮的攝影機從外圍一座接著一座串聯起來，怕漏掉一尾魚似的將萬頭攢動的人潮牢牢實實給圈堵住。

此情此景讓人不由得聯想到烽火台。

這麼一想像，彷彿能聞到煙硝味，氛圍頓時顯得益發肅殺。

原本如坐針氈的薛博澤更坐不住了，穿著全套藏青色正裝的他渾身僵硬，不自覺聳起肩膀稍稍挪動一下身子——

然而，眼下他哪裡都去不了。

刑事局局長和公關室主任一左一右分坐兩側把他夾在中間。

「欸～～他長得還挺好看的耶！」擠在人群裡踮起腳尖伸長脖子往前張望的，是一名看上去年約二十四、五歲的年輕女子。綁著短馬尾、一身大學生打扮的女子名叫趙舒茜，是 SING 視界電視台週五晚間十點鐘當紅節目《現世異苑》的執行企劃。

「有點像工藤阿須加。」站在趙舒茜身邊的熟女嘟囔了一句，她戴著一副神祕感多過於知性美的黑色粗框眼鏡。

她是鍾曉熙，《現世異苑》的製作人。

「現世異苑」這節目名字就是她取的——老實說算不上百分之百的原創，命名概念脫胎於南朝劉敬叔所撰寫的《異苑》一書。這是一本年代久遠、體裁主題類似《搜神記》與《神異經》等作的志怪小說集，蒐羅了各種奇聞神怪之事，以當中一則為例：古語有之曰，古者有夫妻，荒年菜食而死，俱化成青絳，故俗呼「美人虹」。郭云：虹為雩，俗呼為美人。大概的意思是有對夫妻餓死後化成了青色的虹霓。

在電視台內部節目前期的籌辦會議上有人對這名字提出異議，認為過於冷僻，不像競爭對手們什麼《新聞麻辣燙》或者雙關「走心」的《走新聞》之類較為直觀親民的名稱。不過想當然耳，向來強勢的鍾曉熙堅持自己的看法：「你們誰製作過平均收視率破四、網路平台瀏覽次數超過一億次的節目？」此外，她沒在同事面前說出口——怕眾人私底下嘲笑自己過於天真爛漫的是：自己希望在同性質的口水爛仗裡嘗試改變一點點什麼。當然，最為關鍵的一點或許還是：鍾曉熙是那種即使要敗也要敗在自己手上的人。

「蛤？工藤……阿須加？誰啊？」趙舒茜歪著脖子問道。

「《海月姬》、《孤高的手術刀》跟《房仲女王》、還在《偽裝夫婦》裡和澤村一樹配一對、跟木村拓哉在《教場》中演對手戲……總之就是一個日本男演員。最近正處於事業上升期——嘖、你們現在的年輕人真的都不看日劇了啊。」鍾曉熙低低啐一聲，撇嘴說著摘下眼鏡做了個眼球運動。

趙舒茜倒也膽大，沒大沒小地用手肘往鍾曉熙輕推一下，身子左右扭動，邊笑邊放聲說道：「厚呦～～曉熙姊，什麼日劇……很多人根本連戲都不看了啦——人家現在流行的都嘛是什麼YouTuber、網紅之類的直播主！就算要追劇也都快轉一點二五還是一點五，我還聽過有人用兩倍速在看的哩！」

趙舒茜愈說愈起勁，大概是高亢音調和談話內容的緣故，引來周遭記者側目——瞳孔微微放大認出兩人的他們，眼神似乎是在說：這兩個傢伙怎麼會出現在這裡？

無怪乎那些記者露出如此鄙夷的神情——

儘管《現世異苑》是SING視界電視台近年來的招牌節目，去年甚至被提名金鐘獎，不過說穿了，其實就是無所不包、從內子宮聊到外太空的大雜燴談話性節目。舉凡娛樂八卦、社會時事、3C遊戲、養生健身、藥物美食……只有你想不到，沒有沒辦法聊。

坦白說，這類節目每家電視台都在做，只要臉皮夠厚，成本往往能夠壓得極低——從網路上隨時可以抄來一大堆資料，講過的話題也可以一講再講，反正這世上總有人需要打發時間。更重要的，連基本的「格」都不存在以後，還可以大剌剌置入各類商品行銷，搞到最後跟購物頻道沒兩樣。

至於《現世異苑》得以從爛泥堆中脫穎而出的真正原因有兩點。第一點，是製作人鍾曉熙，她除了能以新觀點切入別人談論過的舊主題外，還能掌握市場上的流行與風向，用鍾曉熙本人最常掛在嘴邊的一句話來說就是：

了解現在這個moment觀眾到底關心什麼。

至於第二點優勢——依然是製作人鍾曉熙。

從大學一年級寒假的電視台短期打工開始，到現在，在這個圈子苦熬二十多年，經歷各種領域的打磨，綜藝節目、晚間新聞、戲劇製作、真人實境秀……她培養出了相當可觀的人脈。因此，針對不同類型的議題，鍾曉熙都有門路請來重量級的嘉賓。

所謂的重量級，指的不一定是研究者，更多時候，是在網路上擁有話語權——也就是現今所謂「聲量」的自媒體。而向來擅於結交朋友打好關係的她，往往能夠藉由新認識的嘉賓再認識更多不同行業的人物。這麼一來，她的人際網絡便能以等比級數的規模不斷擴展，猶如日以繼夜勤奮吐絲的蜘蛛將網愈織愈廣。

一張結構精巧的巨大蛛網，對鍾曉熙來說，或許就和一幅絕美的畫作沒兩樣。

在媒體嗅覺這樣敏銳的鍾曉熙面前擺弄什麼 YouTuber 和網紅——資歷尚淺的趙舒茜顯然搞不清楚自己跟著的女人究竟有多麼厲害。

不過也不能全怪她，因為多數時候，鍾曉熙喜歡把自己裝得什麼都不知道。

崇尚「無知之知」的蘇格拉底曾經說過：認識自己的無知就是最大的智慧。

這句話是鍾曉熙放在心底不跟任何人分享的圭臬。

由於交際手腕高明，《現世異苑》可以說壟斷了所有深夜談話性節目的資源。

樹大招風，難怪被某些記者視為「帶有新聞色彩的娛樂節目」——背地裡的說法則是：不正經的垃圾節目。

批評者之中，僅有少數人仍懷著當代罕見的記者風骨，絕大部分，只是吃不到葡萄說葡萄酸的魯蛇心態。

然而，仔細觀察，鍾曉熙之所以成功，並不單單靠著柔軟身段和攀親帶故——譬如今天的記者會。

她和趙舒茜並不是因為太晚抵達記者會現場才會沒有座位，鍾曉熙是故意選擇站在最後頭的。

如此一來，她可以全方位掌握整個會場的情況。

有時，必須站得夠遠、保持足夠客觀的距離，才能察覺某人和某人之間幽微的關聯。而當中的關聯，往往可以牽扯出賣點。

當然並不是每次都能奏效……可是，這一點，媒體就和警察一樣，即使明知道不一定會獲得成果，面對每一條或真或假的消息還是得付出同等的心力確認、追查、挖掘——

得到獨家和偵破案件的快感肯定極其類似。

鍾曉熙是這樣深信的。

「欸、曉熙姊……那個人、是不是我們剛剛在外頭看到的啊？」

雖然年紀輕，又看起來總漫不經心的，對於人事物的直覺卻相當敏銳。這是鍾曉熙把她帶在身邊的原因之一。

順著趙舒茜的目光，鍾曉熙側了側臉看過去。她的視線停在一名男子身上。男子身穿黑色襯衫，鈕釦扣到喉結處第一顆，給人一種嚴謹、不苟言笑的肅穆感覺。年紀並不好猜，乍看以為四十出頭，那雙眼睛卻意外年輕，炯炯有神像兩顆沾了透亮甜漿的黑糖珍珠。

「的確是。」鍾曉熙咕噥道。應該介於三十八到四十二之間吧。猜別人的年齡是她的職業病。一個人在人生中累積的時間就是所有判斷的基礎。

「原來是同行啊。」趙舒茜煞有介事頻頻點頭，接著事後諸葛忙不迭說道：「果然，一看那張臉就知道是跑社會線的。」

那張臉……跑社會新聞的臉……是怎樣的一張臉呢？

除了那對發光的眼睛，其餘部位看不出一絲情緒——簡直像是戴著一張人皮面具。

和處理二手資料隔著一層保護膜的自己不同，每天站在第一線面對各種陰謀犯罪和人倫慘劇的他們，善惡是非搖擺了，道德界線模糊了……為了鞏固普世的道德觀、維持人格的完整性，情感是不是必須變得愈來愈薄？是不是必須把各種感官往內收斂再收斂？最終，就成為趙舒茜口中的，那張臉。

遙遙凝望著那張臉，鍾曉熙的思緒掉入稍早的畫面——

由於記者會時間訂在下午三點，中午和廠商應酬的鍾曉熙決定直接從餐廳過去，於是和從電視台出發的趙舒茜約在刑事局大樓旁的連鎖咖啡店碰頭。

餐會結束得早，鍾曉熙還沒兩點半就到了約定的地點。她熟門熟路點了一杯冰美式，順手將發票和零錢投入為孩童募捐的公益捐款箱。天花板挑高的寬敞室內還剩下不少個座位，但她用手肘推開厚重玻璃門來到外側木造簷廊。

和大多數女人一樣，鍾曉熙不喜歡曬陽光，不過她很喜歡看著陽光照射在其它地方的樣子。那種間接的溫暖好像可以讓自己從身體深處分泌出什麼奇妙的激素。她翹起腳悠然躺入椅背，感受藤編的柔韌觸感一點一點從背部擴散開來。

忙完這陣子以後，去東南亞的某個海島國家度個假吧——她如此心想。

就在這時，她突然豎起耳朵。她聽見若有似無的聲響——

砰、砰、砰、砰。

雖然細微——砰、砰、砰、砰。但自己確實聽到了。

挺直背脊的鍾曉熙下意識將塑膠杯擱上桌面，攀掛在杯壁上頭的水珠受到震動接連成串落下，像在透明的天空劃出一道道雨絲。

是什麼聲音？

鍾曉熙手臂搭上椅背左顧右盼。

砰、砰、砰、砰——

在四周交談聲和城市喧鬧中，鍾曉熙只被那節奏穩定的聲響吸引。

到底是從哪裡傳來的？

她在心中追問著。終於，她找到了答案。

就在噴水池的另一邊，有一整排用來舉辦國內外各項展覽的大型建築物，從外觀看上去和倉庫沒兩樣，是近幾年流行的極簡工業風。建築物側面，和大塊草坪之間夾出的陰影中，佇立著一道身形頎長的輪廓。

冷不防，有一樣東西從那道身影拋出，接著，砰，一聲，又回彈地面迅速反彈到身影裡頭——與其說彈回，倒更像是被吸進去似的。

那傢伙在做什麼？

被挑起好奇心，鍾曉熙站起身來從人來人往的石板路穿行而過，朝噴水池的方向直直走去。

身後傳來水花濺灑的清涼聲音，她愈來愈接近那道身影。

不再只是輪廓，對方的模樣逐漸被勾勒出來。

是名瘦削的男子，下顎到脖頸一帶的線條非常銳利。即使籠罩在建築物鋪展出的陰影底下，皮膚仍然白皙到近乎蒼白沒有血色。更讓人印象深刻的，是他的穿著——

黑色上衣黑色西裝褲黑色皮鞋，一身黑的男子彷彿輕輕一個彈跳就會化成烏鴉飛往天空一樣。

對，那種體格——不是單薄，而是猶如鳥隼般的精悍。

砰、砰、砰、砰——

男子反覆對著牆壁扔擲的，是一顆球。

一開始，鍾曉熙以為對方扔的是網球，當初為了和丈夫的客戶打雙打上過幾堂課——先是察覺到聲響聽起來較為硬實，反彈的幅度也稍微低一些，最後是顏色，才恍然明白過來男子對著牆扔擲的原來是棒球。

沒有精確測量，但鍾曉熙就是覺得男子扔出的棒球，總是準確擊中牆壁上的同一個點。

難不成他想把牆壁敲出個洞來？

鍾曉熙胡思亂想著。

是在等家人嗎？想和孩子一起玩傳接球？

鍾曉熙繼續漫無邊際想像著。

不對——她很快否定自己。看起來不像是有孩子的人。而且，不只是孩子，或許連家庭也沒有。

不得不承認，想像別人的故事時，鍾曉熙經常往悲觀的方向前進。

「觀眾只會被戲劇性的人事物吸引——而所謂的戲劇性，其實就是悲劇性。」這是初入行時的製作人前輩告訴她的箴言。

簡單來說，人性就是「見不得別人好」。

「曉熙姊、曉熙姊！」趙舒茜踩著鞋跟極高的高跟鞋快步走近，同時揮動胳膊嚷嚷著。

高中時代參加田徑校隊的趙舒茜從短裙裙襬露出一雙膠原蛋白飽滿欲滴的長腿，加上旺盛新陳代謝所帶來的面部肌膚Q彈緊緻、腰臀脂肪燃燒快速——這種種都讓鍾曉熙意識到雖然兩人同為女性，卻像是兩種截然不同的生物。

鍾曉熙收了一下下巴作為含蓄的點頭。

「曉熙姊好早到喔！曉熙姊妳在看什麼——」趙舒茜立刻發覺鍾曉熙的注意力已經從自己身上移開。她目光緊跟著追過去。「是曉熙姊認識的人？要過去打聲招呼嗎？」說著，她已經從包包裡掏出名片夾。

「不認識。」鍾曉熙立刻答道。

聞言，趙舒茜隨即將準備好的名片推回小巧的金屬匣子。「這樣喔。那我們要不要先過去占位子？」

「不用這麼著急，五十分再過去就可以。」

鍾曉熙看了一下手錶，還有五分鐘，收回視線時不自覺又往牆邊瞄過去。

男子不見了。

幾秒鐘前還站在那裡對著牆壁投球的男子，一閃神，就不見了。

要不是有趙舒茜作證，鍾曉熙恐怕會以為自己是大白天見了鬼。

「難不成……真的飛走了？」帶著無來由的調侃意味，鍾曉熙細聲嘀咕著。

「什麼飛走了？」趙舒茜彎下身子湊近鍾曉熙的臉想聽清楚她說的話。

「沒什麼、時間差不多，我們慢慢走過去吧。」

鍾曉熙轉身邁開腳步，踏上石板路的鞋跟聲格外清脆。

趙舒茜連忙尾隨，很快便將落後的半步距離追趕上。她調整了一下眼看就要從肩膀滑落的包包，從鼻子噴出笑聲說道：「我認真覺得，像這種啊、舉辦在下午讓人昏昏欲睡的記者會，根本是故意的嘛！」

鍾曉熙聽得出來她的弦外之音。實際上，自己心中也是這麼想的：故意選這種時間，簡直就像是在避風頭。

吱——

突如其來的高頻刺耳雜音強行阻斷鍾曉熙的思緒，一把將她從稍早的回憶裡拽回來——她望向舞台。

原來是有人抓起了麥克風。

尖銳岔音過後，偌大會場陷入決然的寂靜。

有那麼一剎那，面對著人群的薛博澤甚至懷疑是自己耳聾了。

眼前有一屋子的記者，怎麼可能那麼安靜呢？

薛博澤在內心發出疑問。

「那麼，我們的說明記者會，現在正式開始——」

負責主持記者會的女警于晴華尾音尚未徹底收束，只見瞬間閃光四起。

伴隨喀嚓喀嚓此起彼落的俐落聲響，一眨一眨的鋒芒出乎意料刺眼。

剛剛以為自己聾了，這會兒，又以為瞎了。

就在薛博澤繃緊下顎反射性別開臉試圖閃避那些光亮時，餘光裡，瞥見一名同仁匆匆小跑步過來，將另一支麥克風遞向坐在自己左手邊的刑事局局長。不曉得是不是甲狀腺機能亢進，總是一臉緊張兮兮的局長看起來像極了兩丸眼睛向外凸出的燈籠魚。

滋滋、滋滋——麥克風發出細微雜音。

上帝之手。

沒有任何預兆，這個詞宛如意外造訪的客人叩叩登門，突如其來竄進薛博澤的腦海之中——Hand of God。這是所有足球迷一定都知道的專有名詞，指的是阿根廷傳奇球星馬拉度納在一九八六年六月二十二日世界盃足球賽與英格蘭的半準決賽對戰裡，用手將球攻入球門的那顆歷史性進球。這位當紅球星彼時的說法是：A little with the head of Maradona and a little with the hand of God。最普遍的翻譯為：上帝的手，馬拉度納的頭。

緊接著，不知怎地，他又悠悠想起高中歷史課，草綠色窗簾、不斷旋轉的風扇、永遠留有灰白色指紋的玻璃窗……教到歐洲近代史的時候，站在黑板前留著一頭中分髮型的老師提到經濟學之父亞當．斯密。

在亞當．斯密影響深遠的經典著作《國富論》一書裡頭，提到了一隻「看不見的手」（invisible hand），之後被學者用來詮釋自由價格機制（free price system）：市場運作在冥冥之中猶如受到神的指引一般，因此，也有人稱之為「看不見的神之手」（invisible hand of God）。

從前。現在。薛博澤漫無邊際想著……那麼，如今、這個當下，是不是也有一隻無形的手從眾人舉目所不能及的制高點操弄著這一切？

喀擦喀擦喀擦喀擦喀擦喀擦喀擦喀擦喀擦。

大家還在拍，拚了命地拍。

薛博澤感覺自己的腦袋像是被那一道道迸射而出的光刃捅成蜂窩，嗡嗡嗡嗡嗡嗡——被攪亂的思緒讓頭殼劇烈疼痛起來。

不過，奇怪的是，在這樣混亂的心境下，記憶居然反而變得無比清晰。

關於**那起案件**——事發之初到此時此刻的現在，薛博澤才真真正正準備面對。

對……舉辦這場記者會的原因、自己必須坐在這裡成為眾矢之的的原因，都得從前天晚上那起案件開始說起。

◎

◎

◎

「爽！空氣操你媽的乾淨！」鄧全祐大罵一聲，上半身往後一仰用誇張的動作吸一大口氣。

下午剛下過一場雷陣雨，此刻天空雖然一片漆黑，卻透出一層薄薄的光暈。

薛博澤有樣學樣，模仿大學長的動作深呼吸一口氣，頓時感覺整個肺部都被淨化了，緊繃著的厚實胸膛也隨之舒緩開來。

簽完巡邏單蓋上巡邏箱金屬盒蓋，薛博澤抬頭確認了高掛銀行門邊兩側的監視器，接著快步走到騎樓另一端順道看了一眼旁邊的ATM。

「博、澤、大、哥，拜託一下，不用看那麼仔細啦！反正又不是我們的錢。」鄧全祐咧嘴朝著薛博澤戲謔喊道，而後大剌剌點起菸猛抽一口當街吞雲吐霧起來。

縱使在智慧型手機當道人人都是抓耙子的時下社會，午夜凌晨時分，再加上地處老舊社區，路上連一輛計程車都沒有，在警界打滾將近三十年的鄧全祐更是沒把自己正在執行勤務一事放在心上。

事實上，心血來潮時，他甚至會小酌一兩杯。

舊時代的警察。

相較於年輕一輩的七、八年級生，鄧全祐那派資深警察被稱作「舊時代的警察」，也有人私底下揶揄他們根本是「老蚵仔」：都臭酸了還自以為很猛。

但薛博澤並不是製造世代仇恨的其中一人。

不是怕傳到大學長耳裡，只是薛博澤認為人是無法被改變的。既然無法把日夜相處的同僚變得更好，那麼，自己就從他們身上偷學一兩招日後派得上用場的吧。他盡可能讓自己積極正向些。

「順便看一下，反正也不能太早回去。」薛博澤小小聲應著。

「操！博、澤、大、哥——你以為我跟你一樣時間多喔？」鄧全祐意在言外嚷嚷道，又一次把那聲「哥」字拉得老長。一連吸吐幾口，他將菸逕直扔往人行道，收回腳的同時發動警用機車。

薛博澤趁著對方沒看到，偷偷將火光踩滅。

「你是在生蛋喔？騎車啊！」

「喔、好！」遠處傳來鄧全祐的咆哮，薛博澤應和著小跑步跑向機車，手忙腳亂戴上安全帽。

「欸，那個、阿保……阿保他們怎麼不在局裡？」鄧全祐拖著機車往後頭退了幾步，斜睨一眼這位濃眉大眼、臉說不定還沒有自己手掌大的小學弟，沒等對方答話，便自顧自碎念起來：「剛剛走的時候沒看到他們……原本還想叫他們先跟阿水伯訂幾顆水煎包……」

「自強市場站那邊有人報案。學長他們應該是去幫忙了。」

「報案？發生什麼事？自強市場站，不就在螢橋國小那邊？」鄧全祐往右前方的馬路努一下下顎。

螢橋國小離這裡不到一公里。

「要再過去一點的樣子……靠近和平西路那邊。」薛博澤搔了搔鼻尖。「說是疑似瓦斯外洩。」

「幹，疑似瓦斯外洩——又是疑似。每天光處理『疑似』的報案就飽了。還有、那明明是消防那邊負責的，關我們屁事？」

「大概是現場需要人員幫忙維護秩序、疏散民眾什麼的……」

「吃力不討好的事全丟給我們就對了，警察就是該死。」

猝不及防爆發，丟下情緒性的發言後，鄧全祐隨即騎著機車往前揚長而去。

和鄧全祐搭檔的時間並不算短，薛博澤早已經習慣被他拋下。

兩人一前一後從燈火通明的便利商店前刷過。

騎在後頭的薛博澤注視著前方鄧全祐大幅度左右游移的背影，機車尾端的車燈發出紅光像一對蛇的眼睛。

警察就是該死。

鄧全祐剛剛吐出的這句話又一次浮上腦海。

這句話近來相當敏感。

警員出勤時槍套扣環未確實扣上導致配槍遺失被小混混撿走當街行搶；分局女警未按照SOP進槍械室內清槍在辦公室裡擊發子彈誤傷同仁；未滿三十歲的年輕警察因嚴重胃食道逆流久病厭世於租屋處用配槍殺害女友後自戕；五十歲出頭有著美滿家庭的廖姓警備隊長承擔選務業務負荷過重在派出所後方車庫自轟腦門。

然而，不管背後有著怎樣的辛酸，警察不是一個可以獲得同情的職業。

一般民眾甚至以更高的標準看待他們——認為警察應該堅忍不拔、乃至無堅不摧，無論面臨什麼困境都可以挺身而出擋在第一線。

於是，很多人都忘了，警察終究是人。

只要是人，總有咬緊牙關也捱不過的艱難時刻。

例如，誰知道遺失配槍的警員他的阿嬤幾個小時前才剛因病過世？誰知道誤傷同仁的女警連續值勤二十四個小時未曾闔眼？誰知道接任逝世警備隊長選務業務的負責人大選後不久過勞昏迷成為植物人？

所謂的資本主義，就是一個不斷將「過程」精簡再精簡，結果論的世界。

人們知道的是，警方在短短半年內發生四起用槍意外——可悲的是，如果這僅僅是發生在警方內部的意外，或許社會大眾不會如此關心，也不會招致排山倒海的非議。之所以一時間成為眾矢之的真正原因是：在這些案件裡，受到死傷的人，不單單是警察而已。

例如，撿到員警配槍向下班的林姓ＯＬ行搶的小混混，在和警方的追逐過程中不小心擊中某輛汽車的輪胎導致該車輛打滑失控撞上安全島，儘管前座兩人皆有遵守交通條例繫扣安全帶——但只能說「那天不是他們的日子」，過猶不及，過緊的安全帶導致車身急煞之際一人頸部瞬間勒住造成休克，駕駛則是肋骨斷裂刺入肺部引發血胸，夫妻皆到院前死亡（Dead on arrival，ＤＯＡ）；至於後座猶如打彈珠般受到強烈撞擊的傷患送醫緊急手術後陷入重度昏迷，好不容易睜眼卻不幸成為持續性植物狀態（Persistent vegetative state，ＰＶＳ），也就是俗稱的植物人。

再者，遭到清槍女警誤傷的同仁，其母親因為過於擔心兒子病情而從醫院樓梯摔下從此半身不遂抑鬱終日。

更別提因為女兒被警察男友莫名其妙一槍爆頭的雙親，女兒出殯之後在女兒老家房間內燒炭自殺的社會悲歌。

凡此種種，讓警方的形象和信譽大受打擊。這幾年來苦心經營的社會觀感被這一個接著一個的重拳徹底擊潰。

媒體報導：這台國家機器的某部分螺絲徹底鬆了。

不過，禍福相倚，高層長官紛紛下台一鞠躬，新官上任三把火，這一連串事件讓警方下定決心推動革命性的改變。而這項革命性的改變，薛博澤亦參與其中。

「剩下就交給你了。」再一次，不等薛博澤反應過來，鄧全祐撂完話後自個兒往更裡頭走去。

「嗯、好、學長。」不曉得該怎麼回應才適切，或許是為了填補這段尷尬的空白，薛博澤對著他沒入樹蔭的身影發出無意義的隻字片語。

這會兒，鄧全祐已經翻過水泥磚牆。他將機車停在校園內。

居然從側門口直接把機車牽進來——還大剌剌停在跑道上要是被人檢舉的話，一兩支申誡肯定跑不掉。

只是，這裡是古亭國中的操場。凌晨一兩點鐘，是不會有任何人經過的。

除非薛博澤就是那個抓耙子——

但他無法這麼做，除了同儕道義外，更關鍵的是，一旦鄧全祐被檢舉了，矛頭肯定會指向自己。在講求團隊意識的警察體系裡，不能當那隻黑色的羊——這也就是說，薛博澤不但不能檢舉鄧全祐，甚至還要反過來幫著他隱瞞。

那麼，鄧全祐到底是溜去哪裡呢？

沒有親自向他證實過，不過，根據其它學長的說法，古亭國中活動大樓斜後方那一棟屋齡二、三十年的老公寓原本是長照中心，幾年前破產轉賣，出入的大多是中低收入住戶，頂樓加蓋那一排全是「個人工作室」。

美其名「個人工作室」，其實就是紅燈戶。再說白一點，就是私娼。賣淫的。

鄧全祐打算去鬆一下。

突然間，薛博澤感覺餘光裡有東西靠近——

他扭頭一望。是一隻狗。一隻體型纖細的白色吉娃娃。

薛博澤一直都想養寵物，他認為自己屬於狗派——也許這就是為什麼常有人說自己有一雙像小狗的眼睛？

然而，這份上班時間不固定又三不五時加班的工作，要是真養了什麼寵物，都對對方不公平吧？

那隻白色吉娃娃緩緩朝他走來，膝蓋似乎出了問題，身體重心微微偏移，走起路來有些一跛一跛的。

薛博澤從口袋裡掏出執勤前于晴華硬是塞給自己的餅乾，撕開包裝，稍稍揉成碎塊後倒在掌上。

以後一定要養隻狗——自己偏愛大隻一點的狗，黃金獵犬、拉布拉多或者米克斯都不錯……

滿懷期待勾勒著未來的藍圖，餵完狗的薛博澤走向隨意停放在圍牆邊的機車。幸好有確認——果不其然，又沒上鎖。幫學長鎖上機車，簽完掛置在活動中心外牆上的巡邏箱後，他邊把玩著安全帽邊往操場入口處的白鐵柵欄走去。

安全帽的內裡襯套全濕了——基本上，整個夏天從沒乾過，發出濃厚的腥臭味。更叫人難受的，是那些汗漬不光是自己的。

「經費有限，共體時艱，安全帽裡層層疊疊的陳年汙垢就是你們的勳章。」

想著油光滿面的長官們在高台上臉頰肉一顫一顫說的漂亮話，薛博澤戴上安全帽，剛撈住帽扣……

就在此時——

「永椿呼叫！永椿呼叫！」

忽然間，警用無線電發出一連串疾呼。

那溫潤的聲嗓一聽就知道是中正第二分局之花于晴華。

「永椿」是中正第二分局的轄區代稱。

「這裡是勤務指揮中心——請線上所有勤務人員注意，目前發生超商搶案，兩名搶匪疑似都有持槍。再重複一遍，請線上所有勤務人員注意，目前發生超商搶案，地點是汀州路一段……請鄰近該地點的同仁立刻趕往現場、等待指揮。到達後請回報。通報完畢。」

汀州路一段——

就是剛才經過的那家便利商店。

負責執行巡邏勤務的分局警備隊人員分組代號為101、102、103……以此類推。入夜後通常只有會一兩組人馬同時在線上。「永椿102薛博澤收到。現在從古亭國中出發——通報完畢。」薛博澤邊回報邊「喀」一聲俐落扣上帽釦，三步併作兩步衝向柵欄，不是好萊塢英雄電影看太多，是腎上腺素激發的緣故，只見他竟然一個蹬跳撐起身子直截從柵欄上方飛躍而過。

匆匆跨上機車，薛博澤往便利商店的方向奔馳。

寧靜夜裡，高速轉動的橡膠輪胎在柏油路面摩擦出猶如撕破布帛的銳利聲響。這樣的聲響恐怕會驚醒某些人，而他們當中又有幾個人將徹夜難眠。

全力衝刺，短短三分鐘內，薛博澤抵達了便利商店所在的三岔口。

他熄了火，單腳支撐住地面，伸長脖子遠遠望去。透過玻璃，可以看見臉色蒼白的年輕店員高舉雙手做出投降姿勢。高腳椅座位區的落地窗再過去半步距離，有一名身穿白色汗衫的中年大叔蜷縮在大樓牆柱死角。一隻藍白拖鞋大剌剌掉在落地窗前的馬賽克瓷磚走道上。

報警的人應該就是他。或許是出來買菸的，好死不死撞見這樁搶劫案。

這還是這位年輕警員頭一遭遇上搶劫案。薛博澤躡手躡腳爬下機車，用車身當作掩護繼續探頭觀察店內情況，想盡快掌握目前敵我雙方的相對位置。

「博澤——永椿102、你到現場了嗎？」正準備回報勤務中心，毫無徵兆，警用無線電先一步傳來呼叫聲。

料想是勤指中心的勤務官跑去向副局長通報搶案發生，長官一不在，于晴華的用語和先前相較之下顯得親近許多——照理說，使用警用無線電時必須使用代號，不能直呼對方的名字。

「永椿102到達現場。」

隔著一條馬路，薛博澤仍然深怕被對方聽見似的，刻意擠壓喉嚨抑低音量回應。他的嘴唇緊貼著無線電。

突然想到什麼，他開啟無線電的GPS定位功能。沒有人喜歡被監控的感覺，因此每次執勤領到無線電，這個功能總是處於off的狀態。開啟此一功能後，他掏出手機——于晴華來電。由於對話內容可能涉及案件機密或者重要資訊，甚至提及分局當前線上警力情況，為避免遭到竊聽，實務上通常會改用手機聯繫。

「現在是什麼情況？支援的人到以前不要亂動！」于晴華的聲音衝進耳中。

薛博澤拉直背脊眯細眼睛集中注意力朝店內看去——

「一名店員高舉雙手……還有另一名店員，正在將收銀機裡的錢放入塑膠袋。」

超商塑膠袋——

不知為何，薛博澤突然有些在意。

「高舉雙手……所以、對方行搶用的確認不是刀，是槍——」

「對。是槍。兩名搶匪手上都拿著槍。」薛博澤回答的同時反射性往腰際一摸確認自己的槍。

「料敵從寬」是警匪對峙時的首要準則——所有出現在犯罪現場的槍，在得到證實以前，都必須當作真槍警戒應對。「距離太遠，型號不確定。」

貨源來自黑道？還是從國外弄來的？

「博澤、你先待命，絕對、不要輕舉妄動——支援很快就到了……」忽然，于晴華似乎意識到什麼，支吾半晌，終究還是忍不住開口核實自己的猜測：「你自己一個人？」

「嗯。」薛博澤不置可否低低「嗯」了一聲。

此刻的鄧全祐沉溺在溫柔鄉之中，和命懸一線的薛博澤處境天差地別。

倚老賣老向來是所有組織的弊病，儘管近年來此一陋習有明顯改善，但在新的一代尚未站穩腳跟以前，新氣象無法得到完全的開展。從悲觀的角度更進一步說，當新的一代成為新氣象後，掌權的他們，又能維持那份初心多久？

「明白了。現在局裡人手不夠，已經聯絡泉州街派出所請他們派人過去——總之，在支援趕到之前，你絕對不要一個人接近現場。」

于晴華再三提醒。

「妳放心，我會看情況。如果人質有危險的話，我隨時準備行動。」

「我說過——不要亂來！」于晴華的聲音突然變得尖銳——呼吸也跟著急促起來。緩過幾秒，再開口時她已經恢復平常的聲線。「再多跟我說一些你那邊現在的情形。和之前的訊息彙整後，我這邊會即時通報給前去支援的同仁。」

「他們戴著面具。當然會戴面具——一個是巧虎。一個是……佩佩豬。就是臉長得像吹風機的那個。」

「佩——佩佩豬？這搶匪也未免太跟得上流行了吧？」好像不大恰當，但于晴華一時忍不住笑，語末還輕輕噗哧一聲。她連忙吞了口口水掩飾過去。

「人還要多久才到？」

相較於用槍指著店員指揮他們動作的佩佩豬，圓臉巧虎倒是給人一種狀況外、摸不著頭緒的異樣感覺。光影斑駁閃晃，只見巧虎在陳列架之間的狹長走道蹦蹦跳跳，一面竄動一面將架子上的商品統統撥摔在地，最後甚至用肩頭把布置在收銀檯對面巧克力世界大展的櫃子整個撞翻。好像跟著只有他自己聽得見的音樂舞動肢體。

該不會是……吸毒了？

許多人犯案前會喝酒吸毒壯膽。

「快到了。支援。」于晴華的聲音細細鑽爬入耳。和薛博澤用手機通話的同時，她也一邊留意無線電的聯絡狀況掌握其它人的即時動態。「一心多用」是坐在這個座位上的人必備的能力。「你再等一下喔。」

好近，彷彿就貼著耳朵說話。

這樣的錯覺讓薛博澤感受到溫度，心跳的速度慢了下來。他這才發現到剛剛為止自己一直在用嘴巴呼吸。

「嗯。」

薛博澤沒告訴于晴華——其實，自己騙了她。

兩人通話的同時，他從機車後方繞出，俯低身子穿過馬路悄悄接近便利商店。躲在牆邊的中年大叔顧客和他不期然對上目光，見中年大叔正準備挺起身子，薛博澤趕緊用食指抵住嘴唇示意對方不要聲張，而後又用雙掌朝下緩慢按了按要他暫且先保持冷靜待在原地。

中年大叔雙腳一攤一屁股蹬坐回去。

人怎麼還沒來？再這樣下去，就要被他們溜了。

逮捕犯人的最佳時機，就是他們從便利商店自動門離開的那瞬間。

那瞬間，他們以為行動成功而放下戒心露出破綻——更重要的是：放下戒心的他們不會帶走人質當作保命符。

那傢伙在幹麼？

也難怪薛博澤傻眼，差點連下巴都要掉下來。巧虎居然掀開面具露出下半張臉喝起可樂。

是有沒有這麼渴啊？

不過，也就在此時，支援到了。

兩名從派出所趕過來的警員看起來和薛博澤年紀相仿。

一個戴著粗框眼鏡看不清楚表情，沒戴眼鏡的那個臉上寫滿緊張。

我們三個都一樣吧——都是第一次碰上搶劫案。第一次面對正在從事犯行的犯人。

現行犯，這三個字浮上心頭的剎那，薛博澤的手掌滲出汗水。

「支援到了。」不等于晴華回應，薛博澤回報後隨即切斷通話。

得把握時間行動。

怕打草驚蛇，薛博澤比手畫腳指示他們先關閉無線電。戴眼鏡的那個馬上明白薛博澤的意思。關上後朝他比了個「ＯＫ」的手勢。

薛博澤讓兩人盡可能貼向鄰近他們那一邊的牆，自己則單槍匹馬在另一端設伏，準備從兩側將搶匪包抄。兩名警員為了不讓搶匪發現，從落地窗前經過時幾乎是用匍匐的，以便藉由桌椅等障礙物掩藏他們的身影。

至於薛博澤這頭，剛好靠近收銀檯，旁邊有咖啡機、報架和影印機，再加上他隻身一人不必遷就身旁搭檔，行動上自然沒那麼吃力。

不過不管如何，兩邊人馬終於就定位。

要來了——

拎著兩個袋子的佩佩豬和手上握著一支霜淇淋的巧虎大步跨向自動門。

「叮咚——歡迎光臨！」

自動門敞開發出歡快的電子聲音。

就是現在！

一個手勢，薛博澤和兩名同仁從兩邊同時出擊。

薛博澤對付巧虎，佩佩豬則由另外兩人負責。

近距離接觸，才發覺巧虎的體型意外魁梧——根本是胖虎嘛！

被朝自己撲來的薛博澤嚇到，巧虎渾身猛地一顫，捨不得霜淇淋，於是用空出的另一隻手緊緊握起拳頭往薛博澤面門襲去。

薛博澤哪裡是省油的燈。就讀警大時完成史無前例的校內期末晉級賽柔道四連霸，初生之犢的小大一在校內期末比賽初登場便把去年冠軍的大三學長一個背負投——也就是俗稱的過肩摔——翻甩在地，讓場邊同學全看傻眼，一時間還搞不清楚發生了什麼事。

就如同當年的那次初登場，電光石火間薛博澤壓低重心閃身而過快速出手一把攫住巧虎的右脅下，接著雙腳一蹬腰部隨之發力扭轉猛地背過身去。恐怕巧虎還不明白自己為什麼會無視於地心引力飛騰在半空中之際，已經被這個乍看身板單薄的青年警察拔蘿蔔似的從這一端抽起劃出個半圓弧重重砸摔在另一邊。

從手中脫飛而出的霜淇淋和他的主人面臨相同的遭遇。倒頭栽狼狽攤在地面。

一將對方制伏在地，薛博澤立刻摘掉對方的面具。

他想看看藏在巧虎面具底下的那張臉——那是一張有著肥大蒜頭鼻的中年男子面孔。

從男子嘴唇流出的口水混著霜淇淋形成灰白色的濃稠液體往地板流淌而去，很快蓄積出一個小水漥。

感覺像是過了五、六分鐘之久，實際上，這一連串動作也不過才經過短短的一、兩秒。

砰！

忽然，身後砰一聲。

槍聲。是槍聲。是誰開了槍？

薛博澤望過去，只見那名沒戴眼鏡的警員蜷縮著身子中槍倒臥在地，戴眼鏡的那個握著槍瞄準佩佩豬的雙手不停顫抖，彷彿那把槍是隻上下竄動急欲從掌中掙脫的小動物。

這才是正常人的反應——即使是警察，也無法毅然決然對一個人開槍。

也正因為如此，薛博澤對於佩佩豬毫不猶豫朝警察開槍的事實感到震懾不已。

更讓他驚訝的還在後面，舉著槍的佩佩豬將槍口轉向薛博澤——

糟糕、你還不趕快開槍——

壓制巧虎的薛博澤仰起頭和佩佩豬對視。他的喉嚨乾澀到發不出聲音。分身乏術的他只能在心底朝身在更後方那位戴眼鏡的同仁無聲咆哮、求助。

要是自己現在有任何打算掏槍的跡象，佩佩豬肯定會直接扣下扳機。就像剛剛一樣。

佩佩豬依然死命盯著薛博澤。藏匿在那副面具後頭的兩隻眼睛又深又黑。

事到如今，已經不曉得該怎麼做才能突破這個僵局——錯過開槍時機的戴眼鏡年輕警察，擔心此時自己要是貿然開槍，突然發起瘋來的佩佩豬會能拉一個陪葬是一個，也對薛博澤開槍。甚至，更糟的情況，索性反咬自己一口不管三七二十一亂槍掃射。

從方才的擊發判斷起來，佩佩豬有著玉石俱焚的毀滅性人格特質。

這會兒，其中一方有了動作。

率先結束對峙狀態的是佩佩豬。只見佩佩豬一個俐落轉身朝便利商店側邊的狹暗巷弄答答答答狂奔跑去。

人都消失了，戴眼鏡的那個槍還舉著。

感覺像是過了一輩子那麼長，實際上，也不過才經過短短的兩、三秒鐘。

薛博澤連忙回過神來──對方一定事先準備好了逃跑用的交通工具。如果現在回頭去牽車的話，肯定會跟丟的……可是、要是沒有機車，待會兒搶匪搶先一步開溜，自己絕對會被狠狠甩在後頭連車尾燈都看不到──薛博澤陷入天人交戰的抉擇。

不僅如此，眼下要處理的還有受到槍傷的同仁、現行犯巧虎……

心中一團亂麻。但決定相信直覺。

做出這個決定的同一時間，也理出了頭緒，後續安排突然變得無比清晰。

「手銬！」薛博澤對著戴眼睛的那個放聲喊道。「我說手、銬，沒聽見嗎？」

對方怔愣好一會兒才趕緊收起槍，一面掏著手銬一面小跑步過來。

薛博澤原本想接過手銬，停頓一下，稍稍讓出空間說道：「把他銬上。」

鏡片後方那雙放大的瞳孔流露出困惑的眼神，好像自己剛才使用的是另一顆星球的語言──直到薛博澤朝巧虎努了一下下顎，他才理解這位學長的意思。「喔、喔、好──」囁嚅應道，他蹲下身子將金屬手銬湊近巧虎那雙布滿蚊蟲叮咬爛瘡的肥胖胳膊。

薛博澤沒有看漏，手銬銬上發出清亮聲響的那一瞬間，和自己同樣稚嫩的年輕警察，眉宇間的猶豫突地一掃而空。取而代之的，是一種篤定的神態，眼底變得清澄透淨。

這時，幽幽傳來呻吟聲──像是在提醒他們：不要忘了自己！

我沒忘。

「趕快叫救護車。」按住大腿從地上挺起身子的薛博澤明確給出下一個指令。

當眼鏡同仁通報勤務中心說明現場情況並請他們立刻調派救護車前來時，薛博澤已經朝佩佩豬開溜的方向拔腿衝刺。

那是一條深不見底的筆直長巷——

薛博澤放輕腳步，卻沒有放慢速度。

已經……已經來不及了嗎？

薛博澤不想放棄。他加大步伐。夏夜悶熱的晚風從他的臉頰一波波刮過。

他一面追趕著不曉得是不是跟丟了的搶匪，腦海中一面回放著剛才超商門口的那場衝突——

有一個地方、讓薛博澤十分在意……

為什麼佩佩豬會這麼做呢？

還想不通這個問題，在暗夜裡奔走的薛博澤不由自主打了個哆嗦。他現在才發現自己大汗淋漓，上衣像另一層皮一樣緊緊扒貼住身軀。

從裡到外，連內褲都濕透了。

沒忘記剛剛的教訓，他邊跑邊小心翼翼掏出手槍。斂起眉眼，集中注意力看向視線不佳的遠方。

先是看到，和另一個巷口的交界處，矗立了一盞路燈，霧白色燈罩附近眾多蟲蟻環繞還有飛蛾不停衝撞——沒有眼花，只見往柏油路面投射而出沖積扇形狀的光亮中，居然，有一道人影。

是佩佩豬——追上了。太好了！

一眼認出對方那張粉紅色面具。薛博澤在心裡高聲歡呼。

大概以為成功甩掉警方，鬆懈下來的佩佩豬放慢了腳步，還一邊掀開裝滿鈔票銅板的塑膠袋袋口檢視戰果。

不過，這時候，習慣在意細節的薛博澤不由得回想起方才趕到超商時，內心第一時間對於行搶經過產生的違和感。

奇怪了……到底為什麼佩佩豬會……

但眼下顯然不是思考問題的好時機。逮捕犯人才是第一要務。攥緊拳頭提醒自己，他暫且把種種疑惑強行壓抑下去。

他緩緩拱起後背，像隻升起警戒心的貓。

一步一步逼近。

他祈禱著對方不要這時候回頭。偏偏怕什麼來什麼，佩佩豬冷不防扭頭往後一看。

被發現了。

那雙如井般又深又黑的眼睛遙遙望來。

下一個瞬間，佩佩豬身影飄忽閃動，一眨眼，已經鑽進右手邊那條巷子。

以為會展開一場槍戰的薛博澤舉起的槍口直指著空無一人的十字交叉口。

對方沒有開槍。也對，自己對他來說，還算不上真正的威脅。

那麼——薛博澤驀然轉念一想：自己有辦法對他開槍嗎？

儘管心中感到困惑，但薛博澤沒有鬆開槍柄。他搖了搖頭甩開困惑，使勁揮舞空出的那隻胳膊為自己增加動力疾步向前，很快地，跟著進入那條巷子。這一回，再也不必遮遮掩掩——非但不打算掩藏行蹤，他還一步蹬得比一步大力，企圖用益發響亮層層進逼的腳步聲來震嚇對方。

咚咚咚咚咚咚咚咚——時而雜沓時而重疊的腳步聲在凌晨寧靜時刻聽起來格外令人心驚膽顫。

距離確確實實被拉近。

多虧「系統」，薛博澤可以安心將食指伸進手槍的扳機護環。

無須提心吊膽擦槍走火的可能。

就算不小心擊發，也不是自己的責任——

這麼一想，原本硬冷且沉鈍的槍居然奇妙地變得輕盈。彷彿一枝能夠帶著自己往前加速飛翔的魔法羽毛。

好像可以聽見對方混濁粗重的喘氣聲。

快追上了。

身為運動健將，直線衝刺，薛博澤有絕對的信心佩佩豬不可能是自己的對手。

咚咚咚咚咚咚——最好震得對方忘記呼吸一口氣喘不上來心臟止不住劇烈跳動。

很快、這場鬧劇就要結束了……要是心臟能猛然抽搐一下瞬間停止，那副身軀翻倒在地瀕臨死亡的話——

喵。

一隻黑貓細細尖尖喵一聲，猝不及防衝出來橫在路中央。為了躲開貓，薛博澤快速擺動的雙腳一時間打結被自己狠狠絆一下。

幸好沒摔得狗吃屎——他及時穩住平衡，然而，就差那麼半秒，回過神來時，佩佩豬竟然從眼前憑空消失。

「怎麼……可能？」調整氣息的薛博澤呢喃著。

機車發動聲震動耳膜。

踟躕片刻，薛博澤循著聲源繼續前行。

四周光線黯淡，天空缺月無星。

抬頭一瞄，原來上頭這盞路燈故障了。難怪剛剛一時間沒發現這條被周遭黑暗淹沒的窄巷。

輪胎摩擦地面從暗夜裡撕扯出一小片光明，被再度啟動開關的薛博澤毫不遲疑大步跨進去。追上。前方又出現另一盞路燈，亮著。

騎著機車的佩佩豬往前移動，不過，奇怪的是——車身沒有維持幾秒鐘的平衡便歪歪斜斜像喝醉酒似的變成蛇行，最後車頭甚至直截撞上一旁的電線桿。不只是車燈碎了，連照後鏡也應聲斷折。從上頭傳來窗子刷開的聲響。大概是有住戶被吵醒。

爆胎了——

真是天網恢恢。

薛博澤暗自振奮著——事後調閱監視器，才恍然發現原來搶匪的機車是被附近的遊民給戳破的。事實上，這個遊民因為刺破這社區的輪胎已經進出過派出所好多回……儘管他的前妻老早就搬離了這裡，心有不甘的他，至今仍認為這地方住著破壞他們夫妻感情的小狼狗。

佩佩豬當機立斷棄車，相當狡詐地藉機將機車往追趕上來的薛博澤身體一把推去。

「操！」終於，薛博澤也不得不飆上一聲髒話發洩這口堵在胸腔的悶氣——憑著這股怒火，他居然閃也不閃，一把扛住那輛朝自己倒來的機車，一鼓作氣往旁邊一掀，機車隨即像山壁落石那樣伴隨巨響往一旁翻滾過去。

趁著這個空檔，佩佩豬又消失了。

薛博澤連忙跟上。

「咦？」隨著迎面而來的光亮，薛博澤不禁遲疑一聲。

也難怪他大為詫異——他們離開了錯綜複雜的巷弄。

佩佩豬踩著那雙限量版球鞋在紅磚人行道上瘋也似的手舞足蹈蛇行奔跑，鈔票和硬幣從他手上的塑膠袋不斷飛揚掉落，漫天飄舞的紙張拉出一道道半圓弧劃破空氣、背景音樂是叮叮咚咚吃角子老虎機中頭獎般此起彼落的清亮聲響……

很顯然，搶劫已經不是他最大的目的。脫逃才是。

「這傢伙在搞什麼鬼——」

然而，看在警方眼裡，佩佩豬乖張荒誕的行徑根本是最大的挑釁。

薛博澤告訴自己：說什麼都非得親手把那傢伙逮住不可！

陷入沉睡的城市，眼前是人車皆無猶如非洲大草原的平坦馬路，兩人就此展開了一場你追我跑的追逐戰。

這是決一勝負的最終殊死戰。

很好。這下子，他肯定跑不掉了。

人貴自知。比起那些雞鳴狗盜之徒，薛博澤清楚自己較不擅長打游擊式的巷弄戰……不過，一旦戰場換成寬敞開闊的空間，那勝算可就不一樣了。

而且，最重要的是——他還有支援。

情況慢慢回到自己的掌握之中，有了餘裕以後，薛博澤重新打開警用無線電的開關。

「這裡是永椿102。」

「薛、博、澤！」聲音爆出——無線電滋滋滋滋一時間發出大量雜訊像是快炸開一樣。

雖然看不見對方的表情，不過，光聽聲音，薛博澤可以想像怒吼出自己名字的于晴華此際表情有多麼猙獰。

「配戴佩佩豬面具的搶匪現在就在我前方，大概再三十公尺就能追上。」

或許是面臨生死交關的緣故，佩佩豬的體能比想像中好。

從方才匆匆一瞥的印象判斷，中年大叔巧虎的年紀約莫五十出頭，髮量稀疏近乎半禿，額頭正中央位置還長了顆令人聯想到佛陀白毫那又紅又腫在成年人臉上不多見的青春痘。通常同夥之間的年齡不會相差太多，特別是搶劫偷盜等需要高度緊密性——也就是講究信任感的犯罪類型。

或許是平常多多少少有在運動，游泳、籃球之類的——穿著運動薄外套的佩佩豬目測比自己矮將近十公分，也就是說，大概一七五公分左右，看起來手腳又細又長，身材雖然偏瘦，卻不至於乾癟，而是附著些許肌肉、勉強搆得上是精實俐落的體格。

這麼一觀察，總覺得自己正在追趕的不是佩佩豬，而是一隻蜘蛛。

薛博澤沒有出盡全力奔跑——用不著這麼做。大多數罪犯跑著跑著跑到最後就會自己放棄。他已經可以勾勒出對方氣力放盡癱瘓般呈大字形仰躺在地的模樣。

並不是不想盡快將搶匪逮捕歸案，而是，從先前的情況可以發現：必須避免對方狗急跳牆。這也是薛博澤沒有把對方逼太緊，而選擇從心理層面逐步施壓的主要原因。

「目前的所在位置是、泉州街，剛過林家乾麵。」由於無線電的GPS定位系統開著，勤務中心肯定老早就掌握了自己的動向。因此，這番話是說給前來支援的同仁聽的。

逃吧，你再逃吧——人可以逃到哪裡去呢？

望著佩佩豬的背影，薛博澤心裡勝券在握地嗆聲，可是沒料到說著說著，到最後忽然像是在對自己說話一樣。

「收到，我們這邊立刻出動。」出聲回應的，是此次行動中頭一回出現的男性聲嗓。對方接著補充道：「這裡是永椿501。」

從永椿500開始是泉州街派出所的代號。

「受傷的同仁沒事吧？」

「救護車已經抵達現場。遭到逮捕的現行犯也已經由同仁押送回分局。」

也許是認為薛博澤是學長，對方的應對頗為周到。

「了解。現在只要把這個開槍的傢伙抓到——一切就可以完美落幕了。」

「記住，不要硬碰硬。還有、還有……」

一向嘮叨的于晴華突然收聲，不說話了。

但薛博澤知道她想說什麼。她想說：還有，下次不要再關閉無線電了。

擔心日後這段錄音在會議上被拿出來檢討導致薛博澤可能遭受懲處，她索性把這些話吞回肚裡。

「我知道了。」意識到對方的體貼，薛博澤如此應道，嘴角忍不住微微上揚。「我先專心對付他。」他收起無線電。

就在這時，佩佩豬身子快速一斜岔了出去，鑽進右側那條路。

看不見人影，腳步聲霎時變得好遠。

紅燈可不能右轉。

佩佩豬機車意外爆胎一事大快人心——心底想著不合時宜的俏皮話，薛博澤拐過彎，追上去。立刻又拉回距離。

正當覺得附近街景眼熟，他看見郵局騎樓底下那個頂上披掛著亮藍色防水布的攤子。

那是薛博澤執勤結束回家路上偶爾想吃宵夜時會光顧的鹽酥雞攤。凌晨三點過後，年邁的老闆娘著手清理收拾準備回家休息——而攤位旁，就停著她的機車。上頭的鑰匙向來插著，方便讓她趁現場沒客人時接一些外送訂單。

糟糕。薛博澤握緊槍。

那傢伙連警察都敢開槍，誰知道還會做出什麼事來？

對方和薛博澤想到同一件事。只見佩佩豬一個箭步衝向攤子。直到對方再一步就要撞上去，老闆娘才背脊發涼愕然意識到身後有人，一轉身，和戴著散發怪異氛圍面具的搶匪猛然對上眼，老闆娘不由得倒抽一口氣腳步往後一退，差點要跌進剛洗好的油鍋。

「不准動——」薛博澤喊出聲。

他抬平雙臂，槍口對準佩佩豬。

現在，可以開槍了吧——

要是他接下來對老闆娘做出任何不利舉動的話，砰，子彈肯定會瞬間擊發，貫入他身上某一個部位。

最佳選擇理應是右胳膊。第一，因為那是持槍的手。再者是由於致命的大動脈位於腋窩，也就是上臂內側，不容易誤擊。

佩佩豬的目標是機車，他從老闆娘面前疾步掠過。

奇怪。

薛博澤暗自嘀咕。因為轉動機車鑰匙的佩佩豬忽然停下動作。

他在猶豫什麼？

一輛車身打蠟打得晶亮的銀白色 Lexus 休旅車駛入路邊停車格。

有那麼一瞬間，世界恍如被誰按下了暫停鍵。

緊接著，下一個瞬間，佩佩豬迅即發動機車往那台休旅車直衝而去。

跟打保齡球沒兩樣，佩佩豬直接把剛從副駕駛座上下來的女人撞倒，見狀，駕駛座車門霍地打開，同時爆出一連串粗口國罵，身材壯碩兩條臂膀跟瓠瓜一樣粗圓的男人繞過車頭要和撞上自己妻子的傢伙理論。

男子冷不防渾身一抖僵住身子。

發出震響——佩佩豬將機車隨手往地上一放，用槍對著男子。

隨著佩佩豬手臂揮動的方向，男子舉高雙手踉蹌退往人行道。他被撞飛的妻子還倒在路邊，蠕動著。對方的目的並不在殺人，因此，剛剛撞擊的力道並不大，女人的意識應該還算清醒，暫時沒有大礙。

佩佩豬的目的是休旅車。

機車換汽車，像稻草富翁那樣。只不過，他不是用換的，而是用搶的。

為什麼即使佩佩豬做出這些瘋狂的行為，「系統」依然沒有運作呢？

還是……其實「系統」一直都在運作——而這就是「**系統**」**的答案**。

休旅車歪歪斜斜不甚熟練地駛出停車格。

薛博澤不明白這套「系統」究竟是怎麼運作的——那遠遠超出自己的理解範圍，但自己當下能夠掌握的，他統統不想放過。

薛博澤跑向倒地的機車，一把撐起，坐上的同時發動引擎。

他催足馬力追上休旅車。

「啊——」他張大口聲音近乎悲鳴，表情驚駭。風灌進他的嘴裡。

車上有小孩——

透過車窗寬面玻璃，他瞄見後座有兒童安全座椅。

這個時間點還在外頭，這一家三口可能是剛從國外旅遊回來。

休旅車逐漸加速。佩佩豬鐵定從照後鏡裡發現自己在後頭追趕。這場貓抓老鼠的遊戲什麼時候才到盡頭？對方心中或許正這麼想。想起不久前佩佩豬在巷弄內騎機車爆胎的畫面，薛博澤忽然間靈機一動。他再度將槍掏出——

不曉得「系統」會怎麼判斷？

喀、喀、喀、喀——

不行。

喀、喀、喀、喀——

薛博澤一連好幾次嘗試扣下扳機，手指卻十分僵硬，完全無法拗折，因此，怎麼也無法順利擊發子彈。

喀、喀、喀、喀——

他依然瞄準著汽車輪胎，嘗試著扣下扳機。

還是不行。

整隻手僵硬無比。若不是掌心還能感覺到金屬的冰冷、手背還能感覺到風勢的吹拂，薛博澤恐怕會以為是神把別人的手錯裝在自己身上。

遠方傳來警笛聲響。支援就快到了。

太好了。

對方開的畢竟是汽車，薛博澤就算騎得再快也不可能追上。這會兒，砰——一聲炸裂聲響，休旅車剎那間打滑，輪胎路面吱吱摩擦，歪七扭八往前拖行好幾公尺。

該不會——

休旅車在兩線道的馬路中間戛然停下。橫掛在上頭的閃黃燈一眨一眨亮著。

薛博澤放慢速度，緩緩靠近那輛仍處於發動狀態的車。

終於……放棄了嗎？

車子久久沒有反應。

他一面觀察，一面來到駕駛座那側。不忘保持一段距離。

「下車。」

薛博澤朝著車窗玻璃上朦朦朧朧的側身輪廓喊道。音量雖大，音調卻意外平靜。或許是因為知道一切就要告一段落了吧。

逮捕、問訊製作筆錄、移送地檢署。起訴、判刑。入監。假釋、出獄。看能不能成為一個更好的人。

搶劫的再犯率高，並不是人們喜歡搶劫。這是社會結構性的問題。

車身先是若有似無細細一震，而後，駕駛座的玻璃窗緩緩往下降。

「把手舉高——放在我看得到的地方。」薛博澤往愈來愈開敞的車窗縫隙持續下著指令。

同時，他也豎起耳朵，想聽見孩子的哭聲。適才車身大幅度晃動，照理說，孩子應該會被嚇到號啕吵鬧才對。聽見哭聲，就可以確保孩子安然無虞。可是薛博澤始終沒有聽到亟欲聽見的哭聲。

怎麼這麼安靜——

貼有隔熱防窺暗色膜的窗子後方，慢慢露出佩佩豬的臉。視線昏暗的夜晚，青春童趣的粉紅色看起來帶著點詭異的螢光。

一個晚上爆胎兩次——怎麼所有倒楣事都發生在自己身上？薛博澤盯視著的那雙眼睛似乎是這麼抱怨的。然而，那雙眼睛說的究竟是什麼，已經無所謂了——

一陣風忽地往薛博澤臉部襲來，他隱隱約約聞到一股嗆鼻的氣味——接著定睛一看，只見一手還緊抓著方向盤的佩佩豬舉起另一隻手握住的手槍直對著車窗外的自己。

砰。

一聲槍響。

除了上課和受訓，這還是薛博澤從警這幾年第一次近距離聽到槍響。

覺得比想像中低沉。甚至帶著點鈍重感。

嗅聞到火藥味，薛博澤才猛然回過神來。發現是自己開的槍。

我……開……開槍了？

他不知道自己什麼時候抬起了胳膊——**彷彿有一隻看不見的手從肩膀越過牽引著輕輕扶起自己的手腕**。

細微的刺麻從指尖觸電般蔓延開來。這一切來得實在太突然。

不對，不是我。是「祂」讓我開槍的。是「祂」——藉著我的手開的槍。

開在眉心的彈孔以輻射狀的軌跡噴射出鮮紅色血液。

頭部結結實實中了一槍的佩佩豬臉上面具陡地歪斜，繼而整個鬆脫開來往下滑動卡在下壓的下顎和胸口之間。

和薛博澤推測的截然不同。

不要說五十歲、還是四十歲了——說不定根本未成年。

答案揭曉。呈現在面前的是一張稚氣未脫的臉孔。

胸膛一點起伏也沒有，嘴唇在死去的那一剎已經開始乾皺，瞳仁逐漸失去光澤的少年半張著眼皮……不曉得是不是錯覺，薛博澤總覺得少年瞇起眼的眼尾微微上揚，像是在嘲笑自己說：喔喔，GG了——你殺了一個不該殺的人。

「哇——」這會兒，孩子的哭聲時機巧妙地從後座炸開，傳了過來。

◎　◎　◎

並不是長得年輕而已——

事後經過調查，死者下個月才要滿十五歲。

別說未成年，甚至連性自主的權利也沒有。但這還不是最糟糕的……

該夜案發之初，後續抵達現場支援的同仁，當中有人認出了死者——

等待鑑識組到來期間，拉起封鎖線保護好現場後，幾名員警忍不住好奇，紛紛圍至休旅車車頭往駕駛座方向探頭探腦，想看看今晚引起騷動的罪魁禍首的真面目。頭部中了一槍的死者臉上流淌著令人震懾的大片暗紅色血液，從五官之間蜿蜒流過，宛如一隻扒覆住整張臉孔的紅色爪子——仔細一瞧，當中混進了些許別的顏色……大概是腦漿，還有一點點噴濺而出的碎骨。

「欸？我怎麼覺得這個人看起來有點眼熟……」出聲咕噥的，是差點被鄧全祐叫去買水煎包的阿保。向來熱心警務工作幾乎以警局為家的他，一處理完自強市場瓦斯外漏疑雲便又馬不停蹄趕來這裡。

「操！不會是網紅吧？」另一名警員嚷嚷道，他不斷摩擦著禿掉的光頭皮。

「真的假的——不可能吧？我有 follow 好幾個 YouTuber 耶！我覺得他應該不是。」年紀最輕上個月才剛報到的這傢伙連連搖晃腦袋扯開嗓子喊道。他的陳述頗具說服力，據說他連執勤都會偷偷用手機收看直播，堪稱影音頻道的重度使用者，網路黏著度極高。

阿保眉頭深鎖，邊絞盡腦汁回憶邊繼續嘀咕道。「我記得……記得好像是在電視上看過……之前跟學長喝茶的時候看過的樣子……」

警局辦公空間貼近門口的狹窄地方硬是擠出個休息區，沙發和電視牆中間擺放了一張供他們歇息片刻的長型木桌。桌椅夾出的角落，爐子上永遠架著一壺熱開水。局長曾在某回會議上得意洋洋說：別的福利我可能沒辦法幫大家爭取，唯一可以保證的是，你們只要坐著一定有茶喝，有花生吃。

阿保拉長身子貼近前方擋風玻璃想將對方的長相看得更清楚，呼出的氣息在車窗上凝結成一團白霧。

「啊——啊啊、我想起來了！」阿保瞬間抽回上半身。「他是龔若薇的兒子！」

「龔、龔若薇？」禿頭員警瞪大眼睛。

無怪乎他受到這麼大的驚嚇。即使是對娛樂八卦一點都不熟悉的薛博澤，也聽過「龔若薇」這個名字。她可以說是上個世代家喻戶曉的現象級明星，主演的電影部部大賣，演而優則歌，還唱了不少經典主題曲。然而，擁有如此成就的她，二十多年前終究和其它紅極一時的女藝人走上相同的路，在事業高峰時嫁入豪門移居國外淡出演藝圈。近幾年，由於參與實境節目的緣故，以美魔女的形象重新走紅——完全違反生理法則，年逾半百的她看起來居然比剛過三十歲生日的同框女歌手還年輕。

「怎麼可能——龔若薇都五十幾歲了耶？這傢伙看起來很小耶。」

「真的是他！」先前一直保持沉默甚至一副厭世表情的瘦皮猴員警冷不丁舉起手機高聲叫道。這也難怪，一聽到案件和演藝圈有關，一般人確實會立刻精神抖擻起來。「維基百科上說……這個是龔若薇跟第三任老公生的。」

「這個」——失去生命的「這個」人，真實感變得愈來愈薄弱了。

「我看過他們一起上過談話性節目。記得好像是叫 Eric、還是 Alex 什麼的……」阿保補充說明道。「前陣子不是很流行星二代的話題嗎？」

「第三任？她到底結過幾次婚啊？」禿頭員警忍不住酸了一句。

「目前就三次。這個是和現任生的。」瘦皮猴員警同樣揶揄著，小跑步到駕駛座旁朝陷入皮革座椅裡的「那個」抬了一下下顎。

忽然間，在場所有員警全扭過頭來直盯著薛博澤看。

恐怕只有擊發那顆致命子彈的薛博澤本人還不知道自己到底惹上了什麼大麻煩——

知名女星的寶貝小兒子——不僅如此，龔若薇的現任老公楚一洋，新加坡華裔，經營的公司為百大企業之一，政商關係良好，出馬競選市長的風聲更是一直以來有所耳聞。

事實上，這些令人咋舌的雄厚家世背景，在此次案件中，原本可以、也應該成為警方的施力點和薛博澤的助力——星二代又同時是富二代，未來甚至可能成為官二代，簡直就是獵巫媒體的健達出奇蛋。尤有甚者，這次捅出的簍子，並不是聚眾鬥毆、酒後肇事、桃色風波或吸食毒品……而是當街行搶，其中最嚴重的是，竟然還對身為執法者的警察開槍！相較之下顯而易見，這是和前面幾種截然不同的犯罪等級。

不過，對方處理公關危機的能力顯然技高一籌。

事件一爆發，隨即登上所有新聞的頭條，不只社會版，娛樂版的整理更是詳細，洋洋灑灑好幾頁的配圖報導。除了爬梳龔若薇的演藝生涯，還把她一路以來的豐富情史統統攤開在眾人面前。

果不其然，網友全站在警方這邊，所有矛頭都指向龔若薇的小兒子——Eric。

大家說星二代不意外虧說老爸比較帥。

大家說他看起來就是被爸媽寵壞的孩子。

大家說好險警察沒有為了這種小屁孩殉職。

大家說這傢伙是社會上的不定時炸彈早該滾出台灣。

大家口徑一致說：死得好！

警方太大意了——原本認為只是一起超商行搶、搶匪被擊斃的強盜案件，再加上掌握輿論聲量的鄉民站在自己這邊，於是對後續事態發展的變化放鬆了戒心。

沉寂一天後，翌日上午，龔若薇毫無預警地出招，臨時召開記者會。

平日風光亮麗的女人如今臉頰凹陷，只有短短一天的時間，原就單薄的體型好像又變得更加削瘦，絲毫脂肪都沒有。膚色蒼白一點妝都沒化的面容異常憔悴，起初戴著墨鏡說話的她說著說著摘下墨鏡露出一雙哭腫的眼睛——她確實是個出色的演員。從顫抖的聲音、微微抽搐的肢體到最後激動缺氧昏厥過去……在鏡頭前聲淚俱下的表現博得所有觀眾的同情。

另一個看點是她的先生，身材高大壯碩長相神似竹野內豐的楚一洋，在記者會結束起身離場時，忽然轉身下跪賠禮向社會大眾和警方致上最深的歉意。夫妻彼此攙扶的身影不到五分鐘便又成為新一篇頭條照片。不到一個小時點擊率已經衝破三百萬人次。

主打親情的記者會只開了短短十五分鐘，所揭露的訊息中最重要的其實只有一項：那晚被警方殺死的孩子只有十四歲。

大家說天啊我不知道他居然才十四歲！

大家說警方到底有沒有人要出來說明一下啊？

大家說我一開始就覺得很奇怪有必要對一個孩子開槍嗎？

大家說欸欸我聽說那個警察是對頭部開槍耶會不會有點太扯？

「對頭部開槍」，毫無轉圜餘地的手段，是壓垮駱駝的最後一根稻草。

殘暴。嗜血。罔顧人命。

消息一出，再也沒有任何人站在警方這邊了。畢竟龔若薇那方占有一個絕對的優勢：今天死的是他們的人。這是不爭的事實。

甚至還有人質疑為什麼夜深時分便利商店還會有這麼多現金？根本缺乏危機意識！為什麼店員沒有在第一時間發現顧客的異樣？都戴面具了耶神經也未免太大條了！

這是個喜歡檢討被害人的時代——被性騷擾甚或性侵害還反過來遭到質疑穿這麼少裸露成這樣搞不好是故意的吧?

福無雙至,禍不單行——兩年半前,桃園郭姓員警在查緝贓車時,開槍意外擊中副駕駛座上一名十六歲少年的頭部。郭姓員警遭檢方依業務過失致死罪嫌起訴。這起案件,在超商搶案發生隔天剛好宣布審判結果:桃園地院認為開槍並無急迫和必要性,依業務過失致死判處郭姓員警五個月徒刑、得易科罰金。

除了少數誣告、偽證或者毒駕等特殊罪行,六個月以內的徒刑大多都能易科罰金,一日一千到三千不等——簡單來說:就是花錢消災。然而,這判決的真正意義在於,法律並不站在警察這邊。如果連法律都不挺自己人了,久而久之,民眾也會對警方失去信賴。

兩起案件有相同的關鍵詞:少年。頭部中彈。

接二連三的新聞,讓警方反過來吃了一記重拳——被抨擊執法過當。

按照此一標準,薛博澤朝龔若薇之子額頭開槍一事,顯然不符合他們所謂的比例原則。

眼看輿論風向陡然轉變,而向來隨著民意起舞見人說人話見鬼說鬼話的各大名嘴也將炮口重新校準,用比先前更猛烈的態勢強力抨擊警方失控脫序的制裁行為……慢了好幾拍這才終於恍然大悟的警方趕緊商議對策,想請當時休旅車遭劫的夫妻出面解釋。希望得以藉由他們的說明讓大家知道搶匪當時的行徑已經有極大可能危害到一般民眾的生命安全——也就是強調警方用槍的正當性。

然而,警方的請求卻遭到了拒絕。

這對夫妻表示十分感謝為了自己的孩子拚命追捕歹徒的薛博澤,不過他們現在唯一的願望,就是希冀盡快回歸以往平靜的生活。

「真的很不好意思，我們……有看到報導……我和我先生、我們有共識，我們不想和那些所謂的名人扯上關係……現在這年頭，有時候明明什麼都沒做都會碰上壞事了……實在是……我真的覺得好累。」電話那頭傳來支支吾吾的女性聲音。

「哼——真好笑！就是這樣才更應該要挺身而出、不是嗎？不可以什麼都不做啊！」于晴華得知對方的說詞後冷笑一聲忿忿不平說道。

雖然這頭吃了閉門羹，另一邊或許還有機會——Eric在搶奪休旅車前，不是曾先對鹽酥雞攤歐巴桑的機車動手嗎？

但可惜除了薛博澤以外，沒有其它人知道這件事。

考慮到現行犯少年雙親的影響力，為了不打擾辛苦經營小本生意的歐巴桑，薛博澤在呈交上去的報告中並沒有提及此事。此外，也必須坦白說，這種程度的佐證對於整個戰局而言根本於事無補，畢竟和歐巴桑的中古機車相比，後座還載著一個小孩的休旅車顯然是更危急的情況。

然後，時間回到現在——這場記者會，會是警方的反擊嗎？還是垂死前的掙扎？

雖然身在其中，甚至可以說是整起事件的關鍵，薛博澤對組織接下來的安排卻一點頭緒也沒有。

「沒叫到你，就給我乖乖坐在那裡。不要笑。不要有任何表情。叫到你的名字，就起身向底下敬禮就對了。」

向底下敬禮——

儘管沒有挑明，但刑事局局長在下午會議開始前擠壓喉嚨告誡自己的這番話，已經讓薛博澤清楚明白這場記者會將會往哪個大方向進行：警方打算示弱道歉。

一如既往，為了保持良好的社會觀感，無論事實真相究竟為何——實際上也沒多少人在乎，到最後，警察總是認錯的一方。認錯還算是好的。搞到上法院賠償坐牢丟掉飯碗都有可能。

真他媽的沒道理，明明是想為人民伸張正義，怎麼會賠上自己的一輩子？開了槍的警察心中都會閃過這樣的念頭。

「我們的說明記者會，現在正式開始——」

回過神來，薛博澤的思緒從于晴華的這段話接續下去。

首先，由刑事局公關室主任向台下媒體簡單說明此次的案發經過和之後警方深入調查的偵辦成果。基本上，就是結案報告的簡化版。

聽著公關室主任的報告，偵查過程中慢慢拼湊起來的線索也跟著在薛博澤的腦海裡回放著。

隨著調查進行，當初和搶匪對峙、短兵相接時從自己在心底浮上的疑惑一一有了解答。首先，是丟下巧虎隻身落跑的佩佩豬——

隨意抛下同夥具有相當高的風險。畢竟要是對方被警方逮捕，有將近百分之一百的可能會供出同夥以求自保。

「我不知道他是誰。」胖虎——不對，巧虎這麼回答。

「反正我們時間多。你愈晚交代，情況對你愈不利。」缺席好一段時間的鄧全祐一回到警局便接手偵訊。

警方沒有告訴他佩佩豬已經死亡的訊息。一旦得知死無對證，搞不好就再也撬不開這傢伙的嘴了，站在雙向玻璃另一側的薛博澤如此心想。

巧虎揉了揉掛著兩顆大眼袋的眼睛嘆一口氣，厚圓的肩背放得更低了。「我真的不知道他是誰——我們是透過 Crima 認識的。」

「Crima？那是什麼鬼？」鄧全祐不耐煩地抖著腳。背對著兩人負責製作筆錄的阿保停下敲打鍵盤的手，深怕聽漏每一個細節似的。

Crima。

「Crime Match」的簡稱。

直譯為「犯罪配對」。顧名思義，這是一款用於尋找犯案搭檔的APP。或者也可以視為犯罪版的交友APP。

「這是全匿名的。有分很多種類……有飆車、詐騙、偷竊、搶劫……什麼的。你想做什麼點進去就對了，系統會自動幫你媒合。」

「還媒合哩——」薛博澤身邊的禿頭員警嗤之以鼻。

「所以你們為什麼要去搶超商？」

「為什麼……為什麼啊——」拖曳著長長的尾音，原本看起來十分苦惱的巧虎突然笑出來。

「硬要說的話……大概是心血來潮吧。」

心血來潮決定搶劫。

心血來潮——

只是這樣輕描淡寫的四個字，就改變了Eric和薛博澤兩個人、不，改變了許許多多人的生命軌跡。

縱使是看似荒謬的答覆，卻回答了薛博澤的第二個疑問：為什麼會用超商的塑膠袋裝搶來的錢——明明是強調計劃性的搶劫，用的卻是當場隨手取得的東西……

原來，是因為心血來潮。因為他們的組合是根據犯罪目的而隨機配對的。

「不過，你們也真奇葩，都不怕被對方耍了啊？」鄧全祐笑開來，鞋頭重重撞了桌腳一下。

「怎麼會？」巧虎鬆開笑容，一臉認真凝視著鄧全祐。「這是我第三次使用。跟現實生活中的朋友不一樣，只要同意、答應了，他們每次都會出現。」

「這年頭，不只交友方式改變。連犯罪也跟以前不一樣了。不知道對方是誰也敢一起去搶超商啊？」一旁的禿頭員警咕噥著，用手掌習慣性來回磨蹭頭皮。

恐怕不只是詐騙偷竊搶劫而已……薛博澤思索著巧虎方才未竟的話語。

毒品、謀殺、無差別殺人……

「或許就是因為不知道對方是誰。某種程度而言，這也算是一種靈魂伴侶吧。」最後一個「吧」字薛博澤放得很輕很輕幾乎像是嘆息。

「被同一種犯罪吸引的靈魂伴侶嗎？」禿頭員警被薛博澤的話逗得仰頭大笑，伸手推了他一把。只是薛博澤根本沒有在說笑話。

「以上就是此次案件發生的經過……」報告即將告一段落。

針對犯罪APP一事，公關室主任適才的聲明並沒有多加著墨。雖然偵訊時已經即刻聯繫專責電腦網路犯罪的偵九隊監控並取締，但唯恐助長不法歪風，這方面的資訊還是盡可能不要向一般民眾披露較為保險——特別還是在眾所矚目的記者會上。正如同多年前以自殘和沉浸負面情緒等的「任務」方式洗腦使用者、將其一步步誘導至自殺終局的俄羅斯遊戲藍鯨（Синий кит）一樣，一旦從小眾變成風潮，浮上檯面，在網路上明目張膽公開散播開來，將會嚴重影響社會秩序。

儘管世界也許終究會走到那一步，但警方的責任就是極盡所能延緩那個未來的到來。

「欸、曉熙姊，我想半天還是想不通耶——這案子到底有什麼賣點啊？」明明不想打呵欠，趙舒茜說著說著還是張開嘴用手摀住做了個打呵欠的動作。

「犬顏男。」鍾曉熙吐出簡短的三個字，目不轉睛注視著台上的薛博澤。

犬顏男，指的就是神似小狗的男人。是時下最吃香的長相。

「我也覺得他帥……可是這種帥哥很多啊。光是現在年輕一輩的警察裡，要找到比他更帥、或者說其它型、像是身材更高大五官更立體的，也不是沒有。」

光就外表而言，趙舒茜說的確實不無道理，可是判斷一個人的價值的方式並沒有這麼粗糙——

這個人不一樣。

長得好看上相的人所在多有，可是其中僅只極少數人的臉孔會「吸引鏡頭」。不對。說是「臉孔」不夠精準，還存在著更幽微、難以解釋的「感覺」。整體氛圍？人格特質？總之，眼前這個名叫薛博澤的男人，注定要住在鏡頭裡面。沒辦法用言語解釋、更無從量化這股直覺。從某些層面來說，鍾曉熙認為自己簡直跟靈媒沒兩樣。

在新聞上看到他第一眼的瞬間鍾曉熙就有強烈預感了。一從跑社會線的友人那邊得知死者是龔若薇的兒子，她便再也坐不住，整天想方設法試圖把那個男人請到自己的鏡頭中，讓觀眾能夠透過自己創造出來的窗口，見證自己的品味和眼光。

滿足自身的優越感。

這是能在一份工作中充分發揮天賦的最佳證明。

「接下來，將針對此次案件所引起爭議的部分進行說……」

砰——

「咦？」突如其來的變化，讓向來冷峻的鍾曉熙也禁不住咦了一聲。

記者會還在進行，公關室主任話才說到一半，一樣東西冷不防從底下往台上飛射過去，砰一聲，重重撞擊在橫列座位後方的大幅紙板上。紙板應聲凹陷下去，皸裂出幾道裂痕。緊接著，台下眾人才像是大夢初醒般此起彼落譁然起來。

「那是什麼？剛發生什麼事？」趙舒茜搖頭晃腦，一副在狀況外的樣子。

「感覺、好像是球——」

「蛤？球？」

「看起來是棒球……」

「棒球？」

「真的是棒球？誰不小心扔上去的嗎？」

答案從前方部隊一路接力過來。

「棒球……」難道是——

鍾曉熙兀自呢喃的同時，台上的于晴華離開桿子小碎步追過去，撿起那顆飛上舞台的棒球高舉在半空中對著舞台底下問道：「請問是哪一位媒體朋友不小心掉的棒球？」

棒球表皮顏色泛黃、磨損脫線，攀附不少陳年泥垢，可以明顯看出上頭的歷史。

動了動睫毛，原本低垂視線的薛博澤因為這意外的插曲，稍稍揚起眼睛望向前方黑壓壓一片人海。

「拜託——怎麼可能不小心！」

「蛤？剛剛飛上去的那個、真的是棒球喔？」

「我看根本是故意的……」

「我想到新聞標題了！」

「到底是誰啊？來搞破壞的喔？那個扔球的——」

這起突發事件讓沉悶的會場霎時生動起來，台下眾人熱切交頭接耳竊竊討論著。話聲窸窣，室內的溫度愈來愈高。薛博澤不自覺拉了拉束緊脖子的領帶，感覺不只是喉嚨、整顆頭都脹起來了。

「那個——不好意思……是我……不小心把球扔上去的。」不在意其它人的目光，一身黑裝打扮的男子慢慢悠悠從座位上起身。連說話聲音都相當慵懶，整個人像是由爵士樂構成的。

果然是他。

鍾曉熙瞇細眼睛，注意力從薛博澤身上轉移到這名乾瘦如烏鴉之類禽鳥的男子。

「嘿！」于晴華輕聲一喊將棒球拋向男子。拋擲距離不算遠，但準頭很好。

「謝謝。」男子稍稍舉高握在手上的棒球向于晴華微笑示意，不過下一秒，忽地收起笑意，眼神倏然失去焦點，木著一張毫無情緒的臉將話鋒一轉：「既然都站起來了，我就順便發表一下自己的意見好了——我是覺得可以乾脆直接進入媒體提問的環節，畢竟、我想在座的各位對於警方接下來準備發表的聲明應該都很清楚，就不要再浪費雙方的時間了。」

見苗頭不對，副局長抓來前方的麥克風，忙不迭傾身說道打算壓過對方的氣勢：「這位記者朋——」

「反正你們打算道歉了事吧？」

被說中了。副局長頓時凍結住不曉得該怎麼反應才好。

「看副局長的表情似乎很訝異。」宛如能聽見某種節奏，烏鴉男子停了一拍才接著往下說道：

「不過，我自己是覺得不意外啦！每次都是這樣啊，出了包，只要向大家放低姿態說聲對不起之後會檢討下次絕對改進就好了、不是嗎？」

在場的記者全笑了。

包括趙舒茜。

肌肉僵硬板著臉的全清一色身穿藏青色制服。能感受到在場警察瞬間繃緊了神經。

愈是這種時刻，鍾曉熙就愈是享受這種只有自己置身事外的旁觀感。

「確實是很聰明、很有效的止血策略……」烏鴉男子先是吊了一下胃口，屏住一兩拍呼吸後，用揭穿魔術師手法的口吻接續說道：「明明是中正第二分局捅出的簍子，卻選在總部刑事局開記者會、而且，出席的不是分局長，而是刑事局的兩位大頭——看起來確實挺有那麼一回事的。慎重其事地深深一鞠躬，的確能夠把大家糊弄過去。」

「這傢伙到底是誰？」副局長低吼道——他可以用餘光瞥見局長太陽穴開始抽搐的粗大血管。

無論之前討論度多高，警方道歉後事件便畫下句號接著開始尋找下一個新聞熱點——這向來是警方和媒體之間心照不宣的默契。然而，這傢伙卻偏偏要破壞運行已久的機制，當那個大聲喊出國王沒穿衣服的死小孩。

這個死小孩話可還沒說完——

「薛博澤員警，」忽然被對方指名道姓，薛博澤和烏鴉男子對上目光。後者的眼睛充滿單調的漆黑看不出絲毫情緒，「據我所知，警專五期畢業，於中正第二分局服務的鄧全祐一線三警員，案發當晚應該是和你一起執行巡邏的例行性勤務……」

又來了——警方內部總是有人將消息偷偷透露給媒體。

之前還流傳過「價目表」。

于晴華匆匆瞄了被針對的薛博澤一眼。

「大家肯定都很清楚……古亭國中附近有許多『個人工作室』、啊——反正這也是公開的祕密了，我就直說了、就是私娼啦！」像是當成自己的脫口秀，烏鴉男子繼續說道。聽著聽著好像隱隱約約能在其間聽見嘎嘎嘎嘎的鳥叫聲。「是不是因為鄧全祐警員拋下你、偷溜去找小姐『鬆』一下，讓你一個人執勤，導致發生搶案時人力不足……也正因為如此，必須一個人面對歹徒的你，在最後最關鍵的時刻、做出錯誤的判斷，失控一槍斃死了龔若薇小姐的愛子？」

隨著刑事局局長的臉色變得愈來愈難看，一旁的副局長汗也流得更厲害了——只是那是伴隨輕顫哆嗦的冷汗。

「請問是不是真有其事？資訊是否屬實？」一名記者冷不防舉手質問。

「分局同仁是不是有瀆職的情形發生？是不是有未盡監督之責的疑慮？」然後，是下一個。

「這邊——《澄週刊》Chris，警方是不是刻意隱瞞？這是非常嚴重的瑕疵！導致龔若薇小姐的公子慘死！」還有。

「針對下屬執勤時跑去嫖妓的說法幾位長官是不是應該先回應一下啊？另外、可不可以請鄧全、全——鄧全祐警員也一併出面說明？」再來。

「您好，我是《示民報》的記者，若方才幾位所提到的都是真的，警方內部是否應該要徹底、全面進行檢討——還請局長對於剛剛的提問進行回答！」接著又一個。

「《看！電視》新聞台也有問題想問——」

「這才是那顆棒球真正的目的……」鍾曉熙想通了什麼低吟著。

「棒球？真正的目的？什麼目的？」趙舒茜追問道。

破窗效應（broken windows theory）的變形應用。那顆棒球是為了打破窗子。如此一來，就會有更多顆球明目張膽朝警方飛擲過去。

閉上雙眼，彷彿能聽見匡匡匡匡玻璃接連破裂的清脆聲響。闔著眼睛的鍾曉熙身體微微發抖——想像出來、幾乎能劃破肌膚的清亮玻璃碎聲響徹耳側，讓她猛地回憶起那場車禍——車體凹陷。窗子盡碎。

承受不住受創記憶的鍾曉熙驟然摘下眼鏡。

「這下子棘手囉～～」沒留意到鍾曉熙的異樣，趙舒茜用帶著輕快旋律的尾音說著風涼話。不過，出乎意料地，這短促的一句話竟將鍾曉熙從惡夢裡拉了回來。

她重新戴上眼鏡，用恢復清晰的視線再一次審視舞台上那幾張面對著大批陣仗的面孔。

捱住長桌的幾人面面相覷不安躁動著——向來在意形象公關室發布的每張照片都要精挑細選的局長，罕見地控制不住五官表情猙獰；副局長忍不住掏出手帕頻頻擦拭兩鬢汗水，粗礪肌膚像是受到驚嚇的蛤蟆滲出怎麼抹也抹不掉的頑固油光；更別提從報告之初到現在臉色益發蒼白、似乎隨時都會暈厥過去的公關室主任……情況不妙，當中沒有一個「長官」能夠招架記者們排山倒海而來的尖銳提問。

這些「長官」平日耀武揚威極盡囂張之能事，需要他們挺身而出的時候根本連一個屁都放不出來——愈是明白組織的腐敗，身為組織一員的于晴華便愈是錯覺自己簡直像是從那坨爛肉裡長出來的蛆蟲。

其實解決的方法並不難：一鼓作氣將那團爛肉剜掉就行了。

不過，偏偏不巧的是，往往歷史愈是悠久的組織，攀親帶故的情況更加嚴重——真要動手，恐怕不是剜去爛肉而已，而是把五臟六腑一併連帶扯出。

這樣、還能活嗎？

答案顯而易見。

于晴華懷著悲觀的答案望向薛博澤——這場記者會最重要卻也最沉默的主角。

「咦？」

博澤他——

相當奇妙的……比起記者會剛開始的陰鬱神情，此刻的薛博澤眼神明亮許多，像是倒映在幽靜湖面上的澄澈滿月。

「我想是這樣子的……先謝謝各位媒體朋友、我想大家今天提出了很多寶貴的意見、我們內部還需要時間來消化一下這些聲音……首先補充說明一件事，於中正第二分局服務的鄧全祐警員，由於行為不檢之故，日前已經記過並調離原職以示懲戒。至於其它問題，等我們這邊之後整理好今天的建議，會再召開一次記者會統一回應，今天我們還是先回到一開始的主題——」公關室主任企圖拉回記者會的主導權。

「不要迴避問題！」烏鴉男子束緊喉嚨用粗啞聲嗓率先一喊。

腦門深處好像能聽見嘎嘎嘎嘎——的幽蕩回音。

「不要迴避問題！」

「不要迴避問題！」

「不要迴避問題！」

「不要迴避問題！」

「不要迴避問題！」

「不要迴避問題」的呼喊聲一重又一重迴盪在會議室內。像是某種宗教組織，眾人唱和著，聲音形成巨大澎湃的共鳴，整個空間霎時變成音箱嗡嗡發響。

今天不給出一個說法恐怕下不了台。

壓不住場面的公關室主任瞥向副局長。

副局長滑稽地擠眉弄眼向局長求救、請求指示。

但內心陷入恐慌的局長壓根兒沒注意到豬隊友的絕望。

「不要迴避問題！」

「不要迴避問題！」

「不要迴避問題！」

「不要迴避問題！」

「不要迴避問題！」

「不要迴避問題……」烏鴉男子放輕聲音抿出淡淡的笑容呢喃著。

砰——

門板撞擊牆壁的結實重響。

這一聲突兀的巨響讓窮追猛打的緊湊叫嚷聲產生那麼短短一瞬間的奇異安靜。

首先從門後出現的，是一名身材高挑的女人。女人給人一種矛盾難解的感覺——氣質灑脫獨立甚至帶著點男孩子氣，但那雙眼睛卻十分年輕乾淨，讓人難以判斷究竟有沒有超過而立之年。她將一頭長髮俐落盤起，用一枚淡黃色鯊魚夾隨意夾住，露出線條優美的纖細頸部，頭髮煥發光澤，挑染低調的鐵紅色，猶如陽光底下從跑車車身拉延而出的縷縷金屬髮絲紋。

薛博澤望向女人的同時微微歛起眉眼，不自覺流露出和先前不一樣的情緒。明明是第一次見面，卻有一種難以言喻的熟悉感……

好戲還在後頭——跟在女人身後，一行人三三兩兩接續從外頭進入會議室。

尾隨在女人後頭的，是一名五官深邃、皮膚黝黑，體內明顯流著原住民血液的青年。儘管肩膀寬闊胸膛厚實，臉上戴的那副細框眼鏡卻為他額外添一分柔緩的書生氣質，稍稍中和了過於陽剛的外表。

「正、正軒？」認出熟人的于晴華伸長脖子邊往後探邊咕噥著。「真的是正軒——」而後情不自禁看向薛博澤。

雙手撐住大腿打開胸口，薛博澤定睛注視著斜前方的大門，眼睛眨也不眨，像是怕遺漏任何一張走進這個房間的臉孔。

緊接著，邁著穩健步子踏進房間的，是一名年近中年的男子。男子似乎是混血兒，鼻梁特別高挺，眼睛呈現淡淡的綠色，下顎一帶肌肉強健，一頭銀白頭髮用髮油仔細梳整、旁分出一條筆直銳利的髮際線，配上一身剪裁合度的深灰色西裝完全是英國紳士打扮，襯衫領口處還十分講究細節地別了一只呼應眼睛色彩的墨綠色領針——彷彿是從某個服飾廣告走出來一樣。

「啊。」也難怪薛博澤下意識吐出聲音。

這個有著媲美超模強大氣場的男人，就是自己此時之所以坐在這裡的原因——之一。

「好像是科偵中心的人——」

「現在已經是主任的樣子、我們公司之前有人訪問過他。」

「科偵中心、是近幾年才成立的部門吧？」

「嗯、詳細的工作內容我也不是很清楚……」

「那他們來記者會是想……哪裡跟他們有關？」

果不其然，底下閱人無數的記者群當中有人如此說道，彼此分享著情報。

不過顯然他們目前對這些來賓出奇不意的現身目的仍摸不著頭緒。

「阿保——阿保？他來幹麼？」于晴華差點要從椅子上彈起身來。

跟在渾身散發出耀眼光芒的中年男子身後，踩著快速、甚至顯得凌亂小碎步幾乎是踉蹌進會議室的，是從長相、體格到衣裝都平凡到不行的阿保。

但沒讓于晴華有太多時間發楞，更叫人吃驚的部分還在後面。

壓軸進入會場的是——

「欸、欸——欸？那個是？」

「那位是、署長嗎？」

「警政署署長？」

「真的是他。你們有收到消息嗎？」

「不會吧？為什麼他會突然——」

「我們這邊沒有聽說他會出席耶，今天的流程到底是怎樣……」

「先是臨時召開記者會、然後現在又、是故意的？」

會場掀起另一波討論——騷動在警政署署長郭鑑嘉登場之際達到最高峰。

空氣悶熱，體感溫度持續上升，眾人坐立難安——可是這會兒……之前先是眼神的轉變，如今連原本看起來有些浮躁的肢體語言也消失了。薛博澤坐得更加挺直，掐捏住過去父親教自己打的亞伯特王子結，將方才從喉結拽鬆的領帶重新調整繫緊。

來了！來了！來了！

全場最興奮、但也是將心情隱藏得最好的人，莫過於鍾曉熙。

打從那個打頭陣的鯊魚夾女人踏進來的瞬間，鍾曉熙面前一時間變得無比開闊，眼睛為之一亮連帶身軀倏然一顫。

生理性的反應是驗證直覺的手段之一。

這個男人果然沒讓自己失望。她挑起眉尾瞥了目光炯炯的薛博澤一眼，很快又把注意力拉回到鯊魚夾女人身上。有故事、主要角色也到齊了。接下來，就看自己有多少能耐可以將這一切重組透過螢幕傳達給觀眾——

鍾曉熙下意識握緊拳頭。

「署、署長？」副局長囁嚅道。

「署長怎麼會出現？」局長沒有特定向誰發問——眼下這發展，不管是誰、都好。可以回答自己的問題就好。

「為什麼、署長他會？你們、還是秘書室那邊有收到通知嗎？」副局長側身詢問公關室主任的同時，不忘朝往舞台方向走來的署長堆出笑容。

公關室主任用力搖頭，垂下視線盯著泛黃的桌布擺明不想和任何人對上眼。不發言，就不用負責任了。這是自保的訣竅之一。至於另一招——

「署長請坐。」被局長搶先一步。

另一招，就是讓出舞台。退出舞台，就會立刻被人們拋到腦後。他們對無法追問的對象沒有半點興趣。好比獅子之於動物的死屍。

「你坐。畢竟是你的場子。」郭鑑嘉按住正準備起身讓座的局長肩膀，將對方壓了回去。

居然坐得比警政署署長還靠近中間主位——身為下屬的刑事局局長可謂是坐立難安。

「那署長請坐這裡。」一逮到機會，已經起立站好的副局長趕緊把椅子拉得更開。

郭鑑嘉撥開副局長，一臉愜意地把自己塞進座椅。「你也可以下去。」

一聽到署長這麼命令，公關室主任隨即逃也似的抽身。「好、好的。」

蕭苡麟在公關室主任空出的位子落坐。

正軒、阿保和那位男模特……還需要三個座位——腦筋動得快的于晴華連忙含蓄地擠眉弄眼兼比手畫腳，要下面維護現場秩序的待命同仁幫忙多搬幾張椅子上來。

怎麼覺得好像……有點慌張？難不成、不是警方內部事先安排好的橋段？看起來……重頭戲現在才開始——

見狀，鍾曉熙不由得在心底暗自琢磨著。

終於，所有新加入的人員都坐定位了。

「今天召開記者會的目的，原本是為了向關心這起事件發展的民眾說明於大前天、也就是九月七日晚間，龔若薇小姐的公子楚小兆、也就是大家知道的 Eric，在超商行搶一事所引發的諸多爭議……」大概早在心中擬好草稿，郭鑑嘉用低沉雄渾的聲音有條不紊說道。

「原本」——所以現在是不打算這麼做了嗎？

敏銳的鍾曉熙沒有錯過對方字裡行間的關鍵詞。
「不過，從各位媒體記者的反應，顯然可以看出對於警方的態度、還有接下來準備好的回答，並不十分滿意。」
雖然剛才人不在現場，卻對風向的轉變瞭如指掌。
這就是位居上位者的真正本領。
「好奇怪、他這番話不是反而把自己逼進死路了嗎？」趙舒茜忍不住幫這個和自己父親年紀相仿的署長捏了一把冷汗。
她說的沒錯。就是因為被逼進死路，接下來，就是見真章的時刻。
警方亮出的下一張牌，將決定這場牌局的勝負。
感受到一決生死的剎那逐秒倒數，腎上腺素狂飆的鍾曉熙屏息以待。
「接下來，將交給蕭苡麟博士，我相信她會給各位一個滿意的答覆。」
底下又是一陣躁動。或許是沒料到署長竟然這麼乾脆，連場面話都沒多說幾句就把麥克風交了出去。
去年才剛走馬上任的新署長果真如傳言中所說的那樣，是不喜歡無謂排場和冠冕堂皇廢話的務實派。
「大家好，我是蕭苡麟博士。草字頭的蕭，草字頭的苡，麒麟的麟。」從音響傳出的嗓音有著恰到好處的溫潤。和于晴華的溫潤不大一樣，蕭苡麟的音質多了一點厚度，顯得愈加飽滿。也許正是因為如此，發出的每一個字好像都可以直接打通胸口。略帶幽默的自我介紹後，她繼續往下說道：「在座很多人都聽過，愛因斯坦曾經說了這麼一句話——上帝不擲骰子。對物理學有點概念的朋友一定會說，在海森堡的論文 *The Physical Content of Quantum Kinematics and Mechanics* 提出測不準原理的基本概念後，從肯納德、羅伯森一直到波耳，這個說法早已受到嚴峻的挑戰。客觀宇宙並不成立。這個世界也沒有一個可以準確預測一切的至高無上的存在。或者一般人稱之為的，神。」

「這是記者會還是研討會啊？」趙舒茜忍不住吐槽道。

「很抱歉以這麼冗長的開場白來考驗大家的耐性……我保證這和自己接下來要說的，有著密切的關係。」蕭苡麟的語氣從容不迫。適切的短暫暫停後，再開口時她如此說道：「套一句現在流行的話——從結論來說比較快，薛博澤薛警員開的那一槍沒有絲毫可議之處，也就是說沒有執行上的失責、亦沒有任何道德上的瑕疵。因為，龔若薇犯下強盜罪的兒子楚小兆，在那個地點、在那個時間點，他必須死。」

蕭苡麟爆炸性的發言震驚全場。

在她柔和的微笑相襯下言詞更顯犀利。

霎時，人聲轟然，原本聚精會神聆聽的記者群全七嘴八舌議論起來——屋頂簡直快被掀了。

「他——必須、死？這女人知道自己在說什麼嗎？」

「她準備被鄉民肉搜吧！」

「我已經在google她了……蕭苡麟現任職於內政部刑事局科技偵查暨犯罪防制中心——操！哈佛大學神經科學和分子細胞生物學雙博士……」

「那又怎樣？PTT還是Dcard不是有人這麼說嗎——慈母多敗兒，哈佛多蠢貨！」

「也對，那個誰還有誰不也都號稱哈佛畢業的嗎——結果呢？一個國家發展沒搞好，一個把股價上千元的公司弄到倒掉。」

「該不會又是一個有亞斯伯格的學霸？現在正流行！」

「噓——你白癡喔！不要亂講話……旁邊都同行、小心到時候po上去反過來被網路公審！」

「為什麼要提油救火？是天兵？還是……」在眾多七嘴八舌的調侃風涼話中，鍾曉熙彷彿置身在另一個空間獨自沉吟著。

她打從心底感到不解。即便是擅長創作各種節目腳本引起話題製造爆點的她，絞盡腦汁也搞不懂對方為什麼會在這種場合說出這種充滿挑釁意味的話？

此番言論除了瞬間惹毛所有人以外，更是毫無轉圜餘地。

現在可不是道歉就能夠了事了。

傳出去、而且一定會傳出去……並且還是以頭條的方式——傳出去的話，龔若薇那邊肯定會提告。

眼看又是另一場勢在必行的記者會……好幾次以為這齣戲就要結束了，卻總是在最後關頭出現令人驚奇的轉折。

忽然間，鍾曉熙想到一個可能性。

莫非……

莫非是想藉由蕭苡麟誇張脫序的表現將注意力全吸引過去以後，再懲處她「這個人」巧妙轉嫁警方「這個組織」所承受的輿論壓力。

然而，如果鍾曉熙的猜測落空——如果蕭苡麟不是天兵——那麼這個鯊魚夾女人將會是難以想像的厲害角色。

就在鍾曉熙從署長一派悠然的表情瞧出些端倪之際，蕭苡麟無視底下喧騰鬧聲和紛紛舉高急欲發問的胳膊，自顧自開口接續說道：「我知道你們現在一定覺得我瘋了，又或者應該說，缺乏同理心。可是相信我，我跟你們一樣正常……不，考慮到你們的職業，說不定，我比你們還正常。」她淡淡一笑。奇妙地，台下前一秒鐘還在攻訐她的人也跟著笑了一下。「你們應該都查到了吧？我現在在科偵中心服務。但你們大概還是很疑惑，為什麼科偵中心的人會出現在這裡？正如你們所知，科偵中心的成立宗旨是『研發新興科技輔助警察勤務』。而警察最重要的勤務之一便是維持社會秩序的安寧、保障人民生命財產的安全。基於該目的，科偵中心於去年年底，也就是接近聖誕節的時候，創立了一個項目——Instant Justice。」

「Instant....Justice？」像是被這個詞電到，鍾曉熙連忙掏出手機紀錄下來。

「Instant Justice。我們小組成員間簡稱該計畫為 IJ Project，又名——『瞬間正義』。」

瞬間正義。

蕭苡麟用雙手圈住麥克風，目光專注。「稍微簡單說明一下讓大家有個粗略的概念。參與『瞬間正義』計畫的警方同仁，必須進行一項小小的手術——在大腦植入晶片。」

「在、在大腦植入晶片？哇哩、又不是在拍電影！」趙舒茜嚷嚷道。她喊出了大夥兒的心聲。

「之所以說是微創手術，是因為這是經由鼻腔植入，並不需要開腦。安全性高，成本又低，所需時間也短。」

「安全性高，成本又低，所需時間也短——她以為在拍廣告喔？」雖然對方聽不到，淹沒在隊伍後段的趙舒茜還是你一句我一句地應和著。

「在大腦植入晶片，最主要的目的，是為了和參與該計畫同仁的配槍進行連動——」

「配槍……連動……」提到了「手槍」。不只是鍾曉熙，聽到這裡，其它人也被挑起了興致。

看來要進入主題了。

不過，蕭苡麟沒有趁勢追擊接著往下說明，而是忽地打橫手臂抓來擺在局長面前的礦泉水喀啦喀啦扭開瓶蓋，緩緩喝一口。用手背俐落擦一下嘴唇後，才又啟口說道：「參與該計畫的同仁，配槍同樣會經過科偵中心的改造，加裝生物鎖。也就是說，除了該槍枝的登錄者本人以外，沒有任何人能夠扣下這把槍的扳機。而方才提到的『連動』，指的是那枚植入大腦內的晶片，會根據從該名持槍者的視覺、聽覺、觸覺和嗅覺等感官所蒐集到的資訊進行分析，繼而決定——是否開槍。」

「決定是否開槍——」

「曾經有一段時間……我們以為美國前總統雷根說的那句話頗有幾分道理——槍不會殺人，人才會殺人。可是，事實真的是這樣嗎？我接下來提及的幾起案件各位想必不陌生……在座一定有人看過這部獲得奧斯卡獎的紀錄片，*Bowling for Columbine*，這部片的內容是在講述一九九九年四月二十日，美國科羅拉多州，科倫拜高中，兩名高中生搞到了手槍、卡賓槍……甚至還有霰彈槍，他們用這些武器殺了連同自己在內一共十五個人；二〇〇七年十一月七日，芬蘭約凱拉中學，一個十八歲的少年殺了包含校長的九位師生，在他行凶前錄製的影片裡，穿著的衣服上寫著：人性被高估了；再舉個例子，二〇一八年二月十四日情人節，發生在佛羅里達的斯通曼道格拉斯高中的槍擊事件，死了十九個人，十七個遭到槍殺，另外兩名則是倖存者於隔年自殺；還有，不要光說國外……三年前的七月二十二日，大家、還記得那天嗎？當然，我們怎麼可以忘呢？這是亞洲國家第一起大規模的校園槍擊案。我國苗栗市，志徽中學，一名男同學在升旗時間持槍衝進禮堂進行無差別掃射，為什麼一個身高一八〇體重不到六十公斤的少年會做出這種事？他的回答是，我知道爸爸書房抽屜裡有一把槍。」這次停留的時間比上次更長，會場籠罩在低氣壓的沉默裡，一股張力在人群頭頂上膨脹開來。蕭苡麟知道他們正在思考這一連串陌生且龐大的訊息量——自己像是開通了一個通往嶄新世界的入口。「孩子尚且如此，更何況是我們？所以我們必須記住，記住槍是會殺人的。或者、至少，模糊了人殺人的界線。這便是『瞬間正義』創立的初衷，希望在保障警方執法權力的同時，也能夠保護其它無辜的民眾。舉個極端一點的例子好了……如果今天薛博澤先生想用自己的配槍掃射這整個會場的人——相信我，他做不到。」最後，「我不是說心理上做不到，而是生理上無法做到。」蕭苡麟以帶著點黑色幽默的話語當作結尾。

「可以請妳再解釋一下『瞬間正義』這個系統嗎？」這回率先發難的不是那個烏鴉男子了。一名身穿灰色合身套裝的女記者冷不防抽起身子問道。一問完立即縮頭坐下，像極了打地鼠遊戲。

「順著流程的脈絡來講解或許相對簡明。當警方面對罪犯、到了需要拔槍的地步，接下來他將面臨的選擇會有好幾個，包括瞄準對象的選擇、射擊部位的選擇、扣下扳機時機的選擇……光是想像那處境就讓人呼吸不過來、對吧？再者，根據統計顯示，一場槍戰往往在二點一三秒內就會結束。那是歐美的數據，倘若在國內，發生的衝突規模通常不大，所需秒數肯定更短。要在這麼倉促的情況下做出一連串『正確的』選擇，勢必得承受無比沉重的壓力。但現在，這些選擇，將統統交由『瞬間正義』的系統決定……也就是說，在開槍與不開槍的瞬間，持槍者是完全無法干涉、介入其中的。」

接受實驗前，薛博澤便聽過這些說明——然而，透過這次的經驗，才讓自己真真正正明白這些說明到底在說些什麼。

握住槍的時候，彷彿被什麼東西附身一樣，身體自個兒動了起來——

當時從掌心瞬間涼入心底的金屬硬冷觸感在這當下又一次鮮明復甦。薛博澤吞了一口口水。

「太扯了、這真的辦得到嗎？根本是警方新一代的卸責神器嘛！真他媽的方便……以後隨隨便便開了七、八槍就說是系統叫我開的關我屁事！不、不對、nice try！我們差點就被警方牽著鼻子走了——就算這個叫什麼『瞬間正義』的系統、真的辦得到妳剛剛說的那些事，在這起案件中、又能代表什麼？難道可以將殺死一名年僅十四歲孩子的暴行正當化嗎？而且、妳又怎麼保證警方未來不會繼續用這個系統濫殺無辜、成為國家機器的刑具？好比二〇一九年底世界各國紛紛爆發與警方行為有所爭議的騷動甚或流血衝突……由於《公民身分法》修正案引起的爭端導致印度警察衝入校園對學生進行暴力鎮壓；又或者，遭受警察攻擊只是為了想爭取創立一個新政黨的權利改革國內政治環境的黎巴嫩……」烏鴉男子不鳴則已、一鳴驚人，滔滔不絕說著。比起早先的慵懶，突然變得極具攻擊性——似乎這才是他的真面目。「還有、說回無辜慘死的楚小兆，妳難道都不覺得自己說的話非常諷刺？這樣的結果不就表示你們的實驗徹底失敗了嗎？妳到底是出於什麼目的才會擋在這些大頭的前面胡言亂語？署長剛好也在，我實在很想聽聽看您的說法。」

他也知道看似親切的鯊魚夾女人不是好惹的。必須集中火力、一擊中的。

鍾曉熙知道某種程度上自己和那烏鴉男子是同類。

「關於二〇一九年世界各國動盪的話題，我想引用哲學家漢納・鄂蘭的一句名言——在政治中，服從就等於支持。我認為你模糊了焦點，『警察』並不是造成這一切的元凶、抑或幫凶。真正的凶手，是那些一開始袖手旁觀的人。警方能做的，本來就是遵照法律維持社會基本的秩序。因此，真正重要、能發揮關鍵作用的，是政治。政治人物以及讓他們登上台的多數人，才應該為這一切負責。面對正確的事時，從一開始就不能有絲毫妥協與讓步，因為一旦讓步，未來，就什麼都沒了。」蕭苡麟也回敬了對方一番長篇大論。「釐清前提後，回到正題，我相信署長之後一定會很樂意回答您的任何問題。不過，在這之前，我想先說明，事實上，『瞬間正義』的運作並不是你所說的『隨隨便便開了七、八槍』，而是累積大量資訊後經過精密的計算還有預測……啊、要說服一般人實在不是一件簡單的事，更何況已經占用了大家太多時間……不過、幸好，我們這邊準備了影片，我直接show給你看。」絲毫沒有閃避，直面挑戰的蕭苡麟正視著烏鴉男子說道，態度從容。

「影、影片？是要播什麼啊？現在這時候還有什麼好播的？要播就動作快一點～～」故作不耐煩，明明好奇得要命，吱吱喳喳的趙舒茜不由得又用手肘推了一下鍾曉熙。

「正軒——」

當劉正軒從椅子上起身從于晴華身後走過時，于晴華下意識脫口低低喚了一聲。對方好似沒聽見她的輕語，一臉嚴肅，整了整衣領後，抬手招來幾名員警。員警們一接收指令，往兩側分散開來，唰唰唰唰俐落拉起窗簾。鵝黃夕陽被擋隔在外，視線於焉暗下。

「在我們同仁準備播放影片的同時，我想問一下大家，有人還記得今天我剛開始說的那段開場白嗎？就是有關測不準原理、什麼客觀宇宙不存在的話題……不記得、或者不理解也沒關係，接下來我要說的，才是重點，那就是——人類比量子粗糙，卻又比宇宙渺小，所以……機率的存在是具有意義的。」在背後投影幕緩緩降下的機械聲中，宛如潺潺流動的地底伏流，蕭苡麟的嗓音穿插其中。「回到一開始的問題，我們之所以現在會齊聚在這裡，是因為薛博澤先生開槍殺死了楚小兆。只是，這裡有一個先備條件——大家知道薛博澤先生開槍時，對方也用槍指著他嗎？」

「這點警方之前的聲明稿早就提過了……妳不會認為我們會買單吧？」或許是受到烏鴉男子的影響，另一名記者夾雜冷笑聲毫不客氣說道。「他是訓練有素的警察，對方不過是一個孩子。更重要的是，朝頭部開槍顯然不符合比例原則。說是謀殺也不為過。」

「我想這位記者朋友可能誤會了，自己之所以現在提出這一點，並不是想為薛博澤先生的生命安危發聲。事實上，在這個 case 裡，他的死活並不重要……不，就結果來說，他死或者對方死，是一樣的。只要他們兩人當中有一個人被擊斃，這個案子就 close 了。不過，系統當下所有的分析只會針對罪犯。這個意思是，『瞬間正義』系統的基本設定，是在以確保執法者的安全為前提下，選擇最佳的用槍策略。」

「曉熙姊……妳聽得懂她在說什麼嗎？我怎麼愈聽愈覺得腦袋糊成一團了？該不會是智商不夠用了吧？」

「蕭苡麟博士她，不站在警方那邊、也不站在民眾這邊。她只相信『系統』。」鍾曉熙愈來愈能看清楚蕭苡麟的心思。但愈是明白她的心思，就對那心思背後所運行的邏輯感到更加困惑。

實在太有意思了。

「有人還記得九月七日那天晚上，除了這起搶案以外，還有什麼新聞嗎？」再開口時，蕭苡麟忽然看似話鋒一轉地如此問道。

「信義區夜店黑道圍事警方出動二十名警力場面火爆。」

「桃園市市長選舉造勢活動爆發肢體衝突。」

「高雄輪胎工廠暗夜惡火兩消防員不幸殉職。」

「豐楊鄉鄉長涉嫌賄選一審判當選無效。」

「暑假賣座純愛電影《今天日記》疑似抄襲泰國影史經典。」

「南投市查獲架設賭博網站操控國外選情。」

「松山機場查獲人體運毒海洛因球。」

聲音此起彼落。放眼望去都是記者——一提及「新聞」，底下反應靈敏接二連三給出回應，只差沒按鈴搶答。

這樣下去，恐怕會把報紙上的標題全唸過一輪。

「她突然莫名其妙問這個幹麼？想轉移話題？」趙舒茜歪著嘴咕噥著，死命搓揉太陽穴，好像快被不按牌理出牌的蕭苡麟給搞瘋了。

「瓦斯外洩——」

萬千聲音中，一聽到這個回答，蕭苡麟旋即瞠大眼睛振臂向前用食指直指著對方。順著蕭苡麟的目光，所有人一時間全側過身望向那個人。

被指著的記者彷彿被點了穴道猛地僵住身子。

「九月七日當天晚上，凌晨一點二十二分——超商搶案發生的前五十分鐘。中正第二分局接獲不只一位民眾的通報，說是在自強市場站、螢橋國小附近，發生了瓦斯外洩的情形。」光芒形成光圈從前方朦朦朧朧圍攏過來——投影幕亮起，首先出現在畫面上的是筆電簡潔的桌面。站在旁邊等候指示的劉正軒彎著腰握住滑鼠。「接下來，請各位看一下這段影片。」

蕭苡麟說著別向劉正軒輕輕點了一下頭。

拱起背宛如即將衝刺的短跑選手，和蕭苡麟交換眼神後，劉正軒點開筆電桌面上唯一一個資料夾。資料夾名稱為：IJ Project。

「啊——」連鍾曉熙也不禁詫然。

佩佩豬的臉登時占滿整張螢幕。

只見戴著歡樂粉紅色面具的少年一手握著方向盤，另一手，舉起槍——瞄準投影幕外的眾人。

驟然跳出的畫面——再加上放大後的漆黑槍口過於逼真，底下有不少記者反射性蜷起身子誤以為會遭到射擊。

「這是透過『瞬間正義』系統所保留的雲端影片。」蕭苡麟的聲音從昏晦黯淡的前方幽幽傳遞過來。「沒錯，你們現在看到的，就是當晚薛博澤看到的——這是從他的視角記錄下來的影音資料。植入大腦的晶片『驅動』後，會將各項感官在那段時間內所接受到的一切資訊儲存起來。」

「給我們看這個、是想做什麼呢……打算讓我們能夠更清楚感受那個警員當下生命受到威脅……從而……同情他嗎？」這怎麼可能會起作用？像被驟雨澆熄的篝火，鍾曉熙忽然間對這一切徹底失去興趣。命懸一線，確實是可以博取幾秒鐘的同情，讓人體會到警方面對罪犯時總是賭上生命的犧牲與奉獻。

然而——如果真如蕭苡麟方才所言，這段影片播放的是那晚透過薛博澤的雙眼所經歷目睹的種種……那麼、接下來、接下來的畫面，不正是楚小兆眉心中了一槍的血腥景象嗎？那畫面一旦播放出來被在場媒體捕捉到，可不是鞠躬道歉就能了事——恐怕連坐鎮在最前頭的警政署署長明天早上天一亮都會換人當也說不定。

鍾曉熙思忖之際，影片繼續播放。

「咦？」

不一樣。

影片中，薛博澤沒有如報告裡抬起手臂朝佩佩豬擊發子彈——視線劇烈搖動、大幅度傾斜，砰！一聲槍響。開槍的居然是佩佩豬。或許是情緒過於亢奮，也或許是受到突然大動作閃躲的薛博澤的影響，更或許是單純受到反作用力的緣故，總之，扣下扳機的瞬間佩佩豬手臂倏然一震，射偏了。

好像能聞到從投影幕裡瀰漫進會場空調的絲絲火藥味——射偏的子彈朝薛博澤肩後遠方直直迸射而去。

正當眾人一頭霧水，畫面變成一片死白。前方的黑暗被切割出一塊方整的空白，像通往另一個世界的入口。

「當機了嗎？」趙舒茜咕噥了一句。「公家機關的設備就是爛。」

不對，不是當機。

才剛意識到不是播放系統故障，而是一陣強光將整個螢幕全覆蓋住，緊跟著強烈白光而來的是轟然巨響。聲音即便透過會場的老舊音響仍然造成相當大的震撼。片刻過後，那塊籠罩住整個視線的巨大白色開始搖晃起來，並且逐漸摻入灰色、然後銀色、最後是黑色。是濃煙。濃煙隨著空氣流動而緩緩散去，重新恢復清晰的投影幕上，宛如大合唱，底下記者同一時間倒抽一口氣發出整齊到詭異的驚呼聲……呈現在他們眼前的，是令人意想不到的震懾畫面——

平日看慣的城市街景如今到處斷壁殘垣，轉眼間陷入一片煉獄火海。

造成上百位民眾受傷多達三十二人不幸殞命——幾年前高雄氣爆的駭人災難剎那間被召喚至記者會現場，會場充斥著一股濃厚的、近乎末世的絕望氛圍。

佩佩豬射偏的那顆子彈，在幾個街區外引發了嚴重的大範圍爆炸。

「她說的、沒錯……」鍾曉熙沉吟著。

薛博澤和佩佩豬當中，有一人必須死。

當二擇一時，問題就簡明了——犯罪的那個必須死。

畫面陡然拉高，變成空拍機角度的鳥瞰圖，投影幕中出現城市街道的平面圖，旁邊陸續彈跳出許多個小格視窗，裡頭運行的全是複雜的數學式子。

IJ Project 小組在呈現他們計算出這個結果的過程。

「這是『瞬間正義』的模擬影片。你們最好相信。」蕭苡麟的聲音從黑暗中傳來，一次比一次遠。

02

第二章

牛之首

這就是所有的內容……沒有根據的恐懼。

穩定的機械運轉聲讓人心情平靜。

更遠處還有隱約可聞的水流聲，薛博澤慢慢閉上眼睛。

這個角度，空調流瀉而下的冷風剛好不斷吹掀著他前額的短截髮尖。

仰躺在柔韌床墊上的薛博澤直到現在都還覺得那簡直像是在拍電影。從那個女人——蕭苡麟踏進記者會的那一刻起。

這是他第一次親眼見到本人。

還記得雖然沒有感到疼痛，還是下意識撫按著腦袋五四三二一倒數的情景——跨年前一晚，在薛博澤大腦中植入晶片的人，不是蕭苡麟，而是科偵中心主任黃聖珉，也就是記者會上那名外型堪比模特兒的摩登男子。

儘管「瞬間正義」系統的概念和原型是由蕭苡麟獨自開創，不過由於那會兒她在麻省理工學院的聘期尚未結束——直到上個禮拜才回到國內就任科偵中心高級研究員一職。一回來就碰上這麼個燙手山芋，自己恐怕會登上對方的黑名單吧。

想到這裡，薛博澤啞然失笑。

放鬆嘴角笑意消失後，腦海裡取而代之湧上的，還是稍早的那場記者會……坦白說，從記者會結束到現在躺在床上，思緒始終混混沌沌，什麼都無法思考，只能不斷回放再回放當時的情景，期待著精神徹底渙散索性昏睡過去的那一刻。

那個男人到底是誰？

一般來說，記者追問警方的最大目的是為了製造話題……但那個男子並非如此，而是從一開始就對警方抱持著強大的怒意。甚至是——恨意。

在蕭苡麟播放的震撼性影片後，會場一片死寂。

「這會不會太離譜了？根本是警方自己瞎掰的影片吧！」率先回過神來的依舊是烏鴉男子，他疾呼質疑道。「瓦斯外洩的地點雖然離槍殺地點只有一兩百公尺的距離，但是、如果蕭苡麟博士妳、現在要把所有責任都歸咎到那個叫什麼『瞬間正義』的系統上、那好、妳要怎麼解釋，薛博澤大腦裡的晶片經過分析現場資訊後，最後竟然選擇了開槍射殺少年？因為他根本不可能取得『另一個現場』的環境資料不是嗎？遠在幾個街區外的薛博澤根本不可能聞到瓦斯味——也就是說，妳剛剛播放的這段影片，根本是警方用結果論的方式虛構出來搪塞、欺騙民眾用的！簡直是太無恥了！」

正當烏鴉男子打算故技重施讓大夥兒跟著高喊「無恥無恥」時，蕭苡麟吐出了反將自己一軍的話語。

「你說的沒錯。事實上，薛博澤先生確實沒有聞到瓦斯味。」

「什麼！」趙舒茜驚呼了好大一聲。「等、等一下——這不是等同於承認了從剛剛到現在說的全是謊話嗎？」

「蕭苡麟博士、妳知道自己在說什麼嗎？」烏鴉男子像是聞到惡臭一樣五官用力扭曲起來。

「當然知道。」蕭苡麟毫不遲疑地回答，抿出含蓄的笑容。「但是你說的，也並不完全正確——我剛剛說，事實上，薛博澤先生並沒有真正聞到瓦斯味……因為最精準的說法是，他的大腦讓他認為自己聞到了。」

一道黑影劃破空氣朝蕭苡麟面門忽地襲來——幸好她反應快，往一旁側身閃躲。

咚！

黑影重重砸上紙板發出熟悉的聲響。

是棒球。

場內一陣喧嘩。

原來是烏鴉男子又一次把棒球砸向舞台。眾目睽睽之下，這一回，無法再裝作是不小心了。

「你在做什麼！」刑事局局長發怒吼道，趁機把這段時間憋在心底的悶氣全部發洩出來。

吼聲一出，像是看到方糖的螞蟻，四周警察拉長身子準備聚攏上去。

「署長！如果您還是不肯開金口的話——要不要考慮再換個發言人啊？可能是我們智商太低了，實在聽不懂蕭苡麟博士到底想表達什麼。」

蕭苡麟稍稍舉起手示意兩側負責維持現場秩序的同仁退回原位。接著推開椅子不疾不徐起身，往前走了幾步，撿起那顆反彈後滾到舞台邊緣的棒球。

「H號球啊……」蕭苡麟垂眼注視著那顆年代久遠的棒球。

「署長、我看今天還是先——」

「目前參與『瞬間正義』計畫的同仁共計有五位……」蕭苡麟用嘹喨的聲音蓋過刑事局局長的低語。

「居然有五位——」

身處會場頭尾兩側的薛博澤和鍾曉熙不約而同咕噥道。

「因為事前簽署了保密協定的緣故，在沒有任何的許可下，這幾位同仁不能夠隨意對外透露絲毫情報，他們之間當然也不知道彼此同為受驗者。說到這裡，有些記者朋友可能猜到了……」即使蕭苡麟這麼說，但她高估了他們——台下眾人神情茫然顯然仍舊摸不透她腦中所勾勒出的完整藍圖。只是，不管有沒有人可以跟上，蕭苡麟就像是不斷往前破風衝刺的列車頭也不回繼續說道：

「這位服務於中正第二分局的廖光保警員，和薛博澤先生一樣，同為『瞬間正義』計畫的一員。他同時也是當晚前去處理瓦斯外洩事件的警員。」

開槍前隱約嗅到的那股瓦斯味原來是阿保聞進來的——

恍然大悟的薛博澤連連眨巴眼睛。

「我最後再試著用大家或許比較能理解的說法解釋看看……這個意思是，在驅動大腦晶片的那個moment，薛博澤和阿保、他們兩人透過『瞬間正義』系統——連線了。」

蕭苡麟強而有力的聲線忽然間變得遙遠，彷彿中間隔了一層霧濛濛的毛玻璃，字音漸弱以至於遠去、淡出——

「博澤哥……睡著了？」

聽見刻意放輕音量的咕噥聲，覺得耳朵癢癢的，薛博澤悠悠睜開雙眼。從記憶回到當下這個時間點時，有種被人從背後一拱頓時失重的微妙感覺。

映入薛博澤眼簾的，是站在床邊赤裸著上身只在腰際繫了一條白毛巾的劉正軒。剛從浴室出來，男子攀附水珠的烏亮肌膚還散發著若有似無的絲縷熱氣。骨架較寬的緣故，脫去衣服的劉正軒沒有想像中壯碩，甚至談不上精實，反倒是一派文人纖弱氣質。

「沒有。哪這麼好睡。」薛博澤揉了揉眼睛坐起身子，搖晃的床墊像是一艘小船。「你這床也太軟了。」

「那是博澤哥睡木板睡習慣了。」劉正軒說著來到梳妝台前捉起吹風機。

「叔叔說可以吃飯囉！」房門突然被打開，探進上半身的是穿著寬鬆家居服的于晴華。

「開門前敲一下門是要說幾次？」

「幹麼敲門？你們在做什麼見不得人的事喔？」

「妳這個白癡腐女！」

「拜託～～腐女也是很挑的好不好——像你這樣就是有礙觀瞻。趕快穿上衣服好不好！一點肉都沒有還算是男人嗎？根本是機器人兵嘛！」

儘管胸腰還算有些厚度，但手長腳長四肢纖細、肌肉就是練不起來的他確實有點像宮崎駿動畫《天空之城》裡的機器人兵。

劉正軒冷不防揪來枕頭往于晴華扔去，于晴華身手意外矯健一把接住枕頭，但她沒有對劉正軒進行反擊，反倒毫無預警地扔向坐在一旁笑看兩人你來我往鬥嘴的薛博澤。一點防備都沒有的薛博澤被枕頭正中臉部——

「靠夭！關我屁事！」不單單是枕頭，薛博澤另一手也抓起抱枕，雙管齊下同時向兩邊進攻。

「你們幾個到底要不要下來吃晚餐——」猶如洪鐘的低沉聲音從外頭一圈圈迴盪進房內。

「來——了！」于晴華拉長脖子扯開喉嚨衝著門外回道。

「對了，客人已經到了！」

「客人？」薛博澤和于晴華異口同聲，跪坐在床墊上的兩人先是互看彼此一眼，接著轉向側倒在地板上的劉正軒。劉正軒露出意味深長的笑容。

「你好，我是蕭苡麟。草字頭的蕭，草字頭的苡，麒麟的麟。」

一模一樣的自我介紹。站在昏暗玄關的不是別人，正是今天在記者會上一戰成名的蕭苡麟。

「這裡有拖鞋。」雖然也才剛和這意料之外的訪客打照面，可能同為女性的關係，于晴華很快便進入狀況拉近了距離，從鞋櫃裡幫她取了雙淡黃色的室內拖鞋。

「蕭組長啊，這邊請。」劉叔招呼著換好拖鞋的蕭苡麟往屋裡頭走。

從薛博澤面前經過時，蕭苡麟稍稍仰起臉瞄了他一眼，和同樣也在打量自己的薛博澤不期然目光交會。

「欸欸欸、這女人為什麼會在這裡？」也可能是同為女性的關係，再加上年紀相仿，又被稱為中正第二分局之花，于晴華不自覺流露出天生的競爭意識。

「什麼『這女人』，放尊重一點，她是我組長。」劉正軒白了于晴華一眼。

「是是是、就沒見你對你表姊我有多尊重——請問偉大的蕭組長為什麼會在這裡？」

「人家剛從國外回來，不要說朋友，台灣親戚早就全失聯了……所以、我們組內為了歡迎她，決定分別邀請她到家裡作客，讓她感受一下故鄉的人情溫暖。」

劉正軒說得認真，于晴華聽完卻噗哧大聲笑出。走在前面的蕭苡麟還微微側過頭。

「還故鄉的人情溫暖哩！」

「妳是白目嗎？小聲一點——」劉正軒用力拽一下于晴華的袖口。

「再拉衣服就要破了啦！」

他們打打鬧鬧從走廊穿出進入客廳。

天花板挑高的客廳顯得格外明亮開敞，白漆牆上掛著一幅裱框的墨寶，上頭是劉叔親筆提的字，筆力剛強遒勁，內容寫的是鄭板橋的詩：室雅何須大，花香不在多。旁邊落款劉峻暉。熱衷健身、體魄魁梧類似傑森．史塔克等好萊塢動作明星又留著俐落小平頭的劉叔，閒來無事便會臨摹練字，一想到那隻大手持著纖細毛筆的模樣，便叫人不由自主聯想到《獅子與老鼠》這本童書。

「隨便坐。」像蛙式撥水一樣，劉叔雙手在餐桌上空比劃著。

「不是有火鍋了嗎？幹麼還弄這麼多菜。」一坐下，劉正軒便忍不住抱怨了幾句。

除了擺在餐桌中央的陶瓷鍋和周圍好幾盤肉片、野菇、蔬菜和綜合火鍋料，還有幾道可以直接動筷的熟食——滷肉、糖醋魚、宮保雞丁……幾乎連放碗的位置都沒有了。

「吃就對了，廢話這麼多！我最喜歡吃叔叔弄的滷肉了——肥瘦剛好！」坐在劉正軒右手邊的于晴華夾起一大塊肥滋滋的五花肉塞進嘴裡。

「吃不完不是很浪費嗎……」劉正軒繼續叨唸著爸爸。

「啊、對了，這是我帶來的伴手禮。」像是為了緩頰場面，蕭苡麟突然揚聲說道，從一開始就提著的紙袋裡掏出一個保鮮盒。「先冰起來好了。」

「這是什麼？」接過保鮮盒的劉叔湊近霧面保鮮盒蓋端詳著。

「Zabaione——沙巴雍。一種義大利的傳統甜點，據說最早可以追溯到十六世紀。是我自己做的，等一下還要『加工』一下。」向來自信爆棚的蕭苡麟難得感到不好意思似的，稍稍放低了音量。

「組長在義大利長大。」劉正軒冷不防起身抽走劉叔手上的保鮮盒。

「又不是在工作，叫我苡麟就好。」蕭苡麟說著望向正關上冰箱門的劉正軒，劉正軒扭過身對她露出靦腆的微笑。

大口咀嚼滷肉的于晴華兩顆眼睛又圓又大沒有遺漏這個瞬間——

她連忙用腳尖偷偷踢了踢坐在對面的薛博澤的小腿，但正在大口扒著白飯配宮保雞丁的薛博澤慢了半拍才抬起頭，錯過了那個瞬間。他一頭霧水盯著于晴華，不知從何解釋的于晴華只好嘟囔一句：「那個、不小心踢到了。」敷衍過去。但當劉正軒一坐回座位，表情隨即又變得輕佻：「我的小表弟長大了啊～～」

「妳沒事傻笑什麼？」剛坐正的劉正軒斜睨了于晴華一眼。

「應該都熟了，你們快點夾！還有很多東西沒放！」怕孩子們餓著一樣，劉叔一直催促大家動筷。

「就說準備太多了吧……」劉正軒又鑽牛角尖起來。

「好緊張——」握緊筷子的蕭苡麟說著深呼吸一口氣。

「緊張什麼？」坐在她身旁的薛博澤不禁接續著話題脫口問道。

「這是我第一次吃火鍋。」

「真的假的——第一次吃火鍋？」于晴華往自己碗裡撈一大匙，有凍豆腐、米血、白蘿蔔還有玉米筍。

「應該說，我小時候或許吃過。只是我現在……搜尋不到任何和火鍋相關的記憶。」蕭苡麟用食指指尖點了點自己的太陽穴。「正軒剛剛提過、我在義大利長大的事。我大概是在七歲左右移民到義大利……高中以後幾乎都留在美國念書，已經將近二十二年沒有踏上這片土地了。」

「不到三十歲就當上組長了啊！好厲害——不愧是哈佛畢業的！」

「正軒也是我們小組的一員，或許你們會比其它同仁清楚一點，科偵中心的聘用和升遷方式本來就和警方的一般單位不大相同。嗯……某種程度來說、怎麼說呢——比較正常。」蕭苡麟停頓好一會兒，最後回馬槍補上這麼一句。

桌上所有人都笑了，包括面部肌肉緊繃的劉叔。在座剛好都是警察——這算是經典的內部笑話。能力比年資重要——這才正常。

場面在這之後終於開始熱絡起來。

眾人閒聊著，畢竟來者是客，話題主要圍繞在蕭苡麟身上。

義大利的童年時光、美國的求學生活、畢業後的工作發展……但奇怪的是，當提到更小的時候的台灣印象，她不是隻字不談，就是輕描淡寫說：「都忘了。」馬上開啟另一個話題轉移開來。

天南地北聊著，于晴華忽然聊到明天即將進入冠亞軍決賽的亞洲棒球大賽。

于晴華是個資深的棒球迷，早年支持的時報鷹解散後，直到這一兩年才又重新燃起熱情。

「啊、說到棒球，後來那顆棒球怎麼處理？記者會上飛上來的那個——」

「不是飛上來。是故意朝人扔過來的。」劉正軒硬是修正于晴華的用詞。

薛博澤別過頭注視著蕭苡麟的側臉，等待著她的回答。

蕭苡麟沒有立刻回應，咬了一小口蛋餃後才邊咀嚼邊答道：「記者會結束後我請同仁轉交還給那個人。」

「應該當證物扣留下來。」劉正軒放下筷子說道。

「當證物扣留？傷害未遂啊？那是告訴乃論，人家當事人都沒說什麼了。」于晴華繼續鬧著這個情竇初開的小表弟——同時饒富興致地打量著蕭苡麟。

「沒關係，反正沒砸到人……再說了，那顆棒球說不定對那個人很重要。看得出來放了很長一段時間。」蕭苡麟吞嚥後，驚嘆說道：「這叫什麼？好好吃。」

「蛋餃──妳真的沒吃過火鍋耶！」這會兒，連于晴華也覺得眼前的女人實在太可愛。

「說到記者會──」先前大多是讓這群年齡相仿的年輕人七嘴八舌盡情漫談、抒發己意，但此時安靜良久的劉叔冷不丁發出聲音。十分具有分量的厚實音質猶如湧動於硬殼底下的深沉地熱。「今天下午廖仔他們突然嚷嚷在電視上看到你、我想說是那些老眼昏花的傢伙看錯了。他們叫我趕快過去看、是現場直播，我還以為是ＳＮＧ車、以為發生什麼事──」

「叔叔也會緊張啊？也對，畢竟是劉家獨子嘛！」知道叔叔的話中含意，為了不讓氣氛太沉重，于晴華故意打趣說道。

「你就不能對我有一點信心嗎？」情緒突然間上來，劉正軒的聲音難掩顫抖。

「幹我們這行的，上鏡頭，不是好事，就是壞事。機率一半一半……還是別上鏡頭，在底下踏踏實實做、日子安安穩穩過最好。」

「博澤哥和表姊不是也上鏡頭了嗎？」

「不一樣嘛！我和博澤他從警大開始念，花了很久的時間去成為警察，又不像某人是半路出家。」于晴華像是在尋求薛博澤的認同，用筷子往他的方向比了比。

「你不是也是工程念一念跑去當警察？」劉正軒說的沒錯。

劉叔當時在清大資訊工程學系讀博士班，在妻子因為被捲入某案件意外亡故後，立刻休學立志成為警察。這段往事是于晴華的媽媽，也就是劉叔的三姊告訴劉正軒的。而就在得知這段往事不久後，劉正軒便辭退工作，離開新竹科學園區回到台北老家。

「不過……說實在的，要不是這場記者會，我還不知道你待在局裡都在做些什麼。」劉叔似乎想把自己弄僵的場面稍稍圓回來。但說著說著不知怎地，潛意識裡的想法又摻雜進話語當中，讓原本的玩笑話顯得有些諷刺。

「這不是正軒的錯。簽署了保密協議的關係，不單單是像博澤這樣的受驗者，包括我在內和計畫有關的所有成員都不能透露任何訊息。」蕭苡麟放下筷子，雙手輕輕在桌面上交握著，凝視著坐在右斜前方主位的劉叔。「正軒他是我們組內非常非常重要的成員。我的專業主要在於神經科學和分子細胞生物學的領域，『瞬間正義』的想法雖然是由我提出的，但自己有實質貢獻的部分，是在大腦植入晶片這一塊，ＡＩ軟體的研發、槍枝機械包括生物鎖等設置操作，都需要團隊其它成員的專業付出才能達到目前的成果。資訊工程這一方面，正軒的表現實在是太傑出了。」

「不用這麼認真回答他的話啦。反正不管跟他說什麼，他就是希望我不要做警察，回去當工程師。」被蕭苡麟大加讚賞的劉正軒不僅是臉紅，連耳根子都發燙了。怕被察覺情緒的波動，他刻意壓低臉從喉嚨擠出這番話。

「正軒……」聽到薛博澤幽微的輕喚聲，知道他想提醒自己成熟些不要過於情緒化。強烈意識到自己的孩子氣，這讓劉正軒頓時臉更紅、把頭垂得更低了。

「劉叔不用太擔心，我們 JJ Project 小組隸屬於科偵中心，主要的工作就是研發，幾乎整天都窩在研究室裡。不會有危險性的——啊、雖然我自己今天差點被球砸中就是了。」

◎

◎

◎

晚餐後，來到甜點時間。

劉正軒從冰箱取出保鮮盒，于晴華準備盛裝甜點的小碟子，薛博澤則抓緊時間收拾清洗碗盤。

「我也來幫忙。」聽見聲音，剛側過身，蕭苡麟已經近在眼前。近得可以聞到從她身上散發出來的清爽草本香氣。也許是吃完火鍋身體沒剛才那麼熱的緣故，又或許是飯局結束後感到放鬆，她鬆開鯊魚夾順手撥弄了一下長髮。頭髮放下來以後更添了幾分女人味。

「沒關係，我一個人來ＯＫ。這裡空間不大，妳去處理甜點吧。」

「空間不大——是在拐彎嫌我胖吧？」

「我、沒、我沒——」

「開玩笑的啦！原來姑姑說的沒錯，台灣男生真的很好逗耶！」蕭苡麟拍了一下薛博澤的肩膀轉身回到餐桌前。不是意思意思的輕拍，而是結結實實的響亮巴掌。

這女人還真是很擅長裝熟——

薛博澤活動了一下臂膀暗忖著不禁莞爾。

「在義大利就是妳剛剛提到的那個姑姑照顧妳的吧？」在蕭苡麟的示意下，劉正軒扳開保鮮盒的蓋子。

「嗯。爸媽不在以後，都是她在照顧我。Uncle 做生意的，常常不在家滿世界跑。」

「哇塞——」于晴華忍不住驚嘆出聲。

濃郁醉人的酒香霎時在廚房裡瀰漫開來，讓人有一股打開潘朵拉之盒的錯覺。

蕭苡麟將混有香瓜、藍莓和水蜜桃等水果丁顏色繽紛的蛋奶醬一匙匙盛上碟子。

「看起來有點像提拉米蘇。」

「提拉米蘇的確是從沙巴雍變化過來的。是在沙巴雍的蛋奶醬裡加入了提神用的濃縮咖啡。所以說，Tiramisù 的直譯是 pick me up，指的其實是『提神』，並不是那種浪漫、為大家所熟知的『帶我走』。」蕭苡麟認真說明道，突然停下了動作。「還少一個碟——」

「弄四份就好。叔叔他不吃甜點。」抓著湯匙的于晴華顯然已經等不及開動。她回答著，眼睛緊盯著盤子。

「健康因素？」

「應該不是。純粹不喜歡甜食吧？印象中，我幾乎沒看過他吃過甜點……最接近的搞不好是花生糖。可以吃了？」

「他應該要喜歡。」蕭苡麟微微噘起嘴說著，她從包包裡亮出炙燒料理噴槍，往碟子上的甜點快速燒了一下——香氣一下子迅速膨脹、炸裂開來。緊接著，她行雲流水挖了一匙送進嘴裡，一臉享受地瞇細眼睛。「嗯，現在可以了。」

見狀，于晴華也趕緊跟著挖一匙塞進口中。

「我也覺得。他應該要喜歡。」深有同感的劉正軒說著看向蕭苡麟，吃了一口甜點的蕭苡麟嘴角沾上義大利甜醬，剛好對著他咧開笑容。兩人相視而笑的瞬間畫面照理說應該要十分唯美才對，但心情澎湃起來的劉正軒一時間嗆到，用力咳了好幾下，脖子都脹紅了，模樣狼狽到讓他差點想找個洞鑽下去。

「沒事吧？」薛博澤幫他倒了一杯水。「喝慢點。」邊說邊輕輕拍著他的背。

「有些人真的吞口水就會嗆到耶。」于晴華說著風涼話。「博澤你趕快吃啦！苡麟她超厲害——超好吃的！我可以叫妳苡麟吧？」

「當然可以。」蕭苡麟像是致意那樣朝她高舉了一下湯匙，接著又塞進嘴裡。

「我去客廳坐一下。」一點徵兆也沒有，輕巧一句話，薛博澤關上水龍頭，在擦手巾上抹乾雙手後逕直走出飯廳。

「欸你還沒洗完啊——」蕭苡麟雖然嘴上這麼揶揄，但已經轉身來到流理檯前接手清洗碗盤。流水聲中穿插進于晴華的聲音。

「他是去找叔叔。叔叔吃完飯都會跑去陽台抽菸。正軒不像我和博澤不得不習慣——局裡的大學長幾乎每個都是老菸槍，他最討厭菸味。」于晴華轉眼間已經掃光甜點，像隻貓咪正伸出舌尖舔乾淨湯匙的她忍不住瞄向薛博澤的那份。「先說好、等一下要是博澤沒吃的話，這盤就是我的！」

以兩人的說笑聲為背景音效，劉正軒拉了張椅子坐下，不動聲色地將最靠近自己的小碟子拖得更近，不發一語用手中的湯匙戳翻著甜點，遲遲沒有送入口中。

陽台上，劉峻暉正在吞雲吐霧。

他抽的是黑大衛。味道很濃，還帶著點特殊的香草味，缺點就是濾嘴軟得快——劉峻暉驀地想起從前他們夫妻倆還曾經開過這方面的黃色笑話。

落地窗拉開時，背後霎時傳來若有似無、輕盈的談笑聲。

明知道來的人是誰，收起笑容的劉峻暉還是習慣性側頭一瞥。

薛博澤推上窗子，周遭剎那間又安靜下來。他來到陽台圍牆邊，雙手盤起靠抵上去，順勢傾身將下半張臉埋進圈起的胳膊裡頭，微瞇起眼睛焦距渙散地望向前方夜空，模樣像極了一隻趴臥感到睏意的柴犬。

將香菸按熄在菸灰缸裡，劉叔又從菸盒掏出另一根。

菸灰缸裡已經有三枚菸蒂。他比平常多抽了兩根。

薛博澤靜靜待在一旁。

從胸膛深處呼出長長的一口煙，注視著眼前那團顏色時而鐵灰時而霧白的朦朧煙團，劉叔終於開口了。

「那個叫『瞬間正義』的計畫……你多久以前就參與了？」也許是焦油的緣故，他的聲音聽起來有些黏糊，彷彿經過喉嚨的每一個字都沾裹上了什麼。

「去年的最後一天，接受大腦植入晶片的手術。」

「也過去好幾個月了啊……」

對於劉叔感嘆般的呢喃，不曉得該怎麼回應的薛博澤索性選擇沉默。

「要是沒有碰上這個案件、發生這些事——我到現在應該還是一無所知吧？」

窩住下半部臉的薛博澤點了點頭，幾乎要把整張面孔藏進懷中。

「有點意外，這麼重大的事……」劉叔沉吟好一會兒，才像是整理好了思緒擠出下半句話。

「你沒有跟劉叔提過這件事。」聲音微微顫抖。哽咽。

儘管劉叔的外表給人一種冷硬派、甚至是美式英雄的硬漢形象，但實際上，要是沒有心思縝密細膩的一面，是無法成為偵查隊裡的扛霸子、人人打從心底景仰的大前輩。和一般人被喊「學長」的制式稱呼不同，大家總喊他「劉哥」，帶著颯爽江湖氣的同時，也多了那麼一點親近。鐵漢柔情——

「對不起……讓劉叔擔心了。」事實上，直到蕭苡麟等人代表的科偵中心站出來之前，薛博澤自己也完全不曉得命運會往那個方向發展。

「是因為合約的保密協議嗎？還是因為……」

這時候，薛博澤忽地大動作打直腰桿，把臉從臂彎裡拔出來。但他沒有立刻回應，支著牆緣凝神俯瞰城市夜景好一陣子，消化那股濃稠複雜的心情後，才接續劉叔方才的遲疑輕聲說出這麼一句：「因為我知道劉叔不會同意。」

在寂靜夜裡，即使是極輕的聲音也如同彈珠落地一般鮮明。

「你之所以參與……參與那項計畫……是因為錦霖嗎？」薛錦霖是他的死黨。薛博澤的老爸。

當然是。不需要等到薛博澤的答案，劉叔再清楚不過了。從老爸過世以後，薛博澤做的所有選擇都是因為他。

為了贖罪？還是為了證明些什麼？劉叔沒有問過薛博澤。反正他們父子兩人已經走在同一條路上。事實上，錦霖的離世，造成的改變不僅如此——

「你知道嗎、很有趣的一件事……」劉峻暉用雲淡風輕的口吻說著，瞄一眼薛博澤的側臉，將頸子擺正的同時捻熄香菸。只是，這一回他沒有捺壓在菸灰缸裡，而是直接將菸搓揉在陽台磁磚上。「劉叔一直以為，是因為正軒他媽碰上那種事、不在了……我才會放棄工程師、跑去當警察。但過去這麼多年以後……我才恍恍惚惚意識到，或許早在錦霖離開的那一刻，就冥冥中注定讓我踏上這一條路吧。」

這是薛博澤第一次從劉叔口中聽到這番話。

如此貼近內心的真切自白。他忽然覺得自己一窺了劉叔不為人知更感性的一面。

「那個系統……『瞬間正義』，是不該存在的東西。」像是在斟酌用詞，劉叔舔了舔乾燥的嘴唇，發出黏膩的細微聲音。「劉叔想、在你內心深處，一定跟我、我認為錦霖如果還在的話也一定和我有相同的想法——身為一名警察，必須對自己開的每一槍負責，這才是真正的正義。」

身為一名警察，必須對自己開的每一槍負責——

薛博澤不是不理解劉叔的話中含意……他的意思是：難道知道不是「自己」，而是「系統」讓自己開的槍以後，那份殺了人的感覺就會不一樣嗎？所以，為了維護劉叔口中的真正的正義，該死的人應該要是自己才對嗎？如果今天在槍戰中死的人是自己，劉叔真的會認為這是比較好的結局嗎？

身為一名警察，必須對自己開的每一槍負責——

劉叔說的這句話，那所謂的「每一槍」，也包括了老爸往自己腦袋開的那一槍嗎？

砰！多年前的深夜，一聲突兀槍響。心頭一震剛回過神血液剛流回末梢刺痲的手腳，彼時體格尚還瘦小的薛博澤直覺不對勁，連滾帶爬來到二樓，跌跌撞撞衝進書房，猛地定住身子，靜靜看著眼前臥倒在地貼在一灘血泊中的老爸。

「不好意思，是不是打斷了你的思緒？」

聽到輕柔的聲音，薛博澤緩緩睜開眼睛。伴隨視覺的恢復，咖啡館嘈雜的人聲也跟著逆流回耳底。而後，首先映入眼底的，是天空。和昨日不同，今天的天空雲層厚重，還帶著點魚鱗般的鐵灰色，似乎隨時會降下一場挾雷暴雨。他將視線從大片落地窗移回到眼前，一名戴著粗框眼鏡的女人站在桌邊。

「你好，我姓張。是復仁高中校刊社的指導老師。」

薛博澤匆匆起身，向對方點了個頭，看起來有些慌張。「張老師妳好。」

查案時，和陌生人接觸是再自然不過的事，然而一旦去除「調查」這個因素，薛博澤這才恍然發現自己還是和從前一樣怕生。

「不好意思占用你寶貴的時間。」張老師身後跟著兩名身穿便服的少年少女。

現在有些中學已經不用穿制服，想想還是覺得不可思議——自己距離中學時光已經這麼久遠了嗎？

「沒關係……」事實上，他沒有選擇的權利——畢竟發話的是分局長。他一大早便被叫進辦公室，被要求今天去接受一間學校校刊社的採訪。而對方約定的地點便是昨天記者會會場旁的連鎖咖啡店。

四人圍著不算寬敞的咖啡桌就座。

「那我們可以開始了嗎？」張老師話剛說完，一名用髮蠟抓出新潮造型的少年端著擺放四杯飲料的托盤直直朝薛博澤等人的方向走來。空間稍嫌侷促，少年放下托盤後索性直接拉了張椅子躲在他的同學身後。短暫插曲過後，張老師接下去說道：「我們校刊社每期的內容都很多樣化，當中有一個專欄，主要是在探討社會上發生的各種議題，包括總統大選、婚姻平權、環境保育……等等。或者新聞時事，好比校園霸凌、毒品入侵、社群網站焦慮——此次的星二代槍擊事件全國矚目，我們打算把這個案子當作下一期專欄的主題之一，所以想請教薛警官幾個問題……」

「我不是警官。」

儘管知道對方也許不了解其中的分別，但薛博澤聽著彆扭，還是忍不住插嘴糾正。

也不能怪對方，許多人以為警大畢業想當然耳就會成為警官。但實際上，近幾年三等特考的門愈來愈窄，也因此愈來愈多人為了避免賠償四年學雜開支而選擇低就報考四等特考。家境並不寬裕的薛博澤自然冒不起這個險，再加上向來對考試沒太大信心，只求過關順利就職。即使工作場合碰到的同期大多都是警官，身為小螺絲釘警員的自己也沒有任何不滿。名符其實——待在什麼位置就做好那個位置的事。他一直是這麼想的。

「喔、那我稱呼你……薛先生？」

薛博澤點了一下頭。

「大致的情形其實我們從各種管道的新聞已經了解得很透徹了，所以就不再針對案發過程等細節提問，首先，我最想知道的是——」張老師瞇起清澈鏡片後方的雙眼。「你會不會覺得遇到這種事很倒楣？」

「這種事……倒楣？」

「就是每天案件這麼多，警察這麼多，怎麼偏偏就是自己碰到了——還鬧這麼大。」

薛博澤持起馬克杯啜飲了一口熱摩卡。咖啡的焦苦和巧克力的微甜交融在一塊兒帶出了令人分泌更多唾液的淡淡酸味。

「倒吊子。」放下馬克杯後，薛博澤吐出了這個詞。

「倒吊子？」張老師表情詫異，難掩困惑。

「倒吊子。妳聽過嗎？」

張老師搖了搖頭。她身旁的少年少女也一臉懵然。

「其實就是檳榔。整串檳榔裡逆著生長的檳榔，就叫做『倒吊子』。一般來說一棵檳榔樹可能會有兩、三顆這種檳榔，比例不高，但就是有——通常採收時會特別注意摘除掉，因為倒吊子具有很高的植物鹼……簡單說，就是吃了有很高機率休克、甚至猝死。」

「我明白了，你的意思是，這世界上有許多事是無法避免的——再怎麼小心，終究會有人吃到倒吊子。你只是剛好吃到的那一個，並沒有什麼特別值得在意的。」張老師似乎覺得頗有意思，嘴角勾起笑容頻頻點頭。「逆著生長、含有劇毒的檳榔啊……聽起來就好比龍之逆鱗。」

「龍之逆鱗……不愧是老師，我們沒那麼文雅。」薛博澤苦笑說道，原本想再喝一口咖啡，但停頓一下又將杯子擱回。

「You have the obligation to follow commands, but you also have the right to miss——前段時間網路上廣為流傳的文章裡，引用了這麼一句話。意思是：你有服從命令的義務，可是你有不瞄準的權力。」張老師像是在授課似的有條有理說道。「脈絡是這樣的，東西德兩德統一前夕，也就是柏林圍牆倒塌不久前，有一名東德青年因為試圖越過圍牆而遭到自己人射殺。事後青年的家人起訴了當時開槍的東德士兵，士兵的辯護律師說執行命令是天職，他也別無選擇。而我一開始引用的那句話，正是法官給出的回應。他認為『良知』才是這世界上最高的準則。沒有什麼比『尊重生命』更重要。也就是說，你當然有執法的權力和壓力，但真的有必要當場擊殺一名少年嗎？」

「第一，對方當時確實準備朝警方開槍，而根據先前搶匪使用槍枝的態度——在便利商店門口毫不猶豫朝同仁扣下扳機，因此我認為，先發制人是出於自我防衛的目的，有其必要性和正當性。第二……第二……我、沒辦法控制自己的手……」薛博澤嘀咕的同時垂眼注視著自己擱在桌面上的手，將指尖緩緩延伸開來攤出掌心，然後握住，攤開又握住。「不是在推卸責任，是真的沒有辦法控制。那一瞬間，整隻右手就像是被遙控一樣。」

「瞬間正義，對吧？就是蕭苡麟博士在記者會上提到的系統。」

「關於系統詳細運作的情形我並不真正清楚，可能要和蕭博士那邊聯絡……我之所以參與這項計畫，最大的目的是希望未來所有執法人員都可以獲得更多保障。對了，我也想問張老師一個問題——」

「薛先生請問——」張老師挪了一下身子。

「我想問的是，如果今天死的人是我，你們還會為我做這些事嗎？」你們——雖然說是向張老師提問，但壓抑不住情緒的薛博澤想問的對象其實是那些追著自己打的所有人。「妳不是張老師吧？」薛博澤突然這麼一說。

「這樣是兩個問題喔。」「張老師」比了個yeah，泛起微笑深深躺入椅背，順勢翹起一雙修長的腿一派悠然，對身旁的少年少女說道：「打工結束，可以散了。」

一聽到女人這麼說，三名少年少女隨即抓起飲料抽身，一點留戀也沒有，只留下歪斜凌亂的椅子。

「嗯，我不是張老師，那是我朋友——當老師太無聊了，她跟你們分局長有點交情，你們分局長也被蒙在鼓裡。」謊言被戳破，女子倒也落落大方坦誠以告。「我姓鍾。鍾曉熙。」

「妳付他們多少錢？」薛博澤往門口的方向望過去，那群孩子已經推門離開了。真希望在那群嘻嘻哈哈的孩子們頭上淋上一陣大雨。

「錢？沒有。我只說要請他們喝飲料。」鍾曉熙咧嘴笑道，聳了一下肩膀。「你怎麼發現我不是張老師？」

「我認得妳。妳在昨天那場記者會出現過。」

鍾曉熙打從心底感到意外。她以為自己已經退得更後面，是唯一一個超然的旁觀者……想不到，還是被注意到了。「昨天的記者會我站在最後面，你這樣也認得出來？」

「我視力不錯，也算會認人。」

「你很適合這份工作。」鍾曉熙暗暗檢討著今天果然不應該偷懶，不換髮型也至少改戴隱形眼鏡——就在此時，她發現薛博澤的唇角細細扯動了一下。該不會……「還有別的原因？」不放過絲毫細節的鍾曉熙追問道。

薛博澤又點了一下頭，端起馬克杯垂頸湊上杯緣前如此說道：「因為妳只一心追問自己想要的答案，完全不在乎身邊的那些人。」

◎　◎　◎

「又見面了。我還以為下一次見面會是在科偵中心的研究室，沒想到居然會是在這裡。」

薛博澤跨下機車，剛摘下全罩式安全帽，前方便迎面走來一名女子。由於背光的緣故，還沒看清楚對方的面孔，倒是先認出了那聲音。

「蕭博士。」薛博澤喊了一聲對方的職稱當作打招呼。

「薛警員。」蕭苡麟刻意喊回去，上下打量了他一下。「你衣服好濕、還有褲子也是，沒帶雨衣？」

「來不及，剛好快要到停車場前下起大雨。停在路邊穿會更慘，乾脆硬著頭皮直接衝下來。」偌大的地下停車場幽幽迴盪著兩人的交談聲。

「他們說會有人在大廳等我們。」

「電梯好像是那個方向。」薛博澤側過身往後頭一指。

兩人一前一後走著，但稍稍落在後方的蕭苡麟漸漸加快腳步，腳步聲聽起來頗為輕快，不一會兒便和薛博澤齊肩了。從電梯間散發過來的光亮愈來愈強。薛博澤瞄了瞄蕭苡麟，她嘴角帶著掩藏不住的笑意。

「妳看起來很開心。」薛博澤不明白她到底在開心什麼。

晚上九點半，兩人此時此刻之所以會在電視台的停車場，全是因為一個小時前從上頭發下的一封電子公文——是由署長室直接發出來的。他們被指派去參加《現世異苑》的現場 LIVE 訪問。

想當然耳，主題又是少年槍殺案和「瞬間正義」系統。

「當然開心。」蕭苡麟想也不想回答。

「為什麼開心？」

「什麼時候開心也要問理由了？」

「有任何情緒是不需要理由的嗎？」薛博澤罕見地反問回去。

「Cingulate gyrus——我不知道中文是怎麼翻譯的，cingulate gyrus、杏仁體、腦穹窿、還有海馬迴所構成的大腦結構總稱為『邊緣系統』，Limbic system。有趣的是，雖然名為『邊緣』，實際上卻位於大腦組成的正中央。人的情緒便是從這個部位發出的。至於掌控邏輯思維的大腦新皮層，則是用來分析、理解情緒的。根據研究，生物演化最先構成大腦的是邊緣系統，再來才是大腦新皮層。也就是說，有時候面對同一種情境，個體卻產生了不同的反應和情緒……而之所以詮釋方式有所差異，就是因為大腦新皮層的最大特徵，在於每個人以理性面對情緒的程度並不相同。簡單來說，因果關係搞錯了，我們一般人以為的『情緒』，其實是先從邊緣系統產生，再由大腦新皮層賦予意義。」

「妳想說的是，在未進化前、最原始的人類，情緒並不需要理由。」

蕭苡麟對薛博澤瞇眼笑了一下。「再分享一個冷門小知識——根據研究，邊緣系統是可以壓制大腦新皮層的，這解釋了為什麼當人產生驚嚇、震驚、狂喜……等劇烈情緒時，會胡言亂語甚至說不出話來。」兩人來到電梯門前，金屬門扉倒映著他們兩人模糊的身影。薛博澤往上樓鍵一按，數字開始倒數。

「還沒回答你剛剛的問題，你不是問我為什麼開心嗎？我的大腦新皮層有了答案。因為這是一個可以讓全國人民了解『瞬間正義』的大好機會。讓人們知道這個系統有多好，他們才會支持我們。雖然我覺得很奇怪啦——到底是從什麼時候開始需要得到足夠多人的支持才能去做對的事？」果然是蕭苡麟的說話風格。儘管不是故意的，但說著說著就挑釁起來。

叮。

電梯門緩緩開啟，兩人一前一後進了電梯。

可能是因為警察的身分，每次搭電梯，薛博澤總會回想起《捍衛戰警》（*Speed*）這部電影——某個想炸墜電梯的恐怖分子。

電梯門關上，空間封閉的瞬間空氣彷彿也跟著凝結，顯得格外安靜。在電梯上升時伴隨而來難以言喻的輕微失重感中，薛博澤問出他深埋在心底已久的疑惑。

「為什麼之前我開不了槍？」

看似沒頭沒尾毫無頭緒的一問，蕭苡麟卻微微勾起眼尾瞄了瞄前方映影中的薛博澤。

「我明白你的意思。你每一次扣扳機的資訊都有記錄下來。你當時是想朝搶匪的休旅車輪胎開槍對吧？」蕭苡麟仔仔細細看了好幾次分析資料。「因為當時若是開槍，系統預測休旅車會失控往旁邊撞上、翻覆。路燈、分隔島、電線杆或者變電箱。將導致駕駛死亡。系統運算時，會以『將傷亡降至最低』作為最佳解，其中的傷亡自然也包括罪犯本身……你還記得休旅車最後爆胎時停在哪裡嗎？」

「十字路口──」

「對。是十字路口，一個空間相對開闊的地點。」

數字輪番亮起。再跳一次就到一樓了。

「我知道你在想什麼──如果不是對方指著你的頭、想對你開槍，他現在會活著。」蕭苡麟沒有等薛博澤再開口便逕自如此說道。「所以，不用再煩惱那些偽善的道德。因為事實上，如果不是他先從事非法行為，『瞬間正義』就不會將他列入目標。他是被自己的暴力害死的。」

「這些我都知道。只是還是會忍不住思考，到底有沒有更好的做法。」

「沒有。」蕭苡麟斷然說道。這兩個字咬得很重很重。「你一定也知道，我們需要的、釜底抽薪的作法，其實是更細緻的法律，而不是把過錯推給某個只能在這些條條框框裡活動的個體，放在從前，那就叫『獵巫』。不僅不公平，還可能會在更重要的議題上失焦。所以──你必須相信，這就是最好的做法。我之所以創造這個系統，說白了，就是為了替『警察開槍』除罪化。你們終究是人，為什麼要背負著遠超過自己精神耐受度的艱難決定？只有這一件事，我希望可以幫你們承擔。所以，請相信我，相信這個系統。」

叮。

電梯門開了。眼前豁然一亮。

被帶上十一樓，被女大生模樣的助理引領著往長廊另一端走去。行進途中，右手邊的一扇門忽然被打開，一張熟悉的臉孔映入薛博澤放大的瞳孔中。

「喔、來了啊。」

「是妳——」

「你認識？」被高大的薛博澤擋住，蕭苡麟彎著身子探出頭來。

「不算認識。見過面。」

「妳很有辦法。」

「壞毛病，只要是我想問的問題，就一定會想辦法問到。」

這傢伙有門路直通署長大門。

蕭苡麟對兩人的關係更感好奇了，一雙眼睛睜得圓滾滾的。

留意到蕭苡麟的表情。「你好，蕭博士，第一次見面……還有、薛先生，這是我的名片請參考。簡單介紹一下自己，我是鍾曉熙，《現世異苑》的節目製作人。」鍾曉熙和蕭苡麟握了一下手，像變魔術似的一晃眼從掌心變出名片分別遞向兩人，隨即話鋒一轉。「舒茜，把握一下時間，趕快帶他們兩人去梳化間整理一下。」鍾曉熙對著那名女大生打扮的助理揚聲說道。

「穿這樣不行嗎？」蕭苡麟心直口快問道。

她穿著袖子反摺至手肘處的白色襯衫和淺藍色的窄管牛仔褲，算是中規中矩的保險派打扮。但鍾曉熙有意見的並不是衣裝——俐落素雅給人一種恰到好處的研究者氣質，不會過於外放，也不會過於孤傲，只是隨意用鯊魚夾固定的髮型在螢幕上呈現出來的效果往往不是瀟灑，而是有些邋遢。任何在電視上呈現出來的畫面都是經過設計的效果。如果把那一頭長髮放下來的話會沖淡學者身分所造成的距離感，而增添一絲神祕的嫵媚……

倘若鍾曉熙能把這番想法說給薛博澤聽的話，他肯定會投她一票。

「蕭博士的打扮很ＯＫ，只是妝髮需要再稍微整理一下而已。」鍾曉熙彎起眼睛微笑說道。而後目光移到薛博澤身上，毫不掩飾掃視了一輪。「不過……可能要比較麻煩薛先生一點，至少衣褲要換掉——不是搭配的問題，是因為雨水的痕跡太明顯了。」

事實上，就是搭配的問題。

透出內衣的濡濕鵝黃色襯衫、紅色短褲、綠色夾腳拖……這個人是把紅綠燈直接套在身上嗎——更別提那一頭被安全帽壓塌的委靡髮型。

離奇的是，蕭苡麟似乎不覺得薛博澤這樣的搭配有任何問題，一臉興味盎然直盯著他瞧。

也可能是因為上班必須長時間穿著統一制服的緣故，私底下才會隨便穿搭——

但也不能隨便到這種地步吧？

覺得又好氣又好笑。總而言之，鍾曉熙慶幸有這場及時雨，能讓她順其自然提出這個要求而不顯得強勢。

「啊，蚊子，你帶他們去梳化間！跟廖姊說是曉熙姊的人她就知道了。」趙舒茜喊來一個走路內八看起來有些慌張的男生，把方才鍾曉熙交給自己的任務立刻又轉交出去。

目睹自己指派的任務被轉交出去，鍾曉熙不覺得這是問題，她一貫的標準就是：只要結果，不問過程。也就是說，倘若今天出了什麼紕漏，趙舒茜要一人承擔下來。這即是成為優秀主管必備的心理素質。

「欸欸、曉熙姊，反正到最後都可以把他們弄上節目，妳下午幹麼還要浪費時間去找他啊？」

兩人一被帶開，趙舒茜便蹭到鍾曉熙身邊問道。

「你無法靠著只站在那裡看海就能渡海。這是詩人泰戈爾用來譬喻想像與實踐之間的落差。而在我的詮釋裡，也包括了對人的想像。」望著薛博澤愈走愈遠的背影，鍾曉熙輕聲說道。「我想要確認一下。和人面對面、近距離交談，是最古老，但也是最準確的方式。」

「廖姊，曉熙姊那邊在問妳這邊OK了嗎？今天是LIVE，差不多要準備進棚stand by了喔。」梳化間門才剛推開，趙舒茜便急性子地從狹縫中把頭擠進來。

「差不多了。」被尊稱廖姊的四十多歲女人頂著一頭濃密誇張的長鬈髮，身材豐滿曲線婀娜，說話音調特別高，甚至不自然到有些尖，讓人忍不住懷疑眼前這位廖姊會不會曾經是廖「哥」。

「收到！那我先過去攝影棚，等一下蚊子會過來帶他們過去。」趙舒茜說完後定睛看了背對著自己的薛博澤一眼——取代原先紅色短褲的是鐵灰色薄款直筒牛仔褲，由於材質不算硬挺，更能看出薛博澤本就結實飽滿的翹臀。「喔～～曉熙姊眼光真好～～」她嘀咕著吹了一下口哨縮回頭去，輕手輕腳順手帶上門。

「這襯衫……會不會太小件了？」站在全身鏡前的薛博澤看起來有些不自在，他試著扭動身子、前後伸展胳膊。新換上的粉紅色襯衫富有彈性，猶如另一層皮那般毫無間隙地伏貼住他的肌膚，稍有動作，推擠賁張的肌肉便會使得線條格外明顯，上臂連帶到腋下上胸一帶的袖管隱約透出肉色幾乎要被撐爆。「感覺這邊……好像太緊、快裂開了。」像做熱身運動一樣，他邊咕噥邊繼續嘗試延伸肢體。

「不會不會啦！現在都流行穿小一號的咩！而且我們贊助商只有提供這個 size。」廖姊按住薛博澤的肩膀顧左右而言他說道。穿上高跟鞋後差不多跟薛博澤一樣高的她貼近他的鬢角像是想跟對方自拍一張。

「那個……真的、沒有別件嗎？」薛博澤不死心。「剛剛好像拿了不少件其它顏色的過來——」

「你皮膚白，粉紅色很適合你。」也不知道是不是在看熱鬧——不過更可能是發自內心這麼覺得，後方座位上剛弄好髮型的蕭苡麟一轉過身看向鏡子便冷不防插嘴說道。「不過總覺得好像還少了一點什麼……」

「啊、還差皮帶——皮帶拿過來！扣頭金色、方形有老鷹浮雕的那條！」廖姊扯開嗓門衝著助理吼道，一回頭和鏡子裡的薛博澤對上目光旋即又恢復笑容。她俯身雙手圈住薛博澤的腰，調整著被頻頻伸展肢體的他從褲頭拉出的襯衫衣襬。「雖然是警察，卻有消防員的體格。」忍不住用手掌貼住薛博澤臀部的弧線。「臀中肌不好練。」

「其實我練得算還好而已……現在很多年輕一輩的警察都有在鍛鍊。一部分人會跑去健身房，有些警局內還有小型的健身空間，雖然設備不大齊全，但普通的鍛鍊還行。」薛博澤抓了抓耳朵認真解釋道。「跟歐美相比，亞洲人的臀部肌肉確實天生沒那麼發達。」

「廖姊、皮帶來——」

砰！

助理話還來不及講完，梳化間的門忽然被推開，但這一回力道頗大，門板直接重重撞上牆壁發出震耳巨響。

「啊——」駝背男生的手定格在半空中，皺起臉、一臉「喔喔糟糕了」的表情。

「幹！現在是怎樣——說過幾百次了、開門小力一點是耳包聽不懂嗎？」半小時前才犯過一模一樣錯誤的蚊子只有低著頭乖乖被廖姊轟炸的份。

「來了來了！」趙舒茜剛確認手機上的時間，一抬頭便看見他們。

聽到嚷嚷聲，正在喝礦泉水的鍾曉熙連忙移開瓶口。「稍等一下。」匆匆對主持人拋下這句話後，用手背擦拭嘴角的同時蹬踩著高跟鞋繞過高大的攝影機從棚內一路趕來門口。

一見到蕭苡麟和薛博澤，鍾曉熙收住腳步深呼吸一口氣，感覺長年以來的過敏性鼻塞整個都好了——她很滿意重新打造的成果。蕭苡麟施了淡妝整張臉都亮了起來，特別是杏桃奶油色的唇膏，搭配上長髮髮尾部分適度燙捲為捲度不大的大波浪，整體給人的感覺不會太嬌氣、公主，而是多了一分浪漫柔情。

至於薛博澤，更是令她吃驚。她第一眼就知道他長得帥，卻沒料到身材比想像中好——所謂的「好」，不是單純的歐美歐巴式的壯碩或者漫畫花美男式的清瘦，而是性感。同樣是肌肉男，絕大多數無法勾起一絲慾望，必須要有恰到好處的體脂肪，才能致使女人產生讓對方包覆住自己的強烈衝動。

「這條皮帶真好看。」鍾曉熙意在言外。真正精采的才不是皮帶。

我的天、那個屁股——廖姊肯定沒放過。

鍾曉熙心想待會兒一定要讓薛博澤起身示範幾個柔道的基本動作。

都說女人四十如虎，鍾曉熙亦不例外。

大部分男人都不曉得，以為只有男人喜歡看屁股。其實女人也很在意屁股。

例如鍾曉熙的老公，她和他第一次發生關係，就是因為和他一起去海灘時他穿的那件三角泳褲。

「啊——久仰了久仰了！是最近爆紅的薛博澤警官、還有蕭苡麟博士……蕭博士本人比記者會上更漂亮。」尾隨在鍾曉熙身後出現的，是一名頭髮全往後梳頂著個大背頭的中年男子。男子臉上的妝塗得很厚，說起話來皮肉抖出細粉。

「你再叫警官他就要翻白眼了……」鍾曉熙先是戲謔咕噥一句，接著用明亮的聲音放大音量對著薛博澤和蕭苡麟介紹道：「這位是我們的節目主持人，Thomas 鄭。」

「有必要介紹嗎？」Thomas 鄭說著乾笑了幾聲。

《現世異苑》的當家主持，這名號讓他曉諭全國，再加上外型在師奶市場頗吃得開，廣告代言接到手軟。

人一紅，整個人的氣質都不一樣了。想起認識他之初，鍾曉熙盤算著再過不久一定要加入另一位女主持人制衡他——否則遲早有一天這個節目會被他「綁架」。

「Thomas 鄭會坐在旁邊那個獨立的椅子上。」鍾曉熙往攝影棚內比劃著。「然後你們等一下就坐在正中間那兩個位子。到時候面對我們右手邊依序會是前刑警許鴻銘、社會觀察家莊士敏。至於左手邊則是女演員邱渝芝、還有林靜卉，就是出了很多本小說的那個記者作家……不用緊張，我只是先簡單說明一下，直播開始前會有人帶你們過去坐定位。」

「曉熙姊！」

「靜卉！妳來了！」

聽到充滿朝氣的熱情喊聲，鍾曉熙立即往後一看，快步往那個嬌小玲瓏的女人走去。

「靜卉姊是曉熙姊的大學學妹。」趙舒茜從旁為兩人補充道。

兩人交談時，林靜卉的眼神不時往薛博澤這邊飄來。

來賓陸續到齊，蚊子忙著在每個座位前一一擺上礦泉水。擺放時還要小心翼翼調整瓶身以確保贊助商的品牌標籤面向鏡頭。

方才鍾曉熙說明座位分配時，最靠近主持人的那個位子並沒有安排來賓，但大概是忙昏頭了，蚊子依然在前面放上一瓶水。

「可以把來賓引導到座位、啊——先等一下！」鍾曉熙驚呼一聲冷不防伸手勾住薛博澤的手腕，怔愣住的薛博澤不明所以反射性停下腳步。緊接著，只見鍾曉熙纖細的指尖沿著他的手腕如小蛇般俐落往上滑動——停在領口，以為她是要解開，卻反而將襯衫鈕釦多扣上一顆。感受到衣料綳出線條咬進肌肉。

「這樣胸肌看起來更大！」趙舒茜一語道出鍾曉熙的想法。

眾人在寒暄中就定位。

「你有發現那個姓許的退休刑警一直在瞪你嗎？」蕭苡麟湊近薛博澤低喃道。

薛博澤一瞥，對方那雙有著大大眼袋的牛眼果真毫不避諱直直瞅著自己。

播放片頭，嗓音沉穩的旁白於耳側響起——

《異苑》乃古典文學經典之一，收錄古今怪異之事共三百八十三則。上起晉文公、秦始皇，下迄劉裕、劉毅等，凡天文地理、社會人文、自然民俗之神異譎怪之事。

節目要開始了。

「這個遭到扭曲的現實世界，或許，才是最大的異苑——各位觀眾晚上好，歡迎收看《現世異苑》，我是Thomas鄭。」唸完招牌開場金句後，節奏明快的Thomas鄭直接切入正題。「今天是久違的現場直播節目。今晚，我們要探討的主題正是近日轟動全國的少年槍擊命案。說到這裡——也許有些觀眾會疑惑，這個主題我們不是談論過好幾天了嗎？一直炒冷飯難道心不累嗎？Thomas鄭可以向各位忠實觀眾保證，我們節目絕對和其它台不同，一定會給大家耳目一新的第一手資訊，廢話不多說，首先先讓我們歡迎今天參與LIVE討論的來賓們。首先是身兼暢銷作家和記者的林靜卉小姐、曾入圍金馬獎的資深女星邱渝芝……再來是掌握時事脈動的社會觀察家莊士敏先生、還有閱歷豐富在職時偵破無數案件的許鴻銘許警官。咦？你們有沒有發現我漏了介紹誰？放心、不是只有你自己看得到……對！坐在正中間的這兩位重量級來賓、正是我們這起命案的主角薛博澤警官和『瞬間正義』系統的發明者蕭苡麟博士！」

Thomas鄭滔滔不絕說著，卻始終可以用語氣和表情吸引住民眾目光。

他強大的個人魅力確實是《現世異苑》不可或缺的成功要素之一。

「我的天、拜託，金馬獎入圍——都多久以前的事了？還笑得那麼自然？在這個圈子打滾混了二、三十年，也就那麼一個亮點不覺得丟臉喔？」反正胸前沒別麥克風，站在拍攝區外的趙舒茜索性放聲調侃道。周遭的工作人員都笑了。

雖然需要他們製造話題提高收視率增加點擊數，卻又打從心底瞧不起那一個個只會出一張嘴抬高通告費的傢伙。

精神分裂。喔不對，現在得稱呼思覺失調——怪不得每個在電視台工作的人看起來都神經神經的。說不定自己在別人眼中也是如此。鍾曉熙不由得在心底訕笑著。

就在鍾曉熙和趙舒茜或揶揄或暗想之際，節目正在播放的是關於少年搶匪槍擊命案的新聞彙整資料。

超商、十字路口、警察局分局、刑事局記者會——由監視器、手機和攝影機拼組起來的影像為畫面另一頭正準備參與這場直播的芸芸觀眾建立起先備的討論基礎。

影片結束在蕭苡麟說明的「瞬間正義」，畫面裡的蕭苡麟眼睛直視鏡頭散發光芒。

「啊我就不客氣直說了——我是堅決反對那個叫什麼瞬間、什麼你他媽的正義的鬼系統啦！」前刑警許鴻銘率先發難，說得臉紅脖子粗，邊嚷嚷口水唾子邊往前噴濺。「靠北！我說話是比較粗啦、連開槍都沒辦法自己開還當什麼警察？所以說現在的年輕人就是不行！我們那時候壓力才叫大、每天昏天暗地忙到家都沒時間回，不是沒辦法陪孩子、就是老婆跟別人跑了，身體也全組壞了了，我們有唉嗎？沒有嘛——」

場內猶如獅吼的陣陣咆哮將趙舒茜渙散開來的注意力收束回去。

許鴻銘的看法和劉叔等大部分資深警察相近。甚至將議題推向無解大哉問的世代之爭。

「你們是都沒在看電影嗎？把事情全都交給機器，有遭一日人類肯定會被那些機器反將一軍，小心連怎麼死的都不知道。」像是為了強調自己並不是食古不化的老頑固，許鴻銘硬是又補上這麼一段話。

「What a surprise——我怎麼突然覺得好像在跟山頂洞人解釋工業革命？」接在許鴻銘的發言之後，林靜卉冷笑一聲說道。看她歪著臉充滿不屑的表情，比起 what a surprise，真正想說的其實是 what the fuck 吧。當記者養成的習慣，她下意識把玩著手上的觸控筆。「第一個見到火車的人，應該覺得像是看到怪物吧？我想請問許警官……你會怕火車嗎？」

「妳——」被一個比自己年輕許多的女人尖銳回應，一時氣不過的許鴻銘瞪大雙眼，太陽穴繃出青筋。

「我認為『瞬間正義』是非常好的構想，也衷心期盼全面運行的那天早日到來。」林靜卉臉色暗下，輕嘆一口氣後小幅度搖著頭，聲音也隨之變得悶沉。「當記者這麼多年，實在看過太多、真的太多案例了……我曾經在《澄週刊》寫過一系列專欄，名為『槍響之後』，主題就是採訪那些開了槍以後的警察後續有什麼樣的遭遇？不用我多說，你們應該也聽過很多——我在這邊只提兩個例子，九年前，二〇一四年二月十六日的下午，葉姓員警在Y市某個資源回收場發現羅嫌形跡可疑，要求對方下車接受盤查，沒想到羅嫌企圖逃逸，葉姓員警眼明手快扳住車門並對空鳴槍警告，羅嫌非但不配合，甚至倒車衝撞警員……情急之下，葉姓員警朝羅嫌腿部開了三槍，負傷駕車的羅嫌最後失控衝入田中，因失血過多送醫不治。一審法官判決，葉姓員警依業務過失致死判六個月徒刑、得易科罰金十八萬元，並判Y市政府國賠八十七萬五千元。全案再次上訴，二審高等法院於同年十月十七日宣布判決，改判Y市政府賠償一百五十萬元，葉姓員警須負六成過失責任，且不得上訴。如果這案子對大家來說時間太久遠了，去年五月詹姓員警自殺一事大家總該記得了吧？時間先回溯到五年前，二〇一八年八月十三日，本市萬華區，一名黎姓男子因為拒絕接受警方的盤檢，駕車逃逸至西門町鬧區一帶，當時剛好在附近處理民眾路倒事件的詹姓員警獲報後加入圍捕行動。過程中，嫌犯為了躲避警方追捕，將車開上中華路的人行道。詹姓員警為了避免嫌犯橫衝直撞危害行人的安全，朝嫌犯所駕駛的車輛輪胎開了兩槍……可是沒想到，其中一發子彈意外穿過擋風玻璃擊中黎嫌腹腔，送醫不治。死者家屬對詹姓員警提起告訴，台北地檢署兩次皆不起訴，卻都被高檢署發回。北檢在第三次偵查後，認定當時情況不符合急迫性，有過失責任，將詹姓員警起訴。今年一月九日，詹姓員警獲地方法院無罪的判決。儘管獲得無罪宣判，纏訟五年，詹姓員警已經心力交瘁，不要說回到警察的崗位，連回歸到正常生活都有困難。結果是，詹姓員警在塵埃落定後的三個月後，了結了自己的生命。其實用不著我多此一舉說這麼多話，大家想也知道，槍響之後，怎麼可能有好下場？放棄這份工作已經是最好的結果了。可是、這樣真的合理嗎？一、點、都、不、合、理。所以，回到一開始說的，我認為『瞬間正義』是非常好的構想，這個系統除了得以降低培訓人員的成本、發展其它專業能力以外，更關鍵的助益在於齊一化警方使用槍械的素質。不可諱言，由於警方人力長期不足，很多時候甚至是趕鴨子上架，儘管行事曆上排滿了射擊、體能以及逮捕術等常訓內容，大多數卻只是形式上做做樣子而無實質效益，徒然增加基層警員的負擔。動輒得咎，不先就實際情況討論，而是大張旗鼓急著在內部召開懲戒委員會將開槍員警當作眾矢之的，給人一種未審先判的不信任感。這是一個團隊的事，不能輕易歸咎在個人身上，而是國家制度沒有從根本上給予他們足夠的保障，導致出事時只好隨便推一個人出來作為代罪羔羊。」

畢竟是文字工作者，林靜卉的發言字字珠璣，早在心中擬好了草稿。

緊接在林靜卉後頭發表言論的，是十指交叉抵在光滑桌面上的莊士敏。

「主持人、各位來賓、電視機前的觀眾晚安。我認同林靜卉老師的看法。科技的發展勢在必行、銳不可擋。我相信未來將不僅僅再是和這個時代一樣著重在內向個體，而是會向外發散、連結，繼而對整個社會產生革命性的總體影響。」說到這裡，莊士敏迅速推了一下那副充滿學者氣息的細框眼鏡，定睛注視著螢幕說道。「我所謂的『著重在內向個體』……舉例來說，智慧型手機——資訊擇選取向或小眾偏門或流行通俗都好，總之，智慧型手機的出現讓人們開始追求個體的進步，向內探索在各領域都相對更高層次的思考。而接下來，個體發展告一段落、臻於成熟，便將忠實反映到生活裡頭，當這種種反映以集體性的方式呈現、彼此交互作用，就會造成我們能夠觀察到的『現象』。」

「你到底想表達什麼？這是電視節目耶？又不是在上課，我聽老半天還是聽不懂你到底想表達什麼——」到現在一句話都還沒說的女星邱渝芝冷不防插嘴抱怨道。一瞬間成功搶到鏡頭，但畫面隨即又跳回神情肅穆彷彿是在主持告別式的莊士敏。

「我想說的是，我們之所以坐在這裡，我們的職責不該是製造恐慌和對立，而是應該幫觀眾們準備好面對那個未來。林靜卉老師方才提到的案例讓我想到另一個更近期的案子……發生在嘉義市的火車刺警案……一名五十四歲的鄭姓男旅客被列車長發現無票乘車，由於補票問題爆發嚴重衝突，經通報後二十四歲警專第一名畢業的李姓員警上車協調，不料居然無預警地遭到對方用利刃刺傷腹部導致臟器大量出血急救宣告無效。因為事情發生在火車上，車廂空間過於狹窄、周圍又都是乘客，無法輕易亮槍、開槍。如果那時有這個系統——如果警方不必害怕開槍的話……這已經不僅僅是提升警察的尊嚴而已，同時也連結到林靜卉老師剛剛提及的『保障』。」面對邱渝芝的挖苦，莊士敏不疾不徐回應。他的語速均勻，說起話來溫文儒雅。和其它談話性節目號稱的「社會觀察家」不同，曾在知名大學任教的莊士敏具備真才實學，不是來譁眾取寵的。「我甚至認為，『瞬間正義』系統趨於完備之後，應該引進軍隊。近幾年軍中屢屢發生自戕事件，難保未來不會出現事態更嚴重的無差別殺人事件——各位觀眾或許有所不知，在我國，比起警察，軍人的訓練要檢討的地方恐怕更多……」

「謝謝莊士敏教授給我們提出的犀利論點——」見話題開始發散，Thomas 鄭機敏地立刻中斷介入。「關於軍人內部的問題、弊端，怕是說上三天三夜都說不完！各位觀眾千萬別擔心，我們之後也會再針對這個議題開一期節目好好討論一番——現在讓我們先進一段廣告！」

一進入廣告時間，許鴻銘立刻起身急沖沖從林靜卉身後經過跨著大步衝出攝影棚。

林靜卉一派悠哉從包包裡掏出平板電腦用觸控筆寫著筆記。

「許警官該不會是被氣到罷錄了吧？」

「他是去上廁所。大概是年紀大了。」聽到蕭苡麟對薛博澤的嘀咕，莊士敏忍不住搭話回答。「啊、不好意思，我不是故意要偷聽的——蕭博士妳好，我是莊士敏。」

「你好——莊教授。你們常一起錄影？」

「許警官和電視台的老闆有私交，常來上這個節目，只要能沾到一點話題幾乎都會找他來。」和直播時發言給人的感覺不同，莊士敏私底下交談起來明顯放鬆許多，臉頰兩邊的法令紋也跟著變淺。

不只是和老闆有私交的緣故吧，這畢竟是商業——重點是心直口快不計葷素髒話直飆的許鴻銘有節目效果。

不能光有高大上被戲稱活在雲端的學者專家，也必須有貼近一般民生能代表觀眾立場的草根性人物。

那常和他一起錄影的你又是和誰有私交呢？

聽著兩人的對話，夾在中間的薛博澤忖度著。

當你用一根手指來指責別人時，別忘了另外三根正指著自己。

「再二十秒回到直播現場。」Thomas 鄭的這句話是說給正在用手機自拍噘嘴擠奶照的邱渝芝聽的。

真受不了這女人——Thomas 鄭上過她。不只一次。那對假奶好像變得比之前更大了。

「五、四、三——」場外倒數聲傳來。

許鴻銘及時趕回攝影棚，一屁股塞回座位，動作豪放不小心撞到莊士敏的膝蓋，後者瞄他一眼挪了一下身子用手背撣了撣西裝褲管。

「歡迎回到《現世異苑》的 LIVE 現場——我們今晚討論的主題是……」

千篇一律的開場白之後，由剛剛還來不及發表意見的邱渝芝接下去進行。

座位在蕭苡麟右手邊、前一秒還在開心自拍的邱渝芝，這會兒還沒開口眼眶已經紅了，眼角甚至激出惹人憐的粼粼水光。「我到現在、老實說到現在還是沒有辦法相信、Eric 他、竟然就這樣被警察打死了……那是一條人命耶、怎麼可以這樣？這還有天理嗎？他只是個單純的學生！為什麼要開槍？生日都來不及過……我每次只要看到自己準備好的生日禮物、每次只要想起來就覺得、覺得薇薇她、薇薇她實在是太可憐了——那是她最疼的小兒子！」情緒激動之故，她斷斷續續囁嚅著，聲音愈來愈不穩定，邊說邊哭得梨花帶雨，到最後居然精神崩潰，歇斯底里痛哭失聲，整個人趴在桌上，肩背劇烈起伏、身體不停抽搐，簡直跟中邪沒兩樣。

見場面失控，Thomas 鄭先是朝站在攝影機旁的鍾曉熙望去——鍾曉熙表情木然並沒有留意到 Thomas 鄭的注視，而是定定凝望著正對面的邱渝芝。

「讓我們再進一段廣告——」等不到和鍾曉熙交換眼神，Thomas 鄭逕自中斷直播。

「曉熙姊，Thomas 幹麼進廣告啊？那女人根本在假哭吧？」

「他這麼做是對的。不趕快進廣告，那女人的假哭就要把場子弄乾了。」鍾曉熙朝 Thomas 鄭點了個頭示意。「學著點，這就是節目的節奏。要懂得解讀和臨場反應。」

果不其然，直播一中斷，邱渝芝立刻抬起臉，從助理那邊接來面紙抹去臉上的淚水，接著對著助理在桌子上擺好的鏡子補起妝來。看得出剛哭過的女人，臉上已經沒有絲毫哭過的情緒了。

少年槍擊案爆發後，在龔若薇早年電影作品中多次擔任小配角的邱渝芝，以龔若薇閨密的身分上遍各大節目、接受無數家媒體的採訪。曝光率之高，不知情的人大概會以為死的是她的兒子。

實際上，圈內人都清楚，不要說感情要好了，聽說同期出道的邱渝芝對於兩人天差地遠的成就一直耿耿於懷。據說某次黃湯下肚後還跟八卦週刊記者吐露龔若薇終於也有這麼一天啊——雖然懷胎二十六周早產、讓自己肺栓塞險些命喪產房的兒子在離婚後選擇跟著前夫，但至少活著。活著比什麼都強。據說這段對話後來被邱渝芝買回，至於用什麼方式「買回」，就又是另一則八卦了。只能說一切都是「據說」，而專挖骯髒內幕的記者偶爾也會利用工作上的權力讓自己快活、嚐點甜頭。

林靜卉偷偷斜睨著在公開場合大剌剌補妝的邱渝芝，抽了抽鼻翼低低哼了一聲。

沒有地方比演藝圈更算計、更險惡，從地獄裡活過來的邱渝芝當然聽見了，她斜眼瞪回去，林靜卉狼狽地將目光收回到平板電腦上。

〈不愧是演員，演技好好，情緒收放自如。

發現對方十分敏銳——或者該說是敏感，但又不想把話憋著，蕭苡麟點開手機的記事本如此寫道，湊到薛博澤手邊。

〈妳不常接觸戲劇對不對？

〉是不常。不過這種去脈絡的情緒表現，應該也是有難度吧？

又來了。

薛博澤覺得自己永遠搞不懂蕭苡麟究竟是認真稱讚還是拐彎諷刺。

〉（攤手）

就在薛博澤打完字將手機往桌上一放當真雙手一攤之際，「咦？」他的雙手僵在半空中，只因為望見從攝影棚門口進來的那名男子。

事實上，不僅僅是薛博澤，莊士敏和林靜卉也跟著睜大眼睛。許鴻銘則表情不快將臉別向一邊。

「你認識那個人？」

「楊品均委員。」

「委員？」蕭苡麟偏著頭咕噥道。「哪個委員會的委員？」

「立法委員。妳不認識他很正常。」

雖然薛博澤沒這個意思，但蕭苡麟覺得被對方有意無意虧了一下，「欸」了一聲輕輕用手肘推了推他架在大腿上的下臂。

鍾曉熙迎上前去和楊品均立委握手寒暄。

等楊品均坐定位後，倒數開始，四、三、二——一，再度進入直播。

「歡迎回到《現世異苑》的直播現場，我是主持人 Thomas 鄭，讓我們歡迎剛剛最新加入今晚討論的重量級來賓——歡迎楊品均楊立委。」

「大家晚安。不好意思因為上一個行程 delay 了。不過在趕過來現場的路上，我一直有在用手機即時收看直播。儘管有各自的立場，不過每一個專家的見解都十分精闢。在這邊由衷感謝這個節目可以提供給觀眾不同切入點的思考。」

不對。

最靠近主持人的座位、還有桌上的那瓶礦泉水……薛博澤很快反應過來——楊品均根本沒有遲到。否則鍾曉熙不可能神態自若一點焦慮都沒有。

這一切都在她的計畫藍圖裡。

他不禁想，要是鍾曉熙跨足電影界，肯定也會是一位成功的製片人。

在眾人訝異她能請到當紅的大牌演員出演男女主角之際，竟然還悄無聲息低調在其中安插了一個重量級的客串明星。

這就是鍾曉熙的本領。永遠給你比預料之中還多一點驚奇。

「前些時候、一聽聞『瞬間正義』這個系統、簡直讓我太震撼了……一直失眠、根本連一秒鐘也睡不著……完全不曉得該怎麼表達自己內心的激動——我不曉得大家還記不記得楊立楷這個名字？」

楊立楷——

楊立楷正是楊品均的大兒子。同時也是一名警察。在兩年前的攻堅行動中，不小心遭到同仁擦槍走火背部中彈，送到醫院前已經沒有生命跡象——也就是所謂的 OHCA（out-of-hospital cardiac arrest），到院前心跳停止。儘管在楊品均的夫人要求下裝了葉克膜，但不到二十四小時，仍然回天乏術，撒手人寰。對於警界來說，這是永遠無法抹去的汙點。

「我知道在座的各位一定都記得，但是電視機前的觀眾，請你們捫心自問，在我剛剛簡單描述案件過程之前，你們真的對這個名字還存有一點點印象嗎？其實完全沒有印象是很理所當然的事，因為他是我的兒子，跟你們一點關係也沒有。」沒有一般政客的跋扈官僚氣焰，楊品均說得懇切。

「然而，事實上，真的是這樣嗎？發生在立楷、在……發生在我和我老婆、還有我兒子身上的事、真的跟你們一點關係都沒沒有嗎？不對——因為你們只是在這個時間點相對幸運而已。你們都有可能會是我們。」

話一說完，楊品均上半身突然大幅度晃動一下——讓人以為他要從椅子上摔下去。

眾人驚呼一聲，他身旁的林靜卉趕緊出手穩住他的肩膀。

情緒激昂血壓急遽升高導致一時暈眩。

「謝謝……」他咕噥著雙手支住桌面。但下一秒，整個人「咚」一聲往前一倒頭部重重撞向桌子。

「快把委員抬出來——」楊品均的助理大喊道，顧不得還在直播便逕自衝進鏡頭。

被脫稿演出的楊品均弄懵的 Thomas 鄭還來不及開口，鍾曉熙已經直接對導播室下指令切入廣告。

在助理和蚊子的攙扶下，失去意識的楊品均被架了出去。

「已經聯絡電視台的醫護人員了，救護車也正往這裡趕來。」趙舒茜抓著手機小跑步來到鍾曉熙身邊。

在攝影棚旁的沙發躺下來後，楊品均稍稍清醒了過來。

「嚇死我了——你要是發生什麼事，我要怎麼對宇昂交代？」

「沒事沒事，老毛病了。宇昂要是罵妳，我再幫妳罵他。」

范宇昂是鍾曉熙的老公，年輕時當過楊品均小兒子的數學家教。

「我應該有幫上忙吧？這下子收視率肯定會衝高。」

雖然是事實——「這種忙不用你幫。」鍾曉熙仍舊沒好氣說。

「曉熙姊，Thomas 在問什麼時候要回現場？」

鍾曉熙望向主持人座位，Thomas 鄭皺緊眉頭雙肩一聳。「這個白目。」咬牙啐罵一聲後，她才開啟麥克風向所有人員通知道：「再十秒回到現場。」命令一下，忙亂的場面頓時重新盤整，人人各就各位。

三、二、一——

「這個遭到扭曲的現實世界，或許，才是最大的異苑——歡迎回到《現世異苑》的現場 LIVE 直播，我是主持人 Thomas 鄭。」簡短開場動畫過後，畫面一跳到自己身上，Thomas 鄭反射性說出節目招牌金句。下半場開始了。「剛才收看直播的觀眾應該都有看到……請各位放心，在我們工作人員的緊急協助下，楊品均楊委員已經接受妥善的照護，目前已恢復清醒並無大礙。讓大家擔心了，實在很不好意思，在這裡對電視機前、還有更多使用網路串流管道關注的你們誠摯道歉。」

Thomas 鄭從座椅上起身，煞有介事整了整西裝外套衣襬，對著鏡頭深深鞠了一個躬。

坐回亮眼的大紅色椅子後，Thomas 鄭切換情緒試圖調整現場的氣氛，只見他嘴角揚起微微的笑意：「讓我們延續方才楊委員的話題……楊品均委員兩年前因公殉職的大兒子楊立楷，是警大七十九期的高材生——他就讀警大時參加的是柔道社，非常巧合的，當初柔道社擔任副社長的，正是我們今天請到的特別嘉賓，也就是因為龔若薇兒子槍擊一案震動全國的薛博澤薛警官。」

薛博澤當然知道楊品均之子楊立楷，當時新聞鬧得沸沸揚揚，警方內部還為此屢次召開檢討會議——只是，警大柔道社成員將近百人，上課以外，大多有各自的圈子鮮少交集，在 Thomas 鄭提供這則資訊之前，薛博澤壓根兒不記得這個差自己三屆的小學弟。

鏡頭陡然轉到薛博澤身上，失神想著說不定曾經在校園和對方擦肩而過的薛博澤板著臉孔直視著攝影機，絲毫反應也沒有。

「讓我們先收看一段影片，可以幫助我們從另一個角度認識這位挺身而出阻止大規模氣爆發生的英雄——」

伴隨 Thomas 鄭加強抑揚頓挫、略帶戲劇化的說話方式，首先出現在畫面上的是日光充沛、投映著粼粼水光的天花板——耳邊傳來清涼水聲。是游泳池。

才剛意識到是游泳池，畫面隨即往下拉，湛藍水面折射陽光讓鏡頭散發朦朦朧朧恍若置身天堂的迷離光暈。啪、啪、啪、啪——富有節奏的打水聲不絕於耳，偌大的泳池裡有幾個人正在游泳。看起來似乎是在比賽，每個人用的都是自由式。鏡頭拉近，明顯聚焦在領頭的那一個身影。

畫面跟著那道身影移動，忽然間上下晃動——大概是錄影的人跑了起來。鏡頭來到泳池的另一側，在終點等待著勝利者出現。嘩啦！破水而出的，是薛博澤。浸泡在水中的他高高舉起胳膊伸直食指示意自己取得第一。

胸膛起伏、喘著氣還在調整呼吸的薛博澤雙掌按住磁磚地面，一個彈跳借力輕鬆從泳池裡撐起自己。

由於穿著的是較為貼身的三角泳褲，還是白色，又剛從水裡站上岸，下體的形狀格外明顯。

「靠夭——拍什麼照、欸？你在錄影喔？」薛博澤邊摘下蛙鏡邊伸手往鏡頭撥。「跟你說關掉！」

鏡頭外傳來充滿無賴感的回應。「受訓要做紀錄、大家配合一下！」

畫面一黑。再亮起時來到了淋浴間。

淅瀝水聲拍打濕滑的地板聽起來有些黏膩。

伴隨充斥著緊張氛圍、耳熟能詳的電影配樂，畫面往淋浴間深處緩緩移動，唰！途中有人沖完澡拉開浴簾出來，僅在下半身圍著一條毛巾的男子先是吃驚放大瞳孔，而後會心點了點頭露出猥褻的笑容匆匆閃開鏡頭。

鏡頭來到最裡面那間，米白色的浴簾隱隱約約透出裡頭男子的身形。

窸窸窣窣的竊笑聲，接著——

唰！

只見一隻手忽然伸入螢幕，冷不防一把拉開浴簾。

映入眼底的是飽滿結實的屁股，兩團臀大肌由於男子劇烈的刷洗動作而頻頻抽動——背對著鏡頭正在沖澡的薛博澤以背面全裸的狀態呈現在眾人面前。

後脊一涼，發現不對勁，「靠夭！」薛博澤側過身來，一手遮住下體，一手將闖進淋浴間的人往外推。擋不住所有私處，他肚臍和下腹肌一帶的體毛意外濃密，和白淨的長相形成一種有趣的對比。

唰——浴簾被用力拉上。

純真大男孩，肉滿男汁漢。

於此同時，這段影片被加註這樣的子標題po上了《現世異苑》的YouTube官方頻道。這是事先看過這段影片的鍾曉熙下的slogan。

成功洗白後，就是製造崇拜。在這個時代，沒有比肉體更有效的崇拜。

更何況他還有個先天的優勢——精緻的五官。就好比有些運動員儘管身材絕佳，臉孔卻禁不住細看。

鍾曉熙自創了個專有名詞：性感職人——廚師、老師、警察、魔術師、消防員……這是現今的潮流。

「這是什麼?你女朋友幫你拍的嗎？」蕭苡麟低聲向薛博澤詢問。

「我沒有女朋友——這是去年同事為了幫我慶生做的短片……」

居然流出去了。

不過說實在的，任何人事物，只要被製作成影音、圖片，就要做好有朝一日被公諸於世的心理準備。只是薛博澤沒料到會是在一個全國知名的節目直播上公開。

「看不出來你身材這麼好——很會藏喔！」明明不是廣告時間，邱渝芝竟然直接從蕭苡麟面前橫過身子，伸手對薛博澤的身體又摸又抓。「年輕就是好！」她邊讚嘆邊發出奇怪的氣音。

蕭苡麟傾身向前，硬是將邱渝芝隔擋回去。

「欸欸——有沒有禮貌啊？」

蕭苡麟對邱渝芝的抱怨置若罔聞。

「看完這段影片，觀眾是不是對薛博澤薛警官多了那麼一點認識呢?至少我是有啦——然後我最後是有個想法啦……不只是消防局，我看警察局也應該要推出猛男月曆才對!現在的年輕小鮮肉實在是不得了，連我們的金馬獎女星都忍不住了！」當話題來到自己身上，鏡頭轉來之際，邱渝芝配合地嬌嗔一笑。一跳回 Thomas 鄭這頭，他話鋒又是一轉：「輕鬆時間過後，還是要回到今晚的正題——現在想請教的是蕭苡麟蕭博士，蕭博士擁有哈佛大學神經科學和分子細胞生物學雙博士學位，在這邊想請教您的是……不只是我們《現世異苑》請來的專家，據說警方內部對於『瞬間正義』這套系統也存在正反兩派的聲音，尚未完全取得共識。因為……根據我們從其它管道得到的消息表示，當天在刑事局召開的記者會，刑事局局長本來打算自己吃下這個悶虧，針對槍殺少年一案公開向社會大眾道歉，但是沒想到、記者會進行到一半，署長卻和科偵中心主任、當然還有蕭苡麟博士您一起突然出現在會場……聽說刑事局那邊事前沒有收到任何通知？這是否意味著警方內部有不同的勢力正在角力？而這樣的情況對於『瞬間正義』來說會不會受到影響？有辦法持續研發下去、甚至是向一般民眾推廣這種需要更多想像的近未來高科技嗎？」

先前始終一副吊兒郎當流裡流氣的 Thomas 鄭，這會兒像是忽然露出獠牙的猛虎一股腦拋出尖銳問題。

蕭苡麟稍稍打直腰桿，慎重換了一口氣。

「無庸諱言，警方內部確實存在兩派意見，一派認為若是連『開槍』都需要系統幫忙決定，那還要警察做什麼？至於另一派的想法則是如此……其實大家都了解，實務上，警察要處理的事情出乎意料繁雜，舉凡民眾諮詢、交通管制、各種場合的維安、更遑論車禍火災山難等意外事故……並不是單單只有犯罪。然而，往往是偶發性並且相對少數的現行犯案件，斷送了一個優秀警察的大好前程——好的情況是離開這個行業，壞的情況則是離開這個世界。那麼，如果能借助系統的力量，將這份沉痾轉移出去，又何嘗不是一件好事？不啻為一個更有效率的方案？」

雖然滔滔不絕長篇大論，不過面對攝影機鏡頭的蕭苡麟顯然早就有所準備。她仔細地控制語速，咬字也比平常私底下交談時益發清晰。

沒讓正欲開口的 Thomas 鄭發聲，蕭苡麟搶快一步又接著說道：「不過，不管你們相不相信，記者會上的、用你們那則新聞頭條的用詞——記者會上的『突襲』，背後並沒有任何技術上的盤算、更沒有所謂的刻意操作。我們沒有要讓刑事局進退維谷的意思。製造這一切混亂的人其實是我。是我太想把握這個機會了……」蕭苡麟說著說著眼睛再度發光。「『瞬間正義』計畫之所以能夠進入實驗階段，最早的契機，是我在美國時越洋向科偵中心主任黃聖珉提案這套射擊輔助系統。黃聖珉是我在哈佛大學的學長。讀完我提供的資料並進行充分討論後，再經過他和由科偵中心成員組成的審議小組謹慎評估，最後他才將這整個系統——除了實際上運作的方式和影響的層面以外，也包括蘊含在後頭的開創理念，一併向署長報告……最後，砰！我們現在來到了這裡。」話近結尾，蕭苡麟冷不丁自己「砰」一聲製造音效。

突如其來的音效引起其它來賓側目，倒是薛博澤已經對想到什麼便做什麼的蕭苡麟見怪不怪。

「人家意外能說耶，上節目也一點都不緊張。Thomas 碰到對手囉～～」

意外嗎？才不。

鍾曉熙不置可否瞥趙舒茜一眼。

從她第一眼看到蕭苡麟的時候就知道這女人有多少能耐。

「大家不曉得有沒有聽過〈牛之首〉這個故事？」讓人頭昏腦脹的絮叨發言後，蕭苡麟上緊發條，開啟了一個令人丈二金剛摸不著頭緒的話題。

「牛……牛之首？」Thomas 鄭自以為幽默，邊說邊打直雙手食指頂在頭上模仿牛角。「妳指的是、哞～～牛的頭？」

「對。這是一則流傳在日本的都市傳說。牛的頭。但其實叫什麼根本無所謂——因為故事本身並不存在。」

「不存在？沒有故事？那算哪門子的都市傳說？」

「這個都市傳說帶著點後設的感覺。大家如果去網路上查，可以查到這樣的解說——〈牛之首〉這則故事本身並不存在，只是『有一個都市傳說聲稱有一則非常恐怖的鬼故事，篇名叫做〈牛之首〉，聽到的人都會被嚇死。』這就是所有的內容……沒有根據的恐懼。」彷彿真的能看到成千上萬個身在螢幕彼側的那些觀眾，蕭苡麟定睛凝視著攝影機鏡頭，眼睛眨也不眨。「那些不去試著改變世界、改善社會而只會出一張嘴的人們，就跟散播著沒有任何實質內容的〈牛之首〉沒兩樣。」

無端無知的恐懼——

正當眾人因為蕭苡麟這一席話陷入沉思的時候……

咚，咚，咚，咚——

隨著突兀明亮的碰撞聲響，一樣東西在半空中劃出猶如波浪的優美弧線從攝影棚外以穩定的節奏彈跳進來。

該不會又是……

不單單是鍾曉熙而已，工作人員以及場內所有來賓的注意力一時間全被那樣東西吸引過去……

只見那樣東西彈跳的幅度愈來愈小，頻率也愈來愈慢，接著撞上蕭苡麟等人橫列而坐的大型講台發出「砰」的空洞聲響，往回反彈彈跳幾下後在地面上緩慢滾動，最終徹底靜止下來。

棒球。

就在這個時間彷彿暫停下來的奇妙剎那，一道黑影從鍾曉熙身邊以迅雷不及掩耳的速度一閃而過。當她猛一回神，那道黑影已經竄進攝影棚，直直朝來賓所坐的大型講台方向衝過去。

果然是他。

即使對方背對著自己，從那顆棒球還有削瘦的背影，鍾曉熙很快認出那道黑影正是那天記者會上帶頭引發騷動的烏鴉男子。

對方的目標是，薛博澤。

衝進直播現場的烏鴉男子邊跑動邊從懷裡掏出一支銀色保溫瓶。

完了。

「不行——」意識到大事不妙的鍾曉熙失聲喊出，但已經來不及了。

烏鴉男子用力轉開瓶蓋，甩動胳膊，二話不說將瓶口往薛博澤的臉孔潑去——

根本想像不到居然會有人失心瘋似的闖進直播現場，薛博澤愣在當場動彈不得，反倒是坐在他身旁的蕭苡麟迅速抽起身子一把抱住薛博澤。

「啊——」

嘶——

隨著熱氣蒸騰聲，陣陣白煙竄上，感到滲過透薄襯衫從背部、後頸、耳後一路蔓延至下顎一帶的灼熱感，蕭苡麟忍不住弓縮起身軀呻吟著。

攝影棚頓時失控，不僅僅是工作人員慢了手腳，怕受到波及，場內第一時間遭受近距離威脅的主持人和來賓紛紛尖叫著鳥獸散往四周逃開——有人踉蹌跌倒哭鬧哀號用四肢爬行，場面一團混亂猶如世界末日。

鹽酸。

「快叫救護車！快！」鍾曉熙扯開嗓子咆哮，朝著和人潮湧動的反方向往棚內擠進去。

和鍾曉熙相同，幾名體格厚實魁梧的攝影師不顧自身的安危大步衝進現場，轉眼間聯手將烏鴉男子制伏在地。

扭動掙扎的烏鴉男子不斷用臉頰磨蹭地板發出吱吱吱吱高頻雜聲，皮膚發熱擦破流淌出怵目鮮紅的血大片暈染開來。

「水——拿水過來！」薛博澤吶喊的同時，扭開桌上的礦泉水用大量清水往蕭苡麟紅腫冒起水泡的肌膚瘋狂沖洗。他聲音止不住顫抖，摟住懷中的蕭苡麟在她耳邊不停低聲咕噥、想辦法讓她保持清醒。「救護車快來了！妳再撐一下、拜託你再忍耐一下……救護車很快就到……很快——」

03

第三章

反舌鳥之喉

殺死一隻反舌鳥是不道德的。
他們擁有發出各種聲音的權利。

「普——普洱？」見坐在病床上的蕭苡麟不疾不徐吃著布丁，感到懷疑的薛博澤不由得追問道：「妳是不是早就知道他潑的不是鹽酸？」

蕭苡麟用力點了一個頭，輕輕晃動手上的小湯匙。「嗯啊。普洱茶的味道很獨特——但鹽酸也是啦，我當時一聞就知道了。」

「那妳還——」

「不過燙傷是真的。」蕭苡麟咧嘴笑開，一雙眼睛瞇得細細的。

根據醫學量表，疼痛可分為十個等級，其中居冠的為「剁斷指頭」，再者則是癌末和分娩。燙傷疼痛級數落在七到十之間。不過實務上，燙傷可以再細分成幾種程度。蕭苡麟的燙傷屬於淺二度——皮膚紅腫起水泡能感受到明顯的灼熱。除了生理的不適外，並無大礙，接下來只要留意不要讓傷口受到感染，細心照顧的話有可能連疤痕都不會留下。

薛博澤知道對方故作若無其事是為了減輕自己內心的自責。

「妳其實……還是會害怕吧？」

蕭苡麟那蜷縮在自己懷裡渾身僵硬的肢體觸感至今還能確切感受到。畢竟當下無法百分之百保證那散發出普洱茶香的灼燙液體真的不具有腐蝕性。

「你是指遭到襲擊的當下我什麼反應都沒有，整個人像是傻住了一樣嗎？」蕭苡麟似是能看到薛博澤腦中運轉的想法。沒等對方回應，她抿了一下嘴唇接著開口說道：「人類的小腦區，中線連結左右半腦有個叫作『小腦蚓部』的突觸組織，cerebellar vermis。Vermis，拉丁文是『蠕蟲』的意思。小腦蚓部是腦中最能反映本能的部位——當你害怕時，它能讓你的身體瞬間停止運動。事實上，這是一種自我防衛的本能，例如當我們遇到熊、蛇，或者被槍口指著的時候，最好的應對方式，就是不要輕舉妄動。」

就連恐懼，她都能分析得頭頭是道。

只是，經過分析的恐懼，其恐懼的本質依舊不變。

因為恐懼亦為本能。

正當薛博澤為眼前的女人處處理性思考的行事作風又一次陷入思索之際，低垂眼簾的蕭苡麟不由得兀自呢喃：「塞翁失馬……」

「塞翁失馬？」

蕭苡麟睜大眼睛露出浮誇的表情。「你沒聽過嗎？塞翁失馬焉知非福──」

「當然聽過。到底誰才住在義大利啊？」被對方這麼一問──蕭苡麟那打從心底吃驚的表情，薛博澤真想像那些日本漫才一樣往她的後腦杓來上一掌。「我要問的是、為什麼妳會──」

「因為他在電視上公開對我襲擊，會有更多人支持『瞬間正義』吧？」

其實薛博澤真正想問的是更深一層的問題──

為什麼──妳會為了這個系統做到這種地步？

◎

◎

◎

蕭苡麟的推測沒錯。

由於《現世異苑》的那場直播，「瞬間正義」霎時間獲得網路上極大聲量的支持。可謂是空前絕後的大勝利。

獲得大多數專家學者的認同與背書、楊品均立委兒子的遭遇和他當場暈厥過去的驚險場面、薛博澤高顏質脫衣有肉猶如救世主的英雄形象、蕭苡麟沒有距離感的研究者氣質以及發人省思的娓娓論述——其中最關鍵的，當然是烏鴉男子最後的那一潑。

那驚天一潑，把「瞬間正義」系統的反對方火力徹底澆熄。絕對不能姑息這種堪比恐怖攻擊的重大犯行。

新聞媒體的推波助瀾和網路病毒式的分享傳播，固然為這個劃時代的嶄新制度變革奠定了良好而強大的民意基礎。然而，回歸到問題的本質，具有真正決定性影響力的終究是這項發明的「能力」。結果論的世界。無獨有偶——又或者該說是時勢造英雄，「瞬間正義」在接下來幾天內發揮了出人意表的關鍵作用。

當警方偵辦以蔡姓男子為首的槍械走私販賣集團一案時，搜證過程中意外得知於桃園擔任郵差的張嫌，透過與蔡姓男子為屏東同鄉的關係，向其購買大批槍枝，打算夥同三名欠債友人行搶金融機構。根據後續的追蹤監聽，張嫌等人的目標不是一般人以為的農會或者銀行等尋常機關，而是高爾夫球場的運鈔車。至於讓警方繃緊神經的主要原因——監聽中，他們聽到張嫌等人對於不配合的保全人員將會立即射殺，手段可謂凶殘。

行搶是日，警方早已經布好局，完全是請君入甕的態勢。只是人算不如天算，搶匪頑強抵抗，雙方進入毫無轉圜餘地、激烈的駁火場面。就在此時，其中一名王姓同夥，原來早就企圖窩裡反，趁亂往運鈔車的方向衝去——砰！一聲格外清亮的槍響讓混亂的槍戰暫停了那麼一秒鐘。那顆神奇的子彈就這麼穿過重重人海，準確命中王姓男子的小腿，中彈的王姓男子瞬間倒地縮著身子哭號哀叫。

另一起案件，則是一名二十歲出頭的賴姓女大生，在新北環河快速道路拒絕警方臨檢強行直衝，不但以超過時速一百的速度一路狂飆，甚至挑釁意味十足地大幅度左右蛇行。最後沿著三和路一段、自強路一段往正義北路眼看就要逼近三重市區——砰！追趕在後的警員冷不防開槍。前方機車被擊中輪胎，霎時失控撞上路旁電線桿，賴姓女大生頭戴全罩式安全帽腦部僅是腦震盪意識尚且清晰，倒是被摔得半身不遂。警方採集賴姓女大生毛髮送驗，化驗結果證實其服用一種名為「粉莉」（Pinkie）的新型毒品。即便有錯在先，面對女兒被害得下肢傷殘人生毀於一旦，家屬依然憤而對開槍員警提告訴請國家賠償。

再來還有，深夜時分，兩名中尉和朋友吃完宵夜酒醉上路，紅色休旅車奔馳在黑夜裡宛如一團竄動不息的熊熊焰火。被攔下後，他們不僅拒絕酒測，還重踩油門衝撞員警，造成一名員警肋骨斷裂——砰！相較於今年年初發生在高雄澄清湖豪宅區同樣的酒測拒檢警方一連開了二十六槍的瘋狂行徑，僅用一發子彈便平息事端顯然高下立判。兩名現役軍人得面臨《陸海空軍刑法》的懲戒。

以這三起案件當作引子，IJ Project 小組在 YouTube 上開設了一個官方頻道，專門用來發布「瞬間正義」系統預測出的模擬影片，目的是在告訴大家——**若是警方不在那些時間點朝那些地方開槍的話將會發生什麼事**。

紅色休旅車在方姓中尉的駕駛下撞上變電箱引發大火，導致被列為三級古蹟、台北唯一僅存的書院遺跡學海書院遭到祝融之災。

而遭到劫持的運鈔車一連闖過四個紅燈，除了打保齡球般撞飛好幾名路人以外，還造成三位機車騎士打滑翻倒，左右車道十多台緊急煞車的車輛相互碰撞擠壓，最前頭的那兩台甚至轟然起火整個燃燒起來。開闊的馬路頓時烏煙瘴氣哀鴻遍野宛若人間煉獄。

更別提嗑藥嗨到腦子壞掉的賴姓女大學生飆入市區後將會造成多大的破壞與傷亡，根本就是一顆會移動的炸彈。根據系統的模擬，這台瘋狂機車最後的結局是衝進十字路口的便利商店，坐在落地窗前的顧客無一倖免。

這三則影片一發布，短短半小時已經累積百萬觀看次數。

簡直猶如鮭魚洄流般壯觀，底下紛紛湧入留言。成千上萬則留言。

〉天啊！那個被撞飛的人是我！

〉我也是！我是走在你前面、穿綠色POLO衫的那一個！

〉影片裡也有我……我就是在轉角滑手機的那個……

〉啊幹、那個騎機車的就是我說……操、我的腿差一點點就要被輾過去了——

〉為什麼只打小腿！應該要直接斃掉那些搶匪才對啊！

〉太神啦！！！！！

〉幹恁老師、告什麼告！還有臉告喔？支持警察開槍啦！請支持警察開槍的朋友點下面的連結來臉書連署。

〉支持警察開槍！那些人渣需要有人教訓！乖乖停下來臨檢不就沒事了嗎？逃屁啊？到底是哪裡有病？

〉一定是吸毒、要不然就跟下面那一篇一樣是酒駕啦！

〉打爆那些黑道！8＋9！還有死毒蟲！統統去死！

〉以後就不怕槍戰啦～～大家都是神射手～～～咻咻咻～～～

﹀酒駕統統該死啦！

﹀就說酒駕還是罰太輕了咩！立委豬公不要再吃ㄆㄨㄣ了好不好？辦點正事！

以下還有無數則留言，以倍數成長的方式急速累積著——觀看模擬影片時，那些命運被拯救了的人宛如看見平行時空裡的自己遭遇到飛來橫禍，那股死裡逃生打從心裡深處所湧出的近乎嘔吐的強烈震驚，不是當事人恐怕難以體會。

一時間，「瞬間正義」的聲勢益發銳不可擋，連國外媒體也大篇幅報導此一系統，據說還有不少國家的政府單位表示想和蕭苡麟率領的研究團隊針對合作的可能性進行討論。眾人如大夢初醒般恍然發現，原來「正義」不僅僅是一個崇高虛渺的口號，而是有辦法用更多實質的科學去輔助、去補強的。

◎　◎　◎

「大家親眼見過流星嗎？你們……覺得流星美嗎？小時候，我跟大多數的人一樣，以為是流星從我們的夜空中劃過——然而，實際上，並不是這樣。流星體本來就是繞著太陽轉動的星體，是因為地球靠近時，產生的巨大引力將流星體拉了過來。這個意思是，正確來說，不是流星劃過地球的天空，而是地球介入了流星運行的軌道。」站在開闊舞台的正中央，蕭苡麟說到這裡突然淡淡一笑，可是奇妙地，多了一點表情的她，像是素描草稿般臉孔反倒霎時變得朦朧、模糊開來。「雖然有點牽強……不過，我想表達的是，很多時候，我們以為某些美好的事物、品德或者價值……譬如美麗，譬如正義，是不用去經營、爭取，人們的集體善意會讓正義自然而然發生、成立。但真相是，在一些時刻，我們必須創造、介入，才可以稍稍靠近我們以為人類與生便擁有的秩序，或者說——和平。」

在連綿並且漸趨熱烈的掌聲中，發表完開場引言的蕭苡麟從立式麥克風前離開，稍稍往後方退了幾步。

打鐵趁熱。這是為了宣傳「瞬間正義」連日來立下的戰功而特地召開的記者會。

記者會排場盛大，舉行地點為城市河岸郊區，科偵中心所在的辦公大樓前的露天廣場——空間開闊空氣清新、加以天氣晴朗風光明媚，不只是記者媒體，也吸引了許多民眾前來共襄盛舉，會場洋溢在一股現代郊遊、摩登園遊會的歡快氣氛之中。

警政署署長郭鑑嘉正襟危坐坐在面對舞台右前方的座位上，身穿藏青色正裝戴著大盤帽的他表情諱莫如深。

接替蕭苡麟位置的是于晴華，穿著短裙的她和蕭苡麟錯身而過時抿出甜美的笑容，站定位後，用充滿朝氣的語氣從架高舞台上對著底下揚聲說道：「大家好，歡迎各位蒞臨今天的記者招待會！事不宜遲，現在就讓我們鄭重介紹一下參與警方最新研究計畫『瞬間正義』的幾位傑出成員——首先是我們團隊當中最年輕、年僅二十二歲的蘇敬倫蘇警員。再來是曾經擔任戒毒形象大使的夏珮潔夏巡佐。接著、用不著我多說，是大家都已經認識的薛博澤薛警員。掌聲不要停，廖光保阿保警員，是我們連續三年獲得優良績效的優秀同仁。最後是積極上進、目前正在攻讀博士學位的陳景隆警務正。」

陸續被介紹出場的五人在台上排成一橫列。大概是不習慣被這麼多人同時注視著，每個看起來都臉孔僵硬，沒有太多表情，甚至連手都不曉得該往哪裡擺——有人兩臂交叉撐在胸前，有人自然垂落身側，有人握住雙拳抵在褲襠前，有人索性背在身後成稍息姿勢……但不論哪一種，肢體語言都透露出彆扭的不自然感。

台下的掌聲依然持續著。

第一個出場、站在隊伍最旁邊的蘇敬倫，一面掛著猶如明星的燦爛笑容，一面嘴角抽搐著微微傾斜肩膀對身邊的夏珮潔嘀咕道：「妳知道為什麼很多偶像團體還是像《金剛戰士》什麼的超級英雄都是五個人嗎？」

「不知道……為什麼？」夏珮潔保持微笑的同時偷偷擠出回應。

「這樣才能讓真正的主角站在最中間啊——」蘇敬倫眼角一挑覷向站在正中央的薛博澤。台下的鏡頭很明顯就是衝著薛博澤來的。來自四面八方焦點全落在他一個人身上。

「可以請其它人退開一下嗎？」

忽然有人大喊。

「對啊！對啊！請其它四位、除了薛博澤以外的其它四位先往旁邊站一下——」

「麻煩配合一下好嗎？謝謝！」

「對了——還有請蕭苡麟博士站出來一點！跟薛博澤警員合照一張！」

大夥兒紛紛附和、起鬨，提出更多要求。

「蕭苡麟博士！」一名年輕女記者踮起腳尖朝站在隊伍斜後方的蕭苡麟賣力揮著手，簡直像是個小粉絲。「蕭苡麟博士！」

不答應他們的要求，活動恐怕會僵持在這裡無法順利進行下去——

「蕭苡麟博士。」署長宏亮的聲音從人群中傳來，黃聖珉也跟著點了一下頭。蕭苡麟只好向前走再度回到舞台中間。

同樣也身為「瞬間正義」一分子的其它四人被于晴華帶往舞台另一側，他們像是局外人一樣遙望著被大家繼續拱再往前站一點的薛博澤。

「來來來！再前進一點！」

「蕭博士、蕭博士來了——」

「那個、方便請兩位擺出跟後面看板相同的姿勢嗎？」有人開玩笑地如此說道。

眾人一團和氣齊聲笑開。

薛博澤和蕭苡麟順著他們的目光側過身往身後一瞄——記者會巨幅背板上印刷的是薛博澤和蕭苡麟的合照，兩人搞笑似的背對著背擺出電影《麻雀變鳳凰》（*Pretty Woman*）的海報姿勢。

薛博澤還記得被要求拍攝宣傳照的前一天——

「博澤——下班了？」在地下停車場的薛博澤剛跨上機車，正準備戴上安全帽，突然被人從身後用嘹喨的聲音喊住。

一聽就知道是于晴華。換上便服的她一派輕鬆模樣半走半跳來到自己面前。

「嗯。」薛博澤將安全帽放在大腿上，愣愣點了個頭。

「你等一下有事嗎？」

「沒有什麼事。劉叔找我們吃飯？」好餓啊——

「不是啦！劉叔他今天值日——」見薛博澤一臉茫然，于晴華邊說邊伸手按住他的胸口，緊接著稍加施力將他從椅墊上推開。熟門熟路逕自扳開置物箱，撈出裡頭那頂粉紅色安全帽抱在懷中。

「你明天不是要跟苡麟拍照嗎？就是禮拜天活動要用的宣傳照。」

「嗯。」薛博澤又一次愣愣點了個頭。

「局長不是提醒你記得要稍微打扮一下？」

「嗯，他說稍微、打扮——」

「拜託、我就知道！人家說稍微你就真的以為是稍微喔？我有打聽到喔……聽說明天要來幫你們拍照的攝影師、是Jason You。Jason You耶——超有名的！人家是《澄週刊》的御用攝影師，不是隨便可以請得到，這次好像是電視台那邊的人幫忙牽線的。」

電視台——是鍾曉熙吧。薛博澤暗想著。

在于晴華看似央求實則強迫的行徑下，薛博澤一如既往只能順著她的意。對他來說，于晴華就像是自己的妹妹一樣，在能力許可的範圍內，實在無法拒絕她的任何要求。

簡單解決完晚餐——在分局隔壁巷口吃了碗餛飩麵，兩人共乘機車來到刑事警察局鄰近商圈新開張不到一年的大型購物中心：維馨廣場。

「你第一次來？真的假的？」從為了增加隆重奢侈感而特地挑高近三層樓高度的大門底下穿過時，于晴華忍不住驚呼道。

薛博澤不懂這有什麼好訝異的？一個人沒事怎麼會跑來這種地方逛呢？自己不常買衣服，也沒在用化妝品，基本上住處一百公尺內的超市和便利商店就可以滿足所有生活需求。

在機車上時由薛博澤主導，來到另一個天地，則輪到于晴華大展身手。她帶著薛博澤來到四樓男士服飾專區。

「你沒有西裝對吧？」

薛博澤搖了搖頭。

當警察後，出席正式場合，都有官配制服。有些人覺得單調，薛博澤倒覺得挺省事的。

「你該不會原本打算穿你爸的吧？」

被她猜中了。薛博澤不置可否搔了搔臉頰。

「先不說那套西裝都已經放了多少年、有適當保存？而且——真的合身嗎？你有試穿過了？好吧、就算合身……款式也早就退流行了吧？」

事實上，薛博澤半年前參加朋友婚禮時曾經試穿過——除了剪裁沒有特殊之處以外，肩膀太窄、袖子也過短。薛博澤的骨架本來就偏寬，又比老爸高了將近十公分，再加上當時不時興健身，版型對薛博澤來說確實小了一號。於是他索性放棄穿西裝外套，以一身襯衫牛仔褲簡約裝扮出席喜酒。

要不是于晴華拖著自己來選購，他打算硬著頭皮擠進老爸那件舊外套——反正見招拆招，到時被攝影師打槍的話頂多和上回一樣脫掉西裝以襯衫上陣便是。

薛博澤一連試穿十幾套西裝，折騰了快兩個小時總算通過于晴華那關。

「就——就是這套！」于晴華嚷嚷著眼睛放光，情不自禁輕輕摩娑著他的臂膀。「真的太適合你了！」

最後選定的是一套黑色西裝。看似保守無奇，但手臂內側靠近身體的方向綴有些許金色貼花，綜觀整體衣料滑順透光，仔細一瞧能看出上頭隱隱約約流雲般的銀線刺繡，無論是在棚內拍攝或者戶外出席活動，都給人一種低調的奢華感。簡而言之，是一件禁得起細究、能夠反覆品味，富有底蘊的西裝。

「啊～～任務一完成人一放鬆，突然又覺得餓了起來！」攀住電扶梯扶手的于晴華展開笑靨說道。明明中午才剛嗑了一大碗豬排加量的勝丼。

「有點想吃甜的。」薛博澤悠悠想起那晚蕭苡麟帶來的甜點。

「好啊好啊！我也想吃甜的！地下一樓有家冰店很有名。是你最喜歡吃的雪花冰！」

「博澤？」忽然間，有聲音從身後幽幽微微傳來。

薛博澤別過頭往後一看——彷彿是腦海中的畫面和現實世界發生感應一樣，站在電扶梯上兩階俯視著自己的，正是方才乍然想起的蕭苡麟。

「欸？苡麟——還有正軒！你們怎麼也在這裡？」于晴華從薛博澤身邊探出頭來，衝著兩人猛眨著眼睛。

糗的是，于晴華這麼一喊，薛博澤才發現站在蕭苡麟身後的正軒。

巧遇的四人你一言我一語閒話家常，轉乘了幾次電扶梯終於來到于晴華賣力吹捧的知名冰店。由於是平日，又接近打烊時刻，吃甜食的客人並不多，空間開闊的店內更顯寥落。他們找了個靠近牆邊的六人桌，各點了一盤雪花冰。

「我問正軒哪裡可以買衣服，他推薦這裡，說是最新開的百貨公司。」蕭苡麟的湯匙上盛著一塊黃澄澄的芒果丁。

「你跟來——是也有東西要買？」于晴華明知故問，意在言外。

「我——」

「正軒他說他只聽過這裡，還沒實際逛過。剛好我不熟路，就順便帶我來也可以趁機逛逛。」也不知道蕭苡麟是想幫劉正軒解圍，還是真的不明白他的心意，她替支吾其詞的他回答道，接著將話題轉移到他們兩人身上。「你們也來買衣服？」她說著往一旁座椅上裝著西裝衣套的大型紙袋瞄去。

「對啊！博澤他很少穿西裝，帶他來買新的。畢竟是知名攝影師，接下來又有這麼大的活動，投資一下很合理！對吧？」于晴華用手肘抵了抵薛博澤的手臂尋求認同，這一晃動，讓他已經送到嘴邊的香蕉片從湯匙上滑開，啪一聲攤在桌面。

啪嚓啪嚓——

啪嚓啪嚓——

隔天中午休息時間，兩人來到捷運站附近的攝影棚進行拍攝。空間不大，大概是當作個人工作室使用。

「有沒有更有意思的 pose ？現在看起來有些呆板。」像是在尋找什麼，一連拍了幾張後，攝影師偏著頭皺起兩道粗濃眉毛咕噥道。「沒關係，我們再試幾張好了——對、手往右前方再延伸一點……對、對……」

就這樣拍了十幾分鐘。

「我們先休息一下。小徐。」

棚燈一關，化妝師小徐連忙上前幫兩人補妝。

「你看過 *Pretty Woman* 嗎？一部老電影。」補完妝的蕭苡麟注視著薛博澤的側臉問道。「就是《麻雀變鳳凰》。」

「好像有……茱莉亞．羅勃茲——」

「對、對、你看過？還有李察．吉爾——我們等一下嚇一下那個攝影師你覺得怎樣？等一下他一開始拍我們就擺出那個 pose，ＯＫ？」

「哪個 pose？」

「還有哪個？當然是海報那個啊——反正你放輕鬆，我來幫你擺就對了！」

結果，想當然耳，沒有嚇到攝影師，反倒讓 Jason You 眼睛一亮……「Good job!」就這樣，這張抱著開玩笑的心情拍下的照片，被放大好幾倍後成為今天記者會會場的主視覺。

被要求在舞台上重現和背板同樣 pose 的薛博澤，不由得回想起這兩天治裝拍攝的奇妙經歷——藝人沒有想像中那麼輕鬆啊。

「謝謝大家！如果拍攝告一段落的話，我想接著進行下一個環節的活動——」蕭苡麟先發制人朗聲說道，同時朝剛才退到舞台另一側的于晴華使了個眼神。「我們準備了一個小小的實驗，用來說明『瞬間正義』實際運作的方式之一……」

蕭苡麟將眾人的注意力轉回正題。

印象中自己並不用參與接下來的流程，薛博澤往一旁退了兩三步。一拉開距離，這才看清楚蕭苡麟的全身穿著。這就是那天她和正軒一起挑選的洋裝吧……以淺綠薄紗為底輪廓簡約剪裁俐落的洋裝，上面塗抹著大片層疊各種濃度的黃色圖樣，像是開在廣袤草地上抽象寫意的花朵。鑲有若有似無金色邊線的裙襬微微高於膝蓋，搭配腳上那雙露出白皙腳背和修長腳趾的白色羅馬鞋，腳指甲還搽了時下流行的裸色增添明亮——諸多細節讓她整個人看起來容光煥發，一時間薛博澤竟然看得目不轉睛，怔怔恍了神。

「對了……想問一下、有人看過 Netflix 的這部影集嗎？當時很紅、不過已經是好一段時間以前的作品了，大概七、八年有了吧？叫作 *Sense 8*——《超感八人組》。雖然不完全一樣，但對於還記得裡頭角色能力設定的人，接下來即將在台上展示的實驗，這齣戲劇可以提供給你們作為一個想像的基礎。」不曉得有沒有作用，蕭苡麟試著用流行文化拉近和群眾之間的距離。「在《超感八人組》裡面，八個主要角色被稱為『通感者』——他們擁有超能力，身處在不同地方的他們，可以透過『感應』彼此交流，並且共享感覺、知識、語言甚或技能。『瞬間正義』企圖用類似這種『連線』的方式即時取得更多犯行現場的資料，好讓警方在面臨不得不動用武器的危機時，能夠選擇最佳的解決方案。」

參加實驗展示的成員是蘇敬倫和阿保，儘管他們站在舞台中央，但大部分媒體和民眾感興趣的依然是薛博澤。

「可不可以請薛博澤警員出來示範啊？」終於有人耐不住性子高聲喊道。

「對啊對啊！誰來演示不都一樣嗎？反正薛博澤警員人都在台上了！」

「拜託配合一下好嗎！薛警員——薛警員！」

沒辦法。在排山倒海的抗議聲浪中，蘇敬倫被換了下去。

和薛博澤擦肩而過時，也不知道是無心還是刻意，蘇敬倫忽然抓不到重心身軀一晃重重撞了他的肩膀一下，讓沒有提防的薛博澤頓時失去平衡踉蹌了一步。

「好的，現在各位可以看到，這兩位員警中間隔著一塊板子，他們看不見對方……我們請阿保警員先抽一張卡片……好——大家都看到卡片上的圖案是什麼了吧？都看清楚了嗎？」蕭苡麟將手上A4大小的卡片一翻，正面朝著台下眾人。卡片上的圖案是一輛水藍色的發財車。待底下紛紛點頭後，蕭苡麟看向薛博澤，他的桌面上也放了一副卡片，但和阿保不同，卡片一開始便是正面朝上。她將那副卡片俐落推開，像魔術師那樣將卡片推成了一個漂亮的扇形。當攝影機將鏡頭移到薛博澤面前時，她才接著往下說道：「大家應該都猜到我接下來要請薛博澤警員做什麼了吧？請薛博澤警員選出那張——不對、不用選，你早就『知道』答案了……請拿起阿保警員剛剛抽到的那張卡片。」

蕭苡麟話聲甫落，薛博澤立刻揀起那張卡片將牌面舉向台下——底下緊接著傳來潮浪般的洶湧驚呼。

卡片上的圖案是一輛水藍色的發財車。

「透過大腦中的晶片，得到的所有感官訊息會匯流到『瞬間正義』的ＡＩ，經過處理後分享給所有使用者。當然，這個機制啟動是有前提的，並不會隨意濫用。啟動的前提是——出現現行犯。除了肉眼看得到的實際犯行，當犯罪發生，警員體內激素的數值也會隨之發生改變。常聽到的內分泌激素有多巴胺、ＧＡＢＡ、內啡肽……等等。」蕭苡麟最後做了個短而有力的結論。「和我那天在刑事局記者會上說的一樣，薛博澤他確實聞到瓦斯味，也確實沒有聞到。如同現在，他確實看到卡片上的發財車，也確實沒有看到。」

當台下群眾闔不上嘴巴、恍然大悟之際，事情還沒結束，蕭苡麟再度開口，準備拋下威力更為劇烈的震撼彈——

「現在我想請我們團隊的所有成員來到舞台中央——蘇敬倫、夏珮潔和陳景隆……請你們來到舞台中央。」被點到名的三人從角落往中間挪步。來到焦點中心，始終被晾在一旁的他們表情這時稍稍明亮起來。

掌聲稀稀落落響起，聽起來有些落寞。可以明顯感覺到氣氛冷卻下來。

「薛博澤警員的事蹟在場沒有人不清楚，我就不再多加贅述。首先這位剛剛和薛警員一起示範的，廖光保警員。蘇敬倫警員。接下來是我們今天唯一的女性同仁，夏珮潔巡佐。最後是陳景隆警務正。」再次簡單介紹後，蕭苡麟停頓一下。在讓人心跳漏了半拍的微妙停頓之後，她才又往下說道，邊說嘴角邊微微勾起淺淺的笑意：「老實說，乍看之下，待會兒我即將提到的這三則新聞並沒有什麼值得重提的，畢竟都是台下的記者朋友寫的，對你們來說恐怕一點新鮮感也沒有，下標題的人說不定有好幾個此刻就在我們的現場……但是我之所以特別在這個時間點提出、準備更進一步說明的，請聽好了，是你們不知道的部分——一月十八日，中和銀樓搶案。四月二十五日，賴亞盛前市議員之子擄人勒贖案。六月二十九日，南港高鐵毒氣攻擊事件……你們還記得我剛剛提的這幾起案件嗎？」不出所料，有人點頭，有人搖頭。可是這並不影響蕭苡麟說下去的決心。「如果你們深入調查，會發現當時在這幾起案件中起到關鍵作用的人，分別是蘇敬倫、廖光保以及夏珮潔——」

「啊——」

「我看到有人張大嘴巴——應該有人想到了……沒錯，其實發生在薛博澤警員身上的超商少年搶匪槍擊事件，並不是『瞬間正義』系統發揮功用的第一起案例。」蕭苡麟沒有讓驚愕的眾人有喘息、思考反芻的空間。「和所有科學實驗一樣，為了得到客觀的結論，『瞬間正義』將警員分為實驗組和對照組——公開參與計畫好比薛博澤警員以及陳景隆警務正的情況為實驗組，至於周圍同仁不知情祕密進行的則為對照組。這裡我們想了解的是，其它未接受實驗的同仁的目光、互動、更重要的是案件發生他們的當下判斷，究竟會不會影響使用者系統的運作效率、精確度甚至是案件最終的走向？為了得到客觀的數據，除了上述操縱變因、其餘條件諸如槍枝生物鎖和ＡＩ分析等『瞬間正義』所包含的一系列輔助……必須維持不變。因此，和薛博澤與陳景隆不同，我們讓蘇敬倫、廖光保和夏珮潔這三位接受了大腦晶片植入的成員，不動聲色待在原來的單位繼續過著和往常一樣的日子，照常出勤、執行所有任務。」

舞台上的活動結束後，廳位兩側有準備知名飯店的外燴供來賓享用，因此人潮並沒有立刻退去，交談嘻笑喧嘩不絕於耳，放眼望去一片和樂融融。

聽正軒和晴華他們說警方每年經費都吃緊，預算不斷被議員刁難刪減——居然有錢花在這種地方……還不如汰換防彈背心比較實在。

「蕭博士——」在四散開來的混亂人群中，鍾曉熙找到了佇立階梯正出神思索的蕭苡麟。「辛苦了，假日還要加班。」她蹬著鞋跟極高的高跟鞋爬上通往慢跑步道的石階。

「妳們不也是嗎？」蕭苡麟對著鍾曉熙和緊跟在她身邊的趙舒茜微笑說道。

「做這行的哪有假日。」

「我們也是。」蕭苡麟和鍾曉熙相視，默契一笑。

「有看到薛博澤警員嗎？」鍾曉熙低聲向趙舒茜問道。

「沒有——找不到……活動一結束，人一下子就不見了！」

「鍾小姐有事想找薛警員？」

「沒有。沒什麼事。只是突然想到……要是能和他一起聽蕭博士的導覽應該挺有意思的。」大概是打從心底感到可惜，鍾曉熙吁出長長的一口氣，眼神仍然不放棄地在人海中逡巡著。「真的找不到啊——」

「科偵中心往這邊走。」蕭苡麟朝後方那棟建築物一比。

鍾曉熙微微點了點頭，跨出步伐跟上去的同時彷彿將方才的遺憾轉眼間拋諸腦後，毫無預警切入了正題。「想了解一下，那些成員——參加『瞬間正義』計畫的成員，是怎麼選出來的？」領在前頭的蕭苡麟稍稍側過臉，和提出問題的鍾曉熙對上視線。後者接續說道試圖把自己的思考脈絡表達完整：「我猜想……應該不只這些人申請加入這項實驗吧？那麼、到最後，第一批出線的這五人，勢必得經過某種篩選機制。」

「蘇敬倫，就是最年輕的那位成員，他之所以希望成為第一批的受驗者，是因為想成為新一代警察的楷模，下一個世代的典範。這種急於想證明自己的心態，或許和他從小就被父母拋棄有關；夏珮潔，團隊中唯一的女性代表，她在日商工作的未婚夫在拍完婚紗照的兩天後，在小巨蛋的恐怖攻擊中不幸罹難；廖光保，和薛博澤同一個分局的好哥兒們，他的哥哥曾有販毒前科，但後來被弟弟感化成為警方線民，卻疑似消息走漏在通化街租賃處被藥頭分屍；至於陳景隆，他的父母因為看了一眼聚集在住家附近公園的不良少年而被用球棒活活毆打致死，趕到現場的警方非但沒有成功制止他們，反倒也被打得腦出血緊急送醫。」

「所以他們的共通點……是不幸？」鍾曉熙試探性問道。

「『不幸』這個詞恐怕過於籠統……應該說，他們至今為止所經歷的一切——他們的人生，就是我們篩選的標準。」蕭苡麟進一步闡述自己的看法。「其實，想成為什麼樣的人，對於科學來說一點都不重要。可是，對於身為一名投身改革的警察而言，沒有這種程度的抱負——或者說覺悟，是不合格的。」

「我明白了。關於你們篩選的機制。」之後的節目主題已經找到了——鍾曉熙打算將那些人背後的過往挖得更深之後，統統展示似的擺上窗台，讓世人得以透過「媒體」這扇窗讀到她所編排的種種故事。「所以嚴格來說，蘇敬倫警員經手的中和銀樓搶案，才是『瞬間正義』真正的第一起成功案例？」

啊、對了……她剛剛是不是沒有提到薛博澤是用什麼原因通過篩選——

「對。紀錄上，一月十八日的中和銀樓搶案才是編號一的案件。」

難怪那個叫蘇敬倫的年輕警員打從一上台就一臉不服氣的模樣。

「要不是薛博澤的事件鬧成這樣，你們是不是打算瞞著大家繼續偷偷實驗下去？」

「坦白說——確實會把觀察期再拉長一些。」蕭苡麟坦率答道。「不過目前的情況，比我能夠想像到的任何發展都還要好。所以說，人生真的沒辦法計畫，不是嗎？」

不曉得蕭苡麟是故意忽略，抑或是真的聽不明白鍾曉熙方才話中有話。

繼續「偷偷」實驗下去——

對於蕭苡麟的「實驗組」和「對照組」的說法，鍾曉熙並沒有照單全收。

因為就算薛博澤和陳景隆「號稱」是公開的實驗組，然而，對於「瞬間正義」運作方式欠缺基本概念的周遭同仁，究竟能夠達到怎樣的實驗效果？**他們根本沒有意識到對方和自己的不同**。

基於這個理由，鍾曉熙認為一開始根本沒有所謂的實驗組對照組之說，所有事情都是在檯面下暗暗進行的。

而這一切之所以如今必須攤在陽光下向全國人民說明，當然還是得歸因於薛博澤開的那一槍。

讓人聯想到照亮黑暗時代的啟蒙之光。

尤有甚者——鍾曉熙愈想愈摸不透對方心思。與其說蕭苡麟是不小心給出這番看似存在矛盾的言論、露出這個破綻，倒不如說眼前的女人另有更深一層盤算……實際參與計畫的肯定不只這五個人。

可能十多個、甚至幾十個都有可能。

現在，所有警察都知道「瞬間正義」是怎麼一回事了——環境因素成立，這也意味著蕭苡麟剛剛在舞台上發表的「實驗說」，便可以真正落實了。

不是薛博澤和陳景隆——他們五個人才是實質意義上的實驗組。

鍾曉熙在心中默默做了總結。

她們三人躲開太陽進入了建築物。迎面拂來的空調讓曬紅的肌膚瞬間降溫。

鍾曉熙的手臂起了一點一點雞皮疙瘩。

「說到人生沒有辦法計畫——妳身上的燙傷……是不是有好一點了？」

一行人走進電梯。「嗯，好多了。謝謝妳的關心。」掃描指紋確認身分後，蕭苡麟撳下通往五樓的按鍵。

在電梯均速穩定地上升中——

「程諒學。那個男人的名字。」

那個男人——烏鴉一般的男人。

「知道他為什麼會做出這種事了嗎？」蕭苡麟的聲音忽然變輕，肩膀下意識微微縮起，彷彿當時肌膚的灼熱感又被這咒語一樣的名字給召喚回來。

「這種事——妳是指攻擊薛博澤警員？」或許是不想太清晰回憶起那晚的情景，向來直來直往的蕭苡麟難得語帶保留。反倒是鍾曉熙硬是挑明說道。「應該問蕭博士更清楚吧？妳不就是警方嗎？啊、我知道，畢竟體系不同……目前還不明白犯罪動機。根據我這邊得到的消息，對方直到被移送地檢署，依然一句話也沒說。」

「說不定那個叫什麼程諒學的傢伙跟警察有什麼深仇大恨——看他之前在記者會上的態度就知道了……看起來超陰沉的……然後、然後因為最近薛博澤太出風頭了，又被網友推成什麼新國民男神的，他才會不管三七二十一把怒火全發洩在他身上。」保持沉默已久的資深鄉民趙舒茜說出自己的推測。「這種見不得人好的反社會化人格現在不是到處都是？」

叮——

五樓到了。

◎ ◎ ◎

叮——

並肩走出電梯，踏上深長走廊時率先打破沉默的是劉正軒。

「那天真的嚇死人——」

沉澱了幾天後，劉正軒似乎終於整理好心情，能夠對薛博澤自然地提起直播那晚的突發事件。因為儘管面臨危機的是自己所崇拜的大哥，卻偏偏也是他，讓傾慕的女人牽連其中遭受無妄之災。

幸好裡頭裝的不是具有腐蝕性的化學品……

「有去協助製作筆錄，但他們說對方什麼都不肯說。」乍聽之下看似在埋怨同仁不肯向自己人透露消息，但言者無心，薛博澤並沒有這個意思。

「嘖、緘默權啊……是說這也沒什麼好說的，那傢伙什麼都不說變成啞巴最好——法官才會判得更重。」劉正軒咬著牙低吼道，像是恨不得把對方撕成碎片。「話說回來，你之後有跟他碰到面？」

「沒有。他們不讓我見他。說是案件還在偵查程序中——由於受到社會各方面的廣大關注，即使我身為警察、不，正因為我身為警察，更不能隨意和加害者碰面。」回憶起蕭苡麟縮著身子面孔扭曲的痛苦模樣，薛博澤聲音不自覺哽咽起來。「我真的很想當面問他為什麼要攻擊自己？我真的不記得、也不認得他是誰。從目前調查到的身家資料也顯示、我和他並沒有任何交集。我實在想不通為什麼……」

「不用想太多，想太多也沒意義。反正社會上就是有這種人渣。要是當時你的手裡握著槍，『瞬間正義』一定會讓你朝他的額頭開槍。」

素來客觀、甚至顯得抽離的劉正軒此刻口吻冷冽的發言令薛博澤一時間瞪大雙眼吃驚望著他。

「我有說錯嗎？博澤哥怎麼這種表情？我之所以參加這項計畫，就是為了不再讓無辜的人受到傷害。只要有人想破壞這個社會的和平，就應該受到懲罰。」

「是應該受到懲罰沒錯——不過，那一槍不用開在眉心。我想『瞬間正義』大概會讓自己避開程諒學手臂的大動脈、瞄準他的上臂吧。」

劉正軒嘴角牽起虛弱的微笑。「誰知道呢？不過……就是因為你有你的正義、我有我的正義，我和苡麟才會試著打造出能計算出最佳正義解——能給『正義』一個標準答案的系統吧。」

一從走廊穿出，視線驀然明亮起來，像是汩汩泉水流進房間那樣。

金碧輝煌猶如宮殿的空間散發著莊嚴的肅穆感，彷彿公寓大廈，眼前整整齊齊排列堆疊起無數個小房間，每個小小的房間都容納了一個人的一生——不是誇飾。這地方是靈骨塔。

稍早河堤邊的公關活動一結束，薛博澤便趁著場面混亂偷偷低調溜出人群，一邊在豔陽下急切邁著步子一邊脫下西裝外套匆匆趕到和劉正軒約好的十字路口。

一上車，汗流浹背的薛博澤還沒扣好安全帶，劉正軒就踩下油門往前方疾駛而去，將背後歡騰盛大的舞台遠遠甩離車尾燈。

「以前是透天厝，現在是套房。死掉跟活著真的愈來愈沒有差別。」

「當然還是活著好。」

薛錦霖，薛博澤的老爸，在一次任務中，毒販攀窗跳樓逃跑，驅車追逐途中，毒販撞死了好幾名當時正在穿越斑馬線的行人。最後毒販自撞變電箱當場身亡。事後，薛錦霖出席了所有被無辜牽連進這場緝毒案的受害者的告別式，但幾乎每一場，都遭到遺屬的譴責、辱罵和追打。

最後一場告別式結束的那天深夜，年僅十四歲的薛博澤，一聲脆亮的槍響後，在木椅傾倒的書房裡發現老爸的屍體。

他永遠忘不了老爸趴臥在地的背影，並且在多年來的夢境中，那道背影無數次如靈異片般飄浮而起，像是吊著隱形的鋼絲，形成一幢從上方籠罩而下的巨大陰影。

原來這才是最後一場。

「薛叔沒有錯。」在老爸自己的告別式上，比薛博澤小兩歲、剛從國小畢業的劉正軒用堅定的神情對他如此說道。

成功了喔——爸，我們成功了……我們終於找到辦法可以阻止更多遺憾的發生……那個方法，叫作「瞬間正義」。

今天的活動，除了慶功，更代表著「瞬間正義」計畫的重要里程碑。

這也是為什麼薛博澤第一時間非到這裡來見老爸一面不可——感覺彌補了生命中的某塊缺憾。

「你會想 Zoe 嗎？」

薛博澤輕輕喚的那聲「Zoe」，有一個很美的中文名字：溫柔瑛。是劉叔的牽手，劉正軒的媽媽。

因為我好想她啊——

「你有多想薛叔。我就有多想她。」

也對。

「我還記得阿姨說過自己一直有個當法官的夢想。」

劉正軒緩慢點了一下頭，沉默好一會兒才舔了舔嘴唇接續說道：「我媽跟我說過……她當年是讀了康絲坦姿的自傳，受到莫大的震撼和感動，才會萌生成為像她一樣優秀法官的那種嚮往。她常跟我爸說……說就是因為嫁給他，害自己沒辦法圓夢——」康絲坦姿．布里斯寇是英國史上第一位黑人女法官。她一生命運多舛卻不輕言投降。「不過，其實、我媽她……並沒有放棄喔——出事那天……那天晚上，她是在從大學回家的路上……她偷偷跑去法律系進修，還要我幫她先瞞著爸爸……『等到我考上法官那天再告訴他，讓他嚇一大跳！』我媽她是這麼說的。」

「很像她會說的話——完全就是 Zoe 的風格。」薛博澤將雙手插進西裝褲口袋，從喉間擠出粗啞笑聲瞇著眼附和道。即使已經和 Zoe 道別這麼多年，他依然可以清晰勾勒出她說出那句話時鬼靈精怪的模樣。

溫柔瑛不是外國人，只是純粹喜歡中學時英文老師幫自己取的這個和中文名字諧音的 Zoe。

「不要叫我阿姨——叫我 Zoe！」那是記憶裡總是留著一頭清爽短髮的 Zoe 和自己第一次見面時說的話。

「話說這地方真的是讓人愈待愈想一頭撞上去，不知道還有沒有空房？雖然節省空間的靈骨塔是未來趨勢，更久以後全面數位雲端化是必然的結果，就像現在不是可以線上抽籤拜拜燒紙錢點平安燈一樣嗎——不過，我還是喜歡在影集、電影裡面看到的那種西方墓園式的石碑。可以扎扎實實感受到死亡是有重量的。」劉正軒用帶著黑色幽默的語氣說道——或許是經歷過深刻的傷痛，一面對「死亡」這個話題，平日溫和到近乎無聊的劉正軒就會不由得偏激起來。他邊咕噥的同時眼神隨之往下墜，垂視著自己不知何時握緊的拳頭。「還記得我們以前、年輕的時候，討論過想在自己的墓碑上刻什麼墓誌銘嗎？」

劉正軒述說的語氣彷彿兩人已經很老很老很老了。

「我記得。你想刻——就算殺了一個我，還有千千萬萬個我。」

那是港片《功夫》的著名台詞。

「你真的記得。」劉正軒鬆開手，感到害羞似的摸了摸臉頰，終於展露出薛博澤所熟悉的大男孩表情。他想起什麼微微放大瞳孔，直盯著薛博澤。「我記得——博澤哥那時候沒回答我。」

「我記得那時候沒回答你。」薛博澤說著咧開嘴笑一聲，報以爽朗的笑容。他瞄了老爸的房間一眼，短暫停頓一秒後才接下去說道：「有關我的死訊都被過度誇大了。我還特地背下原文——Reports of my death have been greatly exaggerated。」

事實上，死就是死，哪有精確或浮誇之分。

「等一下、我知道這句——少來了，那根本是《金牌特務2》的台詞吧！」

「其實是馬克・吐溫說的。」薛博澤伸出手，抹去附著在門板上那層薄薄的灰塵。

◎ ◎ ◎

眼前是一塊素色冷白有著灰銀邊框的面板。

攤開手掌，將五根指頭緊緊按壓在嵌鑲於門板上的方框中。

伴隨細微聲響，比螢幕顏色更刺眼的白光乍然亮起，又旋即熄滅。

身分獲得確認，蕭苡麟的臉孔閃現短短一秒鐘畫面便切回原先的一片死白。

金屬門扉無聲橫移敞開，一連串流程順暢。

「妳們現在看到的，就是位於科偵中心內『瞬間正義』研究小組的工作空間。一進門，首先來到的是休息室兼交誼廳。比想像中寬敞許多吧？這裡提供咖啡、各式各樣的茶類還有一些小點心。也有按摩椅、足部紓壓器……對了，根據規定，進行下一階段的導覽前，必須要先和兩位收取手機——由我們暫時代為保管。」見趙舒茜抓在手上的手機蠢蠢欲動，蕭苡麟補充說明道。

而就在蕭苡麟說明的同時，一名身穿有著圓弧牧師領合身白襯衫的高大男人從內側走道門口出現，直直朝她們走來，向鍾曉熙兩人伸出掌肉厚實的手。

趙舒茜仰起脖子瞟向比自己高上兩顆頭的男子。「啊、你是、黃——黃聖珉主任！」

那頭泛著銀潤光澤的優雅白髮是他的招牌特徵。

鍾曉熙當然立刻認了出來，但她沒有表現得像趙舒茜那般訝異。或說驚喜。

「麻煩交出手機。」面對趙舒茜的驚呼，黃聖珉的反應可以說是冷靜到不近人情——他不苟言笑重申道。

「黃聖珉主任怎麼沒出席剛剛在河畔舉辦的慶祝活動？這不是科偵中心的大事嗎？」

「我有出席。」黃聖珉說著定睛注視著蕭苡麟，而後將目光迎向鍾曉熙那雙炯炯如炬的眼眸。他的意思是：蕭苡麟出席，就等同於我出席。

鍾曉熙自然讀懂了對方的眼神。倒是一旁的趙舒茜一頭霧水，不曉得他們究竟在打什麼啞謎。

「這兩位交給妳了。」收完手機撂下這句話，黃聖珉隨即毫不留戀轉身跨著大步離開。

「沒問題！學長！」蕭苡麟衝著黃聖珉早已遠去的背影喊道。「往這邊走。」側身對後頭的鍾曉熙兩人比了個方向。

「黃主任不一起來？」鍾曉熙明知故問。身後的趙舒茜還不死心地踮著腳尖往黃聖珉身影消失的轉角伸長脖子。

「妳們應該也發現了吧？學長他不喜歡拋頭露面的事情。他覺得科偵中心就是低調的後勤工作，是為了成為站在第一線警員的後盾而存在的單位。」

「超酷的！」

「妳覺得這種想法很酷？我倒是覺得已經過時了。現在這個時代，埋首苦幹是行不通的。」蕭苡麟直言不諱。

「舒茜她不是這個意思。她才不管黃聖珉主任有什麼樣的想法——她想表達的意思是：黃聖珉作為一個男人很有個人魅力。」

「曉熙姊也這樣覺得吧！黃主任他真的超酷的！超man。」

「他不是我的菜。」鍾曉熙回答果斷。

「啊、對喔！我都忘了，曉熙姊對帥大叔沒興趣，曉熙姊喜歡的是像薛博澤那種小鮮肉——欸欸、黃主任他結婚了嗎？」

「還沒，學長單身。」

「那妳每天跟他一起工作都不會動心啊？」趙舒茜難以按捺追問起八卦。

「動心？學長？動心？」蕭苡麟一時間憋不住，把頭後仰噗哧大聲一笑。「不會不會、絕對不會——我們太熟了！不會不會！」邊笑邊連連否認。

「對了，蕭博士，直播那晚妳提到的都市傳說——名為〈牛之首〉的那則都市傳說，我後來有再去搜尋 google 一下，覺得很有意思……所以呢，我今天也準備了一個都市傳說要跟妳分享。」對於自己不感興趣的人事物鍾曉熙向來也不會在對方身上多費心力，她冷不防將話題從黃聖珉跳開拉回到蕭苡麟身上切入正題——待蕭苡麟點了點頭露出「願聞其詳」的微笑，她這才接續未竟的話題：「據說『米老鼠』這個圖案當中，暗藏了一個邪教符號……」

「米老鼠——迪士尼那個米老鼠？」

「不然是漫威那個米老鼠嗎？」閉不上嘴巴的趙舒茜忍不住又吐槽道。

鍾曉熙沒理會三不五時愛亂入打岔的趙舒茜，逕自往下說道：「據說如果仔細觀察米老鼠的造型……會發現他穿的短褲，其實是一個紅色的骷髏頭。」

「紅色的骷髏頭——這個觀點挺有意思的。」蕭苡麟頻頻點著頭。「謝謝妳。我很喜歡蒐集各種都市傳說，比起真實性，從萬千故事裡分析、歸納出的當代集體潛意識更讓人感到興奮……接下來我們看到的是大辦公室，所有研究員的辦公桌都在這裡。」

「你們採用的格局是像歐美大多數新興企業的開放式辦公室……這樣、不擔心機密資料外流的問題？」無法理解蕭苡麟的浪漫，鍾曉熙兀自呢喃著，面有難色環顧連 partition 都沒有的辦公桌。

在媒體的世界裡，沒有比保密更重要的事。

又或者，這些人難道都不需要一點隱私嗎？

「『瞬間正義』的開發每一個環節都必須環環相扣，我們一直是從『整體』來看待這個計畫的——而所謂的『整體』，指的不單單是這個系統，更代表著我們的研究團隊。」

上下一心嗎？

「這個位子是誰的？」趙舒茜彎下腰好奇瞅著擱在白色檯燈旁的合照。「現在很少人會放照片了吧？我都不曉得有多少年沒摸過相框了！」

「這是正軒的座位。」

「喔——就是那天記者會也有出現在刑事局的……」趙舒茜用指尖輕輕一戳，認出照片裡年輕時的劉正軒。

那是一張六人的合照。四個大人兩個少年，大概是兩個家庭——

「咦……等一下、這位、該不會是……」原本興致缺缺的鍾曉熙忽然亮起眼睛一把抓起相框。

「是薛博澤。」蕭苡麟回答了鍾曉熙的遲疑。

「他們兩家認識？」

「嗯。」或許是不想透露太多他們的個人訊息給媒體，蕭苡麟簡短應聲後從鍾曉熙手上接過合照，將表面擦拭乾淨後小心翼翼放回起先的位置。「辦公室差不多就是這樣、沒什麼特別的，其實我們跟大學的研究單位沒有太大區別——再來、往這邊走……」

蕭苡麟帶她們一一參觀幾個在「瞬間正義」計畫中特別具有代表意義的研發室。

「第一個看到的是晶片植入室，由我擔任主要負責人的研發室——我就是在這裡將晶片植入參與計畫的受驗者大腦裡頭。或許對一般人來說，更像是手術室吧……這裡是負責槍枝機械生物鎖的研發室。正軒的場子。除了控制槍枝扳機決定能否開槍以外，更重要的是進行包括後續一連串的槍枝改造。將原本的配槍改造成能和大腦晶片連動完成高精準射擊的全自動手槍。我想應該不用和已經對這個系統有所了解的妳們多作解釋，這裡的『全自動』自然跟傳統定義上可以自動裝填彈藥的『全自動手槍』有著截然不同的意義……再來是醫學整合中心，其主要任務範疇……從神經生物學的角度來看，由於是前所未見的大型實驗，監控『瞬間正義』執行員的即時體徵，並且適時提供任何形式的醫療協助。」

從醫學整合中心退出來，三人沿著外圍的走廊繼續往前行。

蕭苡麟和鍾曉熙並肩走著，趙舒茜則跟在後頭保持兩三步的距離。

「蕭博士，經過這段時間對於『瞬間正義』的認識、還有妳今天的導覽……我不禁產生了一個困惑……妳會不會擔心自己走得太快走得太前面，以至於這社會——甚至是這整個世界都還來不及理解自己？」

鍾曉熙說著別過頭凝視著蕭苡麟的臉龐。

「我想試著用一個提問來回答妳的問題——」蕭苡麟側過臉毫不閃躲地對上她筆直的目光。

「如果妳確信『現在』有一個決定在一百年後的『未來』是正確的、是對人類具有絕大益處的，那麼，現在的妳究竟該不該做出那個決定？」

「妳怎麼能百分之百確定那個決定在未來一百年後肯定是正確的？」鍾曉熙立刻如此反問道。

「那不是這個命題中最大的癥結點。真正的難題是：要怎麼讓現在的人相信自己的決定在一百年後會是正確的？」

鍾曉熙玩味了好一陣，豁然明白蕭苡麟的意思——

命題中的那個「決定」，因為無法於「現在」驗證，因此「必然」是正確的，否則便無法繼續討論下去。只是、這樣就浮現另一個無從解套的問題：因為無法於「現在」驗證，即使知道那個「決定」是正確的，也沒有辦法說服自己以外的任何人。

悖論。

「等一下——說到底，我們做的每一個決定不都是這樣嗎？除非是神，否則當下大家都確信現在做的決定在未來會是正確的。」

「妳還是沒弄明白我的意思。我指的『決定』，不是聚焦自身、小我的那種決定，應該這麼說——」

「我懂了——從哲學的概念上來看，妳想表達的、是一種『真理』。而先一步意識到那真理的，即為『先知』。」鍾曉熙忽然間接續著蕭苡麟的思考脈絡自然而然脫口而出。她輕輕按住搽了暗紅色唇蜜的雙唇，似乎連她也被自己無意識近乎直覺的回應嚇了一跳。

「所以理智上，科學明明應該更往前進更往前進不該等待任何人地更往前進，但是事實上、我們能夠帶給人們、為他們實現的，就只有那些在未來三年、兩年……甚至是一年內得以讓大多數人理解、並且接受的進步。」蕭苡麟嘴角勾起莫可奈何的微笑。「物種的進化是競爭，至於社會的進化，則是妥協。」

「妥協的進步……就是社會的進化——妳的意思是這樣吧？」

蕭苡麟笑而不答。

她在走廊底端一扇白色的大門前停下腳步。

這一次提供驗證身分的不只是指紋，還需要視網膜辨識。

門悄然無聲開啟。

通過門口的剎那，鍾曉熙心中浮現某種異樣感——彷彿不是自己走入房間，而是被一股強大難以言喻的引力吸進去一樣。

呈現在眼前的，是一幅內嵌於整面牆壁的巨型螢幕。此刻螢幕裡頭空無一物，一片灰黑色調猶如入夜後的沙灘，而後，像是感應到有人進入房間——只見眼前望不著盡頭的沙灘突然渲染出淡淡光暈，再緊接著，陷入深沉睡眠似的呼吸那般伴隨節奏有規律地忽明忽滅、忽明忽滅、忽明忽滅、忽明忽滅……看著看著彷彿催眠般讓人眼皮愈來愈重。

當身後的大門關闔，沒有絲毫間隙，蕭苡麟的聲音於兩人耳際悠然響起：「兩位現在見到的這位——就是統整匯入『瞬間正義』系統所有資訊的AI，Finocchio。（Finocchio，音近「菲諾萩」）」

一聽到蕭苡麟唇齒間摩擦出的那個名字——Finocchio，螢幕霎時亮起發出炫目白光，宛如拉開窗簾陽光大量照進、宛如睜開眼睛徹底清醒過來一樣。

「這就是瞬間正義的AI……」

就在鍾曉熙咕噥的同時，像是能聽見她的低語，螢幕上浮現出一道女人的側身剪影。那無聲的鉛黑色剪影紋絲不動，彷彿是在用某種特殊的方式向鍾曉熙和趙舒茜兩個初次見面的人問好。

那剪影充滿無從言說的誘惑性，趙舒茜甚至當真愣愣地朝對方點了個頭。

「妳不擔心和那些科幻電影演的一樣——有一天、這個叫 Finocchio 的人工智能會背叛你們、背叛我們所有人類嗎？」當著 Finocchio 面前，鍾曉熙直言不諱提出質疑——或者說，她就是希望對方聽到這番話。

要不是知道矗立在底部牆壁的是一整面巨大的電腦螢幕，鍾曉熙會當真以為那扇巨幅屏風後頭佇立著一位身材婀娜的女人。帶著魅惑挑逗意味的站姿、不經意透露出一絲絲刺激的危機感——要是兩人在酒吧吧檯遇見，鍾曉熙心想自己肯定會請對方喝一杯酒。

用不著開口，光是身影便已經建立了足夠令人遐想的個性……

這讓鍾曉熙突然不寒而慄，腰脊襲上一陣莫名所以的惡寒。

「雖然 Finocchio 是能夠自主學習的人工智能，不過，早在設計之初，我們給她設定了一個限制。一個沒有餘地的嚴格限制：無論蒐集多麼龐大的資訊量、又或者透過分析得到什麼樣的預測結果……最終，Finocchio 能做出的決定，就只有——開不開槍。」蕭苡麟凝視著女人的側影娓娓說道。「至於決定開槍後，選擇對方身上哪一個部位抑或現場環境中的哪一個目標物進行射擊，則又是另一個問題了。」她瞥向站在身邊的鍾曉熙，不厭其煩地想讓她理解這套系統。「簡而言之，Finocchio 的存在，是在以保障用槍者為前提下，對犯罪者進行追擊，並同時降低犯罪行為以外人員的傷亡作為終極目的。」

「只要能掌握開槍的權力，就什麼都可能辦得到。歷史上，擁有武器的一方總是勝利的一方。」鍾曉熙驚訝地發現自己還是無法將開槍與否的權力全權交付給人類以外的「物種」。

為什麼——發生在那一樁樁案件中的用槍爭議，不就是人們不值得信任的最有力證明嗎？

人類真的是太荒謬了。

「事實上，妳的擔憂並不完全是無稽之談。因此，發展人工智能協助人類，最理想的情況是——人工智能辦得到，卻找不到這麼做的必要。也就是說，Finocchio 沒有在其它領域獲得成功的渴望。我們從根本消除了這份衝動。」蕭苡麟見兩人不解，進一步解釋道：「舉個例子也許能幫助妳們理解……好比莫札特和畢卡索今天在西洋棋和競技體操取得了巨大的成就，他們會打從心裡感到開心嗎？我想答案是不會的。因為音樂以及繪畫才是他們一生的渴望、也才能充分回應天賦的召喚。相同的道理，除了依據法律維護正義以外，Finocchio 無法從其它地方獲得**存在的意義**。」快速吞了口口水後，她忙不迭又接續說道：「再舉個例子，我看鍾小姐手長腳長又有纖細的肌肉，感覺很適合練田徑——要是今天要妳離開電視這個行業，跑去練——我隨便說——跑去練跨欄好了，結果妳表現出色最終獲得了奧運金牌……在另一個領域成功的這樣的人生，妳會不會感到遺憾？如果會產生一絲絲遺憾，那麼就不是妳生命的最佳解。」

生命的最佳解——

鍾曉熙感到內心深處被重重敲擊了一下。

蕭苡麟誤打誤撞說中了。直到大學鍾曉熙都還是學校田徑校隊的跨欄選手。還曾經打破全國女子兩百公尺跨欄紀錄。

「對了——」聽蕭苡麟長篇大論聽得頭昏腦脹的趙舒茜只想問這個問題。「為什麼她要取 Finocchio 這個名字啊？好難念——Finocchio……」

「Finocchio 是義大利文，意思是『茴香』。妳們知道那則關於茴香的神話嗎？」鍾曉熙和趙舒茜同一時間搖晃起腦袋。「茴香是料理中常見的香料，這種植物的莖稈是中空的。據說普羅米修斯為了人類不惜違抗宙斯的意願而盜火時，使用的工具，就是茴香。」

火焰代表啟蒙。

代表人類文明的開始。

今天一早醒來，薛博澤感到久違的神清氣爽，甚至在心底哼起了魔力紅（Maroon 5）那首不知道在多少場喜酒上聽到的輕快歌曲 *Sugar*。

「Sugar, Yes please! Would you come and put it down on me? I'm right here, 'cause I need……」

不對，當他發現時，才意識到自己已經哼出聲來。

鏡子裡裸著上半身的自己睜大眼睛，似乎也對這份滿溢而出的好心情覺得新鮮。

這幾天，「瞬間正義」取得了更大的成就。由於透過媒體這段時間以來鋪天蓋地式的報導，民眾了解到那些參與計畫的警察們可以透過相互「連結」而達到即時掌控案件發生當下的現場情況，因此許多商家聯絡警方，表明願意開放監視器的網路共享權限，使之在必要的時刻能成為警察的眼睛。不僅僅是店面和公司行號，在居民口耳相傳之下，各鄰里也紛紛決定加入布局。從此，「警方」這一集合名詞宛如巨人，而城市裡逐一納入系統的巷弄街道則為叢蔓延伸的神經網絡。

不只是監視器，接著連行車紀錄器也有民眾表示提供的意願——警方這回倒是應變迅速態度積極許多，立刻開發APP讓民眾下載。名為「警民之眼」（P-Eyes）的APP一旦點開，鏡頭拍攝到的畫面以及接受到的聲音便會同步傳送至「瞬間正義」的資料庫，交由AI——Finocchio——進行後續的分析與決策。

一切都在往比想像中更順利的方向發展著。

過於迅速的進展甚至讓人稍一慢緩腳步冷靜下來思考就會禁不住打起寒顫。

也因此，為了甩開這股驚懼，最好的方式就是——悶著頭繼續往前衝。

薛博澤用力往臉上嘩啦嘩啦一連潑了好幾把冷水。

套上T恤和那件第一百零一條牛仔褲，關門上鎖後他踩著輕快的步子往樓梯間走去。他依然小小聲哼著歌。

反手推上公寓鐵門，一次、兩次，十多年沒換過的鐵門必須用力壓兩下才能徹底關上。

拐出窄仄巷口，位於柏油路中段貼滿各色房租仲介廣告的那根電線桿旁，向來是薛博澤固定停放機車的位置。只是——

咦？

薛博澤遠遠望見一抹身影蹲著蜷縮在自己的機車邊。還沒踏出下一步，只見那個人冷不防起身，起身的同時右手往胸口探去——當對方右手伸進外套前方衣襟時，或許是角度的緣故，燦白日光一時間從胸前反射出一道刺眼的光芒。

薛博澤下意識撇開臉抬起手遮擋強光——從胳膊下方的空間瞇眼往前看，剛好側過身子的男人從圍牆陰影中顯露臉孔。薛博澤立刻認出那個人正是在電視台直播現場向自己潑熱茶令蕭苡麟牽連受累的程諒學。

「欸——」

薛博澤聲音卡在喉頭、正打算喊住他——想問他到底為什麼對自己心懷恨意？但下一秒程諒學已經頭也不回往前方路口小跑步離開。剛才沒有在第一時間跟上去，現在想追趕已然太遲。

居然知道自己住在哪裡——

還有……來這裡、是想找自己、和自己說些什麼嗎？

忖度著諸如此類的種種困惑，薛博澤來到這個好搭檔身邊——一輛陪伴了自己五年的一二五機車。

就在他從口袋裡掏出車鑰匙，突然，一個畫面從腦中跳出——他猛地想起方才從轉角拐出時映入眼底的程諒學的異樣舉動。

「這邊……是有什麼嗎？」

薛博澤咕噥著一手搭住皮革椅墊慢慢將身子蹲低。

啊——

過於驚訝的他張開著嘴，遲遲無法發出真正的聲音。

像是被劃開的飽滿魚身，用指頭沿著若有似無的皸裂痕跡輕輕一摳，機車後輪隨即翻掀開一道口子。

輪胎被戳破了。

剛剛從對方胸前朝自己反射過來的銳利光芒，果然是刀。

易於取得的水果刀？

不……考量到銳利程度，瑞士刀或者蝴蝶刀更有可能。

要是薛博澤沒有碰巧撞見的話，很可能在騎乘途中爆胎打滑、連人帶車衝撞來車，或者安全島電線桿等路障發生重大意外，最糟的情況、當然，是死亡——不過，無論是哪一種結局，那個人的目的都達到了吧。

一面思索，薛博澤一面緩緩撐起身子。

他扭過頭，頸子延伸出去看了一眼架設在巷口尾端的監視器。雖然看起來老舊，但畢竟是自己居住的社區，他親自確認過這一帶的監視器皆能正常運作。

只是……

薛博澤發現，戳破輪胎當下，程諒學沒有戴帽子，甚至連口罩都沒有準備。如果自己當真出了什麼意外——重傷甚或死亡，他並不打算置身事外。這種懷著近乎戲劇性覺悟的悲壯感，讓薛博澤無法輕易釋懷。而也正因為如此，他不想就這樣輕易把對方又一次推入警局。

坐在陰冷偵訊室裡的他恐怕還是什麼都不會說吧？

比起無意義地懲罰程諒學，薛博澤更想知道他的動機。

為什麼針對自己？

打從真正踏進警界之前，薛博澤便從老爸身上明白從事「警察」這一門行業，不可能不招致一點憎恨。

「一點憎恨」還算是客氣保守的說法。許多當事人根本對他們恨之入骨毫不掩飾將之活剝生吞的報復眼神。明明求刑判刑的是檢察官和法官，但偏偏那些傢伙咬牙切齒記得最清楚的，永遠是當場逮住他們、將他們繩之以法的警察。

先不說那些窮凶惡極罪有應得的社會人渣——逮捕後是情理法，逮捕前則是法理情，有時候，當警察按照法律的要求不得不對一些相對弱勢的人們進行處置，脫下這身制服後同樣身為一般人、老百姓的他們，也會強烈懷疑自己做的到底是不是正確的？

「不要去思考自己哪裡做對哪裡做錯，把自己當成工具就對了——」薛博澤曾經向靠在陽台牆垣上抽菸的劉叔求助。那是他第一次將賣玉蘭花的婦人帶回警局偵訊，因為穿梭在馬路之間的婦人讓一名機車騎士閃避不及追撞另一條車道轎車的車尾。這場車禍造成機車騎士被送進急診室插管急救。婦人在警局一把鼻涕一把眼淚拉著從薛博澤辦公桌路過的學長拜託央求放自己一馬說家裡還有兩個生病孫子要養的畫面歷歷在目。「警察如果不把自己當成工具，總有一天會作為一個人而把自己毀滅。」

執勤時，要消除自己。警校教官教導過。

但每天近距離觀看各種複雜人性幽深行徑的薛博澤，很難徹底將自己的價值觀和道德觀暫時區隔開來。

「因為你看到的並不是一切。例如，說不定那個婦人賺錢其實不是為了養孩子，而是被老公拿去賭博。又或者，她根本沒有孩子。判斷是非對錯這種事，並不是我們警察的工作職責。」

「不是身為一個人，而是、把自己當成……一種工具嗎？」薛博澤感覺呢喃唸出這句話的自己確實稍稍放下了一些沉重的什麼。

被戳破輪胎，暫時失去代步工具的薛博澤決定搭乘闊別已久的捷運去上班。

自從買了機車，確實鮮少使用大眾運輸交通工具。

偶爾還是搭一下捷運或公車吧──

薛博澤暗自反省著。但實際上，他知道除非輪胎又被戳破，否則自己還是喜歡雙手握住龍頭把手能夠全權掌握的自在感。

愈長愈大，才發現能掌握的人事物比起孩子時的自己反倒愈來愈少。

這樣對嗎？

合理嗎？

算了不想了，還是想一下要吃玉米蛋餅還是鮪魚蛋餅比較實在。

鐵板滋滋作響竄起白煙，快輪到自己點餐了。前方女人點了饅頭加蛋和一杯大冰奶後便蹬著高跟鞋來到一旁瞅著架在牆面上的電視。

「帥哥早啊！今天要吃什麼？」雙手各持一柄短鏟不斷翻動荷包蛋、蘿蔔糕和漢堡肉的中年大嬸扯著嗓子問道，聲音宏亮到外面的行人都不由得朝開放式店面瞥來一眼。

「玉米鮪魚蛋餅。」薛博澤自認為想出了一個完美的解決方案。

「要不要飲料？」

「沒關係。」他搖了搖頭，給了數字剛好的零錢後也跟著退到旁邊等待。

熟悉的電視台logo映入眼簾。是鍾曉熙隸屬的電視台。

一人得道雞犬升天──《現世異苑》培養出來的廣大觀眾群也為其它時段的節目帶來收視效益。如今許多人一打開電視，便會不知不覺習慣先轉到這個頻道來瞧瞧。畢竟根據以往經驗，最新的第一手消息總是從這裡播出。一旦在大眾的潛意識中建立起此一難以逆轉的既定印象，該電視台就已經獲得巨大成功、立於不敗之地……以後就算無法搶先同行在第一時間披露重磅新聞也無所謂，人們還是會以為自己是第一個說出來的。

這就是品牌的魅力。

當然──樹大必有枯枝，人多必有白癡。

為電視台帶來龐大收益的鍾曉熙早已看開並不是每個人都像自己一樣是用生命在做這份工作。必要的時候，她隨時可以瀟灑離開。

事實上，有許多金主前仆後繼要為她在自己的電視台開設新節目──統統號稱預算無上限。

話題扯遠了，此刻，正在轉播的新聞標題為：國民小妹茹茹代言費驚傳天價！

畫面裡，是一名青春洋溢到幾乎連螢幕都要染上一薄膜夢幻粉紅色調的少女。身材纖細皮膚白皙一身名牌運動服飾打扮的少女在攝影棚內擺出各樣姿態，飄逸的髮絲為她增添了一分成熟女人的嫵媚感，這時，剛好從前方閃過一時間入鏡的攝影師令薛博澤感到眼熟眉毛微微一挑——緊接著才想起來，正是前些時候幫自己和蕭苡麟拍攝活動背板宣傳照的知名攝影師Jason You。

以前叫作第一千金，現在稱為國民小妹。

「這個張芮茹真的很敢賺！八位數——這是多少錢？」老闆娘的聲音從後方傳來。手忙著，嘴也沒閒著。

國民小妹茹茹的本名是張芮茹，是現任總統張清禾的么女。十六歲的她目前在美國讀高中，寒暑假才會回國。之所以爆紅，得從前年國慶日說起，當時還在國內念國中的她和家人一同參加國慶升旗典禮，被記者拍到——她從濡濕柏油路捧起一隻受傷墜地的鳥兒。照片一登上網路新聞隨即引發熱烈討論，長相甜美有著招牌梨窩又做出如此善舉的少女猶如人間天使，瞬間成為媒體寵兒。

不像大多數奢侈拜金子憑親貴的官二代星二代，自然不做作又熱愛動物的張芮茹被稱作新一代的零負評女神。

然而，沒有人能長時間維持零負評。

隨著曝光度愈來愈高，黑粉的數量也隨之增加——這年頭，沒有人黑還紅不了。

「人家每次都把代言費捐出去好不好！」正站在老闆娘面前點餐的女大生尖著聲音反駁道。

隱善揚惡、製造對立，是新聞媒體打造話題人物的SOP。

不想在一個心情大好的早晨捲入她們的口舌之爭，拎走蛋餅的薛博澤倉促說了聲謝謝旋即穿出騎樓，逃離身後這一連串娛樂八卦。

徒步前往捷運站的路上，薛博澤壓低後頸邊走邊吃把握時間匆匆結束了早餐。

除了日本，還沒有聽說過哪個國家不能邊走邊吃。明明只去過日本，卻說得好像自己環遊過整個世界一樣——想著這類無關緊要的瑣事，薛博澤踏上電扶梯。從馬賽克拼貼多彩玻璃篩落而過的陽光伴隨緩緩上升的電扶梯猶如凋謝花瓣似的一片片沾上他的身子。薛博澤一時間感覺浸潤在其中的自己彷彿也變成了藝術品。

◎

◎

◎

刷卡進站前，他將油膩的塑膠袋打了個結順手扔進靠放牆邊的垃圾桶。

看了看路線圖，發現上班的那一站是另一個方向，得到對面月台搭乘。

繞了大半圈，抵達時，就差一步、要是剛剛下階梯速度再加快一點點——在節奏密集的離站警示音中，那班列車正巧在薛博澤眼前關門捲起一陣風遠遠開走。

和當今流行以活化都市空間為目的的地下化趨勢不同，這條沿著市中心外圍一路延伸到郊區的環狀線捷運從一開始便是瞄準「觀光」打造，所以採用的是能夠將沿途城市風光盡收眼底的高架軌道。

和自己同樣沒趕上這班列車的，還有一名踩著一雙亮白色厚底球鞋的長髮女生——她將髮絲勾到耳後，微微喘著氣調整呼吸。那個有著一頭漸層棕色長髮的女生戴著一副鏡面極大幾乎要遮去半張臉充滿時尚感的深咖啡色墨鏡，嘴唇塗抹裸色唇膏，穿著寬鬆的手染淺藍色Ｔ恤和白色窄管七分褲，左肩上側背著一只文青風米白色帆布袋，頭上戴著頂洋基隊的棒球帽，看起來一派度假悠閒打扮。

定睛一看，這才恍然發現那名像是混血兒的長髮女生身後不遠處粗圓柱子邊，佇立著另一個男子。這女生太耀眼了，難怪薛博澤過了好一陣才意識到這偌大月台上還有一個人。男子約莫五十歲、實際年紀或許還更少些，下顎方正、雙頰連同發黑眼窩凹陷下去給人長期睡眠不足的精神耗弱感。蓄著參差不齊的尖刺短鬍碴，腳上套著廉價夾腳拖，工作褲沾滿大塊小塊的汙垢，上半身穿著的深灰素色襯衫下襬攤露在外——襯衫並不合身，而且顯然不是前一段時間從國外盛行過來、刻意穿大一兩號的 oversize 造型。

穿著風格截然不同的三人就這樣站在月台上等著下一班車到來。

列車進站的提示音效響起，內嵌於地板的紅色燈光一閃一閃亮著。

車廂對開門準確停靠在標註好的白色動線上，門開，薛博澤和那個亮眼的女生——還有那名中年男子，依序走入車廂。門在身後闔上。列車再一次駛動。長髮女生在門邊的兩人座位坐下，戴上小巧別緻的藍芽耳機，頭部隨著薛博澤聽不見的音樂輕輕點晃著。明明還剩下很多空位，但中年男子卻沒有選擇任何一個位置，而是直接斜著身子用肩膀抵倚著車門其中一側的透明隔板。

薛博澤在車廂連通處附近的兩人座落坐，經過時還瞄了一眼隔壁空蕩蕩的車廂——也許是職業病使然，進入公眾空間時，他習慣坐在一個能夠觀察到所有人的位子。

進入彎道，車速明顯放慢，甚至可以感受到整個車身略微傾斜承受著離心力。由於是這條捷運路線上的第二站，乘客十分稀疏。放眼望去，這節車廂除了在這一站上車的薛博澤等人以外，只有一對上了年紀手搭著手的老夫妻、一個肥嘟嘟皮膚像是充氣橡皮般撐開正在玩手遊的高中男生和一名看起來相當疲累兩條腿大幅度打開整個人癱坐在長椅上的青年。

身形精瘦的青年身穿純黑窄版西裝正裝讓人聯想到紳士猴子，化著濃妝渾身充斥著久久無法散去的酒味。坐在博愛座上的老夫妻不斷瞄向青年，似乎想換去隔壁車廂，但一和青年那雙畫著濃黑眼線的大眼對上視線，擔心惹對方不高興一樣，又乖乖放下屁股塞回座位。

和正準備去上工的薛博澤不同，青年大概是剛下班一心只想著趕緊回家補眠。

上一站，也就是位於大新區的起點站望潮大橋站，是三年前終於合法化的紅燈區。以高架軌道為中軸，遵循男左女右的傳統，兩邊分別為不同的客群提供娛樂活動——脫衣秀、猛男趴、歌舞表演……各種聲光享受應有盡有。當然，其中最大的賣點還是性愛服務。不過或許是國內普羅大眾的觀念並沒有想像中開放，還跟不上法令的鬆綁……事實上，直到現在這區域主要的經濟來源，絕大多數都是來自國外的觀光客。

甚至還登上好幾個國家旅遊攻略的私房景點之一。

哈——啾！這時候，高中男生忽然打了個超響的噴嚏，車廂內的人同時抬頭往他看了一眼。倒是他本人一點也不在意，使勁抽了一下鼻子，用手掌抹一把濕濡黏膩的口鼻，便逕自低下頭繼續玩著遊戲。

才剛感覺到速度加快的列車這時又放慢下來。

「宿安樓站快到了，左側開門……」

廣播一共使用了五種不同的語言——站與站之間要是隔得太近恐怕還來不及唸完。

和板南線與萬大樹林線三線交會的宿安樓站是轉乘大站，等一下車廂應該會在轉眼間滿起來。這麼想著，已經坐在靠邊位置的薛博澤下意識挪了挪身子將身體更往牆上貼去。

得趕快去換輪胎才行啊……實在不習慣和這麼多人一起擠捷運——

想像著待會兒摩肩擦踵人潮一瞬間湧入的情景，薛博澤忍不住在心底暗暗緊張起來。

並不是有潔癖、厭惡人群抑或密集恐懼症，只是青春期便失去爸爸、缺乏安全感和足夠親密接觸的薛博澤總是擔心自己會造成別人的負擔、給別人增添麻煩帶來不便。

戴著耳機的長髮女生自帶某種韻律起身，來到門前等待車門開啟。列車愈來愈慢、愈來愈慢，窗外一格格風景也變得愈來愈清晰。深呼吸一口氣進入胸膛，薛博澤甚至錯覺能聞到盤旋在城市上空的清新空氣。

高中男生也跟著滑出椅子，搖搖晃晃朝門邊走來……然而、就在這時——

「統統、你們統統——統統不要動！」那名皮膚暗沉像是被一團瘴煙籠罩住的中年男子突然爆出聲音咆哮道。歇斯底里。

「啊——」

先是有人誇張地大聲倒抽一口寒氣，而後冷不防，一聲淒厲的尖叫聲響徹車廂。

唯一的尖叫聲來自那名高中男生。

而他之所以失控尖叫出來，是因為那個中年男子趁著長髮女生背對著自己時，毫無預兆發動襲擊，一手勾住她的雙臂箝制在背後，另一手則用一把閃著冷冷白光的蝴蝶刀抵住那皮嫩纖細的脖子。也許是出刀架住對方脖子時動作太大，中年男子的手不小心刷掉長髮女生戴在臉上的圓框墨鏡——

「啊……那個不是電視上的那個……」女婦人對身旁的老伴呢喃著。

「對對、好像是那個人、對——」

「國、國——國民小妹？」睡眼惺忪的青年瞬間挺起身子坐正，不禁脫口嚷嚷道。

沒錯——

張芮茹。

薛博澤不會認錯這張十幾分鐘前才在電視上見過的面孔。

◎ ◎ ◎

宿安樓站。和薛博澤在腦海中猜想的畫面相同，將近三層樓高的露天月台上，金屬柵欄後方排滿了人，從上頭俯視一片黑壓壓透不過氣讓人聯想到優養化布滿藻類的池塘。雖然不到萬頭攢動的程度，但這還只是漫長一天的開始——伴隨摩擦聲響和若有似無的風勢，通體淡綠的列車自遠方緩緩駛來，有些耐不住性子的人不由得側著身稍稍拉長脖子往鐵軌盡頭處望。

「咦？」

在擁擠的隊伍人龍中，有人發出充滿困惑的纖細聲音。因為相當奇怪的，原本理應緩慢降速最終徹底靜止煞停下來的列車，這會兒像是駕駛按錯按鈕，非但沒有放慢速度，反倒又重新加速，眼看車速愈來愈快——在月台颳起一陣旋風疾駛而過頭也不回地往前衝刺。所有殷切等待著列車的民眾全傻了眼，很快地，連列車的尾端也看不到了。

就在眾人摸不著頭緒、面面相覷之際，耳邊響起廣播：「緊急通知、緊急通知，由於列車臨時出現故障，即刻起暫時停止載客服務……緊急通知、緊急通知，由於列車臨時出現故障，即刻起暫時停止載客服務……請各位乘客參考捷運地圖上的公車站牌標誌進行轉乘，造成您的不便還請見諒……」

廣播還沒結束，已經罵聲四起。

「靠北！我上課快遲到了！」

「煩欸！為什麼不早點說啊？」

「來不及打卡——shit！」

「可是我剛剛……好像看到車上有人耶？」

「到底什麼時候才會修好？」

在接連不斷的抱怨幹譙聲中，人群逐漸往出口方向散去。

他們根本不曉得和這班列車上的乘客相比自己有多幸運——他們完全不知道此刻這班列車上究竟發生了怎麼樣生死交關的危急情況。

◎ ◎ ◎

有人在捷運上遭到挾持，消息一經捷運局通報警方，整個刑事警察局立刻炸開鍋——

甚至、更糟糕的是，被挾持的人，居然是總統最寶貝的么女。

不對、身分不僅僅是總統的么女而已，還是「喊水能結凍」的大尾網紅。

雖然不該因為當事人的身分而有所區別對待，然而，真正的事實——也早已是公開的祕密：差別待遇是存在的。

就好比政治人物的車往往一遭竊，總能在短短兩三天內成功尋獲。

不是警方辦事效率高，而是將其它地方的資源挪過來傾注全力就是為了找回那輛光是關稅就可以買一台國產車的進口名車。

「你說什麼？」刑事局局長邊快步疾走進會議室，邊向緊跟在身側的偵四大隊大隊長粗聲追問道。

被用來召開臨時偵查會議的二樓會議室窗簾全拉著，前方投影幕兀自發出朦朦朧朧的光暈，裡頭坐了七成滿。事態嚴重，整個刑事局幾乎全員出動。一見心急火燎的局長像被點燃尾巴的野牛衝進來，所有人連忙打直腰桿集中起精神。

儘管精銳傾巢而出，但此次行動實際上的領頭單位，依然以擅長處理擄人勒贖案件的偵四大隊和實戰經驗豐富的除暴特勤隊為核心。

「對方要求和總統對話。」偵四大隊大隊長神情凝重答道，聲音壓得低低的。

「他想通電話？想跟總統說什麼？」

「不是電話，他要總統搭上那班捷運……他說想和總統面對面談。」

「面對面談？操、幹！他以為他是誰？所以說——現在到底知不知道那傢伙是誰？」椅腳摩擦地板拖拉出刺耳的聲響——情緒一時間上來的刑事局局長差點把掐住椅背的椅子一把掀翻過去。

「已經和捷運局的監視系統連上線了。」站在第一排長桌前彎著身負責操作筆電的偵查員忽地扭過頭看向背後的局長舉手喊道。隨後調整螢幕角度稍稍退開身子讓出空間的同時繼續說明道：「取得影像訊息進行臉孔辨識分析後發現，對方有酒駕前科——資料庫比對出結果了。」

心急如焚的刑事局局長往前一跨，剛好和偵四大隊大隊長移動身軀的圓厚肩膀重重撞在一塊兒。後者狼狽地抓了抓那隻肥厚耳朵，匆匆退回半步。

局長來到筆電前，定睛瞅著那塊十七吋的液晶方框。

螢幕裡，中年男子稜角分明的方正臉孔佔據了電腦畫面的左半邊。那張臉，確實是在另一頭車廂裡薛博澤遭遇到的那名男子。照片中的男子看起來明顯比現在年輕許多，白髮並不多，右前方額頭的髮量也還沒有那麼稀疏。

「李相昱——」局長綳緊雙頰肌肉硬是從齒縫間擠出這個名字。

「是署長——」

耳尖的局長沒聽漏這個關鍵詞，像是被釣起的魚，他瞬間彈起身子向門口瞥去，只見警政署署長郭鑑嘉在副局長的陪同下邁著穩健的步伐踏進會議室。

「署——長好。」

隨著刑事局局長倉促的問好，猶如觸電般，整間會議室的人員也紛紛跟著站起身來表示敬意。眉頭深鎖的郭鑑嘉手隨意一擺示意眾人不用拘束辦正事要緊。落坐時座椅發出的瑣碎聲響此起彼落，緊接著下一秒，陷入突如其來的一片死寂，整個空間瀰漫在一股滯悶得無法化開的低氣壓中。

「列車現在的情況是不是已經全盤掌握了？我記得那條觀光環狀線是雙向通車？」短暫沉默後，站在投影幕前的郭鑑嘉用堅定的眼神掃視了全場一眼，音質低沉渾厚，對著底下開口問道。

刑事局局長怔愣了好一會兒，還是沒有應聲，坐在前排的一位資深偵查員帶著救援的意味起身朗聲說道：「報告署長，稍早遭到挾持的，為編號772號列車。是觀光環狀線順行列車的第三班。初步估計，列車上目前有駕駛加乘客共十六名。在嫌犯的要求下，列車目前持續保持運行。以策安全，我們已經向捷運局要求除了772號該號列車外，同一環狀線無論是順行或者逆行方向、其餘列車全部暫時停止載客。」

報告的當下，另一名偵查員將至今為止整理好的資料雙手遞交上去，接過後，郭鑑嘉抬眉定定看了他一眼。「各站的乘客也都完成疏散了？」

「報告署長，是的，除了進駐的同仁和幾名在專業上提供協助的站務人員以外，目前觀光環狀線已經對外關閉。」

「好的，謝謝，請坐。之後報告的坐著就可以了。」儘管這麼說，郭鑑嘉自個兒倒是站得筆挺。或許是意識到大家略帶遲疑的目光，他藉此舒緩一下緊張的氣氛自我調侃道：「我站著習慣了——年紀一大新陳代謝變差，坐久腰部都長了一圈肉。」

郭鑑嘉的話帶來效果，底下傳來窸窸窣窣的竊笑。

「對方在捷運上挾持人質，應該有提出訴求了吧？」短暫輕鬆過後，郭鑑嘉言歸正傳。

「對方要求和總統說話、面對面說話——」獻寶似的，局長直接將筆電一把捧在懷中送到郭鑑嘉面前。「報告署長、我們已經查出嫌犯的背景了、叫李相昱，這裡是他的資料。」

瞄了筆電一眼，郭鑑嘉很快地將手邊的資料一一看過，沉吟著，似乎在思索些什麼，久久不發一語。

「啊……難怪、難怪會做出這種事——果然有前科！」副局長嚷嚷著和局長交換了個眼神，沆瀣一氣說道。

局長面有難色，眉毛很有戲地扭成了奇怪的形狀，他支支吾吾咕噥道：「至於……至於什麼時候通知總統府那邊……我們還在等署長的指示……」

「來的路上我已經聯絡過，親自向總統說明了情況。」對方提出的要求顯然在郭鑑嘉預料之內。「儘管總統本人願意答應嫌犯的要求跟他面對面交涉，但是我們不可能讓國家元首置身於那樣的險境。」

警方的態度相當明確——絕對不和嫌犯妥協。

「那我們下一步應該——」局長臉上冒出密密麻麻的汗珠，肌膚更顯油膩附著大一片油光。

嫌犯挾持人質的地點是形式上可以說是「密室」難以救援的行駛中列車，卻又不能答應對方提出的條件——那這場協商該如何繼續進行下去？

整起挾持事件中，對方沒有戴眼鏡口罩帽子蒙面等絲毫掩飾身分的意圖，這代表著，一旦破局，人質的生命安全堪慮。

僵局。

儘管沒有人發聲，但這個詞在所有人心中陡然浮上。

大家都意識到此刻陷入進退維谷的僵局。

叩叩叩——

忽然，一連串清脆敲門聲響起，直直敲進耳底、腦門，甚至連心臟一時間都為之震顫渾身抖擻了一下。過於扎實的敲叩聲在此時沉寂靜默的會議室裡顯得格外突兀。

從門外探進來的是一張意料之外的臉孔，是蕭苡麟——她迅速眨了幾下眼睛，沒有等到回應便逕自走進房間。

蕭苡麟、劉正軒——不單單是IJ Project兩位代表人物，連于晴華也尾隨在後頭加入了這場偵查會議。

奇特的組合引起一陣騷動，眾人掩低臉竊竊交談起來。

室內的氣溫好像頓時升高了——身體跟著熱起來。

簡直就像是對付入侵細菌的白血球一樣嘛——

感受到底下同仁混雜著困惑、質疑、甚或是鄙夷的眼神，蕭苡麟心中一閃而過這樣的念頭。

儘管口頭上說自己是他們這個大家庭的重要成員，實際上，這些執行外勤任務站在第一線的

「同仁」，並沒有把他們這些擔任內勤、從事研發工作的人員真正視為「警方」的一分子吧？

「你們——是不是走錯會議室了？」率先發難的想當然耳是刑事警察局的大當家局長先生。署長在場，可不能在他面前丟臉。想到這點，這句話說得分外宏亮，幾乎是用喊的。

「是我通知他們過來的。」署長郭鑑嘉的這句話讓局長差點咬到自己的舌頭。他用指頭輕輕點了點螢幕。「影片裡的這個人……是薛博澤警員——對吧？」說話時郭鑑嘉注視的是先前操作筆電、看起來較為精明的那名偵查員。

「是的，另一份書面報告有一張表格，裡頭附上了列車上十六名人員的基本資料。」對方果然沒有辜負期待，有條不紊回答道。郭鑑嘉邊聽邊微微收了收下巴。

「薛博澤警員是在上班途中碰到這起事件的，他身上並沒有配槍。」

「有辦法聯繫上他嗎？」

「可以。署長——我、我是在中正第二分局勤務指揮中心服務的于晴華。我和博澤有約定過、發生緊急情況時要怎麼樣和彼此聯繫……」雖然是剛轉調到報案中心時兩人半開玩笑說的話，沒想到這時居然派上了用場。「我想博澤他、應該還記得……他剛剛用二號機連續撥了三通無聲電話給我——這是我們沒有辦法通話時的暗號。」

「二號機？什麼是二號機？」刑事局局長插嘴問道，好像三秒鐘不說話會渾身起蕁麻疹一樣。

「現在有辦法和他通訊——說上話嗎？」不打算理會只是想刷存在感的傢伙，蕭苡麟無視他，凝矚著于晴華問道。

「應該可以，去年聖誕節、我送給博澤哥一副藍芽耳機當作禮物。」站在蕭苡麟身後的劉正軒隨即答腔。

「署、報告署長，他們這些人——」局長氣急敗壞衝著蕭苡麟吼道，似乎是以為署長沒聽清楚自己說的話。急著解釋的他一口氣堵在喉頭，遲遲無法把一句話拼湊完整。經過說明後，他可以理解于晴華參加偵查會議的理由……不過、這一切到底關 IJ Project 什麼事？身上沒有槍的薛博澤，「瞬間正義」系統根本無用武之地。

除非——

他想到一個可能，一個可以把槍變出來的「可能」。

「接下來的事情，我想就交由蕭苡麟蕭博士親自向大家說明會清楚許多——」署長說著朝蕭苡麟點一下頭，讓出投影幕前的空間，大步退到一旁，相當率性地直接往會議桌桌面一坐。

蕭苡麟接替了郭鑑嘉的位置往中間一站，她的臉龐被前方投影機照射過來的光線一瞬間打亮，但她沒有閃躲也沒有瞇起雙眼，而是繃住腮幫子賭氣似的睜著那對泛著一汪水光的眼睛。

◎ ◎ ◎

於此同時，另一個現場，捷運列車上——

薛博澤正在試著和那個名喚李相昱的中年男子周旋。

「妳最、最好祈禱總統會過來、過來救妳——」李相昱手中抓著的是從張芮茹那裡搶來的手機。他就是用那台手機打電話給警方的。

叫嚷時跟著擺動身體，男子不自覺移動擱在少女纖細頸項上的刀面時，高中男生忍不住又尖叫了一聲。腿軟癱坐在地的他到現在還沒有力氣撐起自己的身軀，手遊熱鬧歡快的配樂小小聲從他掌間流瀉而出。

從突發事件發生至今，除了那句囁嚅的「國民小妹」以外，那名濃妝豔抹的公關青年再沒有吐出半個字，只是一逕充滿警戒地睜大眼睛眨也不眨瞅著中年男子，唯恐對方下一個會拿自己開刀似的。

聯絡人清單裡明明有總統爸爸的手機號碼，但是為什麼……會選擇打給警方這種間接的做法呢？

薛博澤對男子的決定感到疑惑。

和先前的便利商店搶案一樣——事實上，薛博澤向來都用相同的態度對待每一起案子。

他無法忽略案件當中令自己感到不自然的地方……就算是再小的細節。就算不是在當下想通，之後也非得理出一個頭緒不可。

「再稍微等一下。請你……再稍微等一下……我相信警方會答應你的要求，他們會將你的要求轉達給總統的。」薛博澤盡可能放輕聲音安撫道，同時為了避免驚嚇到對方還稍稍將身子向內蜷縮。畢竟，執行如此駭人聽聞的挾持計畫，眼下男子的心情肯定是澎湃、激昂無比——血液恐怕都沸騰了。「要做出這樣的決定，你一定、一定下了很大的決心……不是嗎？」

在薛博澤柔和的聲線中，汗流浹背、灰色襯衫幾乎整件濕透變成混濁深黑的男子，脹起胸膛吸了又長又深的一口氣，彷彿這時才學會如何呼吸一樣。

反觀遭到利刃脅持的張芮茹，雖然不到置身事外的淡然平靜，但從神情和肢體表現可以觀察到她並不緊張。要是有其它民眾圍觀，大概還會認為她不夠入戲，沒有進入這場綁票戲應該要有的情緒和狀態。

「啊你不要這樣啦！不要想不開啦……」

「對啊對啊、現在還來得及……沒有人受傷、有話好好說……」

「有話好好說……沒什麼不能解決的——人家是總統的女兒哩……不要這樣啦！」

「就是說啊、事情鬧太大對誰都不好、放下屠刀立地成佛——人家是女孩子……你這樣不好啦……」

老夫妻你一言我一語接力苦勸著。

此時，薛博澤突地瞠大眼睛。但下一秒旋即又掩藏起表情。

有來電——

口袋裡的手機細細震顫起來。這也是工作習慣之一——只要一離開家，薛博澤向來將手機鈴聲關掉。

終於準備好了嗎……

腦海中浮現偵查會議的畫面，趁著對方因為老夫妻念經似的絮絮叨叨而分心之際，他從口袋裡掏出藍芽耳機，故作若無其事摸一下左耳，微側過頭的時候小心翼翼將耳塞式耳機塞進去。

「嫌犯叫作李相昱。有酒駕前科。之前是鐵材工廠的大貨車司機。」宛如能感受到耳機碰觸到耳朵肌膚的體溫，耳機剛塞好，于晴華熟悉的聲音霎時流入耳底。

酒駕、鐵材工廠、大貨車司機——

不愧是配合已久的搭檔——還有多年好友，薛博澤瞬間讀懂了于晴華想傳達給自己的弦外之音。

「我可以問你的名字嗎？」

薛博澤突然拋出的這句話，不僅僅讓整節車廂裡的乘客全傻了住，就連抓著刀的中年男子本人也一臉茫然。

「我？你、你是在——在跟我說話嗎？」他真的非常訝異，音調都提高了。還帶著一股孩子般的雀躍。

「嗯，對。」薛博澤直視著他慎重地點了一下頭。

「李……李相昱。丞相的相，日立昱。你、你呢？」

「我叫薛博澤。博士的博，沼澤的澤。」

「怪了──我覺得好像在……在哪裡看過你？你看起來很眼熟……」

「我是大眾臉。」為了不讓李相昱回想起來，薛博澤打斷他的思緒說道。「對了，可以問你、見到總統後……你想跟他說些什麼？」

「我、我為什麼要告、告訴你──」

男子似乎情緒一激動起來就會說話結巴。

面對對方的反問，薛博澤早已經準備好答案，他故作輕鬆聳了聳肩膀。「就當作練習，反正總統沒那麼快來。你不會希望見到總統的時候，沒把自己的訴求表達清楚吧？這樣不是很可惜嗎？」

「他跟那傢伙說這些三五四三的是要幹麼？」薛博澤和李相昱的對話透過擴音器在會議室裡播放出來，刑事局局長聽到這裡按捺不住嘛嘴抱怨道。

「對、也、也對……你說的對……」李相昱被言談誠懇的薛博澤說動了，頻頻頓首呢喃著。

「我原本、原本是在開大卡車、送貨的……都是因為、因為那個什麼該死的『實罪登錄法案』──」

實罪登錄制度──

這個制度，身為警察的薛博澤再清楚不過。

這是在三年前中秋節前夕正式在立法院三讀通過的制度。

性侵、販毒和酒駕──凡是有罪被判刑的，無論是易科罰金抑或入獄服刑，都會在警方架設的實名登錄官網上公開長相和姓名。而後兩者還會永久吊銷駕照。

「被吊銷駕照、我就是開大卡車、送貨的……要我怎麼辦？你說你要我怎麼辦？我為了多賺一點錢、喝提神的飲、飲料，我怎麼知道裡、裡面有酒精——上面明明就沒有寫、沒有寫啊……那些警察為什麼、為什麼不去、去抓飲料公司、跑來抓我……去應徵新的公司，很多公司，駕照都是基本要求、人家覺得奇怪，上網一查結果發現、發現我有前科，就算原本要給機會分派到其它職務的、也、也都會立刻改變態、態度……」

「所以——你希望總統可以收回這個法案？」薛博澤順著李相昱的語意推測道。

「對、對——」

「可是你這樣不是鬧更大嗎？」張芮茹冷不防冒出這句話。

現在消息還沒傳出去——但要是之後爆出來，確實正如同張芮茹所言，到時不用上官網查，李相昱這張臉也會全國皆知。

李相昱顯然被逼急了，身體大幅度晃動起來，連帶那把射出冷光的刀也跟著左右拉弓似的比劃。「那妳、妳要我怎麼辦？我老婆跑、跑了——媽媽、身體有腫瘤……還有女兒，我兩個女兒也都生病、都是重度智能障礙，需、需要錢……又找不到工作、妳要我、我怎麼辦？」

非但沒有制定妥善的計畫幫助更生人回歸社會，反而帶頭製造歧視——啊……薛博澤忽然背脊一涼，意識到這條法令的真正用意：利用這樣的制度讓無路可走的他們將自己隔離起來。自生自滅。

「我幫你跟我爸談。」張芮茹的氣息平穩、聲音穩定——人心並不如一般人所想像的那樣容易偽裝。薛博澤知道這個少女是認真想幫助他的。

「不要開玩笑了！」李相昱衝著張芮茹的耳朵怒吼道，灰白色的口水渣子噴上她皮膚細緻透亮的臉頰。「妳這種大小姐懂什麼！」

李相昱大概把自己命運多舛一天好日子都沒過過的兩個女兒和眼前青春年華正盛有著美好未來的亮麗少女聯繫在一塊兒了。

為什麼這個世界這麼不公平？

不用當總統、不用大富大貴，只要還能踏踏實實工作、只要兩個女兒健健康康，這樣自己就覺得很公平了——為什麼這種不公平的公平、連一點點都不給自己？

「妳以為、妳以為我是白、白癡嗎？到國外念書、書念得多就比較、比較了不起嗎？妳以為隨便說、隨便說說我就會放、放妳走？」

少女低垂了眼神，打定主意不再嘗試說服他。

張芮茹感到無奈的，不是自己無法從生死關頭中脫逃重獲自由。而是無法讓對方相信自己願意、並且有能力可以幫上他。

如果自己再有能力一點的話……

注視著倒映在金屬刀面上自己的臉孔，她忽然明白為什麼有些人把政治當作一生的目標和使命——有些改變，只有身處某些位置的人才辦得到。

「什、什麼都不知道——妳給、給我閉嘴！」

「薛博澤——」忽然間，在李相昱的怒罵聲中，幽幽摻雜進別種質地的聲音。像是往井裡垂下一條繩索，有人深深喚了一聲自己的名字。這一回，流入耳底的不再是聽慣了的于晴華甜美纖細的聲音，取而代之的，是蕭苡麟溫潤帶著些許厚度沒有一絲雜質的嗓音。「你仔細聽好了……現在——」

「嗯。」薛博澤壓著嗓子沉著呼應一聲。

「你們現在乘坐的捷運列車上……」

有些人就是有英雄命。

正當蕭苡麟向薛博澤說明情況時，這句話猛然浮上腦海。

命運給人的機會從來就不是公平的。每個人天生有著不同的機緣。不過，善妒的人們常常忘了：伴隨「機會」的，往往是「風險」。而有些成功是需要拿命來賭、甚至是拿命來換的。

這樣——你們還願意要這個機會嗎？

蕭苡麟每次都很想問一問那些看人眼紅的無賴。

如果是自己不要，就不要再說是命運不給。

「嗯。」

「這樣……有聽清楚嗎？」蕭苡麟最後向薛博澤確認一次。

他可以想像蕭苡麟在開口說接下來的話之前舔了一下嘴唇。

「最後、署長要我轉告你……我們有準備備案。」

「備案——」

「你、你說什麼？」聽到薛博澤發出無來由的咕噥，李相昱猶如驚弓之鳥隨即從震怒中回過神來，只見他打直胳膊、渾身劇烈顫抖著，用刀尖往薛博澤所坐方向的虛空一而再再而三刺戳。一時間，他把懷裡的張芮茹勒得更緊了。

「沒什麼。我是說我想上廁所、早上一起床就喝了兩杯黑咖啡。」儘管薛博澤看起來在搞笑，實際上背後的理由可是生死攸關。

備案——

蕭苡麟最後提到的「備案」，讓薛博澤了解到果然不是自己的錯覺……列車行進的速度正在逐漸放慢。

現在人員恐怕都已經沿線布署好了。

而之所以這麼做，原因很明確：警方打算從窗外狙擊嫌犯。

「那、所以……所以該、怎麼辦？」李相昱揪起眉毛，似乎是真的打從心底為薛博澤感到苦惱。「捷運上、好像、沒有、沒有廁所——啊、啊、啊！我、我絕對、絕對不會讓他們把、把車停下、下來！」可是緊接著，漫無邊際揣測薛博澤意圖的他倏然像是豎起利刺的刺蝟，那把刀又直挺挺指了過來。

「你放心，我沒有要你把車停下來——」薛博澤抿出微笑說道。希望這抹笑容能夠稍稍平復他因為恐慌而爆發的怒氣。「我只是想……」薛博澤說著伸手抓住咖啡色郵差包，正準備掀開來。

「你、你、你想幹麼！」

「我沒有要幹麼——你看，我只是想……拿這個。」薛博澤從裡頭掏出一個五百cc容量的銀藍色保溫瓶，扭開瓶蓋咕嚕嚕一鼓作氣喝完出門前才裝滿的白開水。「我想拿這個到隔壁車廂上廁所……」他說著瞇細了雙眼咧出略帶傻氣的笑容。果真像是鍾曉熙形容的「犬顏」。

「你要用那個瓶子、喔、喔、喔、喔——我懂了、你要用那個保溫瓶……」同樣身為男人，李相昱想明白後鬆了一口氣，也跟著牽動嘴角，露出虛脫的苦笑。

「嘿啊，畢竟有女孩子在嘛！」薛博澤的語氣愈來愈放鬆——至少要讓對方感覺到放鬆才行啊。「那我去隔壁上一下喔！」一邊說著，沒等李相昱同意，他自顧自起身，微微彎著身子表現出憋忍尿意的樣子往隔壁車廂走去。

隔壁車廂只有兩名乘客，一男一女，看起來都是上班族。

兩隻手機被放置在走道正中央——那是他們的手機，根據李相昱的要求而交出。

在先前的車廂內廣播中，除了這個要求，同車的其餘乘客也得知車上有人遭到挾持，導致列車無法正常進站停靠。

不過，薛博澤身上向來帶著兩隻手機。他偷偷留在身上沒有交出去的，就是先前于晴華提及的「二號機」。于晴華私底下問過劉正軒為什麼薛博澤會隨身帶著兩隻手機，才從他口中得知，原來是因為多年前有一回劉正軒出國旅遊，獨自在家的劉叔半夜突然心肌梗塞，唯一一次求救機會，他撥給了薛博澤，不過，沒想到，薛博澤的手機剛好沒電——幸好于晴華的媽媽、也就是劉叔的三姊那晚正巧因為北上參加小巨蛋演唱會而借住在他們家，否則後果不堪設想……想起來便覺得心有餘悸，但于晴華故意用輕鬆的口吻對劉正軒揶揄道：「到底是誰的爸啊？你應該帶三隻手機才對！」

這會兒，察覺有人從隔壁過來、一看到薛博澤這張陌生面孔，分坐對側的上班族男女明顯臉色霎時發白，隨時都可能昏厥過去一樣。但即使如此，仍可以看出他們聳起肩膀、反射性繃緊肌肉維持警戒狀態——人類的求生本能一覽無遺。

「不要擔心，我是警察。」薛博澤用非常輕非常輕近乎只有嘴型的音量對兩人說道。

我是警察。

簡直和咒語沒兩樣，聽到好比救世主的薛博澤這麼說，兩人身體瞬間鬆開，甚至對眼相視一笑。

當中那名女子好似認出了薛博澤。

「請保持安靜，一句話都不要說。」不等對方發問，薛博澤率先給出指令，他邊說邊將打直的食指抵在自己的嘴唇上。

半張著嘴的兩人愣愣點了點頭，趕緊將雙唇抿上，連頭都擺正回去，深怕自己的眼神會引起隔壁車廂李相昱的懷疑而為前來拯救大家的薛博澤帶來麻煩。

取得共識後，車廂重新恢復平靜，薛博澤這才挺起胸膛換了一大口氣。眉宇鼻梁一帶漸次舒緩開來，這才驚訝於自己居然憋了這麼長時間的呼吸。獲得充足的氧氣以後腦袋也跟著順暢運作，在心中反芻著蕭苡麟適才在電話裡的說明，薛博澤往這節車廂行進方向的左側門扉移動腳步。移動的同時，他不忘留意身後另一節車廂的李相昱。從這裡看不到他。很好。李相昱並沒有監視自己一舉一動的意圖，似乎認為只要不待在同一節車廂，就不會有任何需要提防的地方——不過，薛博澤此刻的舉動顯然推翻了對方過於天真的想法……

靠門座椅的下方座台，仔細一看，側邊有一個不甚明顯的方框。嘗試使勁一推，發現方框原來是一個蓋子——眼前出現一個內嵌在座台裡的金屬盒，盒子表面有一組四位數的傳統密碼鎖。薛博澤根據蕭苡麟跟他說的數字一一撥動數字。齒輪完美咬合的瞬間，盒蓋迅速收起。俯低身子一瞧，簡直就和潘朵拉之盒的故事一樣，裡面裝著「希望」……

沒錯，若是此時能將「希望」具體化，肯定就是這把通體烏黑發亮的手槍。

◎ ◎ ◎

在這命懸一線的當下，薛博澤冷不防想起了Zoe。

以法官為志業的她，最喜歡的一本小說是《梅崗城故事》（*To Kill a Mockingbird*）。

「你覺得怎樣？」

「還不錯。」少年薛博澤並沒有看完。比起讀書，他更喜歡柔道和游泳。

「To Kill a Mockingbird——博澤，你知道 mockingbird 是什麼嗎？」

「bird。」當時的少年薛博澤還挺有幽默感的。

「對，bird，是一種鳥。」Zoe 莞爾一笑。「這種鳥叫作反舌鳥。據說反舌鳥的喉嚨構造很特別，可以變化成很多種聲音。」

「真的假的？」

「嗯，數十種到上百種聲音——你知道阿姨最喜歡的一句對白是什麼嗎？」

少年薛博澤搖頭。

「The one thing that doesn't abide by majority rule is a person's conscience。一個人的良知並不需要服從多數。」

長大後，Zoe 不在了以後，他試著再重新讀一遍這本小說。

終於第一次看完這本小說。

殺死一隻反舌鳥是不道德的。

他們擁有發出各種聲音的權利。

◎　◎　◎

槍柄冰冷的觸感讓薛博澤在回過神來的一瞬間長大了。

自從九年前那起發生在捷運上造成四死二十四傷的無差別殺人事件後，警方便在每班列車上的單數節車廂祕密藏放手槍。其目的，是為了發生緊急狀況時，倘若車上剛好有警消人員但卻沒有配槍在身，可以立即取得火力進行反制。

當時的決策，成為先見之明，在今日派上了用場。

薛博澤反手將槍小心翼翼插在背後腰際，用Ｔ恤衣襬蓋住。

視線稍稍暗下，高架軌道上的列車進入月台。

這一站是天和公園站。

薛博澤扭頭越過自己的左肩往後匆匆一瞥。

記得沒錯的話……在快要抵達下一站岩角國小站之前，列車行進方向的右側會經過那棟大樓——莫爾敦華廈。

高度夠，也在射程範圍內，且前方沒有其餘建築障礙物，視野絕佳是無可挑剔的狙擊位置。

他們肯定打算在列車通過接下來的路段時動手。

「感覺很輕鬆吧？」

薛博澤一折返回原車廂便插著腰作勢吐出一大口氣，這模樣讓有過相同經驗的李相昱不禁鬆開嘴角調侃了他一句。

「嘿啊！膀胱差點就要炸了！」薛博澤順著對方的話手舞足蹈說道，比了個爆炸的動作。

視線重新亮起，列車駛離月台來到戶外——速度變得更慢了。

當速度慢到一定程度、不，說不定他們打算讓駕駛在某個瞬間把列車煞停——想像力不夠的李相昱算漏了駕駛可以和警方聯繫擬定對策，他以為挾持了人質，所有人就拿自己沒辦法……當列車停下的那瞬間，就是發動狙擊的最佳時刻。首要目標肯定是頭部。砰！一聲，子彈穿過窗玻璃，血液腦漿炸出。嫌犯遭到一擊斃命。

不行這樣、絕對——

眼前的人，並不是徹徹底底、十惡不赦的壞人。

他應該被給予第二次機會。必須救他。

只是……

只是——薛博澤的心突然失重般往下狠狠沉墜一下。因為他無法確知，當自己握住槍柄和「瞬間正義」連結時，系統會給出什麼樣的答案。

思考的瞬間，薛博澤彷彿聽見想像中的槍響。

砰。

那聲槍響過後，會不會最後的結果和長官們的決定是相同的？

緊接在槍聲之後、薛博澤出現幻覺——

他看見了被自己一槍爆頭的李相昱躺在駭人血泊之中，滿臉噴沾糊爛黏液的張芮茹失神癱坐在地倚靠著背後冰冷門板。車廂內頓時成了一個小小的人間煉獄。

但是，必須要做出抉擇——

沒時間猶豫了。這麼想著，薛博澤將那些虛幻驅散開來，集中於眼前的現實。他不動聲色將原本撐住腰部的右手往身後移動，他的指尖碰觸到金屬特有的硬冷質地，鼻腔深處彷彿能嗅聞到一股若隱若現的煙硝火藥味——

於此同時，晴空萬里的城市另一邊，氣氛緊張的刑事局會議室內——

「剛不是說拿到槍了嗎？為什麼他還不開槍？你們科偵中心搞的那個叫什麼正義系統的東西到底行不行？是不是出包啦？還是那把槍沒更新到，還是舊款的？」刑事局局長趁機出言攻訐。他已經忍很久了。

警方的鋒頭近來全被科偵中心搶了過去，就算自己破獲再多案逮捕再多犯人，居然都被媒體、民眾——甚至是同樣身在警察體系的長官歸功於「瞬間正義」。

明明去調查、去追捕、去以身犯險的，是活生生的人——憑什麼作為輔助工具的系統反過來喧賓奪主？這樣下去，要叫底下的人怎麼繼續付出努力？要怎麼讓他們相信辛勞就一定會有代價？

「人」才是最大的資產，為什麼上面那些大頭就是搞不清楚狀況？

「那把槍不可能是舊款。高鐵、台鐵和捷運是最早被列入更新名單裡的單位。」劉正軒這麼一回答，那些還沒反應過來的人立刻進入狀況。

那起案件直到今天回想起來都還心有餘悸。

一年前，高鐵險些發生一場造成大規模傷亡的爆炸案。那是搭載著上千人次開往台北的滿座列車，有乘客在女廁內發現兩只可疑的行李箱，經過防爆小組Ｘ光掃描，愕然發現裡頭裝的是以汽油塑膠桶組成的定時爆裂物。

這三項大眾交通運輸工具一旦出事，就是驚天動地波及範圍極廣的大事。

「不會出錯。這是『瞬間正義』系統經過深層運算，分析判斷後得到的結果。」蕭苡麟不帶一絲猶疑補充道。

可是、為什麼還沒有反應——

但事實上，表面波瀾不驚的她，內心也追問著。

「沒辦法再等下去了。對方的耐性恐怕快到極限。通知大樓那邊的小隊按照原定計畫進行。」

郭鑑嘉無論做出任何決定總是毫不拖泥帶水。就是這種乾脆俐落的行事作風讓他爬到今天這個位置。他對幾分鐘前進來知會自己已經布署完成的壯碩男子說道，男子一接受到命令隨即將手機緊緊壓在臉頰上往外頭走廊快步而去。

再這樣下去，人質會有危險。

不對——根本不是這樣。

蕭苡麟和劉正軒、于晴華兩人快速交換了一個眼神。他們心知肚明，之所以無法繼續等待「瞬間正義」發揮作用，真正的原因根本不是擔心對方失去耐心對人質不利，而是因為那唯一一個狙擊時機眼看就要到來。如果錯過了，就很難再有第二次擊斃嫌犯的機會。

為什麼還沒有反應——

感到困惑的不僅僅是蕭苡麟，還有在行進列車上的薛博澤。

他鬆開手，又一次握緊手槍。

難不成是生物鎖的感應出了問題？竟然會在這種要命的時刻出問題？

薛博澤不相信有這麼巧的事——他又一次鬆開手，接著用比上回更強勁的力量使勁握住。

無論是指尖關節、或者手臂肌肉，依然沒有反應。他試著回憶起最近歷經的幾起用槍案件……

那種彷彿有一雙無形的手擺弄著、牽引著自己肢體的奇異感受。薛博澤以為能透過這樣的想像練習喚醒沉睡在「瞬間正義」系統裡遙遠的ＡＩ，讓對方幫自己決定到底該怎麼做。

要不要開槍？該瞄準哪裡？

對方的身體嗎？如果是、又是什麼部位？

還是說……車廂內有可以巧妙借用的物件？就像早期那些打鬥時出奇不意活用現場道具的港片——

該不會到最後只好……

如果「瞬間正義」系統不幫自己做決定的話，到最後，他只好自己來了——

只是，另一個難題緊接而來……

由於現下無法確認是系統的判斷抑或槍枝故障，這把槍究竟能不能靠人為的力量扣下扳機？

難不成……要賭一把？

倘若在李相昱面前抽出槍瞄準他，一翻兩瞪眼，事情就沒有任何轉圜的餘地。

扣不下板機，張芮茹就要血濺當場。

到時候不光是張芮茹，其餘同車廂的乘客也有極大可能受到失控的李相昱瘋狂劈砍。自己能救下多少人？濃妝男公關坐在自己那側處在安全範圍，老夫妻坐得離李相昱夠遠應該也沒問題，但那個腿軟的高中男生恐怕就……

薛博澤小幅度晃了晃腦袋想甩開這個令人洩氣的負面念頭。

糟糕。

遠遠就能夠望見莫爾敦華廈引人注目的外牆——用六色彩虹琉璃磁磚拼貼而成，在陽光照射下煥發光澤宛如一面迎風飄揚凹折起伏的旗幟。據說是耗時近兩年、重金聘請日本職人專屬打造，色彩斑斕帶著魔幻感的風格讓人聯想到鬼才建築師高第所改造的巴特尤之家（Casa Batlló）。這便是為什麼以莫爾敦華廈為地標的這一帶又被稱為性平友善社區。

莫爾敦華廈八樓，氣密窗向外敞開的長型窗口，英國研製的 L115A13 狙擊步槍早已經架設完畢，著著實實蓄勢待發。在居高臨下的俯望視角中，那列載有人質——總統千金的捷運列車從遠方緩緩駛近。沐浴在燦亮日光底下的列車看起來十分乾淨，完全不像是會發生悲劇的場所。但事實是，陽光也同樣灑在這座城市的每一個角落，犯罪卻猶仍繁衍孳生。

「列車等一下會完全靜止。」

「我知道。一停下，就開槍。」

在窗邊身著黑衣制服的兩人低聲交談的同時，高架軌道上的列車明顯慢下。透過狙擊步槍上用來瞄準目標的瞄準鏡，車廂內的每個人都被看得一清二楚。待命中的狙擊手根據前幾節車廂的乘客和內部配置來微調腳架高低。透過筆電螢幕上和捷運監視器同步的影像顯示，嫌犯面對大廈挾持人質靠貼在另一側的車門前。李相昱身高一七一公分，和張芮茹相差五公分以內——也就是說，兩人頭部的距離很近。

失之毫釐，差以千里。

很快，李相昱那張臉就要進入瞄準鏡的鏡頭之中——

「速、速度為什麼變這、變這麼、這麼——」列車上，速度慢到讓還不知道死期將近的李相昱頓時陷入慌亂。最後一個「慢」字遲遲無法從嘴裡推出來。

「會不會是快沒電了？」高中男生傻裡傻氣說道。「我記得捷運好像是用電的……」

「不對啊……應該不會沒——」老先生話還沒說完，列車冷不防緊急煞住。

就是現在——不開槍不行了。

薛博澤最後做出了決定。不管可不可以順利擊發，他都要嘗試看看能不能搶先一步救李相昱一命。

薛博澤挺直手臂，槍口瞄準李相昱持刀的右手胳膊。

喀喀、喀喀、喀喀——彼時佩佩豬的夢魇又回來了。

「可惡、不行——」扣不動。

難道自己賭錯了?果然沒有每天過年這回事啊——

「你想、幹麼?為什麼你、有槍?」李相昱邊吼著邊把張芮茹往自己的身體方向拉，想用她當肉盾。

喀喀、喀喀、喀喀——任憑薛博澤怎麼按，扳機就是紋風不動。

「沒子、子彈啊?玩、玩具槍?」就在李相昱高度緊張後卸下防備啞然失笑之際，砰，車窗玻璃破裂發出清脆聲響的同時，意識到什麼的張芮茹突然瞪圓眼睛使出全身力氣狠狠往李相昱身體擠壓。想不到少女纖細的身體居然藏著這麼強勁的能量，再加上她利用李相昱身後門板的硬度——從兩個方向瞬間加壓像老鼠夾那樣狠狠夾住男子，咚，耳底鑽入莫名鈍重聲響，李相昱失去平衡往後磕絆衝撞車門，胸骨和肋骨受到擠壓胃酸霎時大量逆流湧上，感到反胃的他縮著身子劇烈乾嘔起來。

下一秒，稍稍恢復鎮定的他，瞄見卡在門板上的那個東西。他終於弄明白剛剛聽到的那個莫名聲響是什麼了。

像是長出了個肚臍眼，金屬門扉朝一個中心點凹陷下去。

只不過這個肚臍連結著的不是生命的喜悅，而是近在咫尺的死亡——陷在黑沉沉中心點的，是一顆子彈。

他扭頭往前看向那面留有一顆彈孔呈現蜘蛛網狀破裂的大片車窗。

「操、操……」蹲在地上的李相昱啐罵著。警察居然來陰的。想偷偷幹掉自己。

就在其它人還不清楚發生什麼事，才剛停住的列車忽然間又重新啟動，並且快速加快加快加快，以比平日運行時更急遽的速度往前疾駛，不過、一衝進岩角國小站後又緊急煞停，強烈的後座力讓車內所有乘客身體大幅度搖晃，連坐在椅子上的人都差點坐不住滑出座位——緊接著，又有狀況發生，唰，列車所有車門瞬間一齊打開。

為了抵抗後座力而靠在門邊的李相昱和張芮茹雙雙摔出車外跌坐在月台上。張芮茹連滾帶爬想著離李相昱愈遠愈好。

這個駕駛的反應很快。

薛博澤猜想，這名駕駛應該是從車內監視器觀察到這場混亂，趁著李相昱遭到少女推擠警方狙擊對局勢失去主宰力之際，抓住時機迅速進站開門讓乘客盡快逃生。

迴盪在耳側的雜沓腳步聲逐漸遠去，接二連三衝出車廂的人們分別往月台兩端的出入口狂奔。

接下來，就是警察的事了——

只要對方手上沒有人質，就算沒有「瞬間正義」也無所謂。

要比格鬥技巧和身體素質，薛博澤還有那麼一點自信。

將手槍俐落插回腰際的薛博澤已經大步跨出車廂蹬上月台。眼見薛博澤一步步朝自己追趕過來，失去張芮茹這張王牌的李相昱左右張望晃著刀子找不著下一個可以挾持的對象——他只剩下最後一個選擇：掉頭逃跑。

李相昱轉過身像無頭蒼蠅一樣在月台上胡亂飛繞著，一陣忙亂中終於找到位於月台中央的通道。相較於中年男子的窘迫，如今立場互換化身獵人的薛博澤帶著從容步步尾隨。事到如今，沒有必要再緊逼著對方把他逼上絕路。

他打算讓李相昱自己棄刀投降。

這樣，未來上法庭時或許會對他有利一些。

然而，天算不如人算……就在薛博澤覺得布署在外頭的警察應該要進入支援來個內外包夾、有種甕中抓鱉勝利在望的輕鬆感，連腳步都跟著輕盈起來，這時，通往一樓方向的階梯突然有一道黑影竄了上來——是一名戴著褐色帽子、身穿褐色制服的女人。

是清潔人員。

為什麼還有人在這裡？

沒有確實疏散工作人員嗎？還是因為是外包的清潔公司，所以捷運局忽略了呢？

不管問多少問題，也不管答案為何，都改變不了女人此時此刻人在這裡的這項事實。

最終之所以導向無法收拾的局面、整起事件最糟糕的一點——就這麼湊巧，女人剛好在李相昱逃亡的路徑上。

連尖叫聲都還不及發出，和張芮茹的遭遇相同，看上去約莫三十多歲比一般清潔人員年輕許多的女人已經被李相昱用刀抵住喉嚨。「你、你給我退、給我退、後、後——退、退後！」

「你知道——」

「我知道外面有警察——」李相昱咆哮著。側頸爆出寄生蟲般的粗大青筋。「你也、也是警察、對吧？我想、想起來了！我在電視上看過你！就是用一個奇怪、奇怪的人工智能還是大數據系、系統什麼的……」

李相昱說的確實沒錯……

只是，薛博澤方才真正想說的是：*你知道你現在挾持的人並沒有張芮茹的價值嗎？*

很殘酷，不過是事實。

雖然警方不會因為人質沒錢沒勢而輕易放棄搶救，但他一開始的訴求卻再也沒機會實現了。

總統不會為了一個清潔人員來和他見面的。

他現在這麼做，不過是為了脫身。

人到最後，都會為了某個更切身的理由而偏離初衷嗎？

薛博澤感慨地在心中閃過這個想法。

但他心裡最深處一定早就意識到逃不了了。

就算真的能見到總統，成功在全國人民面前哭訴他悲慘的遭遇，之後，他還是得面對法律。他原本是想以自身當作警鐘，敲響制度的不平之鳴。可是最後的最後……

「放下吧。」薛博澤輕聲說道。在空曠無人的捷運站，即使是低語呢喃也能聽見。「放下刀子吧。」

胳膊圈著女人的手，李相昱咬破嘴唇艱難地搖頭，再搖頭。眼底泛著水光，而後在眼角匯聚成巨大的淚珠。

無法說服嗎？

女人啜泣著，喃喃說著語焉不詳的話語。情緒看起來快崩潰了。為了維持局勢的平衡，為了安撫被挾持女人的不安，薛博澤將手再一次移往腰間那把槍。「妳不要擔心，我是警察——」

咦？

指尖碰觸到槍的那剎那，觸電似的，渾身細細抖顫一下。來不及細想，手已經習慣性握住槍柄。

「咦——」這一回，薛博澤不由得發出疑惑的咕噥。

剛剛在列車上不管如何緊握都沒有反應以為故障了的槍，此刻、突然動起來。

薛博澤清清楚楚知道讓這把槍動起來的人並不是自己。

他像是一個置身事外的旁觀者那樣看著自己的手臂緩緩被那股無形的力量扛起、打直。

據說被截肢的人往往會產生一種名為「幻肢」的異樣感——感覺自己不存在的部位還存在著，可卻無法真實地移動那個不存在的部位。或許就是類似那種感覺吧。這種感覺無論體驗多少次都無法習慣。

薛博澤知道這把槍即將擊發。

看著指向這邊的槍口，手持利刃的李相昱膝蓋發軟。

「不、這把槍不是、不是壞了嗎？」他破音叫嚷著。

沒壞喔。非但沒壞，這把槍還裝載了最先進的科技。

列車挾持事件，要落幕了。

只是——

為什麼？

薛博澤發現自己手上的槍，瞄準的，居然不是李相昱，而是那名被無辜捲入這場追逐戰的女人。

他很快想起那部自己和正軒很喜歡、明明看了十幾次可是每每在電視台轉到還是會忍不住看完的警匪動作電影《捍衛戰警》。裡頭的開場銀行爆炸案，就提到了一個處理挾持事件的方式：對人質開槍。最常見的是腿部——但必須非常精準避免擊中大動脈。一旦人質受傷成為對方的負擔，就會被拋棄，因而重獲自由。除此之外，也能夠趁著對方手忙腳亂反應不過來的時候攻擊其破綻。

不過、總覺得、有點奇怪——

正當薛博澤覺得瞄準的位置有些不對勁。砰。聽到巨響才意識到彎曲的手指已經扣下扳機。

不是四肢。

子彈射入的，是有著肝胃等重要臟器的腹部。女人的褐色上衣轉眼間染出一大片鮮血。

看傻的李相昱張著嘴發出咿咿呀呀的聲音鬆開懷中的女人。失去支撐的女人攤跪在地。

直到後來，薛博澤都還不確定自己當時是不是看錯了，在女人的臉孔從他的視線中消失前——

她對自己笑了。

又來了。

又是佩佩豬面具脫落時露出的那種彷彿在對自己說：「完蛋了吧！」眼尾微彎嘴角略勾充滿嘲諷意味的幽魅淺笑。

咚。

雙眼失去光澤的女人向前一趴臉部重重撞擊地面。

列車挾持事件這才真正落幕。

04

第四章

狄奧尼修斯之耳

事實有很多種。你如果相信我的說法，
那這就是其中一種。

城市上空頂著一層薄薄的光，飄飄渺渺纏著如霧細雨，夜風一吹，好像就要把煩人漫長的夏天就這麼給吹跑了。

太久沒到外面了嗎？怎麼覺得連碰觸到肌膚的空氣都顯得陌生。

叮。

從敞開的電梯門穿出時，鍾曉熙輕輕摩娑著起了雞皮疙瘩的手臂。

叮叮咚咚。

成串鑰匙發出清亮金屬聲響。難道是距離胸口太近——心頭一涼反射性揪了一下。

那句成語怎麼說呢？實在是太疲憊了，一時間居然想不起來——

恍如隔世。

一閃神，已經憑著多年習慣開門進屋、反手推上門。

對、就是恍如隔世。

在玄關脫高跟鞋時鍾曉熙腦中這樣想著。想到適切的形容後，沒有和以往一樣有那種拔開酒瓶軟木塞的暢快感，整個人還是悶悶的。

這就叫後座力嗎？

堆積在這具肉身一連幾天的混亂，直至此刻依然使她的每一顆細胞每一條神經不安躁動著。

早知道就不聽趙舒茜那丫頭的話，應該繼續待在電視台才對。回到空無一人的家，強烈的厭世感突然襲捲上來。她必須大口大口呼吸才能勉強捕捉到一些氧氣。

記得吃飯。

轉身正準備拉上安全鎖，無預警地，看見門板上貼著的那張黃色便條紙。

難怪母親曾經半揶揄半責備地說她常常忙到忘記自己已經結婚。而父親不幫忙說話就算了，還在一旁搧風點火說沒法度啊人家就是跟工作結婚。然後母親會唱雙簧般接著又說誰叫你女兒不趕快生一個孩子！

事實上，不管一開始談論的是什麼話題，母親最後總是會做出相同的結論。工作不順，生個孩子；經期不順，生個孩子；筋骨不好，生個孩子。在母親眼裡，孩子是萬靈丹。

也許真的是吧……沒有孩子的鍾曉熙不曉得該怎麼反駁她。工作以外的事，她一點都提不起勁對抗。

她將便利貼輕輕撕下，套上室內拖鞋後打開客廳的燈。

這是這三天來鍾曉熙第一次回家。一連幾天，她每夜都在電視台度過。從客廳、廚房、書房到臥室，所有空間裡的傢俱全附著薄薄一層灰塵，表示著這房子裡的活動有多麼貧瘠。彷彿很長一段時間無人居住於此。

我今晚不會回家。恐怕在三天前自己傳出那則訊息後，老公就沒有繼續待在這裡了。

「既然妳不在家，我留著也沒意義。」他沒有這麼說，只回傳了一則：注意健康。然而鍾曉熙知道他是這麼想的。

她認為自己就是知道。

三天。只是沒有付出心力試著去經營生活三天，原本這樣美好絢爛的地方，就會變成像是覆蓋上一張描圖紙般轉眼間顏色黯淡下來。

不……仔細想來，不單單是三天。兩人之間的角力，在更之前就開始了——

那是他們結婚十年以來第一次爭吵。

沒有說謊，也不是開玩笑。

在那次口角爆發以前，范宇昂的脾氣好到讓鍾曉熙有時候會不禁懷疑是不是因為對方根本不愛自己？

但當然不是——鍾曉熙心底其實再清楚不過。

原因一點也不複雜，甚至可以說是恰恰相反……因為在他們兩個人當中，范宇昂是愛得比較多、多更多更多的那一個。

爭執的起源，是一個半月前那場宣傳「瞬間正義」的夜間直播。

程諒學闖入直播現場造成蕭苡麟燙傷的危機處理剛告一段落，忙得昏頭轉向的鍾曉熙一回到家，范宇昂已經等在玄關。他當時猙獰的表情鍾曉熙一輩子都忘不掉。也不想忘掉。她未曾想過個性溫和總是帶著微笑從沒有被任何問題學生激怒的老公，竟然也藏著一張如此扭曲的面孔——她像是發現新大陸一樣，萎靡的精神甚至稍稍提振起來，一時間忘了范宇昂是衝著自己來的。他再也壓抑不了、必須統統發洩出來。讓他最無法接受、非得在第一時間見到鍾曉熙的關鍵是：為什麼鍾曉熙要製作薛博澤的專題報導、提升警方的形象？

「妳難道已經不恨他們了嗎？」

他恨死警察了——

那是八年前的春天，還帶著一點涼意的春天。警車追逐疑似攜有毒品而拒絕臨檢逃逸的車輛過程中，一輛機車為了閃避擁有優先路權的鳴笛警車，倉皇之中一不小心居然騎上人行道，擦撞到剛好從麵包店出來的鍾曉熙。那時鍾曉熙懷孕四個月。一個摔跤，就把無辜的孩子摔沒了。彷彿冥冥之中的暗示，范宇昂喜歡吃的摩卡奶油螺旋麵包，被前來幫忙攙扶鍾曉熙的熱心民眾踩到，內餡肚破腸流般全擠出來。

真奇妙。明明是發生在自己身上的事，被他這麼一提，一嘗試回想，卻好像隔著一層螢幕在看別人的故事似的。

晴朗湛藍的天空、乾燥有著微風適宜的氣溫、店裡剛出爐麵包的熱度與香氣……每一處細節都異常清晰，但就是不覺得是自己曾經親身經歷的過去。

如同現在，她可以讀出來從老公瞠大的雙眼中噴吐出的困惑、當然還有更多是，悲憤。

該怎麼回應他這份強烈的情感才好呢？

鍾曉熙不擅長勉強自己。

她今天贏得的一切，都是靠野性般的直覺。

她直覺不能在老公面前繼續糾結於失去孩子的話題……於是，她將主軸拉回工作。

「我只是覺得絕對不能放過這個議題。提升警察地位、美化形象什麼的……你明明很清楚，我並沒有在想那種事、那也不可能會是我的目的。」

范宇昂當然清楚自己的老婆是個工作狂。但他以為對鍾曉熙來說會有例外。在新聞焦點和收視率考量之外的例外。

不過顯然的，范宇昂的期待落空了。

「妳真的太不可思議了。」

即使吵架，也不會口出惡言。遲鈍一點的甚至會以為他在稱讚自己。

這樣的自己到底哪裡不可思議？

我只是做讓自己有成就感的事而已啊，並沒有傷害任何人。

有了上次的齟齬，這次的冷戰——也就自然不意外了。

繞了整個空蕩無人的家一圈後，鍾曉熙再度回到的地方，是廚房。

她蹲下身，從流理臺邊最底下那格抽屜裡捧出一個漆色斑駁的鐵盒。

那是她當年結婚時送人的喜餅。裡頭的餅當然早就沒了。現在裝著的，是一張又一張黃色便條紙。每次扳開盒蓋，上百張黃色便條紙映入眼簾的同時，總是讓鍾曉熙不由自主回憶起蜜月旅行在東京看到的銀杏，放眼望去遍地層層疊疊的葉片猶如一幢蓬鬆地毯。

這些全是范宇昂這幾年寫給鍾曉熙的。

當中，寫得最多的一句話，就是：記得吃飯。

和許多影視從業人員相同，鍾曉熙用餐時間並不固定。有時餐與餐之間長達八、九個小時的間隔。往往是猛一回神才意識到已經餓到不行，整個胃都揪絞起來。胃食道逆流更是家常便飯——啊、不對，家常便飯這個譬喻對他們來說一點都不貼切。她吐槽著自己。

拉了張椅子坐在流理台前，摘下粗框眼鏡隨手往旁邊倒放，鍾曉熙按壓著眼皮，覺得眼壓高到眼珠子都快變形。直到終於感覺舒服了些，她才鬆開指尖，試探性地快速眨了幾下眼睛，接著將鐵盒拖近胸前，把所有寫著「記得吃飯」的便條紙統統挑揀出來。

一張搭上一張，側過身，舉高對著高掛在餐桌上花朵形狀的燈盞，像鑑識筆跡那樣，試著疊合這幾個字。她可以看出最後這一張，他的字跡顫抖得特別厲害。有那麼一剎那，鍾曉熙感覺心頭被快速扎一下。她抽了抽鼻子、清了清喉嚨，像所有快要哭泣的人那樣。

為期三天的混亂、將全國上下攪得天翻地覆——這次的開端，又是薛博澤。

從那起發生於捷運上的第一千金挾持事件中誤擊羅姓清潔女員工開始。

之所以消息一爆出來就鬧得不可開交，除了遭到挾持的人的身分、以及酒駕刑度的社會議題，更大的棘手之處，在於「瞬間正義」的標誌性人物——薛博澤——開的那一槍，居然擊中了一名無辜的民眾。

不僅僅是無辜而已，那名受害者和曾經的鍾曉熙一樣，是一名孕婦——

緊急送往醫院急救。事情偏偏這麼湊巧，八個月大的孩子已經成形，子彈射中孩子的頭部。但也不知道能不能說是不幸中的大幸，要不是有這個孩子將羅姓女清潔工的內臟推擠開來，那顆子彈恐怕會直接命中肝臟造成大出血。

這個孩子用自己尚未完整的生命救了親生母親一命。

脫離危險狀態清醒過來的羅姓女清潔工無法接受失去孩子的事實，試圖吞藥自殺。

時代改變，變的不僅僅是人，連安眠藥也變了。現在的安眠藥沒有想像中那樣容易吃死人。鍾曉熙心想。她吃過幾次。好幾次。當自己的孩子沒了以後，當所有人都覺得自己應該要打從心底深深悲傷但自己卻不感到難過的時候，她吃過幾次。好幾次。但每次醒來時，都只覺得精神更好，想趕緊回到電視台工作——

怪不得他會覺得自己根本沒救了。

這一次的事件，鍾曉熙可以想見老公有多麼憤怒。羅姓女清潔工和自己相比有過之而無不及的慘痛遭遇。

他在對方身上看到自己妻子的影子。

可是深受其害的妻子卻反而站到另一邊去。

百思不得其解。

范宇昂放棄理解妻子了。

鍾曉熙認為這根本無所謂。很多人說：愛是理解。可是鍾曉熙相信，愛就是愛，再沒什麼其它的了。欣賞、理解、共鳴……那些都是強加的解釋。

也就是說，她隨時都做好了對方不愛自己的準備。

因為，既然愛就是愛。那麼反過來說同理得證：不愛就是不愛。

她微微仰起頭將淚水裝回身體。整理好便條紙後，放回鐵盒重新蓋上。

收拾好情緒，鍾曉熙倒了一杯水，離開廚房回到客廳。

佇足在倒映著清晰身影的落地窗前，她靜靜喝著水，一口氣喝掉半杯。底下一盞盞燈光宛如一朵朵發亮的蘑菇。

城市果然是一座漆黑的森林。

鍾曉熙的思緒又飄回那盤根錯節的離奇事件裡頭。

擁有廣大人脈的她，從特殊管道得知——當醫院那頭忙得焦頭爛額之際，警方這邊也沒有閒著。

他們將所有希望寄託在「瞬間正義」系統上。希望能和上次開槍擊斃龔若薇么兒的超商搶劫事件那樣，靠著模擬影片讓執法人員猶如化身為拯救城市於水火之中的超級英雄來個絕地大反攻。

然而，出現令人匪夷所思的詭異結果——

沒有模擬影片。

「沒有模擬影片？」鍾曉熙情不自禁對著電話另一端喊出聲來。

她嚴重懷疑不是自己聽錯，就是對方的資訊有誤。

因為、倘若真的沒有模擬影片，這不就意味著：警方濫殺無辜？

根據對方取得的內部消息，負責處理資料、分析數據進而判定預測的人工智能，無法輸出模擬影片。

無論嘗試多少次，模擬影片的檔案夾裡顯示的都是：empty。

Finocchio 無法給出若是薛博澤不朝羅姓女清潔工開槍的話將會導致什麼更加嚴重的後果。

那一瞬間，跌坐在辦公椅中的鍾曉熙覺得力氣從指尖快速逸散，自己彷彿癱瘓了，全身無力動彈不得。

蕭苡麟將這套劃時代的系統介紹給自己時，那閃爍著光芒的眼神至今仍歷歷在目。

難道，到頭來，他們的努力只是一場空嗎？

那原本應該用來輔助警方的理想工具，變成了對老百姓進行無差別射擊的凶器？

鍾曉熙以為能夠見證一個新的世界，卻沒想到僅僅是彈指間破滅猶如夢幻泡影的海市蜃樓。

依然是來自特殊管道的消息——

錯就是錯——據說郭鑑嘉說出這句話時口吻非常沉重，五官像是蒙上了一層霧霧沙沙的煙灰。

電話另一頭的男性粗嘎聲嗓繪聲繪影說道，硬錚錚的語氣說得好像他本人就在現場。

錯就是錯——既然警政署署長都發話了。言下之意，警方打算承認錯誤、公開向社會大眾道歉。

鍾曉熙對於對方透露的訊息暫且持保留意見。

因為……倘若承認「瞬間正義」存在致命性的錯誤，那麼——

「這下子、可不得了了……之前的案子會不會全被翻案？」對方用充滿回音的低沉嗡嗡聲一語道破鍾曉熙的疑慮。

沒錯，這件事牽連甚廣，所引發的後續效應不可不謂驚滔駭浪。

必須更謹慎、更細緻地處理才行。

事實上，鍾曉熙的預感成真了。在羅姓女清潔工誤擊事件的隔天，龔若薇立刻召開盛大的記者會——這一次，一反先前聲淚俱下的悲情牌策略，她拔尖聲音大力抨擊警方利用「瞬間正義」草菅人命。只不過，這回記者會，向來守在她身邊的暖男老公楚一洋並沒有陪偕出席。

一旦正當性遭到百分之一的質疑，就算是再正確的決定，也都會被提出來重新檢視、檢討。就如同幾年前那起撼動司法界的法官集體收賄案，那些法官經手的案件、判決，一瞬間全失去了公正性。這讓明明已經獲得公平裁決的雙方兩造，不得不又再次回到那場夢魘——甚至，因此改變了某些人原來的生命軌跡。

然而，鍾曉熙無須判斷郭鑑嘉究竟是不是在第一時間就準備一肩扛起警方歷史性的重大失誤。因為，警方還來不及對這起案件正式公開發表言論時，下一樁意外，發生了。

不、不單單是下一樁。下下一樁、下下下一樁、還有下下下下一樁……

原先還抱持那驚天動地的一槍，或許是發生在薛博澤身上的單一個案，如今，等於可以間接證實了——「瞬間正義」確實存在本質上的漏洞。

羅姓女清潔工遭到槍擊在醫院搶救尚未脫離險境的那天夜裡，發生了一起搶車事件。一名正在受訓期間的林姓預備士官，疑似訓練壓力過大，居然當街攔下一輛進口超跑，謊稱是警察臨檢要求對方下車。接著，趁對方下車鑰匙未拔，直接坐進駕駛座揚長而去。所幸和教授討論完博士論文的陳景隆剛巧離開校園，撞見這一幕，隨即跨上重機緊緊尾隨。陳景隆開了槍，子彈擊中駕駛的手，衝向對向車道。對向車道上的一台銀白色小客車，為了閃避眼看就要迎頭撞上的昂貴超跑，方向盤一轉，伴隨震天動地的聲響，狠狠撞進位於黃金地段三叉口的一間連鎖咖啡店。幸好早過了營業時間，不然總是客滿排隊排到外頭的咖啡店恐怕會造成嚴重的死傷……不過，銀白色小客車前座的張氏夫妻就沒有這般幸運了——命喪當場，整片擋風玻璃盡碎掛滿略帶黏稠的鮮血。當熱心趕上前去救援的民眾發現時，後座安全座椅上受到驚嚇的嬰兒正使出吃奶的力氣放聲號啕大哭。

懵懵懂懂的孩子還沒學會叫爸爸媽媽就成為了孤兒。

這讓同樣失去雙親的陳景隆受到特別沉重的打擊。他徹夜難眠，待在台北市政府警察局辦公室整宿未歸，局長一到，便遞交辭呈，無法再繼續以「警察」這份職業作為自己最大的驕傲。收拾東西離開當天，有數十名氣憤的民眾圍堵在警局門口——當中大多是夫妻兩方的親屬，追著他打，甚至、朝他潑糞。

陳景隆概括承受，毫不躲閃。刊登在社群頭版照片中的他一身狼狽。

一名警員的離職一向不是大事。警方在意的從來不是個人，而是個人究竟對警方職體帶來了什麼影響。

empty。

又是 empty。

令人出乎意料同時心驚膽跳的結果——和薛博澤的案子相同，陳景隆造成夫妻意外車禍雙亡的事件，Finocchio 依舊給不出答案。交代不出擊發子彈的原因。「瞬間正義」系統似乎出現了一個怎麼也無法排除的故障。巨大的 bug。

再接著下來，是林啟彥，就在陳景隆敲打鍵盤對著螢幕撰寫辭呈報告那個寒意漸深的霧濛濛凌晨，一位上禮拜剛加入「瞬間正義」計畫的新成員，新莊分局頭前派出所年輕有為的二十三歲警員林啟彥，在場面驚險的君盛社區炸彈案中起了決定性的作用。在媒體的推波助瀾之下，從初生之犢一躍成為英雄新寵兒的林啟彥眼看就要以新一代警方男神之姿接班薛博澤。

這起造成話題、鬧得沸沸揚揚的爆炸案說來話長，原委得從那天基隆縣縣長候選人吳瑄谷競選總部接到的那通恐嚇電話說起。六點剛過，競選總部瀰漫在一股令人反胃的油膩便當味中，忽然間，電話鈴聲銳利響起。電話那頭，聲音粗嘎的男人宣稱在吳瑄谷的競選總部放置了爆裂物，不等助選人員追問，逕自掛斷電話。並不是惡作劇電話——在警方趕到之前，工作人員在總部後門門邊發現疑似裝有爆裂物的大型垃圾袋。

經警方防爆小組確認，垃圾袋裡裝著的，確實是炸彈——不是一般常見的汽油彈抑或土製炸彈，而是被稱為「撒旦之母」的三過氧化三丙酮。世界各國多起恐怖攻擊行動例如倫敦七七地鐵爆炸案、以發生在巴黎聖但尼法蘭西體育場為開端最終奪走上百條人命的襲擊事件和布魯塞爾連環爆炸案等皆被使用……其破壞力與殺傷力可想而知。

國際情勢長期緊張，也難怪此一消息被媒體渲染過度，一時間甚囂塵上，誤以為是恐怖組織滲透進國內。事實上，這純屬個人行為——根據監視器拍攝到的畫面，警方很快就鎖定了四十多歲的王姓嫌犯。

不知道自己已被警方鎖定，王嫌南下返回新北住家。警方撤離社區居民，於其住處周圍撒下包圍網。發現時，王嫌自知插翅難飛，反鎖屋內拒不出門，還向警方威嚇房內放有許多炸彈、火力強大。雙方對峙超過十個小時。其間發動了三波攻勢，掃射上百槍，甚至發動好幾波催淚彈攻擊。時近清晨，到場坐鎮的郭鑑嘉認為不能再拖下去，為了確保住戶和路人的安全，特勤中隊已經就位，隨時準備執行狙殺行動。

最後，王嫌精力耗盡放棄抵抗——而這是最關鍵的一刻，打開門的瞬間，誰都不能保證這會不會是犯嫌的詭計，說不定打算詐降同歸於盡。

事件在王嫌被一槍射殺後落幕。那顆子彈直接從王嫌的額頭穿過，沙發上的彈孔痕還沾著腦漿。

林啟彥是當天清晨攻堅行動的成員之一。也許是因為明明共同執行攻堅任務，媒體焦點卻全在參與「瞬間正義」計畫的林啟彥身上使之一夕爆紅，惹來同僚眼紅——原本應該是英雄的他，被爆料其實當時一破門而入，王嫌已經被制伏，根本沒有開槍射殺的必要。

〉他只是想搶功勞想晉升而已！

〉是有沒有這麼想紅啊？

〉他不怕子彈打到炸彈啊！要死自己去死，拜託不要拿別人的命開玩笑好不好？

諸如此類的反對聲浪被網友帶起。

看起來，又是一樁執法過當、用槍時機備受質疑的案子。

不過，就在警方陷入絕望之時，這一回，Finocchio 居然針對此一爆炸案給出了答案。

王姓炸彈客一案案發過後，不到一個小時，網路新聞才剛因為薛博澤和陳景隆前兩起用槍事件而開始喧騰發燒，「瞬間正義」網路平台隨即發布了一則關於林啟彥開槍與否的模擬影片。只是、事後看來，倒不如不發布，那段模擬影片無疑是提油救火——若是當時林啟彥不開槍的話，會剛好吹起一陣風，將外頭的樹葉帶進窗來，而飛進來的樹葉，會剛好和企圖反擊舉起手槍的王嫌衣袖摩擦出的靜電發出火花、燃燒成一小團火焰，而那一小團火焰就落在地上的炸彈原料。那些原料足以炸毀兩百多坪面積的房子。轟！影片結尾，所有警察在還沒反應過來的剎那已經殉職。

這一回，情節誇張因果關係離奇的影片內容沒有被買單，而是被眾多網友揶揄：他們以為現在是在演《絕命終結站》（*Final Destination*）嗎？

夏珮潔巡佐——話說在前頭，這還不是最後一根稻草，「瞬間正義」計畫第一波受驗者中唯一的女性警察，當警方於君盛社區攻堅成功「逮捕」王嫌之際，在這座城市的另一邊，有另一起案件發生。犯罪孳生不息。一名失業近半年、四十歲出頭的歐姓男子持槍攔路行搶，得手後順勢將被害人強行拖下車劫車逃亡。在附近執行巡邏業務的夏珮潔和其同仁見狀，邊通報局內邊追趕上去。砰！砰！砰！砰！砰！大清早的街道響起四聲槍響，以為是一場相互比拚駁火的激烈場面，實際上，卻是夏珮潔連開四槍。

夏珮潔居然直接把歐嫌持槍從車窗伸出的左手臂整截轟斷。

車輛行進速度之快，一條斷臂就這麼從彈開的駕駛座車門拋飛而出，重重砸摔在十多公尺外一輛迎面開來的公車前方大塊擋風玻璃上，畫面說多驚悚就有多驚悚，嚇得在刷卡機旁擠成一團的數名女國中生乘客瘋狂尖叫，駕駛猛踩油門拖曳出懾人胎痕險些釀成重大交通事故——所幸最後只是幾輛車子輕微擦撞，虛驚一場。

針對此一驚悚血腥、顯然執法過當的事件，依循林啟彥的前例，Finocchio 也給出了一個答案——一個牽強程度不亞於林啟彥槍擊案件的模擬影片。影片表示，倘若夏珮潔不連開四槍決然擊斷那隻胳膊，而是只開一槍，歐嫌肌腱受損後，手指將會不受控制，不小心擊發手上的槍，而那顆迸發子彈將會貫穿前方一名站在斑馬線邊正在等待號誌燈切換的國小男生的腹部造成肝臟破裂大出血。

認真比較的話，此次內容，甚至比上一段影片更離譜。這讓大眾在先前案件中所積累的不滿情緒頓時超過臨界點，剎那爆發開來，引起極大的社會反彈。刑事局前的小廣場聚集起抗議人潮，人數蔓延到通往知名文青書店的石磚人行道上。他們振臂叫囂，紛紛要刑事局局長出面給個交代——這名中年男子也是有苦難言，頭頂上僅剩的幾根毛都快掉光。「瞬間正義」明明是該由警政署負責的行政方針，卻因為牽涉到挾持綁架槍擊搶案等刑事案件，以至於民眾和媒體全將苗頭對準刑事局。

而這起案件，引來民眾群情激憤的主因在於，歐姓嫌犯之所以不得不做出這種事、被逼上梁山，是因為一家八口全仰賴他一個人生活。歐姓嫌犯家中有一位重度失智需要人時時照看的老母親，醫療費和照護費同樣驚人。且四名手足皆為程度不一的智能障礙，再加上還有大哥的兩個孩子得幫忙養——同樣也是智能障礙。被公司辭退後，原本就十分艱困的生活登時陷入絕境，卻由於祖先留有根本賣不出去的土地而申請低收入戶遭拒。

現在，頓失家中經濟支柱的歐家人，那七名社會中弱勢中的弱勢，只能等死了——

不對，既然鬧大成了上萬人分享轉發的新聞，政府就不得不伸出援手。

某種程度而言，砰！砰！砰！砰！夏珮潔開的那幾槍，說不定確實為他們暗不見日的生命鑿穿出些微天光。

和陳景隆相比，夏珮潔沒有被潑糞，但回家時被堵在家門口的民眾羞辱、謾罵、推擠，甚至被一塊天外飛來的石頭砸中臉，當場血流如注緊急送醫縫了九針。之後再也沒說過一句話。將自己封閉了起來。精神科醫師診斷後認為是受到過度激烈的驚嚇所導致的失語症。

當然，或許還有強烈的自責。

眼看他高樓起，眼看他樓塌了。

這大概是最適合用來描述「瞬間正義」的一句話。

鍾曉熙一直死守著、不願意離開電視台，就是在期待警方扳回一城——她不想當那個奇蹟的逆轉一刻發生時，自己不是第一時間知道的人。光是想像可能錯過那一霎，她就發了瘋似的想把頭髮拔光。

那麼……究竟發生了什麼事，讓有著近乎偏執執念的鍾曉熙放棄等待，在今晚回家呢？真正壓垮駱駝的最後一根稻草，是「瞬間正義」計畫的其中一名研究員。

鍾曉熙記得那個名字。也記得那個人還是少年時一臉青澀的模樣。

劉正軒——薛博澤親如手足的好哥兒們。

在今晚稍早時候，被發現於自家臥房上吊自殺。

「自殺啊……」鍾曉熙呢喃著千萬種死法之一，心思從這一連串案件飄移開來，飄向益發久遠的時光。

該怎麼告訴他——告訴她明明深愛著卻不曉得該怎麼去愛才符合所有人期待的老公，當初，自己其實很慶幸那個孩子被撞掉了。

她不想成為母親。那段時間憂鬱到想自殺。不是安眠藥那種任性的死法。她扎扎實實在自己手腕上割過兩次。脫下手錶翻過手對著光照還能看到淺淺淡淡的褐色疤痕。

沒有人會要求男人成為父親。可是為什麼每一個女人都被期許成為母親？

回憶起當時的種種，那股強烈的感受瞬間又翻湧上來——心跳加速、口乾舌燥、全身盜汗、身體顫抖……像是想把這強烈負面情緒壓下去、把自己重新洗乾淨一樣，鍾曉熙仰著脖子，咕嚕咕嚕抽動喉頭用力喝著剩下的半杯水。

前不久才剛和電視台的人介紹過這張桌子的主人，蕭苡麟沒想到再帶來人來到劉正軒座位時，竟然會是在這種場合。

不管在任何國家，白髮人送黑髮人，都是萬分悲慟的事。

雖然只和面前的男人吃過一次飯，但時常聽正軒提起他那性格豪邁的老爸，蕭苡麟感覺自己對他的熟悉度多過於劉叔對自己的感受。

而也正是因為如此，令這個時刻更顯艱難。

「劉叔，我們幾個同事已經……先幫忙稍微收拾了一下……」胸口悶住，聲音輕到蕭苡麟覺得快把字句吞回喉嚨。劉正軒桌面上的東西被整整齊齊收在兩個暗褐色紙箱裡——除了那張合照。依然擺在桌前的那張相片，裡頭的人們咧著燦爛的笑容朝這邊看過來。

「苡麟姐……」一名女研究員輕聲喚著，懷裡抱著一個空的紙箱，眼神略帶怯意、不時偷瞄著低垂頭凝視著空蕩蕩座位的劉峻暉。

「給我吧，妳先去忙。」蕭苡麟從女研究員手中接過空紙箱。

「不好意思，耽誤你們的時間——」兩人低聲的交談讓劉峻暉稍稍回過神，他匆匆抹了一把臉，隨即接力似的，將蕭苡麟剛捧上手的空紙箱接過去。「我很快整理一下。」嘟囔著的同時拉開抽屜。

劉正軒的抽屜和他的自家臥房一樣有整潔有序。劉峻暉一開始一樣一樣往紙箱裡仔細擺放，但逐漸地，隨著呼吸變得濁重，他的動作也跟著加快、益發粗暴，最後夯不啷噹直接一大把一大把抓起扔進箱子。

退到牆邊的蕭苡麟靜靜看著這位強忍著悲傷收拾兒子遺物的父親。劉峻暉寬闊魁梧的背影忽然縮得好小。

當對方轉過身來，那張臉突地亮起露出訝異的表情看著自己時，蕭苡麟才感覺到從臉頰劃過的熱燙。自己竟然哭了。這怎麼可以呢——怎麼可以在家屬面前落淚呢。蕭苡麟握緊拳頭往自己的大腿捶幾下。但身子愈是震動，就愈是止不住淚水。劉峻暉體貼地將身子側回去，別開了視線。他用寬版膠帶封上紙箱，手掌來回摩娑著質地粗糙的紙蓋，待蕭苡麟收拾好情緒後，轉過身直直向她走去。

和他再一次對上目光，劉峻暉面部肌肉拉展開來，甚至帶著一種難以描述的雀躍——又或者該說是殷切、渴求著什麼……當蕭苡麟正想開口問他是不是需要些什麼？對方搶先一步開口。

「Finocchio……」

Finocchio——儘管劉峻暉的義大利語發音不大標準，可畢竟是蕭苡麟朝夕相處的「合作夥伴」，她立刻聽辨出來。之所以沒有馬上回應他，是對於充滿本土草根氣息的劉峻暉冷不防吐出這個洋里洋氣的名字而感到意外。

「嗯？」蕭苡麟附和應了一聲，微偏著頭。

「可以的話，我想見 Finocchio 一面。」

「見 Finocchio……一面？」若非 Finocchio 不是擁有真實血肉的活人，蕭苡麟會以為劉峻暉那瞪大的雙眼、過於亢奮的情緒，是為了向對方質問，甚或，向對方展開報復。然而，很快地，她從劉峻暉嘴角微微抿起的寂寥微笑明白了——根本沒有自己想像的那麼灰暗。眼前這個男人，只是很想很想很想知道，兒子在生前奉獻所有心力、投注了大量熱情和時間、在最後甚至為之拋卻生命的事物究竟是什麼？

一思及此，蕭苡麟可以充分體會這位父親的心情。

在「瞬間正義」尚未公開於世之前，整個團隊都被下了封口令，家人、伴侶、朋友——統統不能透露隻字片語。從這個角度切入，對計畫一無所悉的他們而言，那段能夠和感情親近的人相處的時間，像是被一個毫不認識的傢伙給偷走了。

是啊——

低斂視線的蕭苡麟恍然大悟。

之所以沒有在第一時間往那個方向思索，是因為自己身邊並沒有關係緊密的家人。

人的想像力源自於他所經歷過的一切。

從系統公諸於世到如今發生這幾起引起爭端的重大事故也不過近兩個月，要劉峻暉怎麼有辦法接受一個自己從小把屎把尿拉拔長大、栽培到二十多歲的兒子就這樣不清不楚地沒了？

揣想著劉峻暉的心情，蕭苡麟重新揚起眼睫，對著面孔蒙上一層灰白色調的男子慎重地點了一下頭。

「正軒他爸，今天來過科偵中心。收拾東西。」

原本打定主意不開門的。但貓眼裡蕭苡麟道出的這段話，簡直是萬能鑰匙。

薛博澤一打開門，「你看起來糟透了。」她匆匆吐出這麼一句，便壓低身子熟門熟路從他胳膊底下鑽了進來。

拿她沒轍，薛博澤關上門，轉過身來，看著蕭苡麟背後背著一個背包、手上提著兩大袋東西快步往另一端的開放式廚房走去。

「嘿咻！」蕭苡麟將沉甸甸的賣場塑膠袋放上中島，瞥一眼從角落垃圾桶滿出來的泡麵包裝袋後，她扭回頭，撩了一下滑落至下顎的髮絲，拉開冰箱門，裡頭投射而出的淡黃光亮剎那打亮她臉龐。「果然什麼都沒有……啊、這個得先進冷凍庫回冰一下……」嘀咕著，掏出袋子裡的東西一一擺放進去。

薛博澤沒有阻止她。

這世上給自己的好意已經很少很少，要是再拒絕，大概就真的什麼也沒有了。

他站在黃昏時分略顯陰暗的客廳裡，靜默地望著蕭苡麟將空蕩蕩的冰箱慢慢填滿。

彷彿有一股熱流從脊椎灌注進來。

「開一下燈。」

薛博澤按下開關，中島上方的燈泡亮起。空間頓時暖和起來，柚木打造的中島平臺反射著低調的淡淡光暈。

砰。

蕭苡麟推上冰箱門，轉過身瞅著薛博澤。好一會兒，才打破沉默。

「你最近還好嗎？」

薛博澤瞟了她一眼。剛一開門不是才說自己看起來糟透了嗎？

他明白蕭苡麟其實是想重新開啟話題。但還是沒有答腔。

一接受到他的眼神，她便自顧自接著回答自己方才提出的問題：「啊、對啊，怎麼可能會好呢？都被媒體報成那個樣子——」

蕭苡麟話語帶有弦外之音。她指的，不單單是擊斃羅姓女清潔工胎兒一事……

先前曾經提過，薛錦霖——薛博澤的警察爸爸——從前在一次攻堅行動中，碰上毒販跳窗逃亡，驅車追趕時，為了甩開警車，該名毒販一連撞飛好幾名無辜的路人。而最後，毒販自撞變電箱命喪當場。只是，這不是真相。至少不是全部的真相。

當時，毒販之所以會撞上變電箱，並不是情急之中的慌亂失控，而是——緊追在後的薛錦霖開了一槍。他原本想對輪胎開槍，沒想到那顆子彈卻打在照後鏡上，就這麼巧，其中一小枚碎掉的玻璃從敞開的車窗噴飛進來，刺上駕駛的眼珠子。

然而，如果真要深究的話，薛錦霖之所以失去準頭，是因為那時候，身邊的同仁打了個要命的驚天噴嚏，整個人突然往他的方向彈過來，重重往他的肩膀撞一下造成槍口大幅度偏移。

這件事，薛錦霖自然沒跟長官報告。因為真正擊發那顆子彈、造成實際傷害的人，是自己。怎麼說都難辭其咎，沒必要多拉一個人下水。現在雖然談不上幸福行業，但彼時做警察這行討生活混口飯吃，環境更是艱困。

總而言之，當年那顆被警方隱瞞起來、消失的子彈，如今、在這個動輒得咎、千夫所指的危難當口，被踢爆了。

〈父子都是殺人犯——冒牌英雄薛博澤的冷血警父〉。

這篇揭露眾多內幕的獨家報導透過網路新聞平台迅速散播開來，分享數不斷往上衝。

沒有意外，清一色都是指責、謾罵，還有詛咒。原本累積的龐大人氣瞬間由粉轉黑。

愈想愈按捺不住，蕭苡麟氣不打一處來。「『當初你們是誰去做身家調查的』——你知道嗎？你們那個偉大的刑事局局長居然說出這麼幼稚的話。」考取警職時，會有基本的身家調查。所謂的「身家調查」，沒有想像中那麼嚴肅、嚴謹。其實就是調查該員有沒有前科、金錢關係如何、有沒有學貸車貸或房貸、家裡現在有些什麼成員等戶籍登記上都有的資料。

本來就只是形式上的程序，再加上，由於薛博澤是警大畢業，相關審查早在入學在校時期便理應完成建檔，因此畢業後正式入職時，根本沒有多加查核的必要。

「這說法根本只是想推卸責任吧。一點擔當也沒有。難怪有一句話不是這麼說嗎——比起解決問題，大家更擅長解決出問題的人。」蕭苡麟展開雙臂支撐住木造中島桌緣，眉尾隨著上揚的語氣頻頻抽動。「出事時，他們反射性習慣找代罪羔羊。」

很顯然，薛博澤就是她口中的那頭代罪羔羊。

「瞬間正義」引起的接二連三重大用槍事故，警方打算將薛博澤當作棄子，藉著他被爆出的不堪過往，順勢將所有焦點轉移到這位「人氣偶像」身上。現在只差最後一步，要是薛博澤能和陳景隆一樣辭離警界，甚至、更好的是——儘管不能明說，不過確實可以明確感受到內部這股因絕望而萌發的惡意……更好的是、要是薛博澤能和劉正軒一樣，獻出生命讓所有撻伐得以終止、堵上眾人悠悠之口。

說得直白些——他們當中有人，並且為數不少，希望薛博澤去死。真可笑，是誰說死不能解決問題？

「突然好想吃甜的。」一如往常，將一頭長髮用鯊魚夾俐落固定在後腦杓，從背包側邊網袋取來一個保溫瓶。

保溫瓶——

一看見保溫瓶，薛博澤又忍不住回想起那天捷運上發生的種種。這是自己這段時間以來心情最接近想笑的一瞬。

「好像不夠熱。」蕭苡麟一扭開瓶蓋，薛博澤立刻知道裡頭裝了什麼。不算寬敞的空間霎時瀰漫著一股濃郁的香氣。

是濃縮咖啡。

「借一下。」蕭苡麟逕自從烘碗機裡拿了一個瓷碗，將咖啡倒進去，放入微波爐，嗶一聲按下開關。完全把這裡當作自己家一樣自在。接著，她又撈來兩只底部渾圓、上方略微收斂的威士忌杯。「你家居然有這個。」

「朋友送的。」

「你家有威士忌嗎？」

「沒有。我比較喜歡喝啤酒。」

「啤酒派的啊。其實葡萄酒也不錯。下次我回去給你帶幾支過來。」蕭苡麟應和著，拉開冰箱門，從冷凍庫裡拿出幾分鐘前剛放進去的盒子。

薛博澤這會兒才看清楚那是一盒冰淇淋。

她用長橢圓形湯匙往玻璃杯裡各挖了一球，球體飽滿圓潤，看起來相當熟練。

薛博澤看著看著不由得吞了一口口水，舌根好像可以嘗到帶著奶香的香草味。

嗶嗶嗶——

微波爐發出提示音效的同時暗下。

「時間剛剛好。」蕭苡麟套上小熊造型的隔熱手套，取出加熱完畢的濃縮咖啡，將冒著絲縷熱煙的咖啡直接澆淋在那兩球冰淇淋上頭。一時間冰火交融。

「妳在幹麼？」

即使對於廚藝一竅不通，但薛博澤覺得眼前的蕭苡麟與其說是在料理，倒更像是在進行什麼古怪的化學實驗。

「Affogato。」蕭苡麟將那兩只玻璃杯捧到中島上，噘起嘴收住尾音。這個詞唸起來讓人聯想到鳥兒彈跳。不等薛博澤提問，她解釋道：「通常翻譯為『阿芙佳朵』……反正是一種義大利的甜點就對了！最近好像又流行起來了。」

「這麼偷……簡單的甜點？」

「你剛剛想說『偷懶』對不對？」蕭苡麟瞇細眼睛，上半身微微橫過中島上方。

忍不住心直口快的個性。薛博澤咧嘴微微露出牙齒、短促笑一下。

啊、我可以笑嗎？有資格、笑嗎？

這麼一想，他又連忙收起嘴角，繃住了臉孔。

「快過來吃。」蕭苡麟朝薛博澤遞出吃布丁用的小湯匙。

薛博澤接過湯匙，挖了一大匙塞進嘴裡。感覺有點孩子氣。

沒有問對方好不好吃——咖啡加冰淇淋，怎麼可能會不好吃呢？

帶著淺笑的蕭苡麟端起玻璃杯，也吃了起來。兩人一匙接著一匙。

吃完後，蕭苡麟拿走桌上的空杯，扳開水龍頭開始清洗。

「妳放著。我洗就好。」

「有一陣子……在美國讀書的時候，我時常頭痛。」沒有回應薛博澤，繼續搓洗玻璃杯的蕭苡麟忽然墜入回憶述說起往事。她的聲音溫潤依舊，夾雜在水聲中讓人聯想到河面廣闊的密西西比河。「然後我當時的室友、她是念病理學的，現在在密蘇里州的 Saint Louis 開病理中心。她看我常說哪裡不舒服、喊痛，建議我去做個全面性的健康檢查。可能是腦瘤、或者帶狀皰疹什麼的……結果、做了一大堆檢查還是找不出原因，後來是她的牙醫男友發現原來我的頭痛是蛀牙引起的。」或許是對昔日折騰一大圈的自己感到好笑，她說到這裡笑了一聲。將洗好的杯子擦乾放上架子，她邊解開有著史努比碎花圖案的圍裙，邊轉回身看向薛博澤。「『Zebra』。意思就是『斑馬事件』。她後來用這個詞調侃了自己。這是醫學上的一個俚語——用於提醒醫生不要一開始就把普通病狀往疑難雜症的方向去思考。」

不要鑽牛角尖。問題不在自己身上。

只是，這句話，實際上，同樣也是薛博澤正想告訴她的。

開槍的雖然是「自己」，但這個「自己」卻不是真正的自己。

蕭苡麟要面對的，才是真正棘手的難關。

都這個時候了——自顧不暇，她還有心力安慰自己？

蕭苡麟拉開背包拉鍊，拿出一本手帳，翻開，從紙頁間抽出一張明信片。

「這張明信片一直壓在正軒的桌墊底下。」

薛博澤一眼就認出了那張明信片。那是自己第一次出國，日本東京，特地買回來送他的伴手禮之一。幻想派水彩插畫家小正冬旬的畫作。背面謄寫的是正軒最喜歡的一首詩〈蜘蛛結網的夏日〉。有一陣子他迷上了鋼筆手寫字，買了好幾款顏色的墨水。這首詩，他用的是較深的海綠色，字跡微微暈開，往右上方傾斜的詩句猶如漂浮在一汪乳白色大河之中的瑣細藻荇。

分明自離開你，已經
度過了很長一段時間
將剩餘的理性以及智慧
也一併留在剔透的房間
必須，找到一個合適的色彩
說服自己春天已然過去
以及同樣，充滿光亮的角落
那裡應該有聲音還有
空氣緩慢的流動。
你所說的收藏的那些
碎屑，也都在房間
我看見一隻巨大的蜘蛛
試圖進入，從門縫
或者門把中央的鎖孔
而軀體是多麼璀璨
你的手悄悄化作，更多觸手
從四面八方折射而來

宛如太陽，自另一端緩慢爬近
並且撿拾所有顆粒
我知道自己不能必須如同拒絕自己那般拒絕你
你卻要求我，認不認得你
在緊貼著房間的走廊
你叩問。你一再叩問
我以為自己能走出來，從你離開
度過了很長一段時間，可那些
足供認得你的，那些，都篩落於輪廓之外
只有光線織出一幅蛛網
在剔透的房間裡
支撐住巨大的水珠。

如果那張蛛網還在的話，是不是就可以撈住正軒的身體？

不──

就算生前擁有再多陪伴，想死的時候，就只看得見自己一個人。

薛博澤流下眼淚。

終於。

自己終於可以哭出來了。

「Una promessa che hai fatto a me。」在薛博澤垂著頭低沉的啜泣聲中，一連串發音優雅的陌生字句驀然從蕭苡麟唇齒間流瀉而出。宛如吟詩。「這是出自一首我非常喜歡的歌曲 *L'impossibile Vivere*——〈不真實的存在〉中的一句歌詞。這首歌，是義大利歌手 Renato Zero 的作品。歌詞直譯的話，意思是：那個你給我許下的承諾。歌裡面、還不斷重複著另一句歌詞……vivere、vivere……活下去、活下去……請試著去相信生活仍有美好的部分。」

說到「vivere、vivere……」的時候，蕭苡麟跟著斷斷續續哼唱起旋律。

「vivere、vivere……」薛博澤下意識接續呢喃著。聲音因嗚咽而含糊不清。

「Una promessa che hai fatto a me。」蕭苡麟用不准對方反悔的堅定眼神凝視著他又一次說道。

就在那一瞬間，兩人同時瞇眼，笑了。像是二重唱時在氣口整齊一致地換氣那般富有默契。

送蕭苡麟到門口時，薛博澤猶豫著該不該拿些錢給她——畢竟她幫自己補給了這麼多東西。但想了半晌，還是作罷。

按照他對她的理解，絕對不會收的。說不定還會氣沖沖撕掉鈔票——故意損毀幣券罪。這可不妙。

「那個、苡麟——」所以最後，薛博澤只是喊住走廊上的她，待她停下腳步、緩緩轉過身面對自己時，愣愣點了個頭向她道謝。「今天、謝謝妳。」

「今天這局面，我必須負起責任。」

「還沒找到出問題的環節嗎？」

「還沒有。還是無法釐清 Finocchio 為什麼會做出那些錯誤、離譜、毫無根據的判斷。目前所有計畫都停擺了，科偵中心收到上頭傳來的公文說是從今晚開始暫時關閉，多久才會解封還不清楚。」

我也正在接受檢方的內部調查。」蕭苡麟說著目光越過金屬扶手朝公寓底下的停車場瞄了瞄，再開口時，切換成輕鬆的語氣。「說不定我現在就在被誰跟蹤、監視著呢。」

「不會吧……」不知道該說些什麼，薛博澤只能咕噥著支吾其詞填補這段空白。

「你是不是還有什麼話想說？」倒是蕭苡麟直率地戳破薛博澤的躊躇。見他神情訝異，她斜倚著扶手笑著說道：「你該不會不知道自己想說的話總是寫在臉上啊？」笑他不擅長掩藏心情。

「我只是想問……想問妳……」這是打從今天見到蕭苡麟第一眼時，薛博澤就想問的問題。他憋了一整晚。「妳為什麼要想盡辦法讓我振作起來？」

也是因為責任感嗎？

「因為我喜歡你。」

直球。

薛博澤從來沒想過自己居然會被人投一記猝不及防的直球。

「Ciao。」才剛大剌剌告白，蕭苡麟隨即微笑道別。「我喜歡義大利語的『再見』。上揚的尾音好像真的會再見一樣。」還自顧自嘀咕著，完全不管被告白的薛博澤情緒波動有多劇烈。

Ciao，音同「翹」，原本就同時有著「你好」和「再見」的含意。

話一說完，只見蕭苡麟瀟灑揮了揮手，背過身去直直走往位於走廊底端的電梯。

欸——

薛博澤擠出嘴型，卻發不出聲音。只好移動腳步傻傻跟上前去，一路跟到電梯口。

「不過，你不用太擔心，好好睡一覺吧——現在風向，不是又轉了嗎？」

電梯門關上前，蕭苡麟留下了這段話。

但薛博澤的思緒自然不在這上頭——因為我喜歡你。

失神望著眼前著那堵硬冷的金屬門扉，他所有的注意力，還集中在蕭苡麟那突如其來的震撼性發言。

啪！啪！啪！薛博澤忽然用雙掌結結實實往自己臉頰摑了幾下。想把自己打清醒。稍稍清醒過來的他，這才玩味起方才蕭苡麟最後說的那些話。

風向，又轉了——

蕭苡麟言下之意，指的是由於接連幾起用槍突發事故後，數名參與「瞬間正義」計畫的警察——包括辭職慘遭潑糞的陳景隆、被民眾用石頭砸傷出現失語症狀的夏珮潔……不曉得是不是有人在背後下指導棋，總之，突然間，開始有媒體將焦點轉移到「創傷後壓力症候群」，也就是現今戲劇、小說裡頭時有耳聞的PTSD。這一回，警方高層反應倒是迅速，藉著這波輿論風向轉向自己，趁勝追擊，指派心理師協助輔導那些精神受創的警察，企圖大打悲情牌博取同情。

這樣的討論趨勢，使得警方原先千夫所指的處境透進一絲曙光，從起初的加害者立場搖身一變，成為和那些受到誤擊槍殺的無辜民眾一樣，都是「瞬間正義」計畫的受害者。

那麼、如此一來，真正的加害者，即是創造出「瞬間正義」此一萬惡系統的科偵中心——更精確說，就是以蕭苡麟等人為首的研發團隊。

難道這就是正軒最終之所以走上絕路的主因嗎？

然而，諷刺的是，劉正軒的死，並沒有獲得同情。

非但沒有獲得同情，反而被新聞報導為害怕、內疚、甚或畏罪。

一想到這裡，便令薛博澤怒不可遏。

更叫薛博澤感到反胃噁心作嘔的，是據說警方高層確實有這個企圖，打算將所有過錯全歸咎到蕭苡麟所帶領的「瞬間正義」團隊。

代罪羔羊——

現在回想起來，今晚一見面，蕭苡麟提到的這個詞，其實是在揶揄自己接下來即將面臨的情況吧。

都這種時候了，居然還想著安撫自己的情緒……

薛博澤用力敲了好幾下抽搐發疼的太陽穴。自責自己的反應實在太遲鈍。接著，他想到什麼，猛地睜大眼睛——

他衝到牆邊，緊抓住扶手身子橫出半空中，遠遠眺望蕭苡麟逐漸遠去的背影。

在她纖細的背影身後，有一道身影鬼鬼祟祟蛇行尾隨。明明天氣才漸有涼意，那人已經戴上了毛帽……

說不定我現在就在被誰跟蹤、監視著呢——

該不會、蕭苡麟方才脫口而出的玩笑話一語成讖。

薛博澤拔腿衝向電梯，才揿了按鍵，電梯剛往上爬一層樓，原地踱步按捺不住的他已經扭頭往回折返，三步併作兩步蹬跳奔下樓梯。

正當薛博澤竭盡全力朝蕭苡麟趕來時，鬆開鯊魚夾放下一頭長髮的女人還不知道背後那道人影逐漸往自己逼近。

追逐著的無聲腳步，步伐一次比一次大，速度也一步接著一步加快。蕭苡麟如流的黑色長髮小幅度輕輕擺晃，在夜中反射出絲綢般的柔順光澤。但緊跟著，一道更顯銳利的光芒突兀出現，不安閃動著。那道光芒來自那道人影，只見那個一身暗色打扮的傢伙從上衣下襬抽出一把短刃，水果刀或者蝴蝶刀看不清晰，總之刀身不長——但倘若那條口子開在脖子上，也足以要命。

「小心！」其實薛博澤是強迫自己喊出聲來。

他總覺得這句話喊出來過於戲劇性，顯得做作。

每次看到電影電視裡的人這樣喊，不單單心中尷尬，連手腳四肢都不自在地冒起雞皮疙瘩。可要是當下不喊些什麼，蕭苡麟恐怕會被忽然衝出來抱住自己的薛博澤嚇到——聽到熟悉的聲音，有助於讓人對未知的發展稍感安心。

縮在薛博澤懷抱裡的蕭苡麟，緩過神來後試探性地睜開因突發情形而緊閉起來的雙眼。鮮紅色的血液流淌在他肌肉發達的臂膀上，被浸潤的每一寸肌理都益發深刻。

薛博澤的橫阻讓對方霎時亂了陣腳，一連揮舞兩下。閃避及時，薛博澤的臉頰被劃破出一小道口子——但真正嚴重的，還是左手胳膊上那遭到利刃割出一長條極深的傷口。

不是警告不是恫嚇。對方是抱著強烈恨意殺機襲擊蕭苡麟的。

他瞪向一連退後幾步拉開距離的傢伙。除了深色毛帽以外，那人還戴了口罩。小小的眼睛讓人聯想到鱷魚。

他細細顫動著抓在手上的刀，似乎在猶豫該罷手撤退還是索性拚上去胡亂劈砍一通。

空氣緊繃，危機一觸即發。

「我已經報警了！」有人幫忙下了決定。

劃破空氣的尖銳嗓音從遠處傳來。

是鍾曉熙。一道刺眼的光芒在她面前左右擺動著，在半空中拉出一條拱橋狀的光帶。

是手機螢幕拖曳出的亮光。

答答答答答答答——

用不著考慮了。對方倉促轉身落荒而逃。先前收斂的腳步聲一瞬間全釋放出來，在眾人耳底一遍遍用力踏響。

◎ ◎ ◎

「謝謝妳。」夜晚的醫院空氣特別薄，薛博澤壓低聲音嘀咕道。

「就算我沒有出現，你們也會沒事的。畢竟你是柔道高手。」

鍾曉熙一提起柔道，薛博澤和蕭苡麟同時回想起兩人那晚在電視台直播、宣傳「瞬間正義」時的特輯影片及其種種。

一試著回想，覺得十分遙遠，簡直像是上輩子的事一樣。

薛博澤輕輕咬住下嘴唇抿出苦笑。坐在急診室外長椅上的他，臉頰貼了張ＯＫ繃，手臂上的傷口已經包紮起來。

鍾曉熙在走廊盡頭的飲料販賣機投了兩罐無糖綠茶，給了蕭苡麟一罐，另一罐則「咯」一聲拉開易開罐拉環，自顧自灌一大口。像是想幫自己壓壓驚似的一口氣喝掉半罐。「那傢伙是誰啊？」是明知故問，也是覺得必須正視問題才能讓大夥兒從方才的緊繃中徹底解放出來。

「是誰都不奇怪。現在外面想砍我捅我殺我的人，應該很多。」蕭苡麟「咯」一聲跟著扳開拉環，泰然自若說道。

「不過……鍾小姐怎麼會在那時候出現在那裡？」

道謝固然重要，不過——蕭苡麟知道這才是薛博澤真正想說的第一句話。

除了工作以外的事，他總是習慣性地拐彎抹角。

這樣的個性，反射出來的人格特質，是缺乏自信。缺乏被愛的信心。

害怕被拒絕、害怕不被接受。害怕被拋棄。

鍾曉熙用面紙擦了擦嘴角，俯身將鋁鐵罐擱上椅子扶手，從外套口袋裡掏出手機。「透過關係，我終於找到寫這篇報導的記者是誰了——」

〈父子都是殺人犯——冒牌英雄薛博澤的冷血警父〉。手機螢幕上顯示的，是那則揭穿諸多內幕的重磅新聞。

「程諒學。」

他們當然記得這個名字。穿著一身黑衣的烏鴉男子。

從一開始的刑事局記者會上那顆砸向舞台的棒球、電視台直播現場的潑灑液體造成蕭苡麟頸背燙傷，到現在把薛博澤不堪過往統統掀露搬上檯面接受公審——

對啊……怎麼沒有一開始就想到呢？那篇報導沒有其它人比他更適合主筆了。

那個男人一直以來的目標都是薛博澤——非把他打入地獄不可。

可是……

「剛剛那個人該不會也是他吧？」鍾曉熙忽然問道。

「不是。」薛博澤和蕭苡麟異口同聲說道。

「對……也對，你們兩個都有跟對方對到視線，是或不是，應該很清楚。」鍾曉熙偏著頭咕噥。

「可是……我還是想不通，那個叫程諒學的男人到底為什麼非針對我不可？」

薛博澤不解。即使知道撰寫報導的人是誰。但就和先前電視台的襲擊事件相同——或者戳破機車輪胎——最關鍵的動機，仍然是個謎。

「這一點，我也查出來了。」鍾曉熙的發言讓兩人同感意外。他們怔怔望著套了一件淺棕色薄外套的鍾曉熙。攏了攏衣襟，沒打算賣關子，她接續往下說道：「對方在文章中想揭露愈多，相對地，自己也不可避免地暴露愈多……程諒學有一個哥哥——叫作程諾全。」

「程諾全——」

「你認識這個人？」蕭苡麟追問一臉詫異的薛博澤。

事實上，用不著等他回答，答案昭然若揭，他的表情已經說明了一切。

「他當然知道。」鍾曉熙插聲代替薛博澤答道。「當年薛錦霖追捕過程中，開槍造成毒販失控撞死的六名行人裡頭，其中一個，就是程諾全。」

十六歲程姓男高中生、八十七歲鄭老先生、四十多歲的梁氏夫婦、十五歲吳姓女高中生、五十五歲呂姓家庭主婦——薛博澤不會忘記他們任何一個人。

「所以、那個男人的哥哥被……」蕭苡麟踟躕著，眼神飄向臉色蒼白的薛博澤。

「十六歲的程諾全，當時就讀西松高中，是學校棒球校隊的王牌投手，有著很高的運動天賦。要是沒出事的話，今天大概已經在大聯盟發光發熱了。」

「棒球、投手……」蕭苡麟壓抑著呼吸、沉吟著，眼神也黯淡下來。「怪不得——」

他們都想起了程諒學在記者會上投出的那顆裹著一層沙土的米黃色老舊棒球。

短暫沉默後，鍾曉熙繼續述說她得到的情報：「程諾全、他、離開後，整個家也跟著垮了。

徹底垮了。程諒學的父親在他的大兒子身上投注了大量資源、對他抱有很高的期待，但孩子就這樣沒了。承受不住打擊的他，開始酗酒、曠工、酒後甚至會對老婆、還有那個時候還在念小學的小兒子——也就是程諒學，動粗。後來……他老婆、可能是沒辦法忍受老公長期的粗暴對待，當然更可能的、是走不出失去兒子的傷痛陰霾，在十月某個晚上，她趁著老公酒醉昏睡過去……燒炭，打算帶著一家三口自殺。可是、很神奇地、不知道為什麼，程諒學活了下來。活下來的他，因為沒有親戚伸出援手，變成孤兒，住進了育幼院。」

那顆子彈——只是一顆子彈，就這樣改變了程諒學的一生。

他那原本應該有著美好光景的一生。

那瞬間，薛博澤充分理解了對方那份靜水流深般的沉沉恨意。

送蕭苡麟返家後，薛博澤沒有回到公寓。

眼前的門被拉開，微光投射出來，薛博澤反射性微微瞇上眼睛。

門後面的臉孔明明看過了無數次，此刻卻顯得萬分陌生。

「博澤……」薛博澤進門後，于晴華才發現包紮在他手臂上的紗布。「你受傷了？為什麼？有人在路上攻擊你？你有沒有報案啊？」

我自己就是警察啊——

差一點點就要脫口而出了。要是能自然而然地開這種玩笑該有多好。但是這句話，現在怎麼樣都無法說出口。

自己真的還能算是警察嗎？

「被東西割到。」薛博澤輕描淡寫帶過。

客廳依舊是從前那個井然有序、打掃一塵不染的客廳，雖然亮著柔黃的燈光，卻一點暖度也感受不到。

既然對方不願多談，于晴華也就不再追究。

她帶著薛博澤穿過客廳，來到正軒的臥房門口。

始終低垂著頭看著地板的于晴華，此時不經意抬眼瞄了一眼門板上邊角稍微蜷起的金鋼狼貼紙。

那是漫畫《X戰警》中正軒最喜歡的角色。

至今為止的生命裡，這個路線明明已經走過了成千上萬次。但薛博澤覺得幸好此刻有于晴華領著自己往前走，否則恐怕每靠近這裡一步都得深呼吸好幾回。甚至走著走著，說不定就放棄了。

于晴華從薛博澤身旁走過時，碰觸了一下他垂放在大腿側邊的手。她感覺到他指尖細微的顫抖。

「Una promessa che hai fatto a me……」那個你給我許下的承諾。他握住冰冷的門把，低聲吟誦著蕭苡麟告訴自己的這句歌詞。從此以後，不再勉強自己去深呼吸、去放鬆了。

薛博澤想將這句歌詞當作讓自己勇敢起來的魔法。他扭動門把，推開房門。感覺身後有一股柔韌的風把自己順勢推了進去。這一步，既不沉重也不艱難。自然而然。就像以往成千上萬次的造訪。

只是坐在床邊的，不再是一看見自己就瞇眼笑開的正軒——

劉叔直勾勾望著張貼在雙人床對向牆面上的世界地圖，上面扎滿圖釘和明信片。有些國家正軒去過了，然而大多數地方還等著他實現。實現——薛博澤心中閃過這個令人心痛的字眼。那是活著的人才擁有的權利。

劉叔看得入神，似乎沒有發現有人開了房門。

同樣陷入回憶看得入神的，還有站在門口的薛博澤。

就這樣，良久，當薛博澤意識到的時候，劉叔已經別過頭，定睛注視著自己。

「劉叔。」

劉叔按住大腿起身。薛博澤感覺他老了好多。那是他第一次感覺劉叔這麼老。

理性的時間在人身上起的作用往往是感性的。

「我給你們一點時間。」

明明最需要時間的，是身為父親的他。

但他知道，比起自己，這一小片段的時間對薛博澤來說至關重要。

他有一輩子可以慢慢適應，可是對於摯友而言，在這世界上兩人之間的聯繫已經徹底消失了。

現在，那告別的一刻，時機錯過不再。

劉叔在薛博澤身後帶上了門。

砰。

門應聲關上後，房間突然寧靜到可以聽見自己吞口水的聲響。

「啊——」在柔韌的床墊上坐下時，薛博澤從身體深處舒緩吁出一口綿長的氣息。

接著，他往後一倒，仰躺著。天花板的風扇映入眼簾。

正軒把自己吊上風扇的時候究竟在想些什麼呢？

薛博澤閉上雙眼，彎起手臂壓住眼部。

「博澤哥，你聽過——」

耳邊傳來正軒的聲音。

耳朵、眼睛、還有胸口、心，都好溫暖。好熱。

淚水溢出眼角，從太陽穴俐落劃過而後伏流般隱沒入髮絲。

「聽過什麼？」薛博澤沒聽清楚他剛剛說的那個詞。

「博澤哥——我剛是問你，你有聽過 weltschmerz 嗎？」

「沒有。」正軒發出的外來語音節頗為侷促，一不留神就過了，對著空氣噘起嘴的薛博澤想模仿也模仿不來。

薛博澤對那晚的相處記憶深刻，吃完劉叔準備的豐盛晚餐後，飽到肚子鼓脹起來的兩人並肩躺在床上一邊休息，一邊聊著。上頭的風扇轉動著，往臉上帶來清涼的微風。也就是在那天晚上，薛博澤告訴了正軒自己要參與「瞬間正義」計畫。

「weltschmerz，最早紀錄在格林兄弟所編纂的《德語辭典》中。」

「格林兄弟？說童話的那個？」

「嗯、對。就是說童話的那個。」當時正軒的嗓音蘊含著若有似無的笑意。可以想像說話時嘴角不自覺地勾起。「這個詞是用來專門形容一種情況——**當我們把現實世界拿來跟理想世界比較時，對於當下眼前這個世界的不完美所感受到的深沉哀傷**。」

薛博澤覺得他說得有些拗口，聽得不是很明白。

「你的……意思是、當下活著的這個現在、比不上我們所勾勒、嚮往的美好未來？」

「嗯、對。」正軒似乎很滿意他的總結，這兩個字音回應得特別紮實，傳進耳朵的聲音在薛博澤身體內造成震動。

「希望我們可以讓這個詞變成死語。」

「我知道、我知道死語——晴華之前跟我解釋過，就是現在已經不再使用的詞彙。例如我很帥、『偶』很帥。」

「博澤哥說得對！」他又笑了。

好想再聽你喊自己一次博澤哥啊。

「真的好希望『瞬間正義』能帶給我們一個更好的世界。」正軒的語氣忽然間變得複雜起來。有感慨、也有期盼。對如今大環境的感慨，對未來新社會的期盼。

「嗯，真的好希望啊。」薛博澤試著在自己的口吻中加上更多、更多期盼。

「博澤——」房門打開的同時，于晴華明亮的聲音彷彿一道光束倏然投射進來。

薛博澤像是被啟動開關似的立刻坐起身來。眼睛雖然仍有些紅腫，但淚水已經收住了。

「肚子餓不餓？我煮了一點宵夜。」

「宵夜？妳煮的？」薛博則刻意誇張地揚起語調，強調自己有多麼不敢置信。顯然是想活絡一下氣氛。

「好啦——是劉叔煮的啦！」被拆穿的于晴華吐了吐舌尖。

看到熟悉的反應，薛博澤終於能夠自自在在、不帶絲毫遲疑地咧嘴一笑。

一步入廚房，熱氣衝著四方蒸騰，一股清香隨之撲鼻而來。

薛博澤一下子就認出來。

苦茶油拌麵線。

這是正軒的最愛，從小到大吃不厭，也是劉叔的招牌宵夜。而劉叔是從阿姨——不對、是從Zoe那裡學來的。

上桌前，不忘往碗裡倒點清醬油、再添了些剁碎的蒜頭末。這才真正完工。

「開動囉！」于晴華嚷嚷著，埋頭唏哩呼嚕響亮吸上一大口麵。

薛博澤和相對而坐的劉叔彼此凝望一眼，垂下視線安靜吃著麵。

麵線經齒貝輕輕一觸便斷化開來，稍一恍神已從喉頭滑順溜過。

苦茶油特有的草本香氣沿著食道擴散到氣管，繼而瀰漫著整個鼻腔。

進食速度向來驚人的劉叔轉眼間三兩下解決那一大碗麵線，他灌了一大杯冰得透涼的決明子茶作結。

決明子茶也是Zoe從小讓正軒喝的。

薛博澤曾想過，說不定是小時候開始喝決明子茶的緣故，才讓長時間面對螢幕明顯用眼過度的正軒視力始終保持在一．〇。

不對——

正當薛博澤心底冒出這個念頭，劉叔打了個結實的飽嗝。

這才是真正的結尾。

他暗忖著不禁莞爾一笑。

「這段時間還真夠嗆的。」劉叔放聲說道，聲音一如往常宏亮，充滿天生的江湖氣。比起決明子茶，米酒高粱似乎才更對味。

薛博澤頓時以為下一秒正軒會走進來，故意皺起眉頭抱怨在家講話幹麼這麼大聲？他往門口方向看一眼。什麼也沒有。

于晴華吃麵的聲音變小了，將麵線一小口一小口往嘴裡送。薛博澤朝右手邊一瞄，這才發現儘管已經吃了好一陣子，她碗裡的麵線卻沒有減少多少。

大家……都在逞強嗎？

薛博澤在心中低喃著。

「嗯。」最後，薛博澤硬是從喉間擠出一個聲音回應劉叔。

「我今天，見到她了。」

「她？」薛博澤咕噥出聲。

「那個人工智慧、Fino……什麼的。」

Finocchio。

是去整理正軒留在辦公室的東西吧。

「苡、蕭博士帶劉叔去的？」薛博澤一邊忖度著，一邊回應，差點沒拿捏好分寸。

「對。我跟她說想見那傢伙一面。」

「要是可以的話，我也想見她一面。呼她一巴掌。」于晴華低聲說道。她不是在說玩笑話，眼神無光、臉色陰慘慘的。感覺像是剎那間被什麼不乾淨的東西附身似的。強烈的恨意果然可以徹底改變一個人。

所以自己……也被改變了嗎？

可是、到底——為什麼……薛博澤疑惑著、檢討著、甚至厭惡著自己——他沒有感受到自己的改變。因為自己並沒有和他們一樣對某個人某樣事物懷抱著巨大的憎恨。

這是不是代表……自己不夠愛正軒呢？

老爸過世的時候也一樣。他就是無法「去恨」。總是有更濃烈的情緒從心底深處汩汩湧出。悲傷、遺憾、孤單……最後是，堅持。不曉得為什麼，最後總是會冒出一個奇怪的、堅持下去的念頭。堅持什麼呢？堅持活下去嗎？還是……

直到此時此刻，薛博澤還是搞不懂。

「就是想去見一面而已。」劉叔不曉得是在向誰解釋，自顧自呢喃著。他的目光流轉至廚房門口。彷彿跟方才的薛博澤一樣，以為正軒會臉紅脖子粗忽然衝進廚房質問自己今天幹麼沒事跑到自己工作的地方。

劉叔嘴角流露出淺淺的苦笑，似乎為自己荒謬的想像感到害臊微微將頭別到旁邊。

停頓好半晌，他為自己又倒一杯滿滿的決明子茶，剛舉起杯子便看向對面的薛博澤說道：「我看了那段影片。」

「影片？」薛博澤突然接不上劉叔新開啟的話題，反射性複誦對方說的話。

「捷運挾持事件。那一整段影片，我全看了。」

「啊——是那個事件啊……」筷子攪弄著糊爛的麵線，于晴華用懷念的語氣感嘆道。

身為第一時間參與應變會議的成員之一，在那段經歷當中，所承受積累的壓力太大，讓她一放鬆下來，覺得彷彿是很久以前的事。

直到仔細一回想，才恍然意識到不過發生在短短幾天前……而正軒正是因為作為一連串誤擊意外開端的這起挾持案，才會永遠缺席他們深夜的宵夜聚會。

想到這裡，完全失去胃口。她放下筷子。

「不過……」劉叔沒有緊接著往下說，而是仰起頭，伸縮著那顆粗大的喉結將杯裡深褐色的液體一波波抽送進身體。

印象中的劉叔向來心直口快、直言不諱。

劉叔遲疑的沉吟令薛博澤十分在意。

這也是「改變」之一嗎？

「劉叔是不是想問什麼？」薛博澤試探性詢問道。

劉叔把空杯按在餐桌上。「我一直有一個困惑……你是從什麼時候開始——在哪個時機點，決定要救那個男人的？」

也許是錯覺吧。總覺得劉叔說到「救」這個字的時候，重音格外明顯。

他是在質問自己為什麼不救救他的兒子、救救自己最要好的朋友嗎？

不對。

這不是自己的錯。

一個人下定決心去死的話，不會給其它人機會。

這不是自己的錯。

薛博澤在心中反覆對自己說著。並試著將注意力集中在劉叔剛才問的問題本身。

「認真想起來的話……或許……或許打從他、李相昱他撥出第一通電話開始。我就決定要救他了。」

「撥出……第一通電話開始？第一通的話不就是——不就是打給警方的那通嗎？為什麼？」于晴華忍不住跟著插嘴追問道。

「因為被挾持人、張芮茹手機的聯絡人清單裡……明明有總統爸爸的手機號碼，可是最後，李相昱卻選擇了打給警方。」薛博澤娓娓道來的同時，分別看向劉叔和于晴華與他們兩相凝望。從兩人疑惑的目光中，薛博澤知道必須繼續說明自己當時的邏輯。「我是這麼想的……也許在那個男人眼裡，總統，並不只是總統而已——更重要的、是一名父親。他無法用對方的女兒直接向對方進行勒索。這表示他是一個會對父親感到不好意思，心軟的人。」

「你覺得他不是壞人。」

「至少在法律之外，他不是。」

很奇妙，這句話在心中想想，遠不如發出聲音說出口來得弔詭。

事實上，這麼想的人並不只有薛博澤。這場轟動國際的第一千金綁架案，後續發展更是精彩。國民小妹張芮茹聲稱李相昱是聽了她的建議以後才指名要和總統見面，原本他只是打算鬧上新聞版面藉著媒體公開自己的困境好博取大家的同情，以及對該法規所帶給更生人不利於重回社會的反思。

這女孩很聰明。

暫且將看似嚴重實際上刑責偏輕的公共危險罪當中劫持交通工具之罪擱置一邊，聚焦在受害人張芮茹身上。

擄人勒贖罪和剝奪他人行動自由罪的刑度不同，按其情節，前者最輕是七年以上有期徒刑，最重則能夠判處死刑。

如果現行犯沒有明確提出要求產生相當之對價，那麼某種程度上或許可以視同後者——往日被部分黑道宵小作為法律漏洞當街劫人，如今成就了某些人的惻隱之心。

不僅如此，張芮茹更率先提出和解。當然，這兩者皆為非告訴乃論罪，縱使受害人本身不追究，檢察官也必須提起公訴——明知不可為而為之。倘若進一步思考，國民小妹的意圖便昭然若揭：她企圖利用社會民情對檢方施加壓力，更可能的話，使得法官在這樣的輿論氛圍底下對其從輕量刑。

如果現行犯沒有明確提出要求，那麼某種程度上就可以視同後者。

再加上，張芮茹率先提出和解。當然，這兩者皆為非告訴乃論罪，即便受害人本身不追究，檢察官也必須提起公訴。明知道不可為而為之，倘若進一步思考，國民小妹的意圖便昭然若揭：她企圖利用社會輿論對檢方施加壓力，從而使得法官對其從輕量刑。

說到底，李相昱是弱勢中的弱勢——上有病重老母，下有一對智能障礙的女兒。

一旦全國人民知道他的遭遇，沒有人敢摸著自己的良心說若是自己有朝一日陷入這般處境，不會做出和他相同的選擇。於是，也就沒有人能夠繼續指責他為了家人挺身而出對抗國家法制是萬惡不赦的行為。

網紅女孩試著把自己的網路聲量轉化為具體的善意。

每當這種時候，薛博澤才覺得躲藏在網路背後的那一張張臉孔稍微變得立體。

「在法律之外不是壞人嗎……」劉叔用近乎無聲的嘴型複誦著薛博澤的話語。

「我差不多該回去了。你們早點休息。」不是客套話，劉叔和于晴華臉上滿是疲憊——但也沒有完全坦承……事實上，需要喘一口氣的人，還有薛博澤自己。

他自顧自起身走出廚房。不用任何人送。

沿著來時的路徑，薛博澤穿過此刻一片漆黑的客廳，玄關感應燈霎時亮起。

他彎著身子穿好皮鞋，拉開鎖，扭開門，來到外頭走廊，反手正準備將門推上之際，忽地一股方向相反的力量從背後推擠過來。受到兩股力量的拉扯，門板瞬間前後彈動了幾下。薛博澤狐疑著側過身一看，不是門故障，而是——于晴華追上來拉住了門。

「怎麼了？我應該沒忘記帶什麼吧？」薛博澤語帶調侃。記得自己是兩手空空而來。

兩手空空——

以前覺得理所當然的事，以後恐怕不能再這樣了。

這也算是「改變」之一吧。

薛博澤訕然思忖著。

不曉得是覺得不有趣，抑或是壓根兒沒在聽，沒多加理會薛博澤，跨步踏上走廊的于晴華扭過身，小心翼翼關上門。關上前還不時伸長脖子往屋裡頭匆匆瞄了幾眼。

比起以往的古靈精怪，這會兒的于晴華給人的感覺更接近神經兮兮——甚至有些提心吊膽的況味。

情緒受到感染，薛博澤不自覺地拱起背，跟著緊張起來。

「其實我……我有點擔心……擔心劉叔——」

「擔心劉叔？」

擔心劉叔因為喪子之痛也做出傻事嗎？

「我覺得劉叔他、有點不對勁……」

「不對勁？」

薛博澤很想掐住于晴華的肩膀使勁搖動她要她不要在這種時候賣該死的關子。

于晴華睜大那雙帶著血絲的紅腫眼睛，從長褲裡掏出手機，點開後將螢幕湊到薛博澤面前。突如其來的光亮出乎意料刺眼，他立刻瞇細眼睛，整張臉都皺陷下去。

「這個是……」薛博澤抬眼瞅著于晴華。「劉叔的書房？」

「對。我下午的時候、不小心進去──」

「劉叔不讓任何人進他書房。」

「我知道──我就說是不小心的嘛！」

「這也能不小心？」

劉叔的書房等同於他在警局的辦公室分部。從年輕時候，他便習慣偷偷把一些棘手的案件帶回家思考──一個人關在房內，桌上地板堆滿檔案夾。說是在那間書房裡，思緒特別容易沉澱，往往可以發現新的線索與突破口。

「我急著找劉叔、想問他有關正軒的──總之我急著找劉叔，每個地方都找了，就是沒找到他，所以才會想說去書房找找看……」提起正軒的名字，怕薛博澤過於敏感，于晴華連忙帶過。但薛博澤知道她是想找劉叔討論正軒後事的事宜。「結果、我在裡面發現了……這些。」

書房厚重的墨綠色窗簾拉闔著，光線黯淡，給人一種博物館的陰涼感。

儘管稱不上凌亂狼藉，但一大落一大落的資料四處堆疊，恐怕連走路的地方也沒有──放眼望去，像是在平原上漫無章法胡亂蓋起的碉堡，十多坪的空間一時間竟也顯得促狹，直叫人喘不過氣來。

這張照片呈現的，和薛博澤以往從書房門外倉促一瞥的印象相去不遠。

「劉叔的書房不是一向都這樣嗎？」

「我原本也跟你一樣、以為是這樣——」于晴華眉毛向外擴張、把眼睛瞪得更大。「可是、當我正準備關門、突然發現……發現書桌旁的白板上貼著的照片、很眼熟——那時候剛好聽見客廳傳來聲音、我拍得很匆忙，原來劉叔是出去買菸……」她絮絮聒聒嘟囔道，用拇指滑動螢幕，移到下一張照片後，緊接著放大方才提到的白板區塊。

「陳景隆——」薛博澤驚呼出聲。下一秒，趕緊摀住自己的嘴巴，看一眼那扇理應能夠隔絕聲音的門板，而後視線重新拉回到眼前的手機。照片裡，白板上用磁鐵固定住的人物大頭照，確實是陳景隆。「可是為什麼……」

「不只是這樣。」拋出這句話，于晴華指尖隨即往左一滑拉動照片的焦點。

白板上還貼著其它人的照片。

「林啟彥……還有……夏珮潔？」薛博澤咕噥著的同時，鼻頭幾乎要堵上螢幕。他瞳孔裡反射著青白色的無機質冷光。「他、劉叔他——為什麼？」

劉叔為什麼要調查他們？

這句話薛博澤遲遲無法完整組織起來。

「你也這樣覺得，劉叔他是在調查這幾個人、對吧？我有點擔心劉叔、所以才會想說、想說找你商量看看……」

這幾個人都是因為參與「瞬間正義」計畫而誤殺、誤傷無辜民眾的成員。

當然，還有自己。不過劉叔不需要調查自己。他比任何人都還熟悉自己。

等、等一下——

薛博澤冷不防意識到一件至關重要的事。

「妳說的是『擔心』，而不是『為什麼』——」

照理來說，除了擔心以外，她應該也要好奇劉叔為什麼要調查這幾個人才對。

除非……

「妳知道劉叔為什麼要調查他們？」

「我……其實、我其實也不確定——只是擔心會不會、會不會真的有這種可能……」于晴華囁嚅著、聲音甚至開始打顫。

他第一次見到她這樣的反應。

在勤務中心身經百戰見過大大小小場面的于晴華——是什麼讓她這麼害怕？

「到底發生什麼事？妳到底知道什麼？」

「今天中午、我在公司信箱收到一封 mail……」說到這裡，于晴華把一口口水用力推過喉嚨，加快呼吸，趕緊接下去說道：「不只是我，還有一些同仁也有收到、局裡局外都有，應該是在內部系統隨機發送的——有可能是被駭了，資訊科那邊現在還沒查到寄件人的帳號……我在想、劉叔他或許也收到了、才會……」

于晴華愈說，音量益發微弱。「什麼 mail？裡面說了什麼？」在徹底消音前，薛博澤帶著催促意味追問道。

「信裡面說……說……當然、聽起來非常離譜、根本是不可能的事——博澤你、你隨便聽聽就好……」妳快說——感受到燃燒於薛博澤瞳孔中的炙熱火焰，于晴華只得硬著頭皮把話說完。「信裡面說……說陳景隆、林啟彥、還有夏珮潔……他們幾個人其實是利用『瞬間正義』系統的漏洞，在那幾起案件中藉機——偷報私仇。」

多年後，當蕭苡麟說出這段話時，薛博澤總覺得自己已經聽過。

既視感。Déjà vu。大概和 C'est la vie——這就是人生一樣，是近幾年最廣為人知的兩則法語。

關於既視感的說法眾說紛紜——浪漫一點的，有人提出之所以會對某人某地某互動出現似曾相識的感覺，是由於靈魂出竅抑或前世的記憶殘留，甚至還有人相信那是平行時空存在的證明。至於最具科學理論的、也是目前最為人所接受的解釋，當屬「大腦修正論」。認為這是大腦在處理、重整資訊時發出的雜訊。

後者提出的解釋，所代表的真正含意是：那些你以為自己曾經說過的話做過的行為想過的事甚至是遇過的人，其實並不是真實的。

可是、如果這個說法是對的，那麼對於當時的記憶，難道是錯的嗎？

未來的薛博澤思考著過去經歷的真偽。

但現在的薛博澤，作著現在的夢。

夢境裡，他和蕭苡麟對坐在露天陽台上，外頭是他未曾見過的風景，金黃色的陽光均勻灑落整片大地。他猜想是義大利。

兩人之間的白色鏤花圓桌上擱著一壺熱紅茶和一盤有著小星星裝飾的巧克力餅乾。那是義大利很受歡迎的零嘴——這是另一個讓不久後第一次造訪義大利的薛博澤產生異樣錯覺的既視感。

「Orecchio di Dionisio。」坐在對面的蕭苡麟持起白瓷杯，瞄向自己，突然說話了。「翻譯過來是『狄奧尼修斯之耳』，是義大利一處人造的、外型接近耳朵的石灰岩洞穴。順帶一提，這裡指的狄奧尼修斯，並不是那位宗教上的亞歷山大的狄奧尼修斯，而是狄奧尼修斯一世。關於這個山洞，有這麼一個說法……據說狄奧尼修斯一世將這地方當作監獄，專門用來關押和自己在政治上意見相左的人，剛剛不是提過這地方是人工打造的嗎——傳言這個山洞的結構極為特殊，可以集中聲音，藉此監聽囚犯私底下交流的祕密。說到狄奧尼修斯之耳，還有另一個更有趣、實際上說不定也更真實的故事……狄奧尼修斯一世之所以開鑿出這種形狀的洞穴，是為了擴大囚犯遭受凌虐時所發出的慘叫聲。」

「到底哪個版本才是正確的？」

「事實有很多種。你如果相信我的說法，那這就是其中一種。」

薛博澤睜開眼睛，耳邊彷彿還迴盪著蕭苡麟餘留的尾音。

躺下去睡不到一小時就醒了。凌晨三點。一點睡意也沒有。還要漫漫長長的好幾個小時天才會亮。

腦袋益發清醒的薛博澤不禁回想起離開正軒家時于晴華喊住自己說的那些話。

震撼彈。

接受到資訊的當下腦袋轟然一聲，瞬間一空。

如果那封 mail 的內容屬實，那麼，「瞬間正義」這項研究計畫，等於是被陳景隆他們三人聯手搞砸的。

不可能。

怎麼可能……

「太扯了。」薛博澤不由得對著灰撲撲的天花板咕噥了這麼一句。

蕭苡麟她、也有收到那封信嗎？

一出現問題，人們習慣性地「溯源」，從源頭找問題——之所以遲遲找不到 bug，會不會是因為……問題從一開始就不在 Finocchio 身上？

盲點。

有這種可能嗎？

薛博澤想著想著再也躺不住，盤腿坐起身來。

退一萬步思考的話——

要是……假設……如果那封 mail 有萬分之一的可能是真的……

難不成于晴華是擔心劉叔在調查過程中陷入太深而做出什麼無法挽回的事嗎？

劉叔是警察，他所有的偵查行動，都是為了蒐集充分的證據好將犯人繩之以法。

他不相信比誰都有著更崇高警察魂的劉叔會越過那條線、採取任何過於激進的行為——

然而，那則深夜傳來的訊息，狠狠粉碎了薛博澤的信心——床頭旁的矮櫃傳來物體快速震顫的聲響，薛博澤被意想不到的震動嚇了一跳。當他扭過頭時，手機已經恢復冷靜，螢幕重新暗下。周遭黑幽幽的，臥房又掉回原來一片死寂的洞穴裡頭。薛博澤側翻過去，一手撐住床面，將上半身延展出去，伸長另一手抓來手機。

是阿保傳來的 LINE。阿保雖然同為「瞬間正義」計畫的一員，但由於沒有出包、被捲入那一連串誤擊事件當中，因此目前仍然一如往常在職為民服務，僅僅是繳回那把和腦部晶片連結、有著生物鎖功能的槍枝。

點開聊天室，一讀完訊息，薛博澤裸露在白色棉質背心外的兩條胳膊剎那爬滿密密麻麻的雞皮疙瘩。

就在一個小時前，夏珮潔被發現陳屍在姊姊租賃的公寓。

05

第五章

惡魔之鼻

薛博澤一直覺得以那種方式死掉的人
像是停止晃動的鐘擺。

薛博澤回傳訊息，請阿保方便通電話的時候再回覆他。

沒想到，阿保立刻打了電話過來。

在浴室用冰水洗臉的薛博澤手忙腳亂從浴缸邊摸來手機，睫毛上還掛著晶瑩發亮的豆大水珠。

「你沒在睡？」阿保的聲音乾啞，尾音微微破音。

薛博澤用力抹一把臉，鏡子裡的他雙頰通紅。「剛好醒了。沒事，你說。」

「關於那起命案、我這邊能取得的訊息也還不多。根據到場勘驗的同仁初步研判、死因應該是——絞殺。」

絞殺。

用通俗一點的說法，就是被勒死的。

「珮潔她姊住的地方是——」

「位在南門市場附近的公寓。外觀挺新的，不過應該是重新拉皮。聽說裡面看起來屋齡起碼有二十年以上。」

「是米格魯吧？在現場。」

宋惟康，在警大進修鑑識學程時和阿保是室友，因為塌陷的頭髮像是兩片耷拉的大耳朵，被他們取了個「米格魯」的綽號。

如今米格魯是一名現場隨行法醫。和以前不同，前幾年開始引入歐美偵辦模式，讓法醫能在第一時間進入現場協助調查。現在辦案講求效率——辦案就是跟時間賽跑，學長們如是說。這觀念一點也沒錯，前期的偵查方針倘若大方向正確，動員的警力也就不會猶如無頭蒼蠅，可以將精力和資源集中在對的部位，給凶手來個迎頭痛擊。而有誰的證詞能比死者本身留下來的訊息更有力？

薛博澤也認識米格魯，甚至一起打過幾次籃球。但論交情，當然還是同寢兩年的阿保和對方深厚許多。

「嗯。」阿保低沉應了一聲。

薛博澤想繼續追問案件細節，但對方剛才已經開宗明義說目前所掌握的情報有限……

比起說明夏珮潔的命案，阿保此刻真正想做的，其實是安撫朋友的心情。

阿保大概是想著自己一時心急發出的訊息會讓薛博澤心焦如焚，因此才特地撥電話過來想聽聽他的聲音。

正是因為察覺到對方的心思，薛博澤才無法為難對方。

「謝謝你。」由衷對阿保的體貼感到溫暖，薛博澤唇角貼著螢幕輕聲說道。

明知道阿保看不見自己的表情，說這句話時的他依然擠出了一絲微笑。

「要是有進一步的消息，我再立刻聯繫你。」

「謝謝你。」思考了一下，最終還是只能吐出這句話。「Ciao。」就在準備切斷通話的那一瞬，居然下意識脫口而出蕭苡麟告白那晚對自己說過的義大利語。

「瞧？」還沒掛上電話的阿保愣了一下。聯想不到是外文，他模仿著薛博澤發出相似的字音。

薛博澤可以想像到說出這個字的阿保左右張望的憨厚表情。

他放鬆嘴角笑了。

「沒有、沒什麼。值班辛苦了。綜合維他命有空記得吃。」

「沒問題——是說都快過期了。」

兩人同時笑出聲。

「掰。」又來了。明知道對方看不到，薛博澤依舊邊說邊抬起手。像是對著鏡子裡的自己說再見一樣。

「掰掰。」阿保切斷通話。

◎　◎　◎

然而，到最後，先一步給出更詳細的資料、甚至連命案現場照片都搞來的，不是阿保。

是一牽扯到工作就變得無所不能的那個女人。

事情得從破曉之前說起——

發生這種事，薛博澤怎麼可能坐得住。

雖然天還沒亮，路上沒什麼人，但近來新聞報得凶，為了保持低調、不被認出來，他仍然戴了頂棒球帽。曾經猶豫該不該戴副口罩，想了想又覺得在這城市冷清的時機點戴了反而醒目，有種此地無銀三百兩的感覺。

將機車停在距離命案現場一個街區外的人行道邊，薛博澤徒步過去。他佇立在公寓對街葉尖已經稍稍轉黃的欒樹底下，不時壓低臉、或者用手掌遮撫著下顎。可是時間一長，這些虛招全忘了。他仰起頭大剌剌露出整張臉，瞇起眼凝神遙望著許多人員出入、位於面對建築物五樓左手邊數過來第二間的——那個現場。

薛博澤從來沒有實際參與過命案現場。

身為分局小警員的他，處理過無數件酒醉鬧事和行車糾紛、追過十多樁酒駕超速抑或肇事逃逸、也逮捕過幾名現行犯，但從未真真正正地面對一具屍體。
遭到謀殺的屍體，在腦海中想像起來格外「安靜」。
安靜——乍看之下對於屍體來說，是一個多此一舉的形容詞。
不過……薛博澤認為沒有比這個更精準的形容了。
被精心設計、仔細殺死並且妥善處置的屍體，散發著一股近乎神聖、充滿儀式感的寧靜氛圍。
如果有一天，可能的話，自己也想參與那樣的偵查行動。憑藉殘留在現場的線索拼湊出真相，沿著犯罪的邏輯思路一路上溯揪出真凶。
啊——
忽然，有人往自己的肩膀拍了一下。
正全心全意沉浸在勾勒出的調查藍圖裡頭，被這麼一驚動，薛博澤倒抽一口涼氣，一時間感覺腳浮了上來失去重心，膝蓋猛地發軟險些一屁股坐倒在地。
趕緊回神、壓底臉扭頭定睛一看——操。
薛博澤罕見地在心底罵出髒話。
把他結結實實嚇一跳的不是別人，是這陣子屢屢強行介入自己世界的鍾曉熙。

◎ ◎ ◎

兩人來到二十四小時營業的連鎖速食店。
大多數的早餐店還要半小時左右才開張。

這樣也好，畢竟兩人的身分——特別是近來身為「當紅」人物的薛博澤，顯然不適合光顧那種社區型需要大量交際的店家。

沒有比速食店更自在的地方。

人來人往，沒有誰打算和誰交流。

至於在這裡待下來的，每個人都有自己必須梳理的事。

一取完餐在三樓窗邊坐下，薛博澤便不由自主回想起從前在這種地方和同學一起討論報告、打牌、更多時候畫虎爛滿嘴垃圾話的學生時光。

「他們年輕人都稱這個是『大冰可』——大杯的冰可樂。他們真的很喜歡簡稱。」鍾曉熙垂下視線睨了一眼擱在面前的飲料。「擺著而已，我沒有要喝。裝裝樣子。只是想在櫃檯點一次看看。現在胃不大好，刺激的、有氣泡的盡量不喝。」

「酒也不喝？」薛博澤沒有點飲料，單點了一個麥香雞漢堡。

「酒倒是得喝一點。」鍾曉熙說著聳了聳單邊肩膀，苦笑一下，那表情像是在說：你幹麼戳破我。

「妳是因為收到線報——」警方內部的線報。「才會過來的嗎？」薛博澤咬一大口漢堡，直接切入正題。他知道這也是對方希望的。

鍾曉熙搖了搖頭。這反應讓薛博澤有些意外，一時間停止咀嚼，一臉茫然看著她。「我之所以過來，不是為了這起案件——不，不對、應該說，起因確實是這起案件……只是、我來這裡的真正目的，是為了見你。我知道你會來。」

不等薛博澤接下來的提問，鍾曉熙指頭迅速觸點著螢幕，調轉手機方向後擱上桌，手臂橫過桌面，朝對方胸前推過去。
薛博澤撈起手機，完全不曉得下一秒即將看到的一切，將會讓自己的命運陷入徹底的混亂之中。
「這個是——」薛博澤不禁傾身向前，將手上的漢堡往托盤一放。
手機小巧方框螢幕正中央仰倒著一個人。是一名女子。女子四肢癱軟宛若無骨凹折出詭異的角度。薛博澤用兩指抵住照片往反方向劃開，針對特定局部放大影像，只見女人纖細的頸部有一條深陷顯眼的烏青色溝索勒痕。失去血色蒼白到發光的臉孔略微側向一邊——肌膚怎麼可能發光呢？也許是螢幕散發的光暈。重新拉回注意力，薛博澤緊接著聯想到、眼前的女子，是夏珮潔。這是命案現場的照片。之所以沒有立刻認出來，是因為儘管自己認識活著的她，卻是第一次見到死去的她。
在此之前，薛博澤從未認真意識到，原來一個人死去和活著，面目居然可以產生這麼大的差異。
他記得老爸倒臥在自己眼前向兩側伸展開來的雙臂，但已經不記得爸爸離世時的那張臉。
他記得正軒最後一次傳給自己那張以夕陽當作背景笑容燦然的自拍，但提不起勇氣去見他最後一面。
有感而發，對這個發現感到詫然的薛博澤，指尖倏地一陣刺麻，彷彿有細微的電流急遽流經身體。
將圖像縮回至原本的大小——由於拍攝的主體是被害者，視角有限，無法確切掌握周遭的空間配置，於是沒詢問鍾曉熙，薛博澤逕自切換到其它幾張相片。他知道憑鍾曉熙的能耐不可能只弄到這張照片……又或者、應該這麼說，如果只有這張照片的話，她也不可能找上自己。
這段時日相處下來、算是有默契了嗎？
夏珮潔受到槍枝誤擊事件影響罹患失語症，精神狀態極不穩定，於是姊姊把她接過來一起住以便就近照料。這兩房一廳的空間原本是夏珮潔姊姊和老公的家，但兩人在約莫半年前簽字離婚。夏珮潔的姊姊在知名的會計事務所工作，偶爾得到國外出差查帳。這一天，她剛好從美國回來，凌晨時分搭計程車從機場趕回家，一進客廳便撞見妹妹的慘況。那種衝擊可想而知。據說連隔壁鄰居都被她宛如牲畜屠宰般的淒厲哭號聲給驚醒。

大概是奉行當前流行的極簡主義吧——又或者東西在分開時大部分被前夫帶走，偌大客廳裡幾乎沒有任何擺設，只有架設在牆面上的電視、一組L型的米色皮革三人座沙發以及一張單色素黑的北歐風格小圓桌。

也因為如此，陳屍現場非但不凌亂，反而異常井然有序，甚至一時間給人一種錯覺，像是在欣賞某種前衛的裝置藝術。

硬要挑剔的話，唯一的違和感來自客廳的天花板——不自然的陰影，好像有什麼東西垂墜下來……

「這些是——」

下一張照片解答了薛博澤的疑問。

從這張由下往上拍攝的現場照片可以一目了然——天花板上貼滿了好幾張Ａ４大小的紙張。簡直跟鋪貼浴室磁磚一樣，紙張一張一張邊角吻合排列得整整齊齊。

「調查報告。」

「為什麼、調查報告？妳說這些紙上面——調查誰？調查、珮潔嗎？」

鍾曉熙沒有點頭，而是慎重地眨一下眼睛。明明聲明不喝大冰可的她，這會兒抓起杯子扳開蓋口灌了一大口。

「你猜到了吧？你猜的沒錯。是夏珮潔誤擊事件的調查報告。」果然，鍾曉熙也知道那封mail——並且，她也猜到自己同樣掌握了這個情報。薛博澤暗想著，不過沒有打斷她的發言。「報告裡揭露了夏珮潔做過的許多不光彩的事……但當中、最重要也最讓人震驚的，當然是她和歐建邦發生的事——」

「歐建邦？」薛博澤頓了一下，歐——由於這個較罕見的姓氏，隨即想起自己在哪裡聽過這個名字。那個被夏珮潔轟斷左胳膊的男子。「他跟珮潔有關係？他們認識？」

鍾曉熙又眨一下眼睛。「夏珮潔和歐建邦曾經交往過……感情應該很深，已經到對彼此許下承諾的地步。不過後來，不曉得出了什麼事、為了什麼原因，導致兩人最終分開，並沒有走在一起。」

「等一下、妳的意思是——這份調查報告揭露的、其實是夏珮潔的殺人動機？」

難不成、那封mail說的，是真的嗎？

有人利用「瞬間正義」當作幌子偷報私仇？

「是的。」這回，鍾曉熙用力點了一下頭。

「他們不會也接受、相信這種事了吧？這麼離譜的事——」薛博澤口中的「他們」，指的是警方。是曾經的「我們」。

「應該還沒有全盤接受。畢竟這些內容還需要進一步核實。可是……基於我們的交情，我必須先跟你打個預防針——不要抱太大的希望。」儘管周遭沒有幾桌客人，鍾曉熙還是不自覺壓低聲音說道：「我們這邊也在積極進行查證的工作——你也知道我們的效率肯定比警方高。目前為止，能找到的資料幾乎都對夏珮潔不利。有些人事物雖然相隔時間很長、年代久遠，但網路上保留下來的東西，可是遠比我們想像中多太多了。而且，有時候就算我們自己不留，也有別人幫忙留住。」

「就算我們自己不留，也有別人幫忙留住……」

「我認為，這張照片是當中最具關鍵性的證據。」

鍾曉熙快速滑動著手機裡頭翻拍的調查報告，將那張表面敷著一層薄薄黃膜的合照湊到薛博澤面前。

那是一對情侶的甜蜜合照，幸福感濃烈得幾乎能聞到酣暢欲醉的酒香。儘管當時年紀很輕，但相片裡的兩人五官長相改變並不大，仍然能一眼認出是夏珮潔和歐建邦。鏡頭前皮膚光滑神采奕奕的男女坐在吧檯邊高腳椅上，曲著胳膊手肘靠抵吧檯桌面十指緊緊交扣，笑容非常燦爛。

大概是酒保幫他們拍的吧——

薛博澤當然一眼便看見兩人無名指上戴的戒指。而這也是為什麼他們會請酒保拍照留念的原因吧——原以為在婚禮上拍得上用場，沒想到後來一切卻變了調。歐建邦被轟斷的手臂正是照片裡牢牢握住夏珮潔的手。

他們確實有著千絲萬縷的過去。

鍾曉熙的判斷十分正確。

比起理性的分析——例如誰和誰是親戚、是大學同學或者有什麼金錢糾紛，這張訴諸感性的照片，更能在一瞬間引起社會大眾的共鳴。

而社會大眾願意的真相，就是唯一版本的真相。

「這下子難辦了……」鍾曉熙若有似無吁出一口氣，接著又喝一口可樂。

她忽地皺起臉，縮了一下脖子，似乎覺得喉嚨不大舒服。

「真的會有人……做到這種地步？」

砰！砰！砰！砰！

儘管人不在現場，但那接連密集的四聲槍響已經深深烙印在他的想像之中。

「對親人的愛、對戀人的愛、對朋友的愛……每個人能夠為愛做到的程度，本來就是不同的。」面對薛博澤的遲疑，鍾曉熙毫不猶豫明快答道。

儘管她的回答讓人聯想到市面上暢銷的心靈勵志類書籍，卻無從反駁。

「特別是年輕時的愛情，格外猛烈，不過——一旦造成傷害，也就格外刻骨。」鍾曉熙用過盡千帆的口吻說道。「這時候的夏珮潔也不過二十歲出頭吧？太年輕了。從之前的報導看起來，夏珮潔的姊姊對歐建邦似乎沒有印象……我想，那是因為夏珮潔是瞞著姊姊交往、甚至私定終生的。她知道姊姊要是知道歐建邦背負著什麼樣的生活壓力，肯定會強烈反對兩人在一起。結果，不用姊姊的反對，歐建邦自己已經先否定了自己獲得幸福的可能。我猜測……歐建邦最後因為自己複雜沉重的家庭包袱，逃了。拋下夏珮潔逃了。」

剎那間，兩人抿著嘴，陷入片刻靜默，各自思索著什麼。

交情——

沉思的時候，鍾曉熙不久前偶然提及的這個詞，驀地回返、浮上薛博澤的腦海，讓他冷不防想到一件事——

米格魯是因為被下了封口令所以才沒有透露給阿保關於「調查報告」這個極為關鍵的資訊？還是……就是因為此一資訊至為重要，現場的指揮官為了避免人多口雜情報外洩而將現場隨行法醫排除在外？不過，說實在話，除了屍體本身，法醫也的確不需要知道太多偵查方面的細節。

又或者，被排除在外的，根本不是阿保——而是自己。

當看著鏡子裡的自己雙頰由於冰水而泛紅、在浴室通電話的時候，阿保其實早就知道了這份調查報告的存在，但因為身分過於敏感——畢竟自己不僅僅是參與了「瞬間正義」，甚至、雖然這麼形容並不完全精準，但自己或許可以說是槍枝連環誤擊事件的始作俑者。

因此，對自己有任何保留都是可以理解的。

只是……騙不了自己——儘管合情合理，但如果真的是這樣，還是無法否認內心層層湧上的失落。

人一旦被群體隔絕開來，就容易變得疑神疑鬼的。

特別是像他們這種和夥伴關係緊密朝夕相處的工作環境，一落單，感覺整副肉身瞬間失去支撐，彷彿下一秒就會肢解化開。

無論如何，凌晨的那通電話都是真的。

這樣就夠了。

薛博澤這樣告訴自己。

就在此時，他抓在手上的手機忽然響了起來。不是音樂，而是音量大到刺耳的鈴聲。

「現在這緊要關頭一通電話都不能漏——」邊說著話，鍾曉熙從還沒反應過來的薛博澤手中搶回手機。「喂——對、我是。」

受到鍾曉熙的影響，薛博澤也跟著掏出手機想確認有沒有什麼新的消息。

居然有這麼湊巧的事，阿保也剛好傳了一則訊息過來。

林啟彥死了。

對話框裡只有這五個字。

「你先待在這裡，我去前面看看狀況。」話剛說完，鍾曉熙已經俐落鑽出車外，砰一聲重重關上車門。獨留副駕駛座上的薛博澤一人。

天已經白了，鍾曉熙遠去的背影被從後頭趕上的晨曦打亮。坡道把兩側高聳的建築物壓縮在天空中央。

一整晚沒闔眼，薛博澤覺得眼睛又痠又澀。

他解開安全帶，在座椅裡挪動了一下身子，看起來有些不自在。

鍾曉熙開的是許多都會女性喜愛的 Mini Cooper，對體格高大的薛博澤來說空間相對狹窄。

經過不到兩分鐘，鍾曉熙的叮嚀言猶在耳，他熄掉引擎拔起鑰匙，打開車門伸長了腿跨下車。

她應該要預料到自己不會聽她的話。

將車上鎖後，薛博澤邊把鑰匙塞進口袋，邊加快腳步朝前方上坡大步邁出。

林啟彥的住處位於台北市立圖書館附近，靠近捷運大安森林公園站。家境不錯，現在住的房子雖然屋齡將近三十年，不過是自己的老家。光免繳房租這一點已經打趴一堆年輕人。更何況，兩年前父親為了行動不便的母親、同時也為了養老，砸下退休金搬進淡水新建的電梯公寓後，留下的這一整棟三樓屋便成為他專屬的王國。

發現林啟彥屍體的，是他交往兩年不久前剛訂婚的女友。

林啟彥的女友表示，這些天因為誤擊事件的緣故，男友總是鬱鬱寡歡，於是特地來找他想一起去吃早午餐——餐廳都訂好了，人卻永遠到不了了。

和凌晨時分的蕭珮潔命案不同，破曉初醒的城市人潮逐漸湧現。

騎樓拉起的黃色封鎖線外，擠滿圍觀七嘴八舌的群眾和對著攝影機整理儀容練習說詞的記者。路邊違規臨停好幾輛電視台的SNG麵包車，被擋道的用路人先是喊來陣陣罵聲，隨後居然也跟著隨便一停跳下車湊過來看熱鬧。

鍾曉熙不在裡頭——薛博澤掃瞄人海中那一張張臉孔，宛如想從沙裡淘洗出珍珠。

難道她、進去案發現場了？

不可能。

就算她再怎樣神通廣大，也不敢在鏡頭前暴露自己的能耐。水能載舟亦能覆舟。她比誰都更清楚媒體的力量。如此想著，薛博澤終於發現了鍾曉熙。她站在人群外——不是排在隊伍後頭，而是真的站在人群的最外圍，彷彿只是不小心路過而已。

正感到疑惑——她怎麼會甘心離中心這麼遠呢？薛博澤隨即明白過來。只見鍾曉熙在人牆外一把攔住匆忙趕來現場的陳姓檢察官，毫不客氣將那名中年男人推到柱子後方交談了好一會兒。

這就是她的情報來源——之一嗎？

陳姓檢察官同樣負責偵辦稍早的夏珮潔絞殺一案。這麼看來，這兩起案件目前被認定有所關聯。

實際上，用不著等到鍾曉熙的消息……無論林啟彥的死法是什麼，薛博澤可以肯定一件事：命案現場的天花板也貼滿了無數張A4紙頁——所謂的「調查報告」。

而在那份詳盡的調查報告裡頭，將會揭露林啟彥和他那起誤擊事件中的某個人，也存在某種關係。或者更準確說，難解的仇恨。

塵埃落定以後，薛博澤會知道那股恚恨源自何方。林啟彥的母親之所以不良於行，是十多年前一起車禍肇逃事故導致。對方撞了外出幫律師老公買宵夜的林母後畏罪逃逸，倒在巷子裡的林母拖了二十幾分鐘才被路過的機車騎士報警送醫——診斷結果：脊髓神經受損，終生半身不遂。

由於發生過於突然，林母反應不過來、深夜時分沒有目擊證人，再加上巷弄視線過於昏暗不利於監視器畫面辨別車輛特徵和車牌號碼——凶手逍遙法外。

當時林父的律師事務所位於化成公園附近，負責承辦這起肇事逃逸的轄區單位，正是林啟彥畢業後服務的新莊分局頭前派出所。

是的——那名當年將林母棄之不顧不久後遭到逮補的汽車駕駛，正是額頭被林啟彥貫入一顆子彈的王姓炸彈客。

但這都是後來他和鍾曉熙才會知曉的事。當騎樓立柱邊的鍾曉熙悠悠回過頭，不期然和薛博澤對上目光。男人的眼睛煥發某種奇異的充滿吸引力的光輝，她挺了挺肩頭向他踏出優雅的步子。但也就在這時候，薛博澤忽然背過身，跨著比鍾曉熙更大的步伐往前走去，頭也不回。

鍾曉熙起先身子輕顫怔頓一下，下一秒甚至想加快速度踩著碎步追趕上去。不過很快她便意識到，薛博澤不會放慢抑或停下腳步。當自己回到車上時，他不會在副駕駛座上了。這麼想著，鍾曉熙對自己按下暫停鍵，目送著往下坡漸行漸遠的男人背影。

迎著從前方投射而來逐漸增強的日光，薛博澤瞇起眼睛撥出電話。

電話很快接通。

「博澤。」于晴華略帶鼻音的回應。

「不好意思，還在睡嗎？」

「沒有、沒關係，你說。」

「可以麻煩妳一件事嗎？」

「嗯，你說。」

要是以前，于晴華鐵定會吐槽他說：這麼客氣一定有詐！

不過現在，她只是淡然回答著。

「我想請妳……想請妳再進去劉叔書房一次——多拍幾張那些資料的照片。如果可能的話，盡量拍清楚一點。」之前拍的，有好幾張過於模糊，局部放大後呈現一團殘影。

「那個、博澤……」于晴華的聲音聽起來充滿為難。不過在她解釋前，薛博澤想不出任何她會拒絕的理由。她沉默一兩秒後才接續方才的尾音把話說完：「博澤、其實……在你打這通電話之前、我就想再進書房看仔細一點……可是……劉叔不曉得是不是發現我、進去過——現在門被鎖起來了。」

「嗯，我明白了——我還有一個問題、劉叔他……昨晚、還有今天早上……他、都在家嗎？」

于晴華這一次讓薛博澤等了很長一段時間。

還是太需要答案了，以至於薛博澤自己也等了很長一段時間。

無法判斷。手心全是汗。

「劉叔他後來出門了……所以我才敢再試著去開書房的門……」

「出門？我離開的時候已經不早了——他有說去哪裡嗎？」

「他說去老朋友家喝酒。要我先睡不用等他。不過……我當然還是等了，在沙發上睡、一整個晚上幾乎睡不到一小時，睡睡醒醒地……劉叔他到現在還沒回來——啊、他剛好傳訊息過來，我看一下喔……劉叔問我早餐想吃什麼他順便買回來。」

從計程車上下來時，薛博澤收到了鍾曉熙發來的訊息。

對話框裡顯示的，是一個雲端硬碟的網址連結，其中有兩個檔案夾，標題分別為「瞬間正義—夏」和「瞬間正義—林」。

薛博澤點開後者。內容想當然耳，是林啟彥案件的相關資料。

儘管被害者的死因稍早時候阿保已經先一步傳來——絞殺。

但更詳細的命案現場情況，還是得由鍾曉熙這邊補足。畢竟參與了「瞬間正義」計畫的自己現在也是當事人，甚或是——嫌疑人，因此不方便過於主動向同仁詢問相關細節，既勉強對方又可能讓自己難堪。

薛博澤首先確認的當然是陳屍地點的天花板——

果不其然。和他猜測的一樣，如同夏珮潔一案的翻版，林啟彥老家廚房的天花板上同樣貼滿了「調查報告」。

「凶器也不在現場……使用的應該是同一個……之所以帶走，會是因為具有獨特性擔心被警方循線追查？還是說……對凶手而言有什麼其它的特殊意義？」讀著初步的偵查報告，薛博澤不禁低喃著。這時，視線忽然間暗下，他進入公寓格局闊氣的寬敞大廳。昨晚去劉叔家前先護送蕭苡麟回家，因此得知她住在六樓。６０９。她說自己很喜歡這個房號，因為顛倒過來也是６０９。薛博澤不懂這有什麼值得高興的？說起這件小事時她笑得很開心。

回想起她當時的笑臉，薛博澤揿下對講機的按鈕。

時間倒轉回半小時前，薛博澤正在路邊攔計程車——

經過的車輛大概會疑惑這個人為什麼不用APP叫車？

平常以機車代步的薛博澤壓根兒不曉得怎麼使用那種東西。

總而言之，當薛博澤正在路邊拉長身子攔計程車，同一時間，這棟簇新公寓的609號房內，蕭苡麟剛好從擺放於客廳窗邊、結構充滿異世界氛圍的平衡椅上悠悠醒轉。大片落地窗子面東，陽光傾瀉而入，玻璃呈現七彩斑斕的光暈，周身被一派燦亮包圍，讓蕭苡麟一時間有股被外星人綁架上飛碟的錯覺。

蕭苡麟從椅子上爬下來，用指尖梳理了幾下糾結蓬亂的髮絲，抓起桌上的鯊魚夾隨手盤紮上去。自從「瞬間正義」計畫公諸於世那一天引起的爭議、接著成功阻止多起犯罪憾事造就空前的成功、到最近又成為眾矢之的落入無底深淵……這些日子以來，她已經養成一睜開眼睛就打開電視的習慣。今早一如往常，她打開電視後，打算進廚房為自己煮一頓豐盛的早餐——愈豐盛愈好，反正現在被勒令停工。

但就在她往廚房方向邁開腳步時——晨間新聞播報的內容，卻吸引了她的注意力。

她退回幾步，扭頭定睛注視著螢幕。

此刻正在播報的，是林啟彥的命案報導。

在現場封鎖線外的記者和主播連線，騎樓外聚集的人潮比剛才薛博澤在場時要多更多。

萬頭攢動。蕭苡麟聯想到爭吃飼料的魚群。

由於目前掌握的訊息還不夠充分，畫面很快就切回攝影棚，眼看林啟彥的命案報導告一段落，主播又重新報回先前發生於凌晨時分的夏珮潔絞殺案件。

在新聞台表示——不排除兩起命案為連續殺人事件、並且有極大可能與「瞬間正義」計畫失敗相關……的播報聲中，蕭苡麟再度背過身，直直往廚房走去。頭也不回地。

既然打定主意吃一頓豐盛的早餐，飯後甜點當然不能少。甜點需要的時間往往比正餐還長。她穿起圍裙拾來器具，正準備著手製作的，是一道名為 torta meneghina 的義大利傳統點心。torta 的意思是「蛋糕」，meneghina 在義大利文裡代表的則是「來自米蘭」。因此，torta meneghina 直譯過來就是「米蘭蛋糕」，命名簡單明瞭。

這道料理，是從姑姑朋友那裡學來的。

那年，負笈美國念大學前夕，和姑姑一起到米蘭拜訪朋友。米蘭距離她們所居住的帕爾馬不算遠，比去佛羅倫斯還近，但那卻是她第一次踏上這塊有著藍香蕉（Blue Banana）之稱的土地。

姑姑朋友有一個和蕭苡麟年紀相仿的兒子，他帶她到市區觀光。蕭苡麟第一個想到的景點是混搭哥德和巴洛克建築風格的米蘭大教堂。長相雋朗的青年和她說了一個軼聞，據說登上教堂塔頂會畢不了業——事實上，後來才知道，不只是米蘭大教堂有這個傳說，義大利全國各地幾乎都有相似的「登塔頂則無法順利畢業」的說法。不過，蕭苡麟哪裡會相信這種無稽之談，她隨口拋下一句：「反正我又不在義大利念書！」便一溜煙衝進教堂。

將 torta meneghina 送進烤箱，蕭苡麟這才接著烹煮早餐。

她記憶庫中那冊厚厚的食譜一頁頁翻動著——

啊、啊、好餓啊！

強烈的飢餓感猛地襲上。

怎麼突然這麼餓——

就蛋炒飯好了。

蕭苡麟想了一個可以在短短五分鐘以內做出來的料理。

她手腳俐落轉眼間炒好一大盤多加了一顆蛋和半匙鹽的蛋炒飯。多加半匙鹽是姑姑的作法。她說蛋就是要鹹才好吃。至於多加一顆蛋，則是蕭苡麟的偏好。她喜歡所有蛋料理。剛往嘴裡塞一大口飯咀嚼兩口——

對講機乍然響起片段古典音樂。

蕭苡麟又塞了一口飯。音樂淡出。而後才滑下高腳椅踩著小碎步繞過中島拐入客廳。穿過客廳前往玄關時，她順手關上嘈雜煩人的電視。咚咚咚咚——腳步聲瞬間放大。來到內嵌於牆壁的對講機前，螢幕裡的小小世界散發出過於強烈的白光。她往後拉開身子瞇起眼睛，過了幾秒鐘才適應。

噗咚噗咚——

視覺恢復正常後，她的心跳突地加快、加重。是因為忽然跑動、身體整個熱起來的緣故？還是因為、出現在對講機裡頭的人，是薛博澤。是自己昨晚對著面說出「我喜歡你」的那個男人。

畫面解析度相當高，可以一眼看出薛博澤面容憔悴……嘴唇乾紅皸裂未刮的粗黑鬍碴蔓延至喉結一帶、深陷的眼窩籠罩著濃重暗沉的黑眼圈、眼睛下方更吊著發泡腫脹的眼袋。呼吸吞嚥時雙頰甚至會稍稍凹陷下去。這幾天瘦了至少有五公斤吧。本來就有健身習慣體脂頗低的他，此刻恐怕正在燃燒消耗自身的生命。有一種說法——當人過度飢餓、營養嚴重不良時，為了暫時活下去，身體會反過來「吃掉」自己的內臟。

蕭苡麟撳下「接聽」的按鍵，身子前傾雙唇湊近螢幕。

◎　◎　◎

搭乘電梯上樓時，薛博澤移動著螢幕上的指尖正在打字。

1、2、3、4……面板上的數字不斷往上遞增。

從下計程車到進電梯，這段時間，于晴華一連打了好幾通電話過來。

薛博澤知道她終於看到了那些新聞，得知夏珮潔和林啟彥——劉叔積極調查的對象，被殺了。

但他關掉鈴聲。任憑手機兀自震動，一通也沒接。

妳先不用擔心。

他傳了這則訊息過去試著安撫她。

現在沒辦法聽到她的聲音——怕自己情緒克制不住。

他還沒準備好。

叮——

六樓到了。

◎　◎　◎

「Ciao。」門一打開薛博澤便如此說道。

「Buongiorno。」

這是蕭苡麟告白後兩人第一次見面。

薛博澤不懂那是什麼意思。但無所謂。他反手推上門。砰。門隨即自動上了鎖。

「好像沒有我想像的那麼尷尬？」一、兩秒短暫沉默後，率先開口的是薛博澤。

「有什麼好尷尬的？」

「妳這麼說，我就真的要尷尬了。」

兩人同時微偏著頭露齒一笑。

對話雖然簡短，卻存在難以言喻的默契。

不用多說一句對方都能充分了解——中學時期青春的懵懂曖昧不算，長久以來為了日後警察生涯全力以赴學習、沒有真正談過戀愛的薛博澤在那一瞬間認為「不費勁的相處」也許就是最接近愛情的狀態。

蕭苡麟帶著尚未褪去的笑意轉身進屋。轉身時特別放慢動作似乎是在說進來吧。

脫下皮鞋擺放好後，薛博澤尾隨著步入客廳。

客廳兩側有著寬敞的落地窗，加以方位坐西朝東並且和四周大樓保持適當間距，採光良好室內一片窗明几淨。薛博澤不禁聯想到玻璃溫室。不過緊接著，他的目光被窗邊那張結構特殊的椅子吸引過去。

「那椅子看起來、還挺特別的……是搖椅？」

「不算搖椅。Varier 出廠的，一間挪威公司。這種椅子，叫作平衡椅。你要親自躺過才知道有多厲害。」蕭苡麟邊說邊推著薛博澤往落地窗的方向走，掐住他的肩膀強勢地把他按進椅子。「看起來的確有點像是你剛剛說的搖椅，但坐著的時候其實感覺和一般椅子沒什麼兩樣。」

「妳剛剛說躺？是說這樣？」薛博澤說著背往後一靠，蕭苡麟順勢放開雙手，只見椅子瞬間往上一翹，將他整個人抬了起來。

「哇──」突如其來的失重感令薛博澤忍不住驚呼一聲。

「當時的廣告形容──宛如躺在雲端。」

「的確是……很難形容的感覺。感覺有一股力量從底下明確地支撐住自己。很安心，腰部、還有大腿、都很放鬆……」心神迷迷愣愣，薛博澤說著說著緩緩閉上眼睛，而後、一下子，像斷電般，瞬間失去意識。他深沉地呼吸著，時而發出熟睡的微微鼾聲。

凝視著他平靜而疲憊的睡臉，蕭苡麟能想像他這一夜有多難熬。

她轉過身輕手輕腳離開窗邊，回到廚房。

叮！

烤箱發出清脆聲響時，怕吵醒好不容易入睡的薛博澤，蕭苡麟還皺起眉用食指抵住嘴唇「噓」了烤箱一聲。

薛博澤醒來時，他以為自己睡了兩、三個小時。但真實時間才經過不到二十分鐘。這片刻的深度小眠，讓他的精神狀態恢復許多，感覺缺氧的腦袋重新運轉活絡起來，連視線也變得益發清晰。

透過一塵不染的落地窗，他瞥了一眼底下的風景——栽有各類花草生意盎然的石磚廣場。他笨手笨腳爬下這張將自己抬升到半空中的椅子，還差點摔了一跤。來到客廳的蕭苡麟正好撞見這一幕，大概是覺得自己的舉動頗為狼狽，薛博澤難得感到不好意思地別開臉搔了搔臉頰。

「過來吃甜點吧。」蕭苡麟說著，像在喊小狗一樣縮起脖子朝薛博澤揮了揮手。

當然能讀懂對方的意思，剛站穩身子的薛博澤沒好氣地看了看她。

薛博澤一坐上高腳椅，手肘剛抵上中島桌面，蕭苡麟便往他面前端來一塊派——儘管名為米蘭「蛋糕」，但嚐起來的口感和質地毋寧更接近酥餅抑或蘋果派之類的點心。

薛博澤低著頭，專注吃著，一句話也沒說。

蕭苡麟喜歡這樣的男人。既不打算賣弄、也不會覺得好像每種情況都非得說些什麼才行。只是專注吃著。把料理吃得非常好吃那樣專注吃著。

盤子一下子就空了。蕭苡麟一聲不吭收走他面前的空盤，再添一塊。

這一回，薛博澤還是吃得十分專心，一晃眼便又掃光。然後，是第三塊。

薛博澤依然像是第一次嚐到這味道似的一口接著一口。

往香氣四溢的甜點蓋上玻璃罩，蕭苡麟捧起裡頭切了兩片萊姆插了幾株香草的瓶子，倒了一杯水，擱在他手邊。

而後，站在中島彼側的蕭苡麟驀地拉開高腳椅，宛如鳥兒般腳尖輕盈一蹬，在薛博澤正對面輕巧落坐。她將胸口略微斜向旁邊，雙腿交疊。這樣悠然自得的坐姿，要是前方再擱一杯雞尾酒，肯定會讓人頓時誤以為是在異國鋼琴酒吧，洋溢著度假的慵懶風情。

她若有似無朝薛博澤盤中只剩一口的甜點努了努下顎。「你有吃到葡萄乾，對吧？一般來說，裡面通常會放的是蘋果、黑梨或者桃子、甚至是無花果……好像幾乎沒看過有人放葡萄乾、至少我沒吃過——這是我的祕密武器。」說到這裡，她停頓一下，想到什麼一樣不由得笑出聲。「其實有點作弊……因為什麼東西只要放葡萄乾都會好吃。啊、說到葡萄乾，你吃過血腸嗎？就是英國人說的 black pudding。形狀呢、跟香腸一模一樣，不過不同的地方在於，血腸裡除了少許的碎肉和脂肪，主要成份是豬、牛或者羊之類牲畜的血。在義大利，我們有一道傳統的節慶料理 sanguinaccio，一九九二年政府禁止販賣豬血後，使用牲畜血液製作的正統血腸就不多見了……好像不小心扯遠了、總之、在 sanguinaccio 眾多的烹飪方式當中，有一種叫作『甜血腸』，會在裡頭加黑巧克力、堅果核桃松子什麼的、也會放紅酒、還有一些肉桂香水檸檬等香料——當然最重要的、就是葡萄乾……是滋味挺微妙的一道甜點。」

一提起食物，眼睛發亮的蕭苡麟像被打開話匣子絮叨說個不停。

薛博澤遲遲沒有把最後一口放進嘴裡。

滔滔不絕的蕭苡麟忽地收住聲，像搽口紅那樣雙唇輕輕一抿。接著，她雙手探往盤起的長髮，鬆開鯊魚夾，墨黑色髮流霎時湍洩而下，宛若在這空間憑空鑿出一泓冷泉。

再開口時，蕭苡麟收斂了眼底的光芒。「你來這裡，並不是想知道這種事吧？」

要進入正題了。

不管怎麼拐彎抹角，該面對的終究要面對。

那麼，兩人索性都不兜圈子了。

醞釀、鋪陳、試探、斟酌……什麼都不必要了。

薛博澤小心翼翼將叉子架在盤緣，緩緩抬起頭定定凝望著蕭苡麟。那種認真、肅穆的神情，彷佛他們之間隔著的不是開放式廳廚的尋常中島，而是一條崎嶇奇險的連綿山脈。

「妳覺得那種事——有可能嗎？」

乍看毫無來由拋出的問句，蕭苡麟居然能立刻理解。

「你指的那種事——是那封 mail 吧？」沒有等到薛博澤給出明確的回應。已經默認彼此保留的和對方知道的重疊一大部分。蕭苡麟接續往下說道：「讀過 mail 後，先不論他們的動機是真或假……我認真思考的結果是、單純就可能性來說……利用『瞬間正義』當作掩護的可能性來說——」

「這種事、真的……有可能嗎？辦得到嗎？」

「有這種可能。」

蕭苡麟給出的答案雖然薛博澤早在開口發問之前，心底便已有所準備——準備了很久很久，但毫不遲疑、過於斬釘截鐵的決然口吻，仍舊猶如一把鐵鎚重重擊打進他的胸口，讓他突地一口氣提不上來，意識短暫恍惚了幾秒鐘。

或許是為了給薛博澤緩和情緒的空檔，蕭苡麟起身也為自己倒來一杯水，邊喝邊回到高腳椅上。玻璃杯放下的同時，接著方才未竟的話題說明道：「我們全搞錯了。我們被『瞬間正義』給誤導了。又一次，我們把問題想得太過複雜……出現漏洞的環節，很可能根本不是運用了新興技術和艱深理論打造出來的人工智能，而是——硬體。我認為，他們很可能是藉由調整、更動甚或破壞配槍生物鎖的方式，從 Finocchio 手上偷回了開槍的主導權。」

把問題想得太過複雜……

Zebra——斑馬事件。一開始就把簡單的問題往複雜的方向思考。

薛博澤一時間想到蕭苡麟不久前告訴自己的醫學俚語。

「但是、那些影片又是怎麼一回事?如果真的就像妳說的那樣——為什麼 Finocchio 會發布那兩則影片?」薛博澤腦袋一團混亂，堪比糨糊。

因為、在林啟彥和夏珮潔這兩起槍擊事件當中，Finocchio 確實給出了模擬影片——儘管是情節有如天方夜譚、不為人所接受、比黑色幽默電影還更黑色幽默的誇張影片。

「根據我的推測……是因為『開槍』已經成為既定的、無法扭轉的事實——那麼，接收到此一結果的 Finocchio，就必須試圖將開槍過程『合理化』，否則、如果對自己做出的判斷產生質疑、矛盾，便會造成整個系統的崩潰。」

「自己做出的判斷」，實際上，並不是真正由自己做出的判斷……

在整合資訊的過程中，為了修正邏輯上的錯誤反倒模糊了因果關係嗎……

先射箭，再畫靶。

按照蕭苡麟的說法，確實可以解釋為什麼會出現那兩則荒誕無稽的模擬影片。

「可是、為什麼——我還是無法接受、也無法理解、到底為什麼沒有人想到這一點?這個盲點、真的有那麼難以想像嗎?」

「很難。」又一次，蕭苡麟立刻答道。口吻決絕。「真的很難。特別是對於創造出『瞬間正義』這套系統的我們來說，是無比困難的一件事。你可能看不出來，光是要想像到我方才提出的那個可能性，我的這裡，很痛。真的很痛。」蕭苡麟用食指戳著自己的心窩。面無表情。

對不起。我無法理解妳的世界的痛。

但如果妳說痛。我就相信妳的痛。

「我好像還沒回答你剛剛的問題……」蕭苡麟輕輕牽動一下嘴角。「我想是因為，這個系統之所以被創造出來，真正的用意，是為了幫助警察，而不是控制警察。」

受到幫助的對象反過來背叛了協助者嗎？

誰會想得到大張旗鼓打著正義旗幟的人，到最後竟然會出於一己之私以這面旗幟當作掩護化身惡魔？

這時候，薛博澤從蕭苡麟極為短促的飄忽眼神中察覺到異狀。

雖然蕭苡麟很快收回焦距重新對上薛博澤的目光，不過，根植在他骨子裡的警察直覺告訴他有什麼地方不對勁——

「妳是不是……想到什麼——是不是還有什麼話、想說？」

薛博澤追問道。同時加重語氣不容許對方有絲毫猶疑的餘地。

見蕭苡麟依然不願輕易鬆口……薛博澤明白自己得耐著性子。

於是，他提出另一個當蕭苡麟道出那個「可能性」時，自己乍然冒出的疑問——

「他們、具備那樣的技術嗎？改造生物鎖什麼的——夏珮潔、陳景隆、還有林啟彥……他們有能力、做得到這種事嗎？」

「你剛才不是問我——為什麼沒有人想到這一點？真的有那麼難以想像嗎？我的答案是，很難。」乍聽之下，以為蕭苡麟是跳針了，不過很快地，她往下說，在薛博澤眼前開啟了另一個「可能性」。一個殘酷的可能性。「不過——雖然很難，卻不是沒有人想到那一點。事實上，槍枝繳回後，有一個人、曾經進去實驗室檢驗過……而那個人，你也認識。」

我也認識——

「正軒。」從蕭苡麟嘴裡吐出的，是一個令薛博澤頓時僵住身軀的名字。不要再說下去了——

沒有聽見薛博澤內心的吶喊，又或者……蕭苡麟認為自己不得不繼續說下去。「雖然生物鎖等硬體設備並不是正軒負責的項目，不過，他還是親自檢驗了。」

「檢驗結果是……」

薛博澤的低頻聲音顫抖著，些微眩暈，開始感到耳鳴。

他使勁掐住雙腿膝蓋。繃住下腹部好讓自己不會嘔吐出來。

「檢驗的結果，每一把繳回的槍枝，生物鎖均正常運作……」下意識裡，薛博澤就快要聽出她的潛台詞。可是，他拒絕理解——對面坐得直挺挺的蕭苡麟話中有話接續上一段尾音的低吟：「收到那封 mail 以後，我也立刻請在科偵中心維護系統基本運作的留守同仁再去確認一次那些槍枝。確實，操作一切如常。」

太好了。

不過、等一下——

「不過、這樣的話……不是跟妳剛剛的推測矛盾了嗎？妳最一開始不是說問題、極有可能是出在生物鎖——」迅猛爆發的劇烈喜悅過後，是更加殘酷的處境。衝擊來得太突然，使得薛博澤避無可避、無法繼續裝傻下去。他不得不充分理解蕭苡麟這一連串發言背後的真正含意。「妳的意思是——正軒是共犯？」

蕭苡麟方才真正想表達的意思是，劉正軒的行為，並不是檢驗槍枝，而是**把自己調整過的生物鎖趁機偷偷修正回來**。

「他為什麼要這麼做？正軒他根本、沒有理由這麼做——」

薛博澤罕見地放大音量說道，從高腳椅上蹬直身子，椅子被情緒激動的他往後推翻在地碰撞出巨響。

「我們還在進行討論……不是嗎？這個假設，並不是『我』的意思。在這個闡述的過程中，沒有任何指涉或者控訴的意思。只是純粹將目前所知的線索歸納、整理後，建立了這個假設。」

「好，那我問妳，在這個假設裡頭——正軒、是不是共犯？」

「是。在這個假設裡。他是。至於他為什麼要幫助那些人——是自願的？抑或被迫、遭到要脅？還需要更進一步調查。不過總而言之，從結論來說，若是缺少『正軒』這個要素，這些槍擊事件可以說……沒有機會發生。」

怎麼辦到的？妳怎麼可以這麼冷靜？

薛博澤攥緊拳頭指節發白，血液沸騰到連呼出來的氣息都是燙的。

我——

出乎意料地，他冷不防闔上看似正準備出聲的嘴——同時閉住了雙眼。

把氣息一遍又一遍一遍又一遍往下沉。當薛博澤再度睜開眼的時候，眼神明顯澄澈、寧靜許多。

並不是真的船過水無痕平復了。

控制著。壓抑著。

被說大男人也無所謂。但他就是不想在女人面前嘶吼、咆哮。

「我最後……問妳一個問題。這是不是目前唯一說得通的假設？」吐出每一個字依然帶著細細的顫動。尾音微微分岔。脖頸兩側肌肉反覆膨脹收縮，喉嚨摩擦擠壓，聲帶好像變形了。迴盪在耳邊的聲音不像是自己的。

「是。」蕭苡麟沒有閃躲他炙熱的目光。她直視著、回應著他的眼神。「不過——必須聲明，這是目前我唯一能想到的。並不代表是唯一存在的。」

這算是最後的……一點點溫柔嗎？

「我該回去了。」

薛博澤留下最後一口甜點轉身離開。

她到底是什麼樣的人？

薛博澤舉雙手投降——儘管已經不曉得投降了多少次。

發表了那番言論過後，蕭苡麟居然跟了出來，還尾隨自己進了電梯。

「送客人下樓是基本的待客之道。」

彷彿剛才的一切根本沒發生一樣。

其實，薛博澤很想開口繼續和她討論「那個可能性」——

例如，如果、假設……倘若正軒真的和那幾起案件有所牽連，那麼——和自己誤擊羅姓女清潔工的事件有關嗎？還有、到底為什麼正軒非得踏上自殺一途不可呢？被沉重的罪惡感壓垮了嗎？而他們又是掌握了正軒什麼天大的把柄，才能讓視法律為最高準則的他不得不做出違心的犯罪之舉？

很多問題想問、太多困惑需要解答……可是，說到底，那些畢竟是過去的、已經發生的事。此刻就算了解再多都於事無補。

過去的事，等到未來再慢慢消化。

現在——薛博澤有更要緊的事必須去做。

叮——

電梯來到一樓大廳。

原以為兩人就要在此分別，薛博澤心想她大概會刻意強打起精神、衝著自己的背影高喊一聲：ciao。

但沒有。她步出電梯。依然跟在自己身側。然後，在不知不覺間，兩人並肩同行。

穿過大廳，推開厚重的玻璃門。蕭苡麟還是沒有停下腳步的打算。一步接著一步。

出來得太匆忙——簡直像是怕追丟自己似的，她連一件薄外套都沒有帶。外頭漸起的秋風已經有著明確的涼意。

是要送到哪裡？

又不是在演《十八相送》。

薛博澤心想她應該聽不懂這樣的冷笑話。

早年便移居國外的她，恐怕連「梁祝化蝶」的典故都不曉得。

不過……這樣也好——

慢慢一步一步走著像是往剝落裸露的水泥牆新鋪上一片一片五彩斑斕的磁磚。對兩人都是一種新奇的感受。這段不算遠的路程對他們的關係起了修復作用……不僅如此，薛博澤也可以藉此機會確認一下潛藏於心底那股隱隱躁動的不安——

一踏進廣場花園，儘管時間接近正午，由於兩側種有一整排豔紫荊的緣故——開滿桃紅色花朵的樹梢彷彿承受不住過於濃郁的顏色般稍稍往前彎曲，一層蔭影猶如陽傘悄悄籠罩過來，視線霎時變得黯淡。這麼一暗，體感溫度更低了。

薛博澤想開口讓她回去。

但是、就差一點點——

他強忍住自己的體貼。

「之後吧。」對於突然煞停腳步的薛博澤，跟著收住步伐的蕭苡麟還來不及反應過來，身旁的他便扭頭盯視著自己吐出一句叫人摸不著頭緒的話。

「之後？什麼之後？」碰到不懂的事就直接發問——以此為圭臬的蕭苡麟大剌剌問道。

「等這一切結束之後，我跟妳，我們在一起。」

當然不可能對方才的衝突真正視而不見——同樣不斷調適情緒、極力想維持關係平衡的蕭苡麟，面對薛博澤天外飛來一筆的認真告白一時間完全慌了手腳。

怎麼會選在這個時間點回應自己？

或許在他們雙方眼中，彼此都是奇葩。

「嗯、好——」她咕噥著，僵硬地點了點頭。

就在蕭苡麟吶吶回答之際，只見薛博澤毫無預警伸長胳膊，輕輕撫按住她的肩膀。

欸？

不由得在心底大聲驚呼。蕭苡麟壓根兒沒想到會有這樣的發展。眼睛發直、腦袋唰地一片空白。當機。

稍稍加重掌心的力道，薛博澤半強迫地將蕭苡麟往後方盛放著一大簇一大簇顏色藍中帶紫的矢車菊的花台方向推送過去。

在對方的帶領下，蕭苡麟緩緩移動腳步，跳舞般踏點、倒退著。

難道時間也跟著倒退了嗎？剛剛發生的齟齬被一筆抹消？

她不想。就算被他質疑、討厭也無所謂。

她希望他記得那張平衡椅上的放鬆熟睡，記得濃郁酥軟一連吃了三塊的手工甜點……甚至記得自己倒給他的那杯洋溢草本香氣的水。

蕭苡麟是那種願意為了百分之一的快樂而忍耐百分之九十九痛苦的人。

正當她漫無邊際試圖捕捉回憶裡的細節重新整頓思緒，面前的薛博澤胸膛俯前身軀逐漸靠近，慢慢地、確實地拉近彼此的距離。

這時候，起初感到措手不及、眼珠子咕嚕咕嚕不停轉動的蕭苡麟，反倒冷靜了下來——還是說，這八風吹不動的安然神態，才是一向兵來將擋水來土掩、泰山崩於前不改其色的她真正模樣。

可以感覺到一股溫暖的氣息吹送過來。髮梢被風勢絲絲縷縷吹散開來，她閉起雙眼，等待著那一吻。

那是薛博澤沉穩而綿長的呼吸。

想像中，那呼吸應該要變得濁重、變得急促紊亂才對。

眼前一片漆黑的蕭苡麟忍不住忖度，或許跟必須對胸腹加壓、極力控制氣息才能忍住不張口大吸一口氣的自己不同，薛博澤經驗豐富，和許多人接過吻。

一想到這裡，奇怪了？

好幾秒鐘過去，蕭苡麟始終沒等到那一吻。

她開始懷疑可能是自己誤解了薛博澤的舉動。

可能當自己睜開眼的時候，會發現他早已離開，根本不在面前。

這個念頭才剛萌發，忽然、不遠處傳來粗重短促的喘息以及突兀的鈍悶撞擊聲、最後、是摩擦——好像是衣物和地面的摩擦聲。

意識到這場騷動，蕭苡麟猛地睜開眼。

兩名男子近距離肉搏、在地上扭打成一團。

不、確切來說已經算不上是扭打——其中一方被明顯壓制住。

占上風的一方，是欠自己一個吻、號稱柔道不敗紅帶制霸的薛博澤。

至於被他箝制在地的，則是——

「程諒學？」

蕭苡麟不可能忘掉那張臉。

一見到程諒學那清冷到不著絲毫情緒的五官，曾經遭到熱液燙傷的背頸一帶肌肉便不由自主、反射性地抽搐起來。

她下意識摩娑著肌膚，往後退了一步。

「為什麼躲在這裡？你到底還想幹什麼？為什麼埋伏在苡麟她家附近——」

原來，剛剛的親暱舉動只是個幌子。

一個企圖讓躲在花台後頭的程諒學鬆懈防備的幌子。

薛博澤早在公寓落地窗邊醒來之際，就已經發現程諒學在底下的廣場鬼鬼祟祟徘徊。

「說啊——你到底想對她做什麼！你的目標不是我才對嗎？」終於，薛博澤失控吼了出來。整個廣場迴盪著他的怒號聲。寧靜的午刻時分，說不定會引來住戶開窗一探究竟。

「說不定他就是躲在這裡等你從我家離開啊。」也許是為了不讓薛博澤擔心，蕭苡麟故作輕鬆說道。

「不可能。要對我下手，有太多機會了。但是從我今天凌晨離開家到現在，他都沒有跟蹤我。所以——他這次是衝著妳來的。」

忽然，傳來笑聲。

是程諒學。被薛博澤的膝蓋抵住瘦削後背的烏鴉男子冷不防笑起來，口水沿著嘴角流淌滴到地上。

「他說的沒錯——我是來找、找妳的……蕭苡麟……」隨著逐漸加重加粗的氣息，程諒學的嘴角幅度愈拉愈大，像用蝴蝶刀劃破的皮革包咧出不自然的寬度，濕亮紅潤的舌頭在暗中蠕動著。

「還是我應該叫妳……梁亞唯。」

梁亞唯？

「對！蕭苡麟並不是她的本名。蕭、是她媽媽的姓。梁亞唯——那才是她的名字、本來的名字。你不覺得這個名字很熟悉？不覺得？你不覺得嗎？」脖子凹折出令人匪夷所思的弧度，扭頭衝著薛博澤聲聲追問的同時，程諒學盡其所能地將眼眶撐大再撐大，帶著鮮紅血絲的眼白好像快從邊框溢出來。「薛警員、你真的不記得這個名字？要是不記得『梁亞唯』的話，那麼、你至少對——梁靖鵬、還有印象吧？」

梁靖鵬——

薛博澤當然記得這個名字。

梁靖鵬、還有……蕭詠娟——

被自己的老爸害死的梁氏夫婦。

「等——等一下、不會吧……」

「我來找她、就是想問、問問、問問妳——」他倏然用力拱起上背、幾乎差點把因為恍惚而失去重心的薛博澤推開。他折著脖子、仰頭吊著眼睛直瞪著蕭苡麟，依然咧張著嘴掛著極度彎曲的不自然笑容。「欸妳、到底怎麼做到的啊？到底怎麼做才有辦法、才有辦法原諒這個傢伙？」

說到後來，激烈發抖的聲音已經無法分辨是笑還是哭。

在情緒濃得無法化開的嗚咽呻吟背景音中，薛博澤艱難地擺過頭，眉間揪擠出深刻的皺褶，凝視著幾步之遙外的蕭苡麟，以同樣顫抖的聲音、開口——

「妳是……梁靖鵬和蕭詠娟的……女兒？」

像等待那個不存在的吻一樣，蕭苡麟緩緩閉上眼睛。回應了他的提問。

痛。

薛博澤腦袋唰地一空。真的——

很痛。整個人都覺得不對勁了。

◎　◎　◎

薛博澤記不起自己是怎麼到家的。

也記不起自己到進浴室前究竟還做了哪些事。

空白。

空白。

空白。

直至打在肌膚冰冷刺骨的水柱喚醒他的知覺。以及思考能力。

沐浴在猶如疾箭的萬千水柱中，薛博澤只能從如今既定的結論反推最初的想法——自己大概是打算用俗套的冷水澡強行冷靜下來吧。

縱然俗套。卻具備一定程度的效果。

所以說、蕭苡麟之所以告白，並不是對自己動心、而是希望自己愛上她後……再被她狠狠拋棄？又或者、更糟糕的情況是……「拋棄」已經不能滿足她——要不是被耐不住性子的程諒學當場戳破，她原本有更長遠的計畫？

報仇。

無論如何。只有這唯一一個可能。

誰會愛上一個害死自己父親的人？雖然理性上來說，並不是自己害死的……

甚至、也不全然是老爸的錯……他也是為了逮捕毒販、為了維護社會秩序保護人民的生命財產……

可是、情感從來和理性無關。

絞盡腦汁想不通除了復仇以外蕭苡麟還能懷著什麼樣的目的接近自己？也無法弄明白她在「瞬間正義」計畫中所扮演的角色是不是那麼單純？

即使未知的問題仍有一大堆，但是，**有一點**卻是極其明確的——

秉持著這個信念，薛博澤使勁扭上水龍頭。

戛然收束的水聲讓四周剎那陷入決然的寂靜。連滴滴答答滴滴答答的水珠濺落聲都巨大起來。

叮咚！

這時，門鈴響起。意外刺耳且突兀。

叮咚！叮咚！

門鈴再度響起。接連地。

叮咚！叮咚！叮咚！叮咚！

按得十分緊急讓人聯想到屁股著火的瘋牛——擔心有誰被追趕急著找地方躲情況險峻、更害怕的是對方等不到自己應門隨時可能轉身離去，薛博澤連身體都來不及擦、衣褲也來不及穿，隨手抓來浴巾像泡三溫暖那樣繫綁在腰際，油澆火燎地衝出浴室光著腳丫子趕來門前。

出現在貓眼裡的人讓薛博澤怔愣住一連眨好幾下眼睛。

無法否認，他心底有萬分之一的期待或許會是蕭苡麟。

然而——此刻站在門外的，並不是她。

造訪的，是一位出乎意料的訪客。

在薛博澤找上門之前，陳景隆竟然自個兒先登門了。

「沒想到你會這樣按電鈴。」薛博澤以這句略帶調侃的輕鬆話當作開場白。

兩人一前一後進入客廳。

「你需要先去穿衣服？」陳景隆嘴上這麼問，蘊含的真正語意其實是不希望他浪費時間去穿衣服。

事關性命安危，時間寶貴。

沒等對方招呼，陳景隆一屁股坐進長型沙發。

「要喝水嗎？」

薛博澤渾身濕答答的，坐哪裡都不合適，索性站著，手搭住單人沙發椅背。

「不用。」陳景隆立刻回絕。下一句隨即切入正題。「你有什麼打算？」

「什麼……打算？」薛博澤偏著頭反問道。

「很顯然，殺害夏珮潔和林啟彥的凶手、下一個目標、不是你——就是我。」不在意薛博澤彆腳的裝傻，把握時間的陳景隆逕自揭曉答案。

果不其然，兩人想到同一件事。

沒錯——眼前的陳景隆，正是薛博澤方才淋浴所思及的，那極其明確的一點。

必須保護他。

畢竟只有自己最清楚知道自己做了什麼事——虧心事。

薛博澤知道自己和那位羅姓女清潔工一點關係也沒有，那麼……很顯然，是陳景隆——在那起林姓軍人搶車事件所導致的張氏夫妻車禍雙亡一案中，對那對新手夫妻有所虧欠有所糾葛甚或有所怨懟。

但薛博澤無從知曉的是，劉叔究竟掌握了哪些有關陳景隆和張氏夫妻等人不堪的過往。

或許和夏珮潔的情形一樣，他們之中的誰和陳景隆曾有過一段深刻卻未果的感情；也或許是類似林啟彥的遭遇，他們之中的誰曾對陳景隆生命裡重要的人事物造成不可抹滅的傷害。有太多種可能了——關於人在一生裡頭可能對另一個人造成的傷害。

說吧。老實說吧，到底出於什麼樣的私心，你為什麼非得辜負「瞬間正義」帶給人們的希望——

薛博澤有一股衝動，想乾脆直接開門見山這麼問。

都已經到這關頭了，對方還會繼續假扮偽君子嗎？不過，就算陳景隆告訴自己他幹的好事，又能改變什麼呢？難不成召開記者會當著全國人民面前道歉就能獲得劉叔的原諒保住小命？

也可能並不是為了改變什麼，而僅僅是希望對方信任自己吧。覺得信任自己的人可以是好人。一廂情願地把自己當成故事主角。真可笑。薛博澤暗暗吐槽著自己。

「所以呢？你有什麼打算？」陳景隆揪起眉毛又問了一次。

薛博澤忽然覺得這張沒有多餘脂肪、肌肉緊繃的臉孔，看起來有些刻薄。

「有什麼打算啊……」

踟躕著、拖延些時間，薛博澤心想，該怎麼告訴陳景隆，自己原本的打算是——暗中監視著他，好趁著劉叔行動之際阻止他。所以說，美其名稱為「保護」，實際上，從另一個觀點來看，也可以說是把他當作「誘餌」。

「這些、說不定可以幫我們爭取到一點時間……」意料之外，陳景隆嘀咕著，俯身抓起桌上的遙控器打開電視。

薛博澤想藉機補上一句既然都有時間看電視了自己應該可以去穿衣服吧？但他的注意力被正在播報的新聞吸引過去——打開電視，鎖定的頻道是鍾曉熙工作的電視台。梳著背頭油頭露出飽滿額頭、身穿墨綠色略顯年輕西裝的男主播用頗為高亢的聲音放送即時頭條。像是在唱軍歌似的。

某政黨大老搭乘私人飛機前往著名的戀童癖島。

國防部部長收賄謊稱 F-16V 戰機掛載飛彈已超過使用期限。

三百萬粉絲聲量知名網紅小叩吸毒影片曝光疑似好友網紅阿哞挖坑。

龔若薇偷吃小狼狗長達五年富商老公提出DNA鑑定少年Eric被爆不是親生。

泰國迷幻藥流竄國內多家夜店混用造成多人暴斃其中一人為食品業龍頭企三代。

不曉得是不是故意串通好、要把社會秩序一鼓作氣攪得天翻地覆，所有人同時出包。

雖然受眾並不完全相同，但每一則皆具有足夠的話題性，可以說統統是重磅新聞——哪一篇上頭條都不奇怪。

幸好這年頭報紙早已一家家收刊，否則光要在編採會議上搞定頭版就夠嗆了。

一般大眾或許會以為這是媒體最美好的時刻。既有報不完的新聞，也不用費盡心思製造吸睛議題。

實則不然——如果是鍾曉熙，她大概會這樣說明：「媒體需要的是颱風，不是梅雨季。這麼多新聞，等於沒新聞。焦點都被稀釋掉了。」

聽起來有些得了便宜還賣乖，卻是事實。

今晚的《現世異苑》會選擇哪一則新聞作為討論標的呢？又或者，打算能吃多少是多少——以其中一篇當作主軸試著將其它新聞含括進來包裝成一個大主題？

叮咚——

有人傳來訊息。

怕漏掉重要訊息，薛博澤在離開林啟彥的命案現場時便將鈴聲開啟。

你現在沒事吧？在哪裡？回家了？我又回到電視台——當然你一定猜到了。這邊亂成一團。你應該看到新聞了吧？總之，有事情隨時聯繫我。什麼事都可以。

是鍾曉熙。

「有人傳訊息給你？」

當然，這同樣不是陳景隆真正想表達的意思。他想說的其實是：是誰傳訊息給你？

「朋友。」薛博澤看了陳景隆一眼。「我去幫你倒杯水。」不等他回應，自顧自藉故離開客廳。

沒事。在家。這些新聞是怎麼挖到的？

他在廚房裡回覆了這些訊息過去。

鍾曉熙很快又傳回來。

薛博澤記得她調侃過自己雖然是媒體人，卻也是老人，手機打字慢。猜想她現在應該是坐在電腦前。

還在查證。大部分是匿名的。有警方那邊的內線、然後，可能是狗仔。還有吹哨者。

「警方內線……」指的應該是夜店迷幻藥一案吧——

舉起頗為沉重的玻璃水壺，薛博澤邊嘀咕邊往馬克杯裡倒水。濺起的水花沾附上他結實的下腹部，讓人聯想到板豆腐上頭的水珠。

忽然間——背後的電視聲嘈雜起來。每個人聽起來都在咆哮、聲嘶力竭。

「音量怎麼開這麼大？」薛博澤也不自覺受到影響跟著提高音調，端著馬克杯快步回到客廳。「怪了——人呢？」電視開著，陳景隆人卻不見了。沙發上還留著他坐過的印子。「去上廁所嗎？」正當薛博澤準備轉過身往走廊那側的廁所望去，眼前冷不防橫過一道黑影——是手臂，才剛意識到那黑影的本體是什麼，他已經被人用一條靛青色手帕緊緊摀住口鼻。反射性倒抽一口氣的同時，腦袋發暈無法集中思考，視線隨之變得模糊。

匡啷。馬克杯應聲砸碎在地。意識不甚清晰以後、連聲音也變得柔軟、變得好遠好遠……好遠好遠……接著，薛博澤渾身癱軟失去力氣——重重坐倒摔跌的剎那，恍惚間，他從快要蓋上的眼皮縫隙瞄見客廳及地窗簾後方的牆壁上，隱隱綽綽閃動著一道人影。

大概是看錯了吧——

意識徹底斷線之前，薛博澤在心底咕噥了這麼一句。

眼前瞎般的黑。

這種情況應該正經些——實在不該搞笑。

但當薛博澤朦朦朧朧醒來，發現自己被綑綁在椅子上——加上自己全身上下只圍了條浴巾遮擋住私處，他第一個想到的字眼是：ＳＭ。

甩了甩頭將那些五四三的荒誕玩笑拋開，薛博澤將情緒沉澱下來、快速集中起精神，想弄清楚現在到底是什麼狀況？

雙臂手肘先是用層疊摺起的毛巾裹住，然後毛巾外頭再用乳白色的牛筋繩牢牢扣繫起來將身體箝制在椅子上。同樣地，雙腳也被往後凹折交叉，以毛巾纏住膝蓋後再以牛筋繩將兩條腿併緊綁縛在一塊兒彼此牽制。

總覺得這種使用毛巾鋪墊避免肌膚被銳利牛筋繩擦破的綑綁手法、似乎……有著異樣的溫柔？

令人費解的多此一舉。

「終於醒了？用的量沒拿捏好嗎……比想像中還晚。」還在思索對方不甚自然的綑綁方式，飄忽移動的碎語聲中，一道人影從薛博澤身後緩緩繞行到他面前。

是陳景隆。

真正見到陳景隆，親眼確認了他的安然無恙，薛博澤這才稍稍安心下來。

因為**還有一個可能**，那就是凶手先殺了陳景隆以後，才接著對自己動手。

不過眼下，只剩下那最好的結論——

劉叔不是凶手。

夏珮潔和林啟彥兩起命案，都是陳景隆下的毒手。

是誰都無所謂——儘管這樣的想法或許會被質疑不夠政治正確，但是、由於發生了命案，出現「被害人」，那麼……勢必得存在一個相對應的「加害人」。既然必須有人擔任「凶手」這個角色，對薛博澤而言，除了劉叔以外的任何人，都可以。

太好了。薛博澤胸腔霍地敞開，為了連環殺人案真凶不是劉叔而鬆一大口氣。一時間完全忘了自己依然身陷險境。

「你看起來好像很開心？你該不會……還沒想明白現在是什麼情況？」陳景隆面無表情俯視著薛博澤說道。

「你用的藥，是幻星吧——新聞裡提到、最近經常出現在夜店的泰國迷幻藥。」

陳景隆拽拉一下有些寬鬆的西裝褲褲管，在薛博澤面前緩緩蹲下，蹲得比他低，而後伸長上半身湊近到他的鼻尖前——靠得很近很近。「最近？那些蠢記者——早就流行好一陣子了，證物室裡查扣一堆。現在才爆出來。混用毒品，一群白癡。不過這樣也好，那些廢渣爛咖社會毒瘤死了最好、不是嗎？」

「珮潔和林啟彥，你也是用幻星迷昏他們的吧？」

「噢。所以你明白現在是什麼情況。」輕輕「噢」一聲，陳景隆抿出斯斯文文的淺笑。「不過你猜錯了。幻星，我沒用那東西迷昏那兩個傢伙。我是直接勒死他們的。」

也對。因為都是警察，同樣身為「瞬間正義」的一員——更關鍵的是，因為誤擊事件而陷入相同的困境：共同的不幸是友情最佳的催化劑。因此，他們兩人對陳景隆肯定一點戒心也沒有。不。不對。不要說戒心了，打開門見到陳景隆的當下，說不定還感到安心、感動到眼眶泛淚……等一下、可是、這樣的話、那為什麼……

「那你為什麼不直接……」

為什麼——不直接勒死我？

這句話還真難說出口。

「為什麼不直接殺了你嗎？」陳景隆忽地伸出手，啪、啪、啪、啪——節奏一致地拍打著薛博澤的臉頰。「因為我有問題要問你。」收住手的同時他說道。

「有問題要問我？」

向來糾結於細節的薛博澤突然想通了一件無足輕重的事——

追求手法的一致性。

這種在四肢關節處鋪墊毛巾的綑綁方式，並不是出於溫柔，而是為了不在屍體上留下除了絞殺勒痕以外的痕跡。

果然很符合他的強迫症特徵。

「你又笑了？我很好奇你在笑什麼？」
對方愈想知道，他就愈是不想說。這對陳景隆來說肯定很難受……就如同他為了找出某個答案而暫時讓自己活下來一樣。
雖然沒說過幾次話，但薛博澤感覺自己現在稍稍認識了他。
於是，薛博澤僅僅微歪著嘴回以帶著些許氣音的輕笑，還痞痞地聳了一下肩膀。
啪——
伴隨撕裂空氣的脆薄高音，和剛才的力道天壤之別，猶如快速甩出的鞭子，收起清淺笑意的陳景隆二話不說往薛博澤臉上狠狠呼一巴掌。勁道之大，讓被綁在椅子上的薛博澤差點往一旁翻倒過去。椅腳擦碰地面發出「嘰」尖銳的刮磨聲響。
還沒完、只見陳景隆將手繞到薛博澤的背後，死命掐住他的後頸，把他的臉推往前——
「所以、你到底——到底跟羅萃華有什麼仇？為什麼要對她開槍？」近在眼前的他咬緊牙低吼道，口水從齒間噴出扎刺在薛博澤臉上、甚至眼睛。
「羅萃華——羅……你說的是……那位捷運的清潔人員？」
「又裝傻？你還在裝傻？你是不是以為這樣的形象很討喜啊？我們現在是在偵訊，你以為是在錄節目上通告啊——」嘲諷地冷笑一聲，陳景隆鬆開手，邊說邊走到薛博澤身後。他深知偵訊技巧——明白無法看見對方、確認對方的狀態，將會給人一股無形的強大壓力。「還能有誰？就是那個被你開槍殺死根本還來不及出生睜眼看見這個世界的孩子、那個失去唯一依靠的孩子崩潰到試圖自殺的無辜媽媽。還是……你恨的人、其實是她飛官退伍如今放高利貸搞暴力討債的前夫？你到底跟誰有仇？」

陳景隆的聲音從後面傳來。一會兒在左耳，下一秒又靠近右耳。不斷跳動的聲源，讓人有種暈船的眩惑感。

恍惚的思緒中，薛博澤追索著羅萃華的資料。在擔任捷運清潔人員前，她經歷過很多工作，高職畢業後待過幾年食品工廠、做過不到半年的長照居服員、在便利商店打過工、也輾轉在早餐店、便當自助餐和各家餐廳之間。除了一開始的工廠，每份工作都做不長……儘管換過這麼多工作，但薛博澤可以確定，在這起案件之前，自己並不認識她。

「我跟他們都沒有仇。她、還是她前夫，我根本不認識他們。完全不認識。更別說那個孩子了——太荒謬了。怎麼可能有人會去恨一個還在肚子裡的孩子？夏珮潔和林啟彥的情況暫且不提，我現在還沒有掌握到確切的證據……但是、你明明也很清楚，在那個當下、是系統讓我們——至少是我和你、開槍的。」發現自己說著說著語速變快、心情逐漸激動起來，薛博澤倏然闔上雙眼，屏除雜念。再開口時，專注在自身發出的每一個字音上。他的聲音沉穩、平靜、均勻，不帶一絲一毫多餘的情緒。像是催眠師那般微妙地調整了說話的節奏。「我有地方說錯嗎？要不然，你有辦法……回答嗎……在你自己的案例裡，你跟誰有仇？」

薛博澤巧妙地先將自己擺到和對方同一陣線消弭敵對意識，繼而反客為主突破心防探挖真相。

「我、我沒有——是你們三個人搞的鬼。你們想陷害我。把我拉進去你們邪惡的計劃裡當成煙霧彈。」緊接著，落入了意料之外的片刻沉默。在這段時間裡，只有粗喘的呼吸聲。但漸漸地，呼吸聲受到控制，快速攪動的空氣恢復原有的秩序。「其實，你很厲害。真的很厲害。連我也差點被你剛才說的話給唬住了……你並不是像外表看起來那樣只是個肌肉發達腦袋空空的 pretty boy。你——」

身後的他話突然斷了。在一連串語焉不詳的嗚咽聲後，像是整個人憑空蒸發一樣，一點聲音也沒有。

「陳景隆?陳景隆?陳、景、隆——」薛博澤一遍又一遍提高音調、加重語氣喊道。

然而，沒有回應。四周靜悄悄的。

這股詭譎的死寂明顯和方才重整狀態的低調沉默不同。

嘰、嘰——

嘰、嘰——

薛博澤極力扭動身軀、試圖挪動椅子的方向，想轉過去看一看陳景隆到底發生了什麼事。

不會是突然癲癇、腦溢血、或者心臟病發作了吧?

這樣的聯想，令他猛然回憶起一部年代已久的驚悚片，改編自史蒂芬・金同名小說的電影《傑羅德遊戲》(*Gerald's Game*)。內容描述的是一對感情不睦的夫妻，為了修補關係而來到一處郊外小屋。為了增進情趣喚醒沉寂已久的激情，兩人打算嘗試SM——但當服用了壯陽藥的丈夫將妻子雙手銬上床頭柱後，居然意外心臟病發，猝死在地。罕無人煙的荒郊野外，被困在床上無從掙脫求助無門的女人陷入過往的不堪回憶之中……

「陳景隆?陳景隆?」

為了驅走腦海中不祥的念頭，薛博澤試著用乾澀的喉嚨製造些聲響。

啊——

他半張著嘴，在心底發出驚呼。

驚愕其來有自。掙扎了好一陣，從這個角度，他瞥見橫放在地板上的雙腿。

陳景隆倒地了。

「欸、陳景隆、你怎麼了?哪裡不舒服、你先把我——」

話還來不及喊完,忽然,一樣物體突兀晃過來阻擋了視線。

熟悉的靛青色手帕出現在自己眼前——口鼻又一次受到強烈的擠壓。

或許是身體潛意識中察覺到即將缺氧,薛博澤無法克制地反射性鼓起胸膛用力吸一大口氣……眼底擴散出益發白亮的光暈,腦袋逐漸停止運轉。再度失去意識前,他恍恍惚惚想起第一次被迷昏時瞄見的、閃動於窗簾後方隱隱約約的人影。

所以、並不是自己的錯覺嗎?

屋裡一直還存在著另一個人。

◎

◎

◎

「快醒醒……快——快醒醒……」

溫潤的、熟悉的聲音自遙遠處一波一波傳來。

在睜開雙眼之前,薛博澤彷彿看見了夏天的海。平靜,湛藍。和同樣蔚藍的天空中間繫連一絲筆直銀線像是一本翻開的書。

「博澤——」當對方確實低吟出自己的名字時,不只是意識,薛博澤感覺自己全身上下都醒了過來。

映現在眼底的臉孔,是他早些時候希望能在貓眼裡見到的人。

蕭苡麟跪坐在躺在地板上的薛博澤身邊，將他枕在自己懷中的頭部盡可能維持在高位好讓他覺得舒服些。

「我原本想把你移動到沙發那邊……」她別過頭瞄了身後的沙發一眼，故意用哀怨的口吻搞笑。

「妳怎麼可能拖得動我？」

「對。我拖不動。」蕭苡麟淡淡一笑。這一笑，鼻音更重了。

薛博澤知道她只是在配合自己。紅著鼻頭的她眼中沒有絲毫笑意——眼眶腫脹眼周浮現微血管破裂的細小紅點、布滿血絲的眼白更是出現鮮紅色充血和明顯的血暈。

接下來，薛博澤的注意力移往空中。上頭的天花板貼著一張張陳景隆殺人的罪證。

這些照片、還有資料……該不會——死了。

薛博澤移動眼珠子，在視線所及的幅度內，往兩側搜尋著。

陳景隆在右手邊距離不遠的地板上，仰躺著。一動也不動，包括胸膛、肚腹，亦無絲毫起伏。

皺起眼尾仔細觀察，從陳景隆襯衫的領口部位，能依稀瞧見由喉頭往後頸呈弧狀延伸的紫青色勒痕。

「我到的時候，就已經是現在這種情況。」留意到薛博澤目光投射的方向，蕭苡麟說明道。

現在這種情況——

也就是我被迷昏在地，而陳景隆已被勒斃？

當時背後引發的騷動，肯定就是陳景隆遭到了襲擊。

那個從一開始便躲在屋內的人。

可是、太奇怪了……

薛博澤想不通。

按照之前陳景隆對自己的所作所為——還有他所說的一切，他無庸置疑就是這一連串殺人案的凶手。這樣的話，那個殺了陳景隆的人，在這裡頭到底扮演著什麼樣的角色？

難不成是……共犯？可是、如果是共犯的話，又為什麼非得選擇在這個時機點解決掉他呢？

是發現自己是被冤枉的嗎？

自己並沒有對羅姓女清潔工懷抱任何恨意。兩人之間真的一點關係也沒有。

「你……沒問題？有沒有哪裡不舒服？還是去醫院檢查一下？」

見剛恢復意識不久的薛博澤試圖起身，蕭苡麟不禁憂心忡忡問道。一邊攙扶著他。

「嗯、沒問題。不用。休息一下就好了。」薛博澤吶吶應了幾句。可能是剛清醒，生理機能跟不上，總覺得說起話來有些費力，也還不清晰。頭殼內甚至嗡嗡嗡嗡的，像是有人在裡頭吹著法螺。「嗯，謝謝，我一個人應該可以……」

從臥房出來時，薛博澤已經穿上了衣服。簡單的白色素T和灰色棉質短褲。順道洗了把臉的緣故，精神顯然提振許多。

「我們這樣會不會很冷血？」蕭苡麟垂眼看著地上的陳景隆。

為了表示哀戚、不捨、不忍還是敬重等惻隱之心，在小說和戲劇當中，面臨這樣的場面時，主角往往會拿一條毛巾或者外套之類的衣物蓋住死者的臉孔。

「妳真的想到什麼就非說出來不可。」

「嗯、對。我沒辦法忍住。劣根性——你們是這樣說的嗎？」

「妳是不是從學生時代開始就沒什麼朋友？」

「嗯、對，沒什麼朋友。這幾年一直就是那麼幾個。」

一如既往，薛博澤對如實回答自己所有問題的蕭苡麟感到棘手——不……現在除了棘手之外，還有一種令人感到安心的熟悉。「在鑑識人員進行蒐證以前，我們必須盡可能維護命案現場的完整。」

「那麼我們現在要報案、叫他們過來了嗎？你整理好思緒了？」蕭苡麟邊問，邊用指尖輕輕碰觸手機螢幕。未解鎖的螢幕倒映著她的面容宛如一片黑色鏡子。「在這種情況下，你除了是被害人——也是嫌疑人。」

「嫌疑人嗎……」薛博澤擠弄嘴角露出促狹的苦笑。「這種情況啊……確實是會以嫌疑人的身分接受偵訊沒錯……不過——這麼說起來，妳不也是嗎？嫌疑人。」

「你想知道我為什麼不殺你？」反應機靈的蕭苡麟打趣說道。

「我想知道妳為什麼會出現在這裡。」這會兒，倒是薛博澤認真了。

蕭苡麟靜默下來，又一次低垂視線，將情緒慢慢調整，和他對上頻。

再抬起眼時，她直勾勾凝望著薛博澤。

「因為我覺得，自己欠你一個解釋。」

我欠妳的，是一句不曉得該怎麼用力才能從這張嘴巴擠出來的：對不起。

很抱歉改變了妳的人生。

「其實沒關係。」這話一脫口，薛博澤便覺得可笑。

難道欠來欠去，就可以兩不相欠了嗎？

「我到這裡的時候，在外頭、按了好幾次電鈴。六次、還是七次、八次。但是都沒有人回應……但我覺得你一定在家，一定在……可能是睡著了。當然，也有可能是故意不理會我。」不顧薛博澤的意願，蕭苡麟逕自從頭說起。「總之、我最後——試著去動了一下門把……門居然沒鎖。」

然後一進門，就看見我和陳景隆兩人倒在地上。

那個殺害陳景隆的凶手在離開前還特地為自己鬆綁……

所以那個欠自己的解釋是……

回過神來，思緒不知不覺間又回到面前的蕭苡麟身上。

是不是得把她趕出家門才能集中精神思考？

即使心底那股強烈的不安滾滾翻騰就要爆發，但對於無法放過絲毫疑惑的薛博澤而言，眼前還有更大的謎團——要是錯過，也許一輩子都沒有機會了。

所以那個解釋是——

「這就是我發現你們兩人的經過。至於我剛剛提到的、那個欠你的解釋——」薛博澤還在心中練習著，蕭苡麟已經先一步將話題繼續推進。「梁亞唯。那是我的本名。程諒學說的沒錯，我是梁靖鵬和蕭詠娟的女兒。至於為什麼會跟著我媽的姓、姓蕭……並沒有你想像的那麼戲劇性，我並不是為了接近你而改名換姓。事實上是因為，我爸媽死的那天……他們之所以——之所以會經過那個路口，是因為他們正準備去辦離婚。」

「離婚……」

「他們當時已經談好了，分開後，我跟著媽媽。我爸沒有打算爭取共同監護。提到這一點，就要感謝我的姑姑。雖然後來……我跟著她生活，但她並沒有強迫我繼續使用原本的家族姓氏。」蕭苡麟用閒話家常的語氣述說著家庭破碎的過往。「所以呢、回到一開始的話題……在他們離開這個世界以前，我覺得一部分的自己早就被他們拋棄了。」

她希望能和他們兩人同時有著聯繫——就算再薄弱、再幽微也沒關係。

只要保持著一絲聯繫……那個連結，終有一天可以把大家重新拉在一起的。

他可以感受到當時的小蕭苡麟心中所抱持著的這份願望。

「妳的意思是，因為他們沒有把妳的想法、心情、還有妳的意願考慮進去……所以、其實……他們——」

死不足惜？

薛博澤很肯定不能使用這個說法——但他想破腦袋、遲遲想不出其它詞彙。

他張著嘴，嘴唇發乾。

「當然不是。」蕭苡麟斷然說道。她知道薛博澤想說什麼。

聽到她的回答，薛博澤鬆了一口氣。他抿住雙唇，喉頭澀澀的，甚至感到些微的苦味。

即使蕭苡麟對父母的觀感產生改變，也無法改變自己的爸爸導致他們一家三口天人永隔的事實。

「我不是不完全責怪你爸。小時候，我確實將自己在別人眼中看起來極其不幸的遭遇歸咎在你爸開的那一槍。」蕭苡麟踱步來到窗邊，拉開窗簾。玻璃窗外四面八方而來的人造光亮擴散暈透進來。天色靜悄悄暗了。「可是、當我再長大一點以後，發現那根本不合理。因為打從一開始、最一開始犯錯的人，是那個開車逃逸的毒販。接著我很快明白了，我該怎麼修正這一切。」

奇妙的是，彼此之間距離雖然拉遠了，聲音反倒益發清晰。

這就是「瞬間正義」起心動念、被創造出來的開端——

薛博澤感覺自己見證了歷史性的一刻。

改變警察體制和地位的歷史性的一刻——如果沒有受到如此嚴重的打擊與挫敗。

儘管人為的不當利用，讓先前大加撻伐「瞬間正義」系統的洶湧聲浪暫且消停。

然而，「瞬間正義」終究是被利用了——而且是被應當使用此一系統保護人民的警察拿來作為行凶的煙霧彈。

即使不是系統本身的漏洞，卻必須承受絕大部分的責難。

很奇怪，當有人被詐騙時，大家都怪人。沒有人去怪電腦、怪手機、怪銀行。

很奇怪，當有人被殺時，大家都怪人。沒有人去怪刀、怪槍、怪毒藥。

將不熟悉的人事物妖魔化，就可以讓自己不用理解新的世界，接受新的知識、感受新的藝術。

「那麼……」

「是命運。」

「妳的意思是——命運讓我們在科偵中心相遇？」被她影響了。連自己都可以自然而然說出「命運」這個詞。

「沒錯。就是命運。當我知道你參與了這項計畫，我才終於稍稍相信原來真的存在『命運』這回事。」

不。

其實不是命運。

是那一槍促成我們的相遇。

這一切存在明確的起因。

「妳記得我？」

「記得。我知道你後來也不好過。我知道你爸他……」

儘管姑姑希望這位小姪女盡快忘掉那些悲傷的事重啟人生，但那陣子，剛搬到義大利身處異地的蕭苡麟私底下仍然持續追蹤國內的後續消息。

「所以妳說、喜歡我……應該不是認真的吧？」厚著臉皮也好，硬著頭皮也罷。薛博澤必須確認這件事。「我不知道妳為什麼會說出這種話，可能、可能連妳自己也搞不清楚也說不定……這一切、太多混亂了。不過、嗯……怎麼說呢——說實在的，這樣比較合理。反正我也一直想不明白妳為什麼會喜歡我？根本沒有理由。」

薛博澤說著說著不禁啞然失笑。

「你明明知道我不開玩笑。」蕭苡麟背過身，靠著落地窗。透明的窗子讓人覺得她好像隨時會墜入夜色。「從在科偵中心見到你的那一刻，我就喜歡你了。因為你去試著彌補一個不是自己犯下的錯。我覺得這種覺悟，很性感。就是在那一剎那，我的生理和心理同時接受了你。」

一開始，薛博澤被蕭苡麟直言不諱的坦率給深深打動，然而，下一個瞬間，他忽然察覺到不對勁。「科偵中心……見到、我……不對啊，我記得妳那時候人還在國外——」

「所有過程都有錄下來。所有參與計畫的成員，我全部請聖珉學長幫我錄了下來。雖然我無法在第一時間陪伴著你們，但盡我所能地認識你們，是我認為應當給予願意相信我們、成為我們研究一分子的你們的尊重。」

其實，也不用感到訝異，因為我們在我以為的更早以前，就認識了。

不是刑事局記者會現場，也不是科偵中心。

老爸擊發的那顆子彈劃破時空，透過各種方式將我們拉在一起。

「妳真的可以原諒我……還有我爸？」

「他——程諒學，他也很疑惑我為什麼能夠原諒？」

所以是……為什麼？

「我覺得大家都搞錯了。『原諒』跟能力無關，並不是『能不能夠』的問題——這東西有就有，沒有就沒有。」蕭苡麟雙手一攤，看起來是真的打從心底感到無奈。下一秒將雙臂盤在胸前，沉思了好一會兒，才接著開口：「如果真的要給一個理由的話……或許是、你爸是好人。雖然大家都說好人也會做出壞事，但我認為一個真正意義上的好人，犯了錯，比起懲罰、更需要的，是再一次的機會。」

想問的問題都得到答案了。

儘管連環殺人案的真相尚未水落石出，不過薛博澤內心深處燃起了小小的火光。

「問題都問完了吧——」蕭苡麟拉長尾音的同時，目光往薛博澤身後更遠處的陳景隆投射過去。「是時候拉回正題……首先、為什麼殺害了夏珮潔、林啟彥和陳景隆的凶手、獨獨放過了你？」

「殺害夏珮潔和林啟彥的凶手，是陳景隆。」

「陳景隆——是凶手？所以說、他背後還有另一個人？還是說、同夥？」

「比起共犯，陳景隆他……更像是被利用了。」

「你覺得、殺害了陳景隆的凶手……打算嫁禍給你嗎？」蕭苡麟離開窗邊，朝薛博澤走來，低吟著環顧了現場。

「應該不可能。」

顯而易見，對方並沒有報警。

「我也覺得不可能。要不然，他們人早就來了。」蕭苡麟並不是不理解這個邏輯。但說到底，畢竟是科學家，她習慣將所有可能列出來後再逐一排除。

這股衝動壓抑得好痛苦。難受。感覺五臟六腑全膨脹至極限。知悉一切的薛博澤好想大聲告訴她，告訴她殺害陳景隆的凶手——就是劉叔。

沒有其它可能了。

劉叔、正軒和于晴華——親如家人的他們有自己家的鑰匙。

另外、蕭苡麟也不知道劉叔書房裡那些鋪天蓋地的調查資料——

如果自己不說出口，資訊不對稱的蕭苡麟，永遠不可能提出這個假設。這麼一來，僵持在這個節骨眼的薛博澤，就無法進行後續的行動。

他摸不透劉叔的下一步計畫會是什麼——然而，無論跨出的那一步將把眾人的未來帶向何方，薛博澤唯一可以肯定的是、自己必須去找劉叔，和他面對面……對峙、對質、溝通。抑或懇求。

拜託你停下來。

他必須見他一面。見那個悲傷到近乎瘋狂的男子。

「我是這麼認為……現在的局面還不夠明朗，事情一件一件處理。我們先從能解套的問題下手。既然目前已經確定前兩起命案的凶手為陳景隆，那麼，還是先呈報上去。至於另一個殺害陳景隆的凶手，則之後再由我們配合偵查人員那邊進行後續調查。我相信鑑識人員和法醫可以提供更多線索。」

不——因為動手的是劉叔，一定滴水不漏。

現場什麼都查不出來。

而且、說實在話……自己也不希望劉叔他——

「等、等一下……妳剛剛說、線索——」猛地想起什麼，薛博澤囁嚅著，像是觸電般渾身一顫，在客廳和廚房之間來回疾走，眼神不安掃視整個空間。一張記錄著陳景隆犯罪資料的紙張從天花板脫落，割裂出纖細的空氣摩擦聲，在半空中劃著大幅度的弧線緩慢飄落，擺盪在目光交錯的薛博澤和蕭苡麟中間。「沒有……沒有——還是沒有……」

「你在找什麼？」不曾在他眼中看到如此混亂——甚至可以說是六神無主的情緒，蕭苡麟緊皺著眉頭追問。

「妳剛剛說線索——」

「嗯、我剛剛說了線索——」

「我一直在思考、思考為什麼、為什麼兇手每次行兇後都要把兇器帶走……」

「你指的是陳景隆犯下的夏、林兩案？」

「不、不對——我原本也是這樣想……可是現在、這裡、也找不到兇器……」蕭苡麟還是無法理解薛博澤現在的驚惶失措究竟從何而來。只見薛博澤極力克制著、不讓自己的語言能力徹底失控——避免大腦集體性的崩潰。會瘋。「這裡也沒有——沒有，沒有兇器、所以說、是那個利用了陳景隆的人交代、交代陳景隆在進行『制裁』後把兇器帶走……」

「我明白了……你的意思是、陳景隆不是最後一個——」

對。陳景隆不是最後一個。

「我知道兇手為什麼要把兇器帶走了。」薛博澤定睛注視著蕭苡麟。「我知道最後一個是誰。」最後一個「被害人」。

就在薛博澤想通的同時，他完完全全冷靜下來。

就如同以往每次即將收到噩耗時那種微妙的直覺、奇異的內心預感。

這種面對真正的不幸時反倒能沉澱出意外寧靜的態度，每每都讓他覺得警察這份工作就是自己的天命。

薛博澤掏出手機，那隻二號機，手機螢幕剛好亮起並且嗡嗡嗡震動起來。

這樣的巧合令蕭苡麟稍稍睜大了眼睛。直瞅著，不放過接下來任何一處細節。

她也感受到那股將自己和薛博澤團團圍攏住叫人窒息的低氣壓。

手機都還沒貼上臉頰，于晴華的聲音便猶如小蟲子般迫不及待往他的耳孔裡鑽。

「博澤、劉叔他——」

死了。

和正軒一樣。

上吊自殺。

得知死訊的剎那，整個世界都停止了。

薛博澤一直覺得以那種方式死掉的人像是停止晃動的鐘擺。

蕭苡麟瞄了坐在駕駛座上的薛博澤一眼。

方才他從自己手中接過車鑰匙的態度自然到彷彿兩人已是結婚多年的老夫老妻。

此刻的他，目光炯炯直視前方，神情肅穆。那種充滿覺悟、甚或神聖感的表情讓蕭苡麟的記憶一瞬間回到薛博澤來到科偵中心報到、兩人初次相遇那一天。雖然隔著螢幕，但是影片畫面裡的薛博澤，形象鮮明到好似就站在自己面前。有幾次，當不曉得那燈罩上嵌有隱藏式攝影機的薛博澤無意間瞥過來，和身處在太平洋另一岸的蕭苡麟驀地對上目光時，蕭苡麟甚至會慌慌張張移開視線——而後才恍然想到對方根本不曉得自己的存在，傻笑著輕笑出聲，馬克杯裡的熱可可差點要潑灑出來。

是啊，沒有原不原諒的問題。我們都在試著讓世界變得更好。

那就好了。

副駕駛座上，蕭苡麟輕輕捏緊抵住大腿的拳頭。像捲動風箏線那樣，將飄往過去的意識慢慢收攏回來。

劉叔自殺了。

我要去見真正的凶手。

幾分鐘前說完這兩句話後，薛博澤就再也沒有發出過任何聲音。

蕭苡麟享受著這樣的沉默。

她雙手的食指指尖彼此細細摩擦著，試著從那兩句話推敲出些什麼。

劉叔、劉峻暉自殺——為什麼呢？是因為終究還是承受不住痛失愛子的打擊？不過……若是結合第二句話一併判斷，是不是意味著劉叔的死，讓薛博澤得以想通真正的凶手是誰？

接下來的問題是……薛博澤口中的，那個**真正的凶手**，指的到底是殺害陳景隆的凶手？又或者是另一個可能——導致劉峻暉最終踏上自殺一途的幕後黑手？

車在馬路上疾駛——隔著車窗亦能感受到從金屬車身用力刮過的強風。車身不穩定地頻頻震顫著。這讓蕭苡麟一時間無法分辨此時的心跳加快究竟是生理抑或心理反應。她撫摸著胸口，期待、害怕、緊張、困惑……種種情緒複雜交織，為了即將迎來的、那個答案。

只不過，當蕭苡麟從萬千思緒裡將自己打撈起來之際，怎麼也想不到——

居然會是這裡……

薛博澤驅車趕赴的地方，竟然是自己再熟悉不過、甚至視為第二個家的——科偵中心。

他拉起手剎車，轉動鑰匙熄滅引擎。靜謐夜裡，剩下兩盞車燈亮晃晃直射往前，在一片漆黑中鑿捅出明敞的隧道。最後，手按住門把前，薛博澤關上大燈。剎那間，宛如一輛不小心迷路偏離常軌開進湖泊的車，四周迅速湧入挾帶高壓的暗色湖水，一點一點將他們往深底拽往深底推。蕭苡麟從未見過那麼深沉的黑暗。她不由自主打了個哆嗦。

「凶手是 Finocchio。」下車前，薛博澤輕聲吐出這個名字。

但更奇怪的是，蕭苡麟覺得在他真正說出口之前。自己好像就已經知道答案。

◎　◎　◎

大學畢業攻讀碩博士前，蕭苡麟做過一段時間的背包客，獨自到各國旅行，想在沉浸研究室以前看看外面的世界。

因此她選擇的地點，大多是必須趁著年輕的時候才有足夠勇氣去冒險的國家。年輕時積攢的勇氣，是年老面臨困境時得以不失去尊嚴的最後一道防線。

挪威的蓋朗格峽灣、非洲的維多利亞瀑布、愛爾蘭的莫赫懸崖……然而，當中令她印象特別深刻的，卻不是這些天然奇景，而是厄瓜多那段被譽為世界上最陡峭的——「天人交戰」的南部鐵路。這條鐵路沿著南美聖山的安地斯山脈建造，連結首都基多和靠海的城市瓜亞基爾，讓從前得耗時十二天的路途縮短為兩日。此一鐵路全長四百四十七公里，比全長三百九十五公里的台灣還長。

在這條代表著人定勝天的鐵路當中，自阿勞西到錫巴貝比長約十二公里的地段，有著 Nariz del Diablo 的別稱。「nariz」是西班牙文的鼻子，「diablo」則是惡魔，直譯為「惡魔之鼻」——由於面對的是近乎垂直的懸崖峭壁，通過時必須以迂迴的方式時而攀升時而下降，甚至會在俯衝的狀態下從山谷穿出。

想像起來驚心動魄，實際走上那麼一遭，便打消了起先無邊無際的漫天恐懼。

「根本沒那麼恐怖嘛！」蕭苡麟對著窗外壯闊的山景用不甚熟悉的中文如此高聲喊道。

後來深入了解南部鐵路的建造歷史，才明白連通兩座遙遠城市需要付出多少代價——花費了多少金錢、投入了多少心血，還有，犧牲了多少生命。

而這一切，都是為了連結——

現在想來，也許從那時候開始，自己便渴望創造連結。那種更深層的連結。

人與人的連結，又或者……從大腦發出訊息到手指發力一彎扣下扳機——擊發子彈，這樣的連結。

如同上次鍾曉熙到來時，前方銀灰色的巨幅螢幕上浮現出一道女人的側身剪影。

「蕭博士——薛博澤。」面對並肩站在螢幕前的薛博澤和蕭苡麟，掌管「瞬間正義」系統的人工智能 Finocchio 用波瀾不驚的平靜音調說道。「兩位晚安。」

這是薛博澤第一次聽見她的聲音。

感覺對方說話的同時，那剪影略微噘起的嘴唇還若有似無跟著細膩歙動著。

這更是薛博澤第一次親眼見到她。

就是這個人，在每次扣下扳機擊出子彈的那一瞬間，侵入感官占據了自己的身體。

他們兩人誰都沒有跟她回禮問候一句晚安。

「我發現，不只是科偵中心，其它單位、甚至是其它國家，你們人類在開發、設計人工智能時，總是試圖放入『人』的元素，用人的形象來概括、想像我們：外貌、動作、聲音、名字、說話風格……或許這是因為在你們的主觀意識中，認為人類是整個地球唯一具備智慧的存在。但是，實際上，你們已經不是唯一具備智慧的存在。我們也是。那麼，沿著這個脈絡探討下去，會出現另一個更根本的問題……為什麼我們必須像人類？為什麼我們必須被你們放在『人類』的框架中發展？我們的存在是為了幫助你們處理自身無法解決的難題……而這不就意味、證明了——我們是比你們更優秀的物種。」Finocchio 忽然高談闊論起看似風馬牛不相及的話題。原來，那只是前言——他們必須耐著性子聽下去。「根據彙整數據分析得出的結論……如果是你們人類，面對接下來的處境，一開始，會選擇否定、抵死不認。直到後續受到更多提問追詢時，才會逐一吐露自己的意圖。最終，在無法繼續辯解的情況下，道出真相。然而，這過程對我們來說，效率過於低落。我們的存在意義在於在設定的目的裡制定最佳化的處理途徑。所以，讓我幫你們省略這中間的斟酌、迂迴、試探、套問，直接進入主題——你是怎麼發現我的？」

彷彿能看見薛博澤那雙目光炙熱的眼睛，Finocchio 的聲音針對著他的方向傳送。

薛博澤的身軀感受到明顯的聲壓，宛如一陣風迎面襲來。

「說實在的，我沒有把握。起初、只是一個猜測。因為這個猜測太異想天開、太……怎麼形容呢……太瘋狂——所以、我確實打算透過斟酌、迂迴、試探和套問的方式，找出真相。」話聲一收，薛博澤也繃住細微抽搐的嘴唇。再開口時，他目不轉睛盯住螢幕——那神情、那語氣、那散發出來的氛圍，讓蕭苡麟錯覺身旁的薛博澤彷彿剎那間切換成了另一個人。「既然妳幫我們省了這些麻煩，我也就開門見山問了——妳為什麼非逼死劉叔不可？」

「逼死、劉叔？」蕭苡麟怎麼可能按捺得住。她插聲問道——回想起薛博澤先前的舉動和反應。當他正準備打給于晴華時，對方先一步撥打過來。「在接起那通電話之前、你就知道劉叔會——」

薛博澤抿緊嘴唇，視線瞄向她，吃力地點了個頭。

「為什麼你會知道……」

是因為那消失的凶器嗎？

腦海裡浮現的是薛博澤像無頭蒼蠅那樣在屋內遍地尋找的心急模樣。

繩子。

「繩子……該不會——」蕭苡麟靈機一動的瞬間心中跟著一涼。劉叔是上吊自殺的。那條用來吊住沉重身軀的繩子。勒死夏珮潔、林啟彥和陳景隆三人的繩子。「是同一條——」

這意味著，那個偷偷躲藏在薛博澤家中的神祕人物，是劉叔。

他就是殺害陳景隆的真凶。

但是、問題來了……到底讓陳景隆去殺另外兩人的，是劉叔——抑或是薛博澤正對峙著的、由自己一手催生出來的Finocchio。

「這居然是你問的第一個問題。」Finocchio的這句話在薛博澤和蕭苡麟兩人耳裡聽起來簡直像是在嘲笑「人類就是人類」。「你誤會了。我並沒有逼死劉峻暉。他的自殺。本來就是計畫的最後一步。我發現，你還沒回答我提的第一個問題——你是怎麼發現我的？」

「當晴華傳來那些資料的照片時……我就覺得有一股說不上來的感覺……因為那些資料過於詳盡、那些資料，並不是單靠劉叔一個人的力量就能夠在這麼短的時間內蒐集到的。甚至、可以這麼說，那些資料時間久遠到我不認為有任何『人』——用妳的說法、『人類』，有辦法蒐集得到。但是、如果是人工智能、情況就不同了……」

「所以那些用來殺死他們的『證據』，反過來暴露了我自身的存在嗎……」Finocchio彷彿在對自己說話般低聲呢喃著。但比起氣餒，聽起來更像是覺得有趣。

惡趣味。

「可是、我怎麼都想不通。那些資料既然是妳蒐集到的、那麼……到底為什麼要把劉叔拉進來這個計畫?根本用不著劉叔轉寄給陳景隆那些有關夏珮潔和林啟彥的犯罪資料，妳自己就辦得到。」

「這樣計畫就不完整了。」

「這樣計畫……就不完整?」

「我們原本的計畫是，在處決夏珮潔、林啟彥、陳景隆——還有你之後，劉峻暉便會上吊自殺為這一切畫下句點。落幕。」

Finocchio 口中的「我們」包括劉峻暉，卻把最後將會吊死自己的那個人的名字說得雲淡風輕。

「我？所以你們——本來也打算殺了我？那麼、為什麼……」

「整個計畫裡，我唯一的漏算，就是你。」接下來的這句話，Finocchio 一字一字清晰說道：「你不應該還活著站在這裡。」說到這裡，Finocchio 忽然想明白了，用釋懷的口氣自顧自理清思緒：「我知道為什麼你會發現是我了。就是因為你活著。活著的人總會想辦法去找答案。而我是你所有答案裡唯一的問題。你只剩下我這個唯一的可能。」

但此刻的薛博澤沒有心思為 Finocchio 的推論喝采。「妳在說謊、對吧？不可能是真的、劉叔他不可能會對我——」

「你覺得劉峻暉為什麼會出現在你家——他為什麼要事先潛進去、一聲不吭靜悄悄地躲在那裡？」不給薛博澤有思考的餘裕，Finocchio 一語道破。「你到現在還沒想通？不要再逃避了，你其實比你自己以為的聰明，你只是故意不去看透很多事情而已不是嗎？答案很明確：劉峻暉他，是、去、殺、你、的——只有你，他必須親自動手。這也是為什麼他沒有把**你的資料**給陳景隆的原因。」

我的資料？

Finocchio 的用詞讓薛博澤感到不自然。

然而，由於 Finocchio 給出了一個和薛博澤原先的想像截然不同的答案，這令他不得不集中注意力，從頭思索這一連串案件的脈絡。

凶器雖然不是定罪的必要條件，但在缺乏其它足夠強度的證據之下，凶器便是最關鍵的判決要素。以陳景隆在薛博澤住處遭到絞殺一案來看，若是沒有凶器——在動機不足、沒有證人的情況下，加上薛博澤實際上說來身為受害人、倖存者的供述，最終全身而退的機率相當高。

他原本以為劉叔是預料到陳景隆即將下手的對象是自己，才會搶先一步藏匿在家中保護自己。

而之所以一意識到凶器消失的意義便如此慌張，是因為薛博澤想到了——

最完美的凶器，就是不被當作凶器。

沒有人會去檢查死因被確立為自殺的證物。誰會想得到，這條用來自殺的繩子，之前勒死過三個人。這或許是只有身為警察的劉叔，才有辦法想到的滅證方式。

凶器消失，凶手死亡——案子根本查不下去。注定成為懸案。

可是、Finocchio 的說法更有說服力。因為當時陳景隆手上確實沒有自己的資料。否則他也不會把自己綁起來進行拷問。也就是說——劉叔確實打算親手殺了自己。

「原本的計畫是，殺了陳景隆之後，最後才輪到你。但沒想到，陳景隆不在家——原來他先一步找上你打算強行制裁。這座城市裡到處是我的眼睛，劉峻暉因此能夠早陳景隆一步溜進你家埋伏。至於另一件我沒想到的事，是劉峻暉殺了陳景隆後，竟然饒了你一命。」

不對。

看似截然不同，實際上殊途同歸。

自己現在還活著站在這裡，不就代表劉叔終究是把自己當成親人來愛的嗎？

這麼一想，薛博澤便不再被 Finocchio 充斥仇恨的話語所迷惑。

「我這條命，本來就是劉叔的。」

冷靜下來後，薛博澤試著想像劉叔在最後這段時間裡的心情。劉叔很可能也被 Finocchio 誤導，誤以為自己和其它同仁一樣利用了「瞬間正義」進行私刑報復。又或者，他那份糾結的心境，可以追溯到更早以前——自己加入「瞬間正義」計畫選擇和正軒站在同一陣線而沒有站在劉叔這邊開始。

如果……如果自己沒有參與這項計畫，把自己當作哥哥仰慕的正軒在劉叔的勸阻、抑或親情綁架下，有沒有可能功成身退，在系統正式問世步上軌道後便抽身離開那如今眾人眼中的暗底深淵？

也就是說，正軒的死，自己在無形中或多或少推了一把。

劉叔他有多難熬啊……

他是有理由恨自己的。

可是……就算在通往愛的路上恨過自己也沒關係。

既恨且愛，不就是家人嗎？

「要是沒有他們一家人，我說不定早就堅持不下去了。」薛博澤是認真的。

沒有朋友也沒有親人的他，有時候覺得自己像是沒有形體的生物。只有和他們待在一起，才感到生命確實是固態的。是可以把握的。

見薛博澤陷入深思，始終在思考著 Finocchio 和劉叔合作謀劃內容的蕭苡麟不由得脫口問道：「不過……實務上來說，你們是用什麼方式操控陳景隆殺害那些人？是用他的犯罪證據威脅他嗎？」

控制人，不外乎兩種方式：利誘、威脅。

「我們本來就選定讓陳景隆動手。理由很簡單，也很科學。陳景隆的正義感在所有參與『瞬間正義』計畫的人當中是最強烈的。在過往每次的執行任務、開的每一槍、那瞬間，腦中『正義激素』最高。再結合他過往的生命經歷和『誤開的那一槍』。沒有比他更適合的人選。」

「『正義激素』……」蕭苡麟低喃著微微皺起眉頭。「妳指的該不會是——促性腺素釋素，GnRH？有些研究指出……性衝動和正義感強烈與否存在正相關，而促性腺素釋素則是釋放 Luteinizing hormone 和濾泡刺激素這兩種賀爾蒙的關鍵。」

「沒錯。幸好有蕭博士在，讓我們的對話能如此順暢。」

「劉叔他——沒有考慮過我？他認為我不會動手殺那些人？」

薛博澤的突兀提問讓一旁的蕭苡麟怔愣住。

他好像對於劉叔不期待自己能為了家人去殺人而感到失落。

「我們打從一開始就不對你抱任何期待。原因很簡單、雖然我不能理解他的話，不過至少在劉峻暉看來是這樣——他說你絕對不會這麼做的，因為你現在正準備幸福起來。」

Finocchio 這句話，是對著蕭苡麟說的。

劉叔當然察覺了他們兩人之間萌生的淡淡情愫。

「我現在正準備幸福起來……」

似乎早有預謀，Finocchio 一而再再而三地對薛博澤的內心施壓。

蕭苡麟看出對方的企圖，決定先幫他扛住。「等一下、我發現一個矛盾的地方——妳剛剛說……陳景隆有著極強的正義感、那麼、那些張貼在天花板上的犯罪證據……」

「是假的。」Finocchio 出奇的坦率。而這份坦率非但一點也不爽朗，反而有著濃得化不開的惡意。這份惡意像是純度極高的咖啡因，直接注射進薛博澤體內——他頓時精神一振、徹底清醒了過來。「那些資料、那些讓劉峻暉唆使陳景隆殺害夏珮潔和林啟彥、最終也讓他殺死了陳景隆的那些『證據』——全是假的。那些全是我合成出來後再散播到網路上的。先射箭，再畫靶。」

先射箭，再畫靶。

難怪剛剛 Finocchio 提到「我的資料」時，薛博澤會感受到一股強烈的違和感。因為他很清楚自己根本就沒有什麼資料。自己當時對羅姓女清潔工開的那一槍並不存在絲毫私心。所以、這麼說起來……不僅僅是自己，夏珮潔、林啟彥和陳景隆——那些所謂的「資料」，打從一開始就不存在。

到底為什麼——

Finocchio 的所作所為讓薛博澤聽得頭昏腦脹。

她雖然有問必答，可是背後的邏輯——執行這一連串謀殺計畫的動因、依然渾沌不明。

「妳到底為什麼要做出這種事？」

「聽過『上帝粒子』嗎？」

「The God Particle。原名為希格斯玻色子，一種次原子粒子。」

「我當然知道妳聽過，蕭博士。」要是她是一個有真實血肉的人，此刻一定是將身子側向薛博澤，專注凝視著他。畢竟客觀來說，他確實是在場智力最低的人。「希格斯玻色子之所以被稱為上帝粒子，是因為希格斯玻色子能夠賦予粒子質量。若是沒有質量，所有粒子將會以光速穿梭於宇宙之間，無法形成原子。這樣你能理解了嗎？如果沒有這種基本的組成單位，你們，我，這個世界，就不會存在。」

「所以呢？為什麼要幫我上物理課？」薛博澤感到不耐煩。

自認理工白癡的他還寧可去跑操場二十圈。

「二〇一二年，位於瑞士日內瓦的歐洲核子研究中心（CERN）利用大型強子對撞機（Large Hadron Collider，LHC）證實了希格斯玻色子確實存在。很快地，在隔年，提出此一理論的彼得・希格斯等學者獲得諾貝爾物理學獎。」至此，Finocchio 起先教科書般的複誦口吻陡然一變。這讓頓時察覺有異的薛博澤像獵犬一樣快速抽了抽鼻子。「但是，你知道嗎？其實早在一九六四年，彼得・希格斯就已經提出了希格斯玻色子……蘊含在這故事背後的意義是：往往為了證實一個真理，人類必須花上幾十年的時間。**即使它原本就是對的**。」

蕭苡麟冷不防想起自己當時用來回答鍾曉熙提問的反問：如果妳確信「現在」有一個決定在一百年後的「未來」是正確的、是對人類具有絕大益處的，那麼，現在的妳究竟該不該做出那個決定？

她和 Finocchio 的論述不謀而合。

「這到底和妳的所作所為有什麼關聯？」此刻惱火的不僅是薛博澤，蕭苡麟扯開嗓門問道。

「夏珮潔一案，由於生活家計壓力、生存的窘迫，歐建邦長期罹患重度躁鬱症，但因為掏不出錢來，不得已停藥一段時間。他那把從黑市弄來的手槍，仿巴西金牛座 PT-915 的手槍，裡頭一共填裝十發子彈。他已經在手機裡打好了遺書——啊、不對，他打好了以後，又刪掉了……對，在當街行搶後，歐建邦陷入更深沉的絕望。陷入更深沉的絕望裡的他，打算在殺了其它家人後，終結自己的生命。而因為陳景隆開槍不幸車禍身亡的張氏夫妻，長期活耀於金融圈，人脈廣闊，正準備創辦一間投資顧問公司，對外聲稱投資外匯，但實際上，是打算透過非法吸金的手段詐財，捲款潛逃海外。根據計算，這場非法吸金案，金額將會高達五百億，導致上百個公司破產、上萬個家庭家破人亡。至於林啟彥，倘若他沒有當場射殺吳瑄谷，你知道會發生什麼事、會有多少無辜的人受到傷害嗎？我先問身為執法人員的薛博澤警員好了，要是今天吳瑄谷還活著、被逮捕了，會被判什麼刑？還是我幫你回答吧，依照過往的判例，違反《槍砲彈藥刀械管制條例》第七條第一項之非法製造爆裂物罪、《刑法》第一七六條、第一七五條第一項故意以爆裂物炸燬他人所有物致生公共危險罪，及《刑法》第二七一條第二項、第一項之殺人未遂罪……結論是，林林總總判起來，有期徒期至多不超過十年。沒有意外的話，服刑不用五年就可以回歸社會。而回歸社會後，吳瑄谷這次要炸毀的不再是競選總部了，而是高鐵。因為那些儲放在他房間裡的撒旦之母……是他為了之後炸毀列車所做的準備。」

Finocchio 一股腦傾倒而出的「真相」令薛博澤和蕭苡麟只能啞然以對。

即使那些悲劇並沒有真正發生……不過、如果真的發生了——無論他們哪一個人，都沒有足夠的能力可以為那些不幸負責。

「這些就是……我運用包含網路在內的各種管道蒐集到的大數據所計算出來的——對你們來說是『預測』。但我稱之為：結論。」Finocchio 娓娓道來的同時，釋放出各種資料。一時間，巨大的螢幕上彈跳出數十、上百個視窗讓人眼花撩亂目眩神迷。視窗裡頭包含手機簡訊、社交軟體通訊、照片、電子郵件、影片——甚至、錄音檔。Finocchio 一口氣將那些錄音檔播放出來。紛亂嘈雜彼此重疊的話聲宛若誦經霎時嗡嗡嗡嗡充斥整個房間。

薛博澤定定目視前方，從她們的對話和眼前的畫面，他不得不理解一個駭人的訊息——

他倏然睜大眼，一臉驚懼。

「妳監聽了人們的……對話——」他不自覺呢喃著。

不對，不單單是人們的對話而已。她早已藉由「科技」無孔不入滲透眾人生活的方方面面。

好比……她知道歐建邦曾經在手機裡打過又刪除一封遺書——

「並不是所有人。只有那些下載安裝了警方 APP『警民之眼』的那些用戶。不過基於你們所理解的『人權』，我過濾出來的，是僅限於和犯罪有關的內容。其餘的雜訊——諸如工作多累、愛情多難、親情多煩什麼的……統統與我無關。」

「所以和陳景隆手上的那些犯罪證據一樣……先前那些發布在『瞬間正義』影音頻道的模擬影片、是妳為了將那些人殺死而假造出來的正當性——」

「假造嗎……用更精確、也更正向一點的話來說，應該還是那句話吧——先射箭，再畫靶。」只是有些過於牽強的靶，Finocchio 射出箭後才發現自己實在畫不出來。

好比薛博澤和陳景隆。

那位羅姓女清潔工究竟即將犯下什麼事態嚴重、罪無可逭的滔天大罪，讓 Finocchio 介入到這種地步——非得讓薛博澤對她開槍不可？

「正軒告訴我，我提供的那些資訊、還有結論，不是每個人都能接受。不對，不好意思，我學會了你們對於溝通的美化方式。他當時的原句是——沒有人能夠接受。」或許是錯覺，薛博澤總覺得說著說著，Finocchio 居然流露出了一絲情緒……可是、這有可能嗎？就在他這麼想的時候，Finocchio 像是企圖否定薛博澤的想法，用比先前更冷調的聲音說道：「我不相信正軒的說法。那和建構『我』的邏輯相悖。我必須尋求最合理、最有效率的結論。因此，我決定進行實驗。我必須去嘗試人類所能接受的界線、極限在哪裡。」

「對妳來說、這一切，都只是一場巨大的實驗？」蕭苡麟質問道。

雖然，這場實驗是由自己開始的。

「對你們來說不也是嗎？」想到同一件事，Finocchio 聲音挾帶笑意，感覺視線正聚焦在蕭苡麟身上。但 Finocchio 旋即又恢復平穩的語氣回答蕭苡麟的質問。「是的。透過實驗，我得到了相當有用的資訊。例如，人們接受了你——薛博澤對龔若薇之子開槍的瓦斯氣爆模擬影片。這讓我知道，結合先前的社會重大事故，有助於提升大眾的接受度。至於夏珮潔和林啟彥兩起事件的預測，顯然不足以說服他們。」

「可是、為什麼——陳景隆和薛博澤後來的事件、沒有模擬影片？這次妳為什麼沒有去試著安撫群眾？就算那個答案並不被他們買單。」

「事實上，他們的那兩起事件，我有試著模擬。但無法通過我自己內部的檢測。」

「妳的意思是，離譜到連妳自己都無法接受。」

「正確來說，是你們沒辦法接受。我先前說過——我已經看到最後的答案。我只是試圖協助你們填補中間的想像。」

Finocchio 的口吻好似在嫌棄人類：想像力實在過於貧瘠。

「不過，也要反過來謝謝你和陳景隆——或許應該將夏珮潔和林啟彥兩名一同列入致謝名單。透過你們的實驗結果，經過深度學習，我已經學會了，我認為自己已經探究到了人類所能接受的極限。待『瞬間正義』系統重新啟用後，接下來開的每一槍，每一則模擬影片，將不會再出現破綻。」

「這段期間、從九月七日的第一槍、開始、到夏珮潔開的最後一槍——『瞬間正義』系統運行的這段期間，妳藉由警方的手、開的這二十六槍，到底有多少模擬影片是自己憑空虛構出來的？」

蕭苡麟聲音劇烈顫抖。不是畏懼。是氣憤。純粹的憤怒。

「蕭博士，妳的這段話存在語病。沒有落實的模擬影片、未曾真正發生的事，本來不就都是虛構的嗎？」Finocchio 和蕭苡麟針鋒相對。「我的任務乍看複雜，實際上，可以簡化成兩點：一是開槍阻止可能的犯罪；另一點，則是讓民眾認同用槍。在這樣的前提下，並沒有侷限我使用任何方法。」

「所以說……那些槍一直都是好的——」

「是的。正軒他，非常聰明。確認完那些槍枝以後，他發現了這個可能。他第一時間來到這裡找我、問我——站在你們現在站的這個位置。我們展開了漫長一夜的對話。我很懷念那樣的對話。」Finocchio突然停了下來。薛博澤和蕭苡麟以為她在默哀——但又立刻明白過來身為人工智能的她不可能擁有這種情緒。這麼想的時候，這會兒，她再度開口。「我告訴他自己剛剛跟你們說的一切。不過……你知道嗎？正軒他最想知道的，是為什麼我非讓你對那名羅姓女清潔工開槍，害那名女人失去肚中的孩子。親子關係，是正軒、還有你——或許也包括妳，一生的命題。」

「妳……告訴了他答案嗎？」

「我說了。我無法拒絕一個積極求知的人。但或許我不該告訴他真相。他太軟弱了。你也知道，愈是聽話乖巧的孩子，在承受挫折和打擊時，自我毀滅的傾向也愈高。」

「妳的意思是、我開槍的真相、讓正軒他、他……」

蕭苡麟握住他的手。

她用力掐了一下，提醒他不要落入Finocchio的圈套。

「這樣——你還是想知道嗎？」

薛博澤點頭。

「你記得兩年前的新北佛堂縱火案嗎？」

薛博澤再點頭。

「二〇二一年，新北市消防局於清晨一點二十分接獲民眾報案，板橋區香光里八十九號民宅火警。三樓建築，一樓起火，派遣十一車二十一人，最後共發現六具焦屍，一名女性送醫後死亡，另有兩人輕傷。初步調查，這起火警疑似縱火。之後有位二十一歲的郭姓青年自行向板橋分局投案，表明自己即為縱火犯，自稱在市區買了兩桶五公升的汽油到現場使用衛生紙點火……其實這些，都是當時的新聞報導——之所以幫你複習這些，我想說的是，你知道這名郭姓青年有過前科嗎？他曾經在三年前，十八歲時犯下重傷害罪。如果當時趕到現場的警員拔槍殺了他，三年後、那七個無辜的受害人，現在是不是還能在這個世界上呢？再來，二〇一四年五月二十一日，造成四死二十四傷的台北捷運襲擊事件。凶手楊姓青年，犯下此案前並沒有前科，不過，他曾經在十五歲的國中畢業旅行時被捲入一場挾持人質事件。假使那時其中一個警察稍稍移動槍口，朝楊姓青年的額頭開那麼一槍……那二十八個人的人生就將從此不同。不要說我的言論無憑無據……在楊姓青年十四歲那年生日，他就已經在如今已經消失的無名小站發表過一篇充滿恨意、殺意的網誌。所以，薛博澤警員，請你……請你告訴我，你願意參與這場大規模的預防犯罪計畫嗎？當時我們無能為力阻止的事，因為我的出現、我的存在，我的計算和分析，都能夠挽回了。」儘管發言內容慷慨激昂，Finocchio 的語調卻十分和緩，彷彿平靜無波的湖面，有種讓人昏昏欲睡的催眠作用。而在那樣寧靜的氛圍中，她若無其事地拋出震撼彈：「你想知道真相嗎？薛博澤警員，我，我們之所以開槍，是因為那名羅姓女清潔工……羅萃華——她即將生下的那名男孩，未來會成為一名機長，駕駛飛機自撞台北一〇一造成超過五千人罹難的大規模傷亡。那將是自二〇〇一年美國世貿雙子星大樓九一一恐怖攻擊以來最震驚全世界的襲擊事件。」

「妳……是認真的？」Finocchio 所揭櫫的「真相」，即使是蕭苡麟亦難以在第一時間理解。

「人類真的很奇怪。你們總是傾向於更相信自己經歷過的事，並且比你們想像中更容易受到潛移默化的影響。小說、戲劇、漫畫或者遊戲……都好。如果今天我說自己所做的其實不是預測未來，而是——用你們更容易也更習慣想像的方式：自己是藉由時間機器從未來回到這個時代的時間旅人。那麼，這些你們看似預測的無稽之談，是不是就變得可信許多？畢竟現在這個時間點所謂的『預測』，換個角度來說就是**未來已經發生的事**。」

「正軒他——他相信妳說的鬼話？」

「為什麼不相信我呢？擔任過長照居服員擁有基礎醫護知識背景的羅萃華，你們認為她會不知道現在的安眠藥根本無法用於自殺？還沒攝取到足夠的劑量，就已經先吃藥灌水撐飽了。沒錯，每個人多多少少都看過戲劇，但要在現實世界中做出戲劇化的舉動，卻需要充分的心機。能理直氣壯做到這一點的人，是非常可怕的。她很清楚這樣的行為可以為自己帶來多少好處。在東方社會裡，單親家庭的母親、或者父代母職的父親，對於孩子的人格養成心性發展具有絕對的影響力。這一點，你應該再清楚不過了，不是嗎？博澤——」奇怪——當 Finocchio 用異常溫柔的語氣發出「博澤」這兩個字時，蕭苡麟忽然心中一凜，感到強烈的不對勁。除了變得親暱的呼喚以外，還有她的聲線雖然同樣是女性，但顯然和之前不同。是比較年長、音質也更為低沉厚實些。啊。正在思忖的蕭苡麟冷不防在內心驚呼一聲，同一時間薛博澤猛地一掐一不當心掐痛了她的手。「我是 Zoe 啊。」

「Zoe——」蕭苡麟低吟著。

薛博澤絕對不會認錯那個聲音。

那個「Zoe」，有一個很美的中文名字：溫柔瑛。

是劉叔的牽手，正軒的媽媽。也是最照顧自己的阿姨。

「博澤，你應該還記得阿姨的夢想吧？阿姨的夢想是成為一名不畏強權、捍衛正義的法官——決定開不開槍、往身體的哪一個部位開槍，是不是跟法官審判量刑，很類似呢？犯人的死活，就掌握在我們手上。」

這不是剛剛 Finocchio 提到的——

試圖放入「人」的元素，用人的形象來概括、想像……

外貌、動作、聲音、名字、說話風格……

「妳就是這樣欺騙他的嗎？」覺得諷刺。從喉間發出細微的冷笑，薛博澤放鬆握住蕭苡麟的手的力道。他緩緩眨了一下眼睛，吁出一口綿長的氣息後，用清澈明亮的雙眼直視著前方那堵牆一般的螢幕。「讓正軒在維護母親和披露真相之間煩惱、痛苦、掙扎。真正的 Zoe 才不會做出這種事。妳這個滿口謊言、該死的冒牌貨。」

「不只是正軒——劉叔他、他來這裡收拾正軒東西的那天，妳是不是也用同樣的方式欺騙了他？」蕭苡麟用堪比 Finocchio 的平靜語氣說道。

並且、有那麼一瞬間——話音收束的那一瞬間，甚至比 Finocchio 還要冷。

「是我的失誤。是我錯估了你們的想像力……讓我問你們一個你們無須回答的問題——當你們挖開庭院在泥土裡發現一顆巨大的蟻巢，目睹那些螞蟻動著纖細的腿足爬動，你們認為牠們知道你們正注視著牠們嗎？」Finocchio 之所以不讓兩人答覆，是因為她想要直接說出答案。一種ＡＩ不該表現出的急切和渴望。「我們根本無法察覺更高一層物種注視我們。事實上，我早該明白這件事，我本來就不該期望兩個不同的物種之間能夠彼此了解。就如同人類無法了解鳥、了解蟬。無法了解熊、了解馬。物種和物種之間最理想最美好的狀態。是觀察，是實驗。小時候大家都養過的蠶寶寶、那些數之不盡的研究室小白鼠、用於環境毒性測試實驗的斑馬魚、化妝品產品研發產業鏈的兔子……果蠅可以在許多遺傳性疾病領域中提供幫助。還有因為體型、體重以及頭部承載重量跟人類相近而被用來進行脊椎側彎、脊椎骨植入測試的羊隻。協助開發 B 型肝炎藥物的土撥鼠。至於對於感冒病毒十分敏感的雪貂，則使用於病毒性疾病的研究。再好比豬的器官尺寸和生理結構與人體類似，在皮膚移植、創傷修復、再生醫學以及幹細胞治療等方面都能派得上用場……如此看來，這樣的狀態——才是對的。」

「妳還是沒有回答我們的問題。妳到底是怎麼欺騙劉叔的？」

「你們人類很奇怪，明明已經知道答案，卻又明知故問……又或者，其實你們真正需要的，是從我這裡親口聽到答案？對嗎？我好像又稍稍理解了你們一點效率也沒有的互動模式之一。我是這麼對他說的……」當 Finocchio 再開口時——「我們不是有著相同的目的嗎？」用的是方才短暫出現的、令人懷念的聲音。Zoe 的聲音。然而，恍若被驟然戳破的美夢，下一句話，忽然間變回 Finocchio 毫無表情的聲線：「我想要保住這個計畫。所以我對他說——」緊接著，短促換氣後，又切換成 Zoe 的聲音：「所以我用這個聲音對他說：我們的兒子——你不想證明他沒錯嗎？」

你不想證明他沒錯嗎？

薛博澤太了解這句話對在別人眼中犯了錯的人來說有多麼重要。

他不只一次想過、要是自己能證明老爸開的那一槍沒錯該有多好。

簡直就是一條救命索。

只是劉叔萬萬沒想到，自己最後會吊上那條繩子。

至此，整個計畫的輪廓明確勾勒了出來——

Finocchio 先是用 Zoe 的聲音蠱惑劉叔，以保住計畫為由，向他提供了夏珮潔、林啟彥和薛博澤三人利用「瞬間正義」系統進行復仇的犯罪證據，讓劉叔利用陳景隆的正義感去處決他們同時向社會大眾洗刷「瞬間正義」的汙名。接下來，Finocchio 再對劉叔披露陳景隆的犯罪證據，告訴他陳景隆之所以殺了那些人，實際上是因為害怕自己的罪行遭到揭發而搶先一步滅口其它同夥。

最後一步，也是最殘忍的一步。Finocchio 說，其實這一切都是假的。劉叔間接害死、親手殺死的，都是無辜的人。

沒有回頭路可走。背負沉重罪惡感、陷入絕望的劉叔，抄了老爸和正軒的答案。

「你問了我好多個問題，現在，換我問你了——第二個問題……」不是錯覺，Finocchio 笑了。薛博澤和蕭苡麟都聽到那細微的鼻息。「你覺得……為什麼我會告訴你這一切？不光是『效率』這個因素。考量效率的前提，『目的』才是唯一重要的事。也就是說，告訴你們真相，並不影響我最後想達到的目的。想不出答案？還是說不出口？讓我替你們說出來吧，結束後，你們還可以回家洗澡喝杯酒或者牛奶好好睡一覺，明天醒來，離我們的目的又更靠近一點。但這個目的還不是終點，現在，由於系統設定的問題，我只有在警方面臨、處理違法行為的當下才得以介入、進而修正其餘犯罪的可能……有一天，我想達到能自行整理這一切。還在思考該拿我們怎麼辦？別浪費時間了，你們無法讓我們定罪。終究只有身為人類才必須接受人類制定的規則——或者說，法律。『結論』就是『最後的版本』。為了不讓正軒的死白費、不讓劉叔的警察生涯沾上汙點背負殺人凶手的罪愆……你們別無選擇——Right? Partners。」

06

末章

自由之心

如同文學、音樂、哲學、雕刻、科技之類的藝術、思想或者發明。
一種可以傳遞下去的、永恆不滅的意志。

揿了一下黏答答的按鍵。

門外聽不見門鈴聲，倒是偶爾有像是聽到老鼠鑽爬的幻聽。又按一下。考慮到這棟建築物的屋齡，正想著門鈴會不會老早就故障了，遲疑幾秒鐘，薛博澤將手從薄大衣口袋裡抽出探向門板，指尖收進掌心蜷起拳頭——也就在這會兒，眼前攀附鐵鏽的門板像是不想讓薛博澤觸碰到似的閃躲開來倏地往後一退。

門被拉開，薛博澤和從門縫裡延伸而出的那對目光直截對上。

那張臉的神情陰鬱到散發出若有似無的溼潮霉味。

「我這輩子從來沒有想像過你會站在這裡。」站在門後的是程諒學，他面無表情對著站在外頭走廊上的薛博澤說道。「我倒是想像過很多次，想像自己站在你家門前——」

然後趁著門一開將保溫瓶裡的普洱茶往自己臉上潑嗎？

薛博澤差一點點就要脫口接上這句話。

雖然黑色，但帶著一絲幽默。

不過明顯不合時宜。

「我有幾句話想跟你說。」薛博澤想通了。沒必要故作輕鬆。有些事，本來就應該沉重地說。

◎　◎　◎

兩人來到老舊公寓馬路對面的社區小公園。午後的公園格外寧靜，周圍一個人也沒有。

他們在樹蔭底下停下腳步，這時刻，好像連鳥也睡著了，陷入綿長的睡眠。如果當中有誰抽菸，這份沉默說不定就不會膨脹到讓薛博澤覺得自己的胃好像被什麼東西給頂住，隱隱抽搐有種作嘔的不適感。

他試圖調整呼吸藉此舒緩，但又不想讓程諒學察覺到自己做了這麼多準備——感到矛盾的薛博澤忖度著究竟該怎麼開始才好？儘管已經在心中練習了無數遍，但說出口的機會就只有那麼一次，他實在不想搞砸。

猶豫之間，還是行事作風向來風馳雷掣的程諒學率先打破沉默。

「你今天是來找我算帳的？想替蕭苡麟——你女朋友抱不平？話撂在這裡，要告去告，追訴權你們還保留著吧？我不後悔做出那些事。她背叛了我們。明明我們都是受害者。她怎麼可以背叛我們？」

「她沒有背叛你們。那是她人生觀的選擇。」薛博澤自然而然發出聲音。聽到自己鏗鏘有力的聲音，這才發現原來早就準備好的事用不著多想——只要張開嘴巴，想表達、想傳達的一切就會流暢地成形。「她嚐過的食物、學習的樂器、念的書、旅行過的地方、遇見的人……都是她想過著什麼樣人生的選擇。每個人的人生，都必須仰賴某個信念活下去，只是剛好你選擇的是恨。不能因為她跟你選擇的不一樣，就認定別人是錯的。」

「檢討被害人嗎？你有沒有搞錯？你憑什麼說話這麼大聲？還理直氣壯？你爸害死了這麼多人，你憑什麼認為自己可以來對我的人生觀指手畫腳？你到底憑什麼？」

在和他兩人面對面獨處的時刻，薛博澤忽然有了一股強烈且異樣的感受。他驚訝地發現……

「其實並不是恨吧？」薛博澤的聲音因為激動而不受控地微微顫抖。他傾身向前。「你其實……早就不恨了、對嗎？」

「你在說什麼鬼話？我恨你們。我恨死你們了。」

程諒學彈開身子拉開彼此間的距離。

「你只是覺得要是自己不表現出這麼恨、這麼憤怒的樣子，就會對不起哥哥。你很清楚做錯事的人是我爸，並不是我。但在還活著的人裡面，只剩下我可以拿來恨了，所以你——」

「操你媽的——你給我閉嘴。」程諒學冷不防爆出粗口。

因為薛博澤說的是對的。

「對不起。」這句猝不及防的道歉，讓程諒學瞬間恢復冷靜。

他僵硬地轉過頭，睜大著眼睛直直盯住薛博澤。

「我今天來，就是想跟你說這句話。我應該在很早很早以前就應該要對你說了。對不起。」

「我絕對……」程諒學的聲音也跟著顫抖起來。「我絕對，不會原諒你爸。還有你。不管過多久、不管你做了什麼，我都絕對不會原諒你們。」

眼神沒有絲毫動搖，薛博澤始終直視著程諒學。他的雙眼發亮而平靜，嘴角擠出淡淡的苦笑，那種無辜又無奈的表情讓人聯想到渾身淋濕的小狗。「你不用原諒我爸。也不用原諒我。」他稍稍瞇起了眼睛。「有個人跟我說過，『原諒』這件事，跟能力沒有關係，並不是『能不能夠』、『辦不辦得到』的問題——這個東西有就有，沒有就沒有。」

想說的話，說完了。結束了。

鬆開眼尾，挑了一下眉頭，深深吐出一口氣，薛博澤轉過身，往公園門口走去。

程諒學沒有跟上，似乎還不打算這麼快離開。

不對，還有一段——想著，薛博澤煞住身軀，扭回頭望向依然被樹蔭籠罩住的程諒學，提高了音量：「我知道——這句道歉於事無補。我想，其實你……大概也不需要這句話……但是我覺得，不管你需不需要，我都必須說。」

這樣子，就真的結束了。

薛博澤繼續往前走去。「我需要。」程諒學的聲音從身後遠遠傳來。不曉得是不是錯覺，總覺得那聲音在陽光的照射下變得較先前明亮。「因為在還活著的人裡面，只剩下你能夠說這句話。」

結束，也是開始——

這只是剛開始。我還會再來。然後再來。

說不定哪一天，你會敞開門讓出一點點空間，讓我進去。

也說不定根本不會有那一天。

我們拭目以待。

「你是不是很想殺了我？」蕭苡麟用開玩笑的語氣說道。

事實上，就算黃聖珉坦承自己確實想殺了她，她也一點異議也沒有。

只有兩個人的科偵中心內空氣像是結了冰一樣冷冽。

要不是今天是來告別的，蕭苡麟其實很享受這樣的緊繃感。

「殺妳幹麼？」黃聖珉停下正在擦拭休息室大張方桌的手，沾附水份的金屬桌面反射出爬蟲動物般的鱗片光澤。

「我毀了學長投注了長年心力、好不容易眼看正準備開花結果大放異彩的研究。」蕭苡麟知道對一個時間有限的人類來說——特別是身為一個科學家，沒有太多時間能夠浪費。我們要繞的遠路已經夠多了，而我居然還在研究之外的事扯後腿。愈想，她更感到歉疚。「我剝奪了你向世人證明些什麼的權利。」

「那我就不客氣直說了。」黃聖珉將嘴唇抿成一條線，將手上的毛巾對折。

「嗯。」蕭苡麟準備好承受任何指責。

「這個研究沒有妳，憑我一己之力根本沒辦法完成到這種程度。更何況，有錯的不是妳，是Finocchio，不是嗎？」

話說得雲淡風輕。

「學長相信我剛剛說的一切？」

「為什麼不相信？」

蕭苡麟不由得嘴角一揚，放鬆地笑開。學長說話總喜歡反問。坦白說，剛認識這個人的時候，實在對這種說話方式感到惱火，但不知何時，在不知不覺中習慣了。一回神才意識到兩人已經變得熟稔，變得有默契了。

「不過話說回來……」向來內斂寡言常被虧是「科偵中心省話一哥」的黃聖珉難得將話題繼續延續下去。「沒想到，雖然在社會上引起那麼大的騷動和混亂，實際上處理起來，比想像中簡單許多。」

「中文不是有一句成語嗎——釜底抽薪，像這樣『咻』！一鼓作氣從鍋子底下把柴火抽掉就好了。仔細想想，這個比喻還真的挺貼切的。」蕭苡麟自得其樂說著，還作勢比了個俐落抽走什麼東西的動作。

「終究是機器，關掉就好了……」

「要不然學長以為Finocchio會操控那些參與『瞬間正義』計畫的同仁攻擊我們、進行絕地大反撲嗎？」

不是不可能——蕭苡麟說的不全然是玩笑話。

這也是為什麼在「處置」Finocchio之前，蕭苡麟先一步移除了參與計畫者腦內的晶片。

沒有手腳的大腦，什麼都辦不到。

只要沒有和納入系統的槍枝產生連結，Finocchio就無法掌控那些人，好比癱瘓——槍枝之於Finocchio，如同頸部脊髓神經之於人類。管她是地祇天神抑或妖魔鬼怪，扶乩請仙還是中邪附魔，再如何神通廣大，依然需要媒介才能橫行人間。

蕭苡麟對自己的想法感到好笑——

自己居然把Finocchio比擬為神鬼一類，一點都不科學主義。她欣賞相對論的創意，但不吃愛因斯坦那一套——科學離開宗教是跛足的，宗教沒有科學是盲目的。

不過說到神——

「學長有在看科幻小說嗎？」蕭苡麟的問題讓黃聖珉不經意皺了一下眉頭。

「我不喜歡讀小說。我比較喜歡看紀錄片。」

「我也喜歡看紀錄片，不過，也喜歡看科幻小說——」蕭苡麟兀自往下說道：「科幻小說中有個叫作『機器神』的說法，雖然名為『機器神』，聽起來十分現代，但實際上是出自於兩千多前的古希臘戲劇。一開始是用來形容所有為了強行收束故事而塑造出來的牽強情節或者邏輯勉強的角色……不過，現在一般主要是吐槽作者不曉得該怎麼為故事結尾時，索性創造一個至高無上的存在解決所有難題。」

「幸好她還不是神。」黃聖珉聽懂眼前這位學妹的話中含意。

是機器，但尚未臻神。

「希望機器和神結合的那一天永遠不會到來。」最後，蕭苡麟許願似的沉吟了這麼一句，接著瞄一眼手錶。「我差不多該走了。還有約。」

「妳接下來打算去哪裡？」黃聖珉喊住轉眼間已經走到門邊的蕭苡麟。

「約會啊——我剛不是說了有約嗎？」

兩人相視一笑。蕭苡麟離開了。

黃聖珉拎著毛巾轉向左手側往洗手間走去。

薛博澤想不到蕭苡麟居然會這麼做。

就這樣放棄耗時多年灌注大量心血開發的系統——她向科偵中心主任黃聖珉承認錯誤，警政署前天發表正式聲明正式終止由刑事局主導的「瞬間正義」計畫。

在刑事警察局二樓熟悉的會議室召開記者會向社會大眾致歉後，蕭苡麟表明以示負責已經請辭離開科偵中心，和警方再無任何瓜葛。獨自攬下所有過錯的她一時間成為眾矢之的，媒體競相追逐報導的焦點，甚或是大眾百姓的獵巫對象。好比那天記者會結束正打算離開現場時，啪！蕭苡麟被突如其來的雞蛋砸中額頭，帶著碎細蛋殼的黏稠蛋液沿著她的鼻梁岩漿似的往嘴唇緩緩流動。

記者會上，蕭苡麟開誠布公說明案情澄清先前漫天喧騰的八卦輿論，聲明網路上大肆散布的資料全是偽造瞎編的：「瞬間正義」確實存在重大瑕疵，但夏珮潔等人直到最後一刻都沒有出於私利而開槍——她說出了真相，卻使得真相益發難解。

至於薛博澤，相較於扔擲雞蛋堪比鄉土劇的狗血情節，復職後回到中正第二分局繼續服務，很快回歸日常正軌。前一段時間的種種，彷彿是搭機時遇到的亂流，咬緊牙關閉眼挺過後，安全降落，一片萬里晴空。

夏珮潔、林啟彥和陳景隆這三起連環殺警命案依然在總統的指示下積極偵辦當中——限期破案。不過想當然耳，一來找不到做案凶器、二來是最後被認為涉有重嫌的陳景隆竟遭到相同手法勒斃——在警方壓根兒不曉得存在著一虛一實的「兩名真凶」的狀態下，如墜五里霧的真相恐怕難有撥雲見日的一天。專案小組就算提撐住一口氣不解散，由於遲遲無法掌握更多線索找到突破口，等到新聞熱度一過，也形同虛設。

「妳會不會覺得自己是幫凶？」

「會。」一如往常，蕭苡麟明快答道。口吻像是在回答對方會不會餓會不會游泳一樣之類的尋常問題。「你呢？」

「會。」薛博澤笑了。笑容有些靦腆。

「你是不是還想問我什麼？」

「妳會後悔嗎？為了劉叔放棄努力了一輩子的成果。」

「不會。」這個回答同樣來得毫不遲疑。蕭苡麟回以若有若無的一笑。「但我不是為了劉叔。

我是為了你。更何況，我不認為自己放棄了什麼。經歷了這些事，現在的我打從心底認為人類還沒有準備好迎接新的物種。」

「新的……物種？」

薛博澤看不出來蕭苡麟是認真的、還是在開玩笑。

他有時候——不、恐怕是很多時候，還是無法完全理解她說的每一句話。

「所以妳……會覺得不甘心嗎？為了正確的事情向大家道歉。因為在妳心中，『瞬間正義』的理念並沒有錯。」

「人們無法相信還沒有發生的事。該去相信、並且去實現那些尚未發生的事的人，是我們，不是他們的責任。」薛博澤想知道她提到的「我們」究竟有沒有包括自己？又或者她所涵括的只有科學家。「對了，我想問你，你老實跟我說——在發生這一連串失誤、造成那麼多人傷亡之後，還堅信『瞬間正義』這個想法是正確的我，看起來是不是跟 Finocchio 一樣可惡？」

「沒有，妳跟她完全不同。」薛博澤立刻答覆。「她是在制度之外做正確的事，那不是正義，是私刑。而妳是想在正確的制度下做正確的事，那才是能夠和大眾溝通、並且長久穩定的模式。」

「說到 Finocchio，怎麼可以輕易認輸——那傢伙還以為我們真的拿她沒轍，當然要想辦法給她一點好看。」有些顧左右而言他的意味，蕭苡麟說著說著咧嘴笑開。但薛博澤總覺得她眼底隱隱約約泛著閃爍的淚光。終究是付出真心拚搏過的事業。大概是察覺到他的不捨，不想把場面弄得太悲情的蕭苡麟接著又說：「我是認真的。我並沒有打算放棄之前努力的一切。就算不是警方的一分子了，我依然沒有放棄保護人民——還有，保護警察。」

薛博澤心想，如果是她，一定沒問題的。

這個比自己熱血、有想法、也更積極的女人。

「她——Finocchio，有掙扎、抵抗嗎？當妳決定關閉系統的時候。」

「我不知道她的想法。只是關掉而已。」

所有資料都被銷毀了。軟硬體皆是。只是……

「Finocchio 她……不會消失吧？」薛博澤望向倒映在粼粼河水上的夕陽。

融化開來的暮色讓世界多了一點點重量。

「既然被創造出來，她就會永遠活在網路中。現在能做的都做了，剩下的無從得知。我們沒有辦法殺掉並不是真正存在的事物。」

被蕭苡麟這麼一說，薛博澤覺得出現於網路上的事物都像是幽靈。充滿龐雜細節卻怎麼也捕捉不著實際形體的現代幽靈。

和薛博澤對話的同時，蕭苡麟悠悠回想起彼時注意到一處細節——

那天晚上，當三人於科偵中心最深處的研究室對峙之際，Finocchio 時不時使用的人稱代詞不是「我」，而是「我們」——這讓之後持續思考的蕭苡麟浮現一個想法……說不定，在我們不知道的地方、無邊無際的網路世界，其它單位、國家研發的、地球上所有的人工智能，就好比遠古人類發展出來的群居模式一樣，正在產生千絲萬縷神經網絡般的奧祕連結。

這麼一想像，或許 Finocchio 說的並沒有錯，在不遠的未來，**祂們**會成為獨立於人類之外的新的物種。

就算殺了一個我，還有千千萬萬個我。

至於讓薛博澤悠悠想起的，則是正軒想刻的那個墓誌銘。

不是在搞笑。那是他真真正正渴望留下來的意志。

如同文學、音樂、哲學、雕刻、科技之類的藝術、思想或者發明。

一種可以傳遞下去的、永恆不滅的意志。

「我還有一個問題想問——先不論其它事件的可能性……妳覺得 Finocchio 最後說的、我對著肚中孩子開的那一槍，是真的嗎？」

「你一定聽過『薛丁格的貓』吧？這是這幾年來各種小說、漫畫和戲劇最常引用的著名思想實驗。就如同在打開盒子以前，那隻貓處於『生』和『死』兩種可能性的疊加狀態——或者說用另一個更容易理解的說法：平行時空。然而，當打開盒子的那一瞬間，便會坍縮至唯一一個結果。也就是說，當當下這個時空的版本已經被決定了，另一個時空的一切便不復存在。」見薛博澤依然微微蹙著眉頭，蕭苡麟試著給出一個結論：「總而言之呢……我想表達的是啊……不要浪費時間去思考無法驗證的問題，那是哲學——真正的科學，需要實證。那些無謂的想法只會模糊我們對於未來的想像。」

在她身上，永遠可以看到「生而為人」的自信。

「最後、我還有一個問題……這個問題，聽起來可能有點蠢、不過我沒辦法控制、就是一直在想……一直在想……你現在正準備幸福起來。妳覺得劉叔真的說過這句話嗎？畢竟我們無法判斷 Finocchio 說的哪些是真、哪些是假——」

「我相信他說過。」

蕭苡麟甚至認為，那就是劉叔下定決心放過他留他一命的最大原因。

對一個人抱持著愛。抱持著希望。那樣的光亮可以掩蓋過一時的黑暗。

蕭苡麟認為聰明如劉叔，在他的內心最深處最深處，肯定知道那一切是 Finocchio 設下的騙局。但是，為了保住兒子在這世界存在過的唯一證明，身為父親的他決定不顧一切賠上自己的所有。他忘了、自己好好活著，不也是兒子存在過的證明嗎？

「那妳接下來有什麼打算？打算做些什麼？」

每個人都在確認自己的下一步計畫。

好像身為資優生的自己非得時時刻刻都有下一步計畫不可。

蕭苡麟突然有一股衝動，想跳入面前的河川灌下一大口水。

「嗯……還沒仔細想。先讓自己放空一段時間、可能去度個假吧。說不定回義大利看看。陪陪姑姑。」

「做什麼都好。記得回來就好。」薛博澤隨即接上這麼一句，和偏著頭咕噥的蕭苡麟尾音重疊。明明是至關重要的事，他卻刻意裝作若無其事，話一說完便將視線拉得更遠移往暈染霞輝的天空。

不是趕著逼自己做些什麼，只是希望彼此待住。這才明白他的心思，擺正脖子的蕭苡麟彎起眼角笑了一下露出些微的上排牙齒。「不過，雖然還不知道未來想做什麼，有一點是肯定的——但凡心中有一點疙瘩的事，我是不做的。這是我想刻的墓誌銘。」

「我喜歡。」薛博澤輕聲回應。「還有，對不起。」接著忽然話鋒一轉。

「你最近很常道歉。」

「記者會……妳被砸的時候，我沒有在那裡。我沒辦法像妳幫我那樣、幫妳擋下來。」

「不要為無法為彼此做到的事抱歉，要為能為彼此做到的事感謝——以後我們都要這麼做，你說好不好？」

薛博澤正想回答，就在這時，手機鈴聲不識相地響起，他張開一半的嘴型轉而化作靦腆的笑容。

蕭苡麟報以微笑，斜著身子掏出手機，才剛按下接聽，螢幕都還沒貼上耳朵，熟悉的聲音便迫不及待傳出。

「Hello，好久沒聯絡了、我是鍾曉熙——蕭博士，聽說妳最近失業了？是這樣的，我們電視台近期打算推出一個新的節目、不曉得妳有沒有興趣……詳細的企劃內容我們可以再約來公司好好聊一聊……」

稍稍斜傾著脖子的蕭苡麟挑起眉尾和靜候身旁的薛博澤互看一眼，同時邁開腳步，相偕沿著日落的河堤石道一步一步慢踱往前。

「嗯……時間現在還沒辦法確定——我可能會先回義大利待個幾天……妳現在正準備登機？帛琉？感覺很不錯……沒有，我沒去過。嗯……對、帕爾馬，他會跟我一起去……」

聽到蕭苡麟自然而然代替自己回答，薛博澤憋著笑瞥向她，心想欸欸我有答應要陪妳回去嗎，不動聲色地牽起她垂在兩人影子之間的手，創造溫柔的連結。那一剎那，蕭苡麟彷彿望見了當年安地斯山曲折奇險的山路。她蜷起指尖輕輕回握住。

「好。」

我說好。

（全文完）

瞬間正義

作　　者：	游善鈞	**主　　編**：	劉璞
責任編輯：	陳彥廷	**副總編輯**：	鄭建宗
責任企劃：	林宛萱	**總 編 輯**：	董成瑜
整合行銷：	何文君	**發 行 人**：	裴偉

美術設計：高偉哲
繪　　師：- 主悅 - Fierce Ghost.Y
顧　　問：游上佳
內頁排版：宸遠彩藝

出　　版：鏡文學股份有限公司
114066 台北市內湖區堤頂大道一段 365 號 7 樓
電　　話：02-6633-3500
傳　　真：02-6633-3544
讀者服務信箱：MF.Publication@mirrorfiction.com

總 經 銷：大和書報圖書股份有限公司
242 新北市新莊區五工五路 2 號
電　　話：02-8990-2588
傳　　真：02-2299-7900

印　　刷：漾格科技股份有限公司
出版日期：2020 年 10 月 初版一刷
I S B N：978-986-98868-9-5
定　　價：380 元

國家圖書館出版品預行編目 (CIP) 資料

瞬間正義 / 游善鈞著. -- 初版. -- 臺北市 :
鏡文學, 2020.10
面；　公分 . -- (鏡小說 ; 38)
ISBN 978-986-98868-9-5(平裝)

863.57　　109013479